U0901636

半边渡当代中篇小说丛书

复活的玛纳斯

红柯　著

漓江出版社

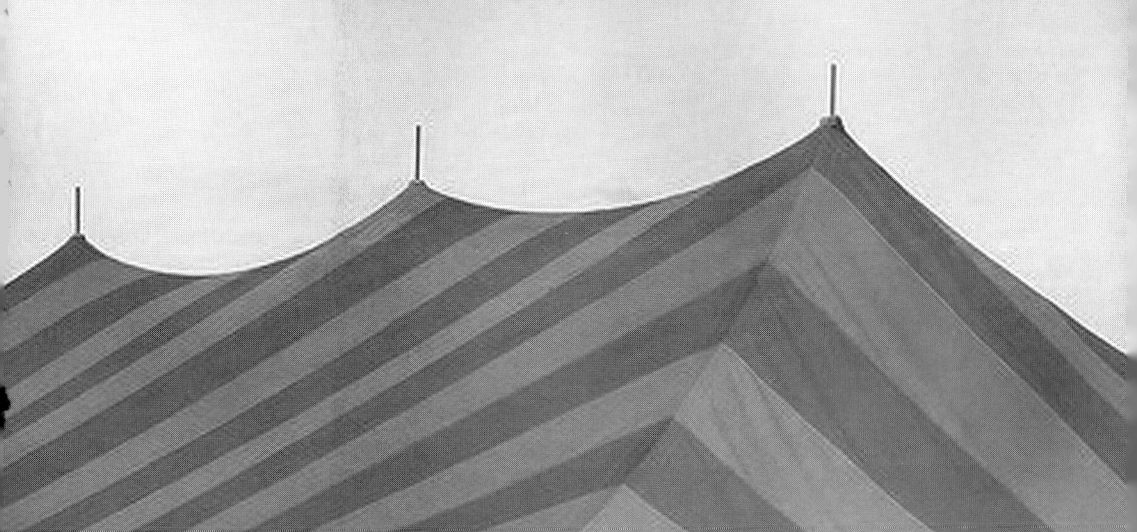

图书在版编目(CIP)数据

复活的玛纳斯 / 红柯著.— 桂林：漓江出版社，2016.9
（半边渡当代中篇小说丛书）
ISBN 978-7-5407-7863-7
Ⅰ. ①复… Ⅱ. ①红… Ⅲ. ①中篇小说—小说集—中国—当代
Ⅳ. ①I247.5
中国版本图书馆CIP数据核字(2016)第154630号

复活的玛纳斯
红柯 著

责任编辑：孙精精
书籍设计：石绍康
责任印制：唐慧群

出版人：刘迪才
漓江出版社有限公司出版发行
广西桂林市南环路22号 邮政编码：541002
网址：http://www.lijiangbook.com
全国新华书店经销
销售热线：010－85893190
大厂聚鑫印刷有限责任公司印刷
［河北省廊坊市大厂回族自治县西大街 邮政编码：065300］
开本：960mm×690mm 1/16
印张：18.75 字数：243千字
2016年9月第1版 2016年9月第1次印刷
定价：42.00元

如发现印装质量问题，影响阅读，请与承印单位联系调换
［电话：0316－8836866］

《半边渡当代中篇小说丛书》出版说明

“半边渡”，原本是一种由独特的地貌形态所导致的交通方式，意指岸边道路出现山岩等巨型障碍，为了克服障碍所进行的单边摆渡。用来做丛书名，表示只在此岸，现场写作；彼岸风景，尽入眼中。选收的是当下既具实力，又有活力的知名作家，他们一直进行着克服障碍、自我超越的写作，刷新着个人纪录，不断求索、攀升。中篇小说介于短篇与长篇之间，是由短篇进发到长篇的中转过渡，出版中篇小说集，既管窥风貌反映当下，又把握脉动瞄准未来，期待作家们拿出更多优秀长篇回馈读者。

漓江出版社中外文学出版中心

目录

两种目光 寻求故乡

［代序］

最初对世界文学的概念并不是来自歌德，也不是大学教材，而是郑振铎先生的《文学大纲》，当时正读大二。20 世纪 80 年代文学热，更热更猛的是欧美现代派文学，疯狂地写诗、疯狂地吞食现代派，袁可嘉先生主编的《外国现代派作品选》出一集抢购一集，中科院编的海明威、福克纳、卡夫卡研究资料汇编也是大量抢购。很偶然地在图书馆碰到郑振铎先生这本《文学大纲》，相当于一本世界文学史，让我在欧美文学的狂热中冷静下来，特别吸引我的是有关波斯文学的介绍，大概有二十多位古波斯诗人，我知道了菲尔多西、萨迪、哈菲兹、鲁米、尼扎米。太喜欢萨迪与哈菲兹，就把他们的代表作抄下来。这两个诗人都出生在伊朗设拉子古城，这是我最向往的地方。萨迪说："一个诗人应当前三十年漫游天下，后三十年写诗。" 2015 年正是我大学毕业三十年，西上天山十年，居宝鸡十年，迁居西安十年，三十年间沿天山—祁连山—秦岭丝绸之路奔波，跟游牧民族转场似的"逐水草而居"。刚读到台湾蒙古族诗人席慕蓉的一篇文章，席慕蓉认为文化需要碰撞才会有新的火花，背井离乡的遭遇给生命与原乡营造了一段反省与观察。我曾在一篇创作谈《距离产生美》中也谈到这种体验，在新疆写陕西，天山顶上望故乡，回到陕西站在关中又回望西域瀚海。15 世纪波斯学者约萨法·巴尔巴罗说：“希腊人只有一只眼睛，唯有中国人才有两只眼睛。”

《哈菲兹诗选》的序言中，翻译家邢秉顺先生把哈菲兹与李白相比较，两个古代诗人都是伟大的酒徒，都喜欢写美酒月亮鲜花与女人。李白就出生在中亚塔拉斯河畔碎叶城，我专门写过《天才之境》，执教于伊犁州技工学校时，带学生实习沿阿拉套山西天山奔驰时就想到山那边李白度过金色童年的群山与草原。李白晚年诗歌中最感人的是“何处是归程，长亭更短亭”，是对故乡的反复追寻。李白与杜甫相比，杜甫最拿手的是律诗，平仄对仗毫不含糊，李白的强项则是参差不齐自由不羁的歌行体。童年对一个作家很重要，李白五岁离开中亚之前，西域大漠草原群山已经给他幼小的生命打上底色，只有去过那里的人才会知道，戈壁沙漠与绿洲紧密相连，没有过渡，天堂地狱眨眼之间，犬牙交错你中有我我中有你，不可能产生中原农耕地区整齐划一的生活方式与生命节奏，李白那种放浪不羁自由奔放的天性只能以歌行体来表达，最终打破诗的形式创造出最早的词，唐宋词选的前几首词都以李白的“平林漠漠烟如织”开头。杜甫幼年在姑姑家，瘟疫突起，姑姑把阳光充足的房子让给杜甫，亲生儿子住在阴面的房子，表哥染病身亡，杜甫活下来，命运注定要让这个大难不死的幸存者长大成人以后再次进入更大的灾难——安史之乱，成为中国古典文学中最能替人类受难受罪的伟大诗人。杜甫也流浪，杜甫是背着大地爬行的耕牛，是移动的土地，而李白是风吹过草地沙漠戈壁，吹过长天大野。在西域听蒙古长调，听牧民们唱《天上的风》，我就想起李白自由洒脱的诗句。李白杜甫，一个把宇宙天地当家园，一个把土地当家园。

我执教的陕西师范大学有许多我敬仰的学者，比如历史地理专家史念海先生，上中学时就听历史老师反复提及史念海，后来到了新疆，在学校图书馆找到了先生的大作《河山集》，天山脚下读《河山集》，光书名就让我感慨万千。还有罗振玉、王国维的《流沙坠简》，这已经不是学术专著，而是极具中国色彩极具美感的艺术珍品。我开始抒写“天山系列”时，全都采用真实的地名与历史地理背景，美丽奴羊17世纪产于西班牙，18世纪引入法国德国，19世纪进入澳大利亚，澳大利亚人把美丽奴羊Merino打造成世界品牌，新疆的科技工作者引进美丽奴羊与哈萨克土羊杂交创造出中国新疆美丽奴羊，1985年培育成功，1986年秋天我西上天山，1997年4月《人民文学》推出我的小说《美丽奴羊》，1998年我的第一本小说集《美丽奴羊》出版，收入十七个短篇。

2015年9月，我有幸参加中澳文学论坛，在西悉尼大学讲演时开场白就提到澳大利亚民族文学奠基人劳森，很多人都知道怀特，库切，还有《凯利帮真史》的作者彼得·凯里，知道劳森的人不多。我当年受劳森的影响写出第一本小说集《美丽奴羊》，《劳森短篇小说集》于1981年秋天购于宝鸡一家旧书店。在西悉尼大学还见到了澳大利亚女作家亚历克西斯·赖特，赖特的最新长篇《天鹅书》正在翻译成中文。有意思的是，《天鹅书》与我的最新长篇《少女萨吾尔登》都写了天鹅，天鹅保护一个苦难的民族，保护灾难不断的男人们。据说古代印度香音国的飞天翻越喜马拉雅山昆仑山降临敦煌，逐渐地由沉重的男身变成轻盈灵动翱翔蓝天的女神，到了唐朝，飞天完全中国化达到顶峰。舞从敦煌来，进入长安成就了大唐乐舞，最典型的就是《霓裳羽衣舞》和《胡旋舞》。跳得最好的就是杨贵妃和安禄山，羽衣就是飘带，飞天最动人的就是飘带和手指的动作。20世纪80年代甘肃歌舞团的艺术家们根据敦煌壁画上的飞天创作了“手指舞”。17世纪从伏尔加河东归天山的卫拉特土尔扈特蒙古人把整个民族的遭遇全凝聚在萨吾尔登歌舞中，也主要是手指舞。其中的“少女萨吾尔登”一点也不亚于飞天歌舞，相比之下飞天过于悠游自在，飘飘欲仙，而萨吾尔登更接地气，沟通人与动物植物，人与宇宙天地万物血肉相连，轻盈灵动中有凝重的历史有大漠烟尘。

长篇《生命树》采用的是哈萨克生命树创世纪神话和西北汉族剪纸艺术中的生命树，以对应基督教犹太教《圣经》中的生命树。我的《生命树》发表出版于2010年，美国电影《生命树》拍摄于2011年，2012年在中国放映，西方至今还没有一部以生命树为题的长篇小说。长篇《西去的骑手》中我写到了维吾尔族诗人穆塔里甫，小学五年级时在《革命烈士诗抄》中读到穆塔里甫的诗，写作文，平生第一次受到老师表扬，好多年以后我成为伊犁州技工学校的教师，来到穆塔里甫家乡尼勒克草原，尼勒克，蒙古语，婴儿的意思，穆塔里甫发表诗歌时的笔名为卡依那木－乌尔戈西，卡依那木就是波浪的意思，回荡在《西去的骑手》中的主旋律就是波浪。我的大多数长篇小说都采用西域民歌来结构全篇。叶嘉莹教授认为欧美语言分轻重音，而汉语则是四声八调形成的旋律与节奏。丝绸之路、关中长安就有这种优势，西域大乐直接影响了唐乐舞和唐诗的节奏与旋律，盛唐之音是一种国际视野的大综合，就像先秦诸子百家，秦地无一子，但司马迁以一部《史记》总结了先秦诸子百家，包括怪力乱神的原始神话和传说。传统的中国古典文学就是诗歌和散文，诗的顶峰就是唐诗，散文的顶峰就是《史记》，“文起八代之衰”的韩愈，其古文运动学的就是太史公《史记》。《燕子》这首民歌世界各地都有，草原民族更多，在我心目中，哈萨克民歌《燕子》是最好的，哈萨克歌手叶尔波利演唱的《燕子》无人能比。《燕子》理所当然地成为长篇《喀拉布风暴》的主旋律，沿着丝绸之路进入关中进入西安，跟秦腔跟眉户连在一起。中国历史上的民族大融合，最集中的地方就是关中，关中既是游牧民族进入中原的桥头堡，也是中原农耕民族伸向西域走向世界的桥头堡，更是民族融合的熔炉。长篇《乌尔禾》中，朝鲜战争归来的战斗英雄陕西人刘大壮变成了蒙古神话传说中的“海力布”，向世人展示，人可以接近神灵。人性与神性既是欧洲文艺复兴以来的中心话题，也是中国古典小说的关键词。《金瓶梅》写人的肉体，而《红楼梦》写人的精神人的心灵，是一部通灵之书，理所当然地成为中国古典文学的集大成者，曹雪芹跟但丁一样既是中世纪的最后一位诗人，也是新时代的第一位诗人。

红 柯

（2015年11月中国文学博鳌论坛发言稿）

复活的玛纳斯

一

母亲们在玛纳斯怀上我们之后，把我们带到塔尔巴哈台山，我们还是一团粉嘟嘟的嫩肉时，就经历了一次长途旅行。那是一次极其壮观的旅行。我们是在一个寒冷的春天来到塔尔巴哈台的。塔尔巴哈台确实像一只旱獭，战战兢兢地缩在国境线上。庄稼地和房子紧贴着国境线。我可以告诉你我们房子的具体位置，墙根就砌在国界上，打开窗户，全是异国他乡，母亲总是告诉我们：我们是从玛纳斯迁来的。玛纳斯对我们这些孩子来说就像天堂一样，我们不明白母亲为什么把玛纳斯看得那么神圣，明白这个道理需要很长的时间。

先说那个寒冷的春天吧，就在我们出生的那年，边境线上发生了一件大事情，几乎是在一夜之间，人们一下子发疯了，抛弃家园拥向国境那边。据说有五千个克格勃潜伏到我们这边，策划鼓动，边境那边的喇叭声嘶力竭，用的全是中国话，真让人不可思议俄国人说中国话说得这么好这么地道，人们以为耳朵长错了。沿边境线一字摆开美味佳肴，面包牛奶方糖，崭新的公共汽车，早已发到大家手里的侨民证，五十万张侨民证，带上这个本本，一夜之间就能进入天堂。人们就这样经不住诱惑，带上值钱的东西，离开祖祖辈辈生活的家园到异国他乡去寻找美好的生活。村子和牧场只剩下老人、妇女和娃娃。老人们自己不走，还要去劝那些疯狂的年轻人，年轻人有的是力气，他们毫不客气地掰开老人的手指，跟撇一捆柴一样把老人撇到路边的阴沟里，撇在村子里。那些顽固不化的老人总是坚持不懈，从阴沟里爬起来，仰躺在大路上用身体顶住大车轮子：要走就从我的身上轧过去吧。年轻人有年轻人的法子，他们就把老人的手脚捆起来，往沙地里一丢。喜欢恶作剧的年轻人把老人装在车上："老爷爷跟我们一起走吧。"就这样到了国界，老人自己着急啦，挣扎着从车上滚下来,年轻人哈哈大笑,国界那边邻国的边防军也哈哈大笑,笑得更响亮更开心。年轻人把名字都改了，全都斯拉夫化。后来就没有这么客气了，大家不但要带上自己家里的东西，还要带上公家的东西，银行、百货公司、仓库成为冲击的目标，小镇被一扫而光，县城，甚至专署所在地也危在旦夕。这就是 1962 年春天发生的事情。整个国境线空荡荡，出于对伟大邻国的无比尊敬和信赖，好多年都是有边无防，千里国界无一兵一卒，纵深两千里也没有军队。领导急得团团转，乌鲁木齐离边境地区太遥远了，告急求救的电话电报源源不断。打开地图，秘书们找来各种资料，在准噶尔盆地中部有一块新开辟的农场，那儿恰好有一位野战军出身的团长，没有具体的职务闲置着，据说犯了错误停职检查。

"他犯什么错误啊？"领导最关心这个。

秘书的声音降了八度："抛弃了老家的妻子，另搞了一个女学生。""热爱女人的男人是不会背叛祖国的。"领导如同神灵附体，说出这样掷地有声的话，直接跟那位团长通话，大家听得清清楚楚，领导一字一顿地向那个遥远而偏僻的农场发布命令："我命令你迅速组建一支小分队，奔赴塔尔巴哈台，封锁巴依木扎山口和库则温山口。"

那个停职检查的团长就这样成为边境地区说一不二的真正的团长，接电话的时候两个端枪的卫兵押着他，放下电话时，卫兵乖乖听他指挥。整个垦区骚动起来，脚步声、马的嘶叫声，垂挂在白杨树上的铁铧当钟用。人们哇哇叫着去马号里牵大马，去武器库里领枪支弹药，人们潮水般往团长跟前挤，团长走过来时又闪出一条小甬道。团长那双眼睛嗖嗖嗖在人群里飞蹿，挑中的都是精壮汉子，都是二十出头的小青年，黑楂楂的胡须刚刚盖住他们的嘴唇，就像地里长出的头茬苜蓿，谁都能闻到那股子香味。团长对他挑选的兵将很满意："不错，这小子不错，你，就是你，牵马去，操家伙去。"几千号人只挑出二十个小伙子，他们牵着大马挎着长枪，腰里挂着刀子，蒙古刀库车腰刀什么刀都有，光是手里的鞭子就让人眼馋得不得了，啪啪响几下，马就开始尥蹶子，在地上团团转，随时都会变成一股风暴拔地而起。那些老兵开始嚷嚷了，这是一支从朝鲜战场撤下来的部队，战马和枪总是让他们热血沸腾。团长才不理他们呢，团长咳嗽一下说："你们都老啦，咋好意思拿枪呢，枪是年轻人的事情。"

"你呢？你跟我们一个样，胡子比屌长。"

团长才不理他们呢，团长给政委叮咛几句，带上二十个小伙子，一声上马出发，高大的白杨树夹着的大道上就冲起一股烟尘。人们伸长脖子遥望远方，羡慕、嫉妒很快变成一团一团怒火，他们现在可以放开胆子骂这个狗日的团长了，很快就骂到问题的关键："狗日的弄了一个丫头，屌长啦，长得跟胳膊一样。"

女人堆里那个十九岁的女兵一直在远处看她的团长，四十岁的老兵在那个春天一下子年轻了二十岁，十九岁的女兵亲眼看到老兵跟鹞鹰一样跃上马背，举着长枪，疾风般奔向远方。那些咒骂声传到她耳朵里，变成火焰在烘烤她，她随着人流往回走，她走在后边，听那些男人愤怒的咒骂。她回到地窝子，整个人跟火炭一样，地窝子的中央有一个土炉子，她往里边丢一根梭梭柴，眼睁睁看着火苗把坚硬的梭梭解开，裂缝里喷出更凶猛的火焰，跟荒原狼一样恶狠狠地吼叫着，她用大铁壶压住火。她趴到窗口往外看，地窝子的窗口紧贴地面，大地平坦辽远，目光可以贴地面飞蹿。

“塔尔巴哈台山。”

她从箱子里翻出地图册，蓝色塑料封皮的地图册，她很快找到那座山，也找到那个叫作塔城的小城。狭小的地窝子，苇把子拱顶，不停地掉下土渣，她跟草原上的女人一样用围巾把头发扎起来。她的肚子里热乎乎地动了一下，她啊呀叫起来，她张大嘴巴捕捉那种奇妙的感觉。事实证明：那年春天，玛纳斯河畔的地窝子里，许多女人都有了身孕。那是千年荒原极其罕见的迅猛无比的春天。她在巨大的喜悦中再次翻开地图，查出塔尔巴哈台的原始含义，地图册里清清楚楚地写着：塔尔巴哈台，蒙古语，旱獭的意思。八个月后，也就是第二年春天，她生下一个真正的旱獭，毛茸茸的胖娃娃。而她所想象的塔尔巴哈台山跟实际分毫不差。半个月后，她和一群女人来到塔尔巴哈台山，她惊讶得说不出来话。

现在，她在玛纳斯河畔的地窝子里，跟看电影一样看着她勇敢的团长奔向群山和草原，奔向骚乱的边境线。我们的母亲们连梦都没有，她们仅仅意识到自己怀孕了。挖渠下田的时候要留个神，她们做梦也想不到会离开刚刚开垦出来的美好家园，把孩子生到几千里外的塔尔巴哈台山。“就跟一群旱獭一样在地下挖个洞，就是我们的家了。”多少年以后，母亲们还在诉说自己的不幸。1962 年春天的时候，她们只认一个死理，她们将是玛纳斯河畔第一代生养孩子的女人，她们骄傲得如同肥壮的大母牛，浑身洋溢着生命和富足，高声大气地说笑，以消除疲劳。谁也没有注意到西北角那个小小的地窝子里，那个十九岁的女兵用她巨大的梦想把所有人都卷进去了。她开始呼叫塔尔巴哈台。

据说旱獭是大地上胆子最小的动物，它的个头只有小板凳那么大，锋利的牙齿不是用来厮杀搏斗的，只能咀嚼野苜蓿和针茅，勤快的手脚既不能当武器也不能像鹿或者黄羊那样疾风般奔跑，那双短粗结实的手啊是专门挖洞的。它一口气能挖十几米深的地洞，那疯狂劲儿跟猛兽差不多，手脚并用，最激烈的时候就用牙咬，岩石被咬得粉碎。让人不可思议的是它的手脚和利齿面对地面上的任何动物都无能为力，只要往地里一钻，大地就裂开一道缝，确切地说大地跟一张纸一样被这种罕见的神力撕裂，任凭它大显身手，直到精疲力竭，一动不动地缩在地层深处。那是一个斜下去的深洞，扎进去十几米，缩成一团的小旱獭微微颤抖着，它紧贴着地洞的底部，大地汇聚着四面八方的力量来抱住它，它才慢慢地安静下来，大地也安静下来，在地洞里它才有安全感。

地洞也不是永久的安全之地，熊能扒开地洞，旱獭无路可逃。熊的走动声是很特别的，尤其是那种缓慢的脚步声，由远而近，从容不迫，很准确地找到洞口，然后就停那么一会儿。旱獭紧张死了，它根本不知道自己的哀鸣有多么响亮，那是一种类似小狗的尖叫，草原上的人们都把旱獭叫犬鼠，对熊来说，又肥又胖的小旱獭是一道美味，旱獭又有雪猪的美名。小旱獭可不喜欢雪猪这种叫法，它同样也不喜欢犬鼠，犬是牧人的宝贝，熊是不敢招惹犬的。旱獭就是旱獭，孤单无力，在棕熊可怕的挖掘声里，它停止了尖叫，也不再颤抖了，它的屁股和嘴巴顶在一起，跟圆球一样，在熊爪落下来之前，旱獭就已经感受到了地面上所有的冰凉和寒气，有时，狂暴的熊会一掌下去，把旱獭拍得稀烂，然后用屁股搓啊搓啊搓成泥巴，那些饥饿的熊要优雅一些，轻轻抓起缩成一团的小旱獭，往大嘴里一丢，就像壮汉吞吃鸡蛋一样。熊一口气可以吃掉二十只旱獭。地洞再深也没用，熊总能揭开大地，跟揭被子一样把旱獭堵在窝里。千百年以来，旱獭一直梦想着打出一个很深很深的洞，一直打到大地的心脏，可恶的棕熊总不能捣毁大地吧。那仅仅是一个无法企及的梦想，最深的洞只能打到二十米左右，棕熊稍用点力就可以让旱獭暴露在光天化日之下。

地上的猞猁、雪豹和狼，天上的鹰、鹫更是迅猛异常，只要是食肉动物都能追捕旱獭。只有野兔、黄羊和虫子不伤害它们。能让旱獭生活的地方一定是大地上的乐园，那里没有厮杀和战争，只有牧草和虫子。一代又一代的旱獭跑遍了大地的角角落落，它们把窝建在高山的陡坡和河谷的陡坎上。相传天山和帕米尔高原是旱獭最理想的家园，尤其是帕米尔高原，为了适应高寒地带的气候，旱獭的背上长出一绺赤褐的长毛，跟汗血马一样，灰旱獭成为红旱獭，那是一种高贵的品种，尽管数量很少，却很有号召力。中亚大漠的旱獭乌云一般拥向世界屋脊。即使到不了帕米尔高原，美丽的天山也可以满足它们的心愿。辽阔的哈萨克大草原即使狂风般的野马群也要奔跑好几个月。小板凳似的旱獭要穿越大草原该有多么绝望，那条横亘在阿尔泰山和天山之间的低矮的山冈成为旱獭们泅渡茫茫苦海的岛屿，旱獭可以在这里喘口气；那是多么漫长的一口气啊，旱獭再也没有气力奔跑了，因为它们在这些低矮的山冈上打出几十米深的地洞，它们从来没有打过这么深的洞，更让它们不可思议的是在洞的底部竟然拓宽，向左向右，整出一个宽敞的大厅。那些雌旱獭竟然弄来柔软的干草，雌旱獭仿佛神灵附体，很快打出一个小洞，那是大小便的地方，离厕所远一点，再打一个更宽敞的洞，弄出一个平台铺上干草，一个温馨的家出现在大家面前。无论是雄旱獭还是雌旱獭，谁也没有想到它们会有这么大的力量，它们能建造这么一个家园。离天堂的大门还很遥远，刚好摆脱地狱的阴影，这就是家园。更多的旱獭汇聚在这里。好多年以后，那些征服了世界的蒙古兵战尘累累来到这里，他们从故乡哈拉和林出发，翻过阿尔泰山，横扫欧亚大陆，沿着大西洋和印度洋辽阔的海岸线一直绕到喜马拉雅山，并翻越了那座世界最高的山峰，进入中亚黄金草原，他们再也不想打仗了，他们太累了，他们从马鞍上滚下来，躺在山坡上再也不想动了。他们身子底下就是美好无比的旱獭窝，他们就像躺在一堆海绵上，他们梦中的大地热烘烘软乎乎，跟肉团一样。他们梦见了故乡，无论是兴安岭还是不儿罕山，山上长满金黄柔软的乌拉草，比绸缎还要光滑柔软的乌拉草啊，哈拉和林的乌拉草，他们醒来的时候，一下子就看到了世界上最善良的小动物，……胆子最小的旱獭竟然不怕胆子最大的蒙古兵，因为旱獭身上粘着几丝金灿灿的干草，蒙古兵眼泪都下来了，他们以为到了故乡，哈拉和林故乡，故乡的动物呀，故乡的小宝贝呀，他们就把这个小宝贝叫哈拉。多么响亮的名字——哈拉！跟人一样，哈拉是小名，蒙古人还要给旱獭起一个很庄重的大名：塔尔巴哈台。蒙古人用旱獭油医治身上的刀伤，用旱獭皮做帽子，他们成了群山和草原的牧马人，恢复了草原人的天性。那一天，旱獭生命里的高贵与梦想一下子爆发出来了，那只最优秀的雄旱獭一口气打出三十多米深的洞，不是为了生存，是好奇心，是梦想，驱使着旱獭去冒险。在这只雄壮的旱獭之后，第二代、第三代旱獭接着打，它们越来越相信上天赋予它们的那双利爪，短粗有力，那简直是一台挖掘机，向大地的腑脏挺进！越深越艰难，第三代第四代的旱獭穷其一生只能前进一两米。对整个旱獭世界来说，那来自大地深处的挖掘声总是让它们激动不已。连那些牧人也会把耳朵贴在地上倾听这激动人心的声音，放牧的生活枯燥寂寞，一想到大地深处那个圆滚滚的小生命，牧人郁闷的心一下子就开朗起来。

1962 年的春天，那个十九岁的女兵趴在玛纳斯河畔的地窝子里，她的腹部地震似的动了一下，她根本没有意识到她身体里的生命，她一门心思看那只大地深处的小旱獭，爪子短粗有力刨啊刨啊，在群山腹地，她的团长举着长枪骑着大马也在跑啊跑啊。

大地是没有尽头的，大地越来越辽阔，辽阔得让人绝望，无论是人还是旱獭，全都瞪大了眼睛。

二

刚开始，女兵是用地图来认识新疆的，新疆的山川河流、草原戈壁城镇交通线都印在她脑子里。国家号召青年人把火热的青春献给大西北，特别是女青年，报名就可以穿上军装。每年都有大批的有为青年放弃学业奔赴边疆。她渴望早早长大，长到十八岁就可以报名参军。从初中开始她就拥有一本漂亮的地图册，每次翻开之前她都要轻轻摸一下光滑的塑料封皮，坚硬而有质感，大戈壁应该是这样子，无边无际的石头，她从图片上看到辽阔的戈壁，还有戈壁上的绿洲。她向往绿洲。据说绿洲是军垦战士从荒漠里开出来的。绿洲在地图上是一个个小黑点。当这些黑点变成实物出现在她面前时，地图一下子就被冲得没影儿了。她脑子里装满了新疆、中国以及整个地球的地理知识，可她连家门都没有走出过，一个小县城就是她的世界。辽阔的中亚大地就很容易吞掉那本漂亮的地图册。

她可不想让她的地图册沉没在瀚海里，她从不放过任何一个炫耀地理知识的机会，司令部那帮小参谋都不是她的对手，他们没上过学，是在部队的识字班里突击学的文化，他们喜欢请教这个内地来的女兵，他们制订出来的方案常常出错。团长是个粗人，常常把漏洞百出的计划呀方案呀，摔在小参谋的脸上，团长决心教训一下这个自命不凡的女兵，团长把女兵叫来告诉她：明天去小拐。小拐就是玛纳斯河拐弯的一个地方，玛纳斯河从天山腹地呼啸而下，在准噶尔大地拐几下就消失了，团长说："听清楚了是小拐。"女兵很快在地图上找出小拐。出发时团长告诉随行人员听"地图册"的，司令部的人都把女兵叫地图册。女兵是第一个拥有地图册的人。大家谁也没见过地图册，地图从来都是贴在墙上的，把地图搞成一本书确实是一件了不起的事情。团长也不敢轻易得罪这个拥有地图册的小兵。女兵挺得意。她可以指挥一大帮人，别人骑马，她坐车，坐司令部唯一一辆美式吉普。她把大家领到大拐。团长的脸就黑下来了："我们自己去小拐。"团长骑上马，领着大家走了。女兵和司机留在车上，还有刚下马背的小参谋。三个人沿着玛纳斯河乱串，第三天才赶到小拐，还是用步话机联系上的。三个兵开着一辆车，被狼群追赶着，狼跟风暴一样掠过大地，女兵吓得哇哇大哭。刚开始两个男人还安慰她，后来谁也不理她了，一个拼命开车，一个拼命放枪，子弹打光了，只能狂奔，直到团长的马队赶过来，马刀亮闪闪，劈倒一大片狼，狼群才散开。大家都以为这个被吓软的女兵会乖乖爬出吉普车，团长也是这个想法，团长勒着马嚼子有点扬扬得意。女兵哆嗦着从车里爬出来，抓起一块尖石头朝团长砸过去，马被砸得跳起来，嘶叫着朝大漠深处狂奔，政委参谋长全都大笑。团长身经百战，子弹都奈何不了他，女人和马只能给团长增添一些男人的风采。谁也没有想到团长会栽在女兵手里。狂奔的马踩在旱獭窝里，马蹄子咔嚓一下断了，团长的两根肋骨也断了。骏马躺在地上发抖狂叫，团长捂着左肋爬起来。女兵永远也忘不了那惨烈的一幕，骏马一声长一声短地叫着，骏马的眼瞳闪射出一道奇异的强光，团长爬过去，把马脑袋抱在怀里，团长跟马一起发抖呻吟，马已经叫不出声了，白沫喷满了团长的脸，像涂了肥皂，团长站起来，用手枪顶着骏马的脑门开了一枪，团长的半面身子红了。

团长在医院里躺了三个月。女兵去看望团长，大家都用奇怪的眼光看她，团长说："不怪她，怪我自己，我想整人家，结果让旱獭整了我一下。"气氛一下子就缓和起来，团长说："我可被整坏了，我打了二十多年仗，没受过伤，一只小旱獭就要了我两根肋骨。"那只小旱獭并不知道自己惹的祸，它很好奇地爬出来看这些军人，有人举枪要打，被团长制止了，谁都知道真正的草原骏马是不会踩到旱獭窝里的。团长的坐骑来自陕北高原，还不熟悉大漠的地形。

大漠就必须有旱獭，磨炼出大漠的骏马。团长很佩服这只了不起的旱獭，团长忍痛对旱獭说：“快去打洞吧，往深里打。”小旱獭倏一下钻进洞里，大地的心脏就跳动起来了，忽倏忽倏，从地洞里涌出一堆堆新土。女兵小声说：“我和旱獭合谋害了你。”团长就笑：“你要能跟旱獭合谋那可了不得，旱獭是大漠群山的活地图，土壤水文沙石的分布它都清清楚楚，它跟编笼子一样把地球抱在怀里玩。”女兵开始对她的地图册发生动摇：“地图是按科学绘制出来的呀！”团长说：“那只是个大概，一条大河在地图上就是一条弯弯曲曲的线，你要是沿这条河走一遍你的感觉就不一样了。”

“我不相信你能走多少地方。”

“我走遍了大江南北，我见识过各种各样的地图。无论是我们的军队还是国民党的军队，用的地图都是日本人绘制的。日本人很早就深入中国各地实地考察跟姑娘绣花一样做出这么精致的活儿，你不服不行。我在山西前线最后一次看日本人绘制的中国地图，看完就收起来了。”

“你想看我们自己绘制的地图。下一次我给你带来。”

她带来了她的地图册，她找到玛纳斯河，她怎么也搞不明白地图会骗了她。团长说：“地图没有骗你，河流的位置没有错，你应该想到河流不是一条简单的线，这就需要经验，经验是用两条腿得来的。”

团长很快就痊愈了，团长带着女兵和那些小参谋沿着玛纳斯河走了好几个月。女兵再一次看地图册时，那些小黑点和线条总是带着形体带着声音和色彩，河流以及大地上的一草一木一下子有了生命，她知道河流的汛期和涸水期，她知道河流左岸和右岸的不同，她知道风把树木变成阴阳两个面，她还知道山脉的走向，她知道的东西太多了。她跟一个孩子一样对大地、对地图充满了好奇，她指着那些陌生的地域问团长，这个老兵竟然能准确地描述出那些未知领域的一切，那可是一片处女地呀，连那些地方他都清清楚楚，他是一个什么样的人？

女兵的好奇心越来越强烈，团长没多少文化，团长甚至不知道处女地这个词儿，女兵就小声告诉团长：“从来没有开垦过的土地就叫处女地。”

“不就是荒地吗？我迟早要把那些荒地开出来，老子从五家渠开到石河子开到玛纳斯开到大拐小拐，老子要一口气开到边境线，把种子撒到边境线上，哈哈哈，多么辽阔的土地，在口里你看不到这么大的土地。”

“他简直就是一台拖拉机。”

那是全团唯一的拖拉机，团长驾上铁牛冲过去。前方是一望无际的覆盖着一尺多厚草皮子的荒原，拖拉机猛然发出震天的怒吼，犁刀切开处女地的胸膛，泥土的芳香冲天而起，带着呛人的腥味。粗犷辽远的犁沟，如同闪电，划破天空和大地，从她的双腿间从她的腹股和胸脯上一拥而过，开垦处女地必须用铁，用锋利的铁！她目瞪口呆，她一下子感受到大地深处那个雄壮的生命。雄旱獭在挖掘很深很深的洞，在使劲刨啊使劲刨啊，有一个很深很深的洞，深不可测，一直深到大地的心脏。刚到新疆不久，她就听牧民们说过古老的生命树。据说在洪荒的远古时代，大地上空旷无边，寂然无声，没有生命，什么也没有。创世主迦萨甘寻思着给大地创造一些有生命的东西。于是迦萨甘就在大地的中心栽了一棵生命树。生命树长大了，结出了茂密的“灵魂”。灵魂的形状像鸟儿，有翅膀可以飞。那些飞出地面的灵魂随地赋形，产生出人和各种动物。据说连植物也是生命树上长出来的。从那时起大地就充满活力。根深叶茂的生命树，她就要这么一棵树！

女兵扶着犁吆着两匹大马向大地深处挺进，翻起的土块一浪高过一浪。泥土圆润饱满，就像切开的鲜肉，壮美无比的腱子肉，泥土的肉，大地的肉，草原女人就是这样赞美自己身上的肉：“噢哟，瞧她的身腰，肉肉的，瞧她的屁股，肉肉的。”在玛纳斯河畔的千年荒原上，十九岁的女兵一下子瘫在地上……拓荒时代常常发生这种事情，人们被大地的神力挟带着，直到用尽最后一点点力气，就彻底地进入睡眠状态，被牲畜拉着走，在行进中酣睡，炊事员把饭送到地头，有的人吃着吃着碗掉在地上，嘴里还衔着馍馍，胸膛里已经响起炽热的呼噜声。——十九岁的女兵被大地的肉体融化了，谁也没注意她，大家都当她累了，就让她歇一会儿吧。春天的大地跟毯子一样。

团长最后离开战场，拓荒时代的人们把种地当打仗，团长还是野战军的习惯，喜欢一个人巡视战场。大地静悄悄的，荒原向远方逃去。团长刚开始并没有发现女兵，团长看见犁沟里的旱獭，小旱獭的眼睛黑丢丢的，它不明白人们为什么跟它一样刨出这么多新土。它这儿瞧瞧那儿嗅嗅，只有大地深处才有这么新鲜而浓烈的气息，小旱獭仿佛回到了温暖的地洞里，小旱獭滚啊滚啊快滚成一个皮球了，小旱獭滚到洞口都不知道，大地张开嘴巴把它咽下去。团长一直跟踪到洞口，团长的手伸进去，团长摸到一团毛茸茸的肉，热乎乎的，团长的脸抽一下，团长是个结过婚的人，团长整个手臂全伸进去了，就像被大地吸下去的，从团长的脸上可以看出他有多么沮丧，那团热乎乎的肉逃脱了，从地面上可以看出旱獭逃窜的波痕。团长跟孩子一样犯了牛脾气，执着得不得了，顺着犁沟，犁沟又深又长，大地深处任何微妙的波动都可以从犁沟的细土上看出来，细土扑簌簌滑下来，团长奔过去，奔过去，团长终于发现了他的旱獭。小旱獭穿过大地深处从女兵怀里钻出来，女兵又惊又喜，真像从她身上长出来的一团肉，女兵一下子跪在地上，抱住这团大地的肉，亲啊亲啊亲不够，团长走到她身边她都不知道，圆滚滚的旱獭身上多了一双男人的手她都不知道，男人和女人的手，四只手又是抱又是摸，圆滚滚的旱獭越来越圆，成了圆皮球，在男人和女人身上滚过来滚过去，一下子滚进了洞里，旱獭进去了，团长也进去了，只有女兵傻傻地看着这一切，女兵从苍穹顶上看着大地上的自己，看着自己身上的洞，旱獭在洞里刨啊刨啊，团长跟真正的拖拉机一样扬起锋利的铁铧扎进去，深深地扎进去……在陕北老区，团长早已娶妻生子，本来打算年底接妻儿到新疆落户，领导也跟他谈过了，他的职务是农某师的师长，少将军衔，垦区第一座新城大楼是他的办公室，带小院的砖房是他的家。现在这一切全都土崩瓦解，四十岁的已婚男人在玛纳斯辽阔的大地上进入处子状态，她的团长已经不是团长了而是传说中的生命树，一棵根深叶茂的大树出现在女人身上，她成为玛纳斯最幸福的女人。

团长什么都不顾了，王震、张仲瀚，以及他的铁血战友都不行，都劝不动他。犯这种错误的团长全被撤职查办降为士兵。战友们火了："降为士兵你懂不懂？革命几十年你白干了，一切从零开始，你四十岁了，不是小伙子了。"团长只记住后边这个小伙子，十九岁的女兵给他的感觉绝对没有错，他还是个小伙子。一切从头开始，开天辟地，创世纪，他的血又热起来啦。多么可笑，大军开到酒泉时，老兵们闹情绪了，革命一辈子就扔戈壁滩上啦。大家只敢在底下瞎嚷嚷，谁也不敢找王震王胡子。团长有这胆子，他给总司令当过护兵，他闹王震又不是一次两次，他嘟囔着找王震要房子，要在兰州城里安个家，接陕北的老婆孩子过日子，新中国成立了，老革命过小日子没有错吧。王震一下子火了，召开军事会议当着几百号干部的面，质问他："戈壁滩留给谁？留给毛主席，你去住中南海，你去不去？我马上打电话在中南海给你腾房子，你去接老婆孩子吧。""我不是这个意思。""不是这个意思你就给我滚！滚远远的，你以为这是南泥湾呀。"当年在南泥湾他就闹过一回，发誓不种地，十四岁参加革命的红小鬼，身经百战，伤痕累累，他为此而自豪，江南老家的田园生活早都忘光了，听见枪炮声就如同神灵附体。部队开到南泥湾，他丢下锄头溜回山西前线，他宁愿当一名士兵去冲锋陷阵，也不愿去开荒种地。不久，王震的部队也开到山西，大战开始，他在山西前线，一口气挑了二十个日本兵，最后一个日本兵跪在他跟前，他已经杀红眼啦，收不住那颗野马似的心了，刺刀一抖，跪在地上的日本军曹被甩出十几丈，他被喷成一个血人，他跟抹汗水一样在脸上抹一把一甩，甩掉那些血浆。这一切，王震在望远镜里看得清清楚楚，血人还在战场上奔跑，大吼着，抖着刺刀，又倒下一大片日本兵。血雾笼罩天空，血人狂叫不断，一群丧失斗志的日本兵鬼哭狼嚎，缩在山洞里，谁都能听到那是哀号，是精神彻底崩溃后的哭号，血人已经是铁石心肠了，端着刺刀在洞口大叫，战争所具有的恐怖状态一下子到了极限。王震下令："把他拉回来，把他拉回来。"特务连十几条汉子费好大劲才制服血人。"他的血还是那么热，咋办呢？"

王震捋着大胡子："先让他冷静一下，以后会有大用场的。"

团长在地窝子里冷静了一个礼拜，就被放出来啦。这事非同小可，领导想来想去放心不下，就给远在南疆的王震汇报这件事，电话那边没有声音，领导就强调：只给他二十个人没敢多给。王震说话了，王震说："他还会问你要人的，要多少给多少。"领导吓一跳，以为听错了，王震说："那是十万大军的防区，二十个人顶一个野战兵团。"领导还没有反应过来："军队马上会开上去的。"王震叫起来："我们要的是庄稼，让塔尔巴哈台山长满麦子和土豆，这比坦克和大炮重要得多。"领导在琢磨王震的话。王震已经笑起来了："千里边防危在旦夕，你干了一件大好事啊，你很及时地把我们的雄狮从狗洞里给放出来啦，就让他到他该去的地方去吧。"

团长真的成为一头狮子，关禁闭的一礼拜没刮胡子没收拾头发，刷子一样的头发全都愤怒了。不停有人摔下马背，那人挣扎着又重新上马，咬紧牙关追赶队伍。马离开草原变成耕马已经好几年了，已经适应大田里耕地拉车驮柴火，马就很艰难地寻找着那种在群山和草原上疾驰如飞的感觉。二十个小伙子差不多都被颠下马背，进入群山腹地时已经伤痕累累。大家都有些狼狈。团长根本看不见他们的狼狈相，团长大声吆喝："不要跟娘们似的哼哼唧唧，你们很快会碰到大群大群的女人，那时你们会害臊的。"

“我们没有哼哼唧唧，团长大人你听错了。”

“我长耳朵呢，我的耳朵不是样子货。”

团长一脸怪相，把小伙子们给激怒了。

“不要用这种眼神看我们，小心我们揍你。”

“那就让草原和群山看你们吧，我的眼睛算狗屁！”

团长一抖缰绳，胯下的马就蹿出去，小伙子们全都蹿起来啦。山势猛然开阔，远方的山顶跟猛兽一样呜呜怪叫。团长俯下身子差不多贴在马背上。大家都学团长的样子。大风就过来了，马被风揭起来，扬起前蹄，直直竖立在地上，马背上的骑手几乎跟马融为一体，尤其是两条腿，跟钢圈一样箍紧了马腹，马的神力从腰腹间一下子爆发出来压住了狂风，马稳稳地站在地上，四个铁蹄抓紧大地，脖子和脑袋向前探着，马鬃飞扬，马开始跑起来，马脑袋跟铁铧一样在狂风中划一条道，风的裂痕越来越深，风跟布一样发出撕裂的声音。有时马要跳起来，房子那么大的石头在风中滚动，马轻轻一跳，就躲开炮弹一样飞蹿的石头。塔尔巴哈台山由北往南横在中亚细亚大草原上，东西两半全是一望无际的大荒原，平坦空旷，骏马半年都跑不到尽头，正好给风提供了机会，东西南北以及苍穹的大风全聚在这里，野风飞舞狂叫，比野马还要烈的狂风冲向塔尔巴哈台山，峡谷被风凿宽了，依然满足不了风的神速和密度，能揭掉的岩石全被揭下山去，被搬到山外的旷野上，打磨成碎石和沙子，山体全剩下骨头啦，全都是含着金属的矿石，坚硬锋利，风再也啃不动山体了。这些峡谷成为让人望而生畏的险境。

雄狮般的团长总算把他的人马带出老风口，他们在背风的山坡上喝些水，继续赶路。他们走的是近路，他们终于看到了山间大道，人们赶着车子，赶着牲畜，带着所有的家当往边境奔跑。团长一挥鞭子奔下山坡，马队紧随其后。谁也没注意这队人马已经跑了好几天了，要去国外太容易了，大家胆子就大起来。谁知道这些带枪的人是干什么的。团长和他的马队好不容易赶到人流的前头，团长大吼起来，人们在大风中可以听见断断续续的词：祖国、家园、亲人。人们还看到团长的愤怒，有个大胡子壮汉拉住胯下的骏马，马的嘶鸣打断了团长的吼声，那个壮汉开始大叫："不要听他的，中国是社会主义，苏联也是社会主义，是更美好的社会主义，那边有我们更美好的家园，朋友们走啊。"团长冲上去毫不客气给他一拳，正好砸在鼻子上，鼻梁塌陷鲜血涂了一脸，就在他摸腰间的刀子的瞬间，团长另一拳狠狠地击在马脑袋上，马轰一下倒在地上断气了。噢哟哟，人群乱了，草原上一千年才能出现一个用拳头击毙烈马的英雄。

"他是一只雄狮，他是雄狮玛纳斯！"

"巴图鲁草原上的巴图鲁，玛纳斯复活了。"

人流往回返，分成许多支流，顺着群山间的小道往自己的村庄和牧场里走。还有一些固执的人，都是些时髦青年，很不服气地停在大道上，准备强行通过。不能怪年轻人幼稚，直至事件发生，连基层干部都晕头转向，那边一直是亲如一家的老大哥，一下子要转过弯来太难了。团长也不打算为难他们："公家的东西留下，带上自己的东西爱去哪就去哪。"他们每人有好几匹马，驮得满满的，许多东西是从百货公司抢来的，谁也不愿意丢下东西光身子去国外，他们一声呼啸冲过来，团长就用他的铁拳，又狠又准，不断有马匹倒下，长嘶后断气，拿刀子的年轻人与刀子一起飞出去，跟活羊身上扒下的羊皮一样摔在地上。团长和他的马队排成一行，要穿过这道铁门关比登天还难。饱尝铁拳之苦的年轻人，乖乖卸下公家的东西，牵上马从马队中间走过去，走出很远才敢爬上马背，他们很快就轻松下来，去做别人的奴隶。

团长和马队穿过许多空荡荡的村庄，寂静的村庄没有人声，没有炊烟，跟坟墓一样。有些村庄只剩下老人妇女和娃娃，都很奇怪地看着这支部队。团长摸着孩子的头说不出话。团长再也不走小道了，这些空荡荡的村庄让人两眼发黑。他们奔上大道，直扑塔城。

塔城混乱的景象让人吃惊，商店百货公司全被抢光了，叛逃的人已经变成暴徒了，在饭馆里大喊大叫，跳俄罗斯舞拉手风琴唱俄罗斯歌曲，全身俄罗斯打扮，暴徒们在围攻银行。团长告诉他的马队：可以用刀子，千万不要开枪。团长先冲上去，团长这回就不用拳头了，天黑了，谁在乎你的拳头，团长舞着马鞭左右抽打，打出一条通道，他的马队一下子冲过人群，冲进银行大院，手持大头棒和刀子的暴徒喊叫着冲上来。团长和马队一天一夜没吃饭了，银行的同志守着铁门，大家就在院子里喝开水啃干馕。暴徒已经爬上墙头。团长扔掉茶碗："孩子们上马，用鞭子抽他们的脊梁。"铁门打开，团长和他的马队暴风般冲出去，鞭子在暴徒的背上发出暴雨般的响声。"噢哟，我的眼睛，我的眼睛。"团长一下子发现了这个秘密，团长雄狮般吼叫起来："背叛祖国的狗杂种要眼睛干什么？"鞭子横着抽。明天，边境那边就会出现许多瞎子。

银行保住了。马队去专署，专署有个警卫班。马队沿大街小巷狂奔，老远可以听见团长的吼声："狗杂种听着，这是中国领土，有良心的扔掉你娘的侨民证，老子再要看到侨民证就拧断你们的脖子。"狂热的年轻人全聚在饭馆里，他们直到饱尝了团长的铁拳才有所收敛，愤怒的团长连手风琴也给砸了，团长拎起一个赖巴唧唧的小青年："唱中国歌曲，唱哈萨克民歌——《金色的阿尔泰》，你不会唱，你只会唱苏联歌曲。我拔下你的舌头。"赖巴唧唧的小青年真不该亮那个小本本。他从胸口摸出侨民证："我已经是苏联公民了，你松开手。""你的护照呢？""护照！哈哈哈，全世界任何一个国家我都可以去办护照，到中国还要护照？朋友，告诉他，我刚才干了什么？"他的朋友笑得喘不过气来。饭馆的职工实在忍不住了："他们白吃白喝，把屎拉在锅里，这是人干的事吗？这是一群牲口，不是人。"团长黑下脸："那你就再拉一泡屎，给你自己再拉一泡。"团长让饭馆的职工找来绳子，给小伙子扎上裤口，小伙子有点小力气，拼命挣扎："放开我，放开我，我有侨民证。"他的肚子重重地挨了一拳，肛门轰地一下就裂开了，他给自己美美地拉了一泡屎。想反抗的同伙差不多都挨了一下，全被打乖了，团长让他们打开自己的行李，最好是皮箱，果然有一个棕红色的皮箱，那口被污染的锅被端上来，那是个炒菜锅，正好能装在箱子里。箱子里的宝贝全被倒出来，作为赔偿送给饭馆，这才公平合理。团长说："吃饭要交钱，胡闹要制裁，没有护照，就是非法入境，朋友对不起，得押你们出去。"

马队打着火把，胸前横着长枪，押着一群狼狈不堪的家伙连夜往边境赶。塔城离边境线只有几十公里，天亮就到了边卡。我们没有哨卡，对方有铁丝网，有柏油公路，有装备精良的军队，有蓄意准备的食品和公共汽车，他们很快就发现这支奇怪的队伍。与团长会晤的是苏联的一个上校，团长告诉上校："这是一群非法入境者，在中国违法乱纪，太不像话啦。"上校微微一笑："是吗？苏联公民的道德水准不会低到如此程度。你瞧我们的小伙子，怕虫子和跳蚤，只好把裤口扎起来。"上校就笑起来了，苏联边防军全都笑。团长很严肃，拍拍年轻人的肩膀："你今年多大啦？""二十岁。""从今往后你可就是外国人了，我还想告诉你，在自己的国家挨一顿揍不丢人，到了国外不能耍二杆子啊。""我裤裆里难受。""忍一会儿就没事了，这些委屈都受不了，你在外边怎么混呢？等你用完了力气，做够了奴隶，你就会想起你的祖国，想回来就回来看看吧。"三十年后，这些叛逃者又拥到边境线上。家园已经有了主人。他们只能作为华侨回到祖国探亲，护照是有期限的。三十年中，他们几乎走遍了俄罗斯，几十万人，被分成许多小块，分散到中亚荒漠和辽阔的西伯利亚，苏联缺劳力，他们及时补充了劳动力的不足，俄罗斯人不愿意干的工作，全包给他们。当地居民又强烈地排斥他们，把他们当叛国者，当陌生人，他们倾其一生也难以融入陌生的土地，有人不停地结婚、离婚，差不多经历了苏联各民族的婚姻，直到腰杆弯下来，生命枯萎。正好三十年，祖国的日子好起来，什么东西都不缺，他们晚年只能做一件事，就是回国狂购，然后在无奈中离开。这是后话。

团长在国门留三个哨兵。然后去封锁巴依木扎山口和库则温山口。那是塔尔巴哈台山最险要的两个山口，从早晨爬到下午两点，太阳西斜的时候，他们才攀上山顶，手持刺刀的哨兵出现在山口时，整个群山欢呼起来："哈哈，山口安上岗哨了。"哨兵的身影被斜阳放大几十倍，投射到山的两侧，国界以外都被哨兵高大的身影遮住了。苏军狂躁不安，又无可奈何。

大规模的边民外逃接近尾声，人们老远看见山口的哨兵就纷纷返回故乡，只有少数亡命之徒，铤而走险绕过山口，从小道直奔国境。小道忙碌起来，牲畜是无法赶了，车子也走不出去，叛逃者带上最值钱的东西翻山越岭往国外跑。从群山到草原到乡村，公社和镇政府依然处在危急当中。团长和他的马队，一个公社挨着一个公社去救援。许多公社空无一人，门窗被砸烂，被洗劫一空。在比较繁华的小镇街上还有行人，有店铺；也有横行霸道准备出逃的家伙，他们一定要毁了这边的家园才放心地去投奔国外。他们算是倒了大霉，团长狠狠地教训了他们。在十字路口，有一个白发苍苍的牧民躺在地上拦一辆大车，人们议论纷纷，因为这是人间罕见的奇迹，从五十里外的牧场开始，老人就用身体堵车子，木轮大车从他身上轧过去，他依然没死，大声喘气，喘一会儿又爬起来，去追赶车子，赶上后又照样躺下，被轧上一回，因为车上有他的小孙子。儿子和媳妇跑的时候，老人抱着小孙子不松手，儿子和媳妇就带上大孩子跑了。跑出去之后又想孩子。这段时间，克格勃是最活跃的人，他们出没于国境两边跟逛大街一样方便，他们不要孩子的照片和地址，就能把孩子带出来。孩子现在坐在大车里，怀里全是外国糖果，还有一个玩具，孩子快乐啊，听不见爷爷的叫喊声，车上的大人骗孩子说，你爷爷跟咱们一起出国，你爷爷身体棒不用坐车，靠两条腿就能走到国外。孩子放心地玩，一点也感觉不到爷爷的苦难。谁都清楚，再轧上几回，就是神仙也会没命的。团长离开马队，疾风般冲上去，人们纷纷让路，有人喊：“玛纳斯，雄狮玛纳斯！”赶车的克格勃也听人们说过雄狮玛纳斯，千百年来流传在草原上的神话英雄竟然在一个汉人身上复活，这是克格勃难以忍受的，鼓动过来十几万，却复活一个古老的英雄，一个大英雄顶几百万几千万芸芸众生，克格勃什么都不顾了，克格勃只记得那个神话般的传说，用拳头击碎烈马的脑袋！绝不能让这种奇迹在这里重演。克格勃拔出手枪，另一只手把刀子插进车辕里的马臀，烈马一下子疯狂起来，枪也响了，子弹击中团长的铁拳，那鲜血淋漓的拳头毫不犹豫地击在烈马的脑袋上，马头咔嚓一声碎裂了，那只带血的拳头冲上去，重重地击在克格勃的脑壳上，这回可没有什么响声，跟捣一个软柿子一样，拳头涂满脑浆。团长还是感觉到疼痛，断了两根手指，团长用牙咬掉断指，跟吐唾沫一样吐到地上。车轮已经从老人身上轧过去了，老人一动不动，大家以为他死了，团长给他喝水，他在休克状态中喝下一大缸子热水。小孙子连哭带叫，出逃的人还是要带走孩子，团长说：“这不行，等老人醒了再说。”

“他醒不了啦，就是醒了，一个九十多岁的老头子能把孩子带大吗？”

死亡中的老人听见这话一下子生气了，他还没彻底活过来呢，他就吼开了：“我要活到一百三十岁，给孙子娶了媳妇我才能闭上眼睛。”他的眼睛睁开了，光一点一点亮起来，跟绒草上燃起的火苗一样，老人活过来了。按草原的习惯，马蹄踩不死、车轮轧不死的人，不是萨满就是阿肯，这些角色老头都不喜欢，老头要做玛纳斯奇（玛纳斯歌手）。

车轮轧不死的老汉

我的命得到上天的庇护

我的歌声即将成为飓风

成为日月之光和奔腾的河流

成为冰雪暴

铺天盖地歌唱草原和群山的英雄玛纳斯

看吧，雄狮一样的玛纳斯就在我们身边

一千年才能出现的雄狮

从叶塞尼河到天堂般的伊犁

现在他来到塔尔巴哈台

活泼可爱的旱獭，快钻出地洞吧

快来听听我的歌声

我的歌喉演唱的不仅仅是英雄传奇

它是我们祖先留下的语言

它是战胜一切的英雄语言

它是像种子能够繁衍的语言

它是绵延不绝，滔滔不绝的语言

玛纳斯的故事啊，谁也唱不完

高山倒塌夷为平地

岩峰风蚀变成尘雾

大地龟裂成河川

河谷干涸变成荒原

荒滩变成湖泊

湖泊变成桑田

山丘变成了沟壑

冰川变成了河湾

一切的一切都在变幻

雄狮玛纳斯的故事却一直流传到今天

在玛纳斯奇的歌声中，雄狮团长和他的马队走进镇机关大院。大街上人声嚷嚷，机关的工作人员却躲在房子里关上门，抢劫还没有蔓延到这里，自己已经把自己关起来啦。打开一间房子，只见一个人蓬头垢面战战兢兢守着电话机，这就是堂堂的公社书记，跟见了救星一样露出灿烂的笑容："啊，你是团长，你带大部队来啦，太好了。你千万得给我派些人呀，我这里有百货公司有银行有邮局有仓库。"

"有人没？"

"人当然有，可有人没有用呀！"

"为啥没有用呢？"

"我们没有枪呀！"

"那些坏蛋有没有枪？"

"没有，可他们有刀子有大头棒。"

"这就对了，为什么我们就不能把人组织起来也拿起刀子棒子来保卫国家财产呢？"

公社书记跟个孩子一样在接受启蒙教育。

"同志，我劝你不要坐在房子里靠电话机向上面伸手了，应该走出房子，把人组织起来，你的腰杆子就硬了。"

公社书记奔到伙房去掂着菜刀斧头还有秤砣，挨着门叫他的手下赶快起来。

"你拿秤砣干什么？"

"可以当手榴弹用。"

那些黏土没有生命，上天吹一口气，那黏土就成形了，腰杆就直起来了。通往天堂的大门没有钥匙，剑就是它的钥匙。

所有的人都听见群山上空滚动的吼声，雄狮团长跑遍了八百公里的塔尔巴哈台山和巴尔鲁克山，他给那些丧失斗志的人以勇气，他的声音令人振奋："我一定要把孩子生在这里。"就在那一刻，远在玛纳斯河畔的女人和孩子就注定要迁往塔尔巴哈台，连团长自己也没有意识到这一点。团长不是一个独断的人，团长和他的马队三四天没有好好休息，他们在一个平缓的山坡上受到阳光猛烈的阻击，那是中亚腹地极其温暖极其迅猛的春天，当马队从峡谷里出现时，迎面正好是一块巨石，太阳猛然爆裂，仿佛摔碎一个巨大的瓶子，玻璃碎片闪射宝石之光，哗啦啦从天而降，骑手们躲不及纷纷落马，一下子陷入睡眠，那么深沉的睡眠，跟大海一样波涛汹涌深不见底，群山起伏，大地在扩展，他们跟巨人一样四仰八叉躺在山坡上，呼吸声酣畅嘹亮，胳膊和腿脚伸向四面八方。马站着睡，往高空里睡，快要挨上太阳了，浑身上下浇了一层油彩像装了琉璃瓦，马在梦中打出一串悠扬的吐噜，湿润润的弥漫群山。团长嗷嗷嗷叫起来，团长叫着叫着就醒了。那十八个壮汉也醒了，他们吃惊地看着狂叫不已的团长："喂，你疯了吗？""你们听见没有，山里静得跟坟墓一样，连马都感到孤单。"睡眠的骏马一点也不掩饰自己，大家忍不住上到马背上，不住地摸马鬃，马很快就醒了，马嗒嗒跑起来。这回不是他们指挥马，而是信马由缰，马很倔强，马发现了问题的症结所在，战士们叫起来："团长，团长，马疯啦。""马的灵性开了，听马的没错。"就这样，马把他们带到有庄稼的地方，马儿走得很慢，完全是优美的走马姿势，为的是让团长和战士们看得仔细一些。麦子快要干死了，土地和禾苗需要水，有水的地方野草蔓延，淹没了庄稼，地快要荒了。马儿睡觉的时候都是站着的，现在马儿忍不住跪在地上，用嘴巴和鼻子嗅啊嗅啊，马喷出的湿气把麦苗洗干净了，麦苗绿了许多。更悲惨的场面还在后边呢。庄稼的惨状已经让人心酸得掉泪，马儿往人跟前一卧，意思是快上马呀主人，主人遇到卧马只能听马的，马爱去哪儿就去哪儿。马儿轻轻跑起来，马儿漂亮的长鬃垂到地上，马儿的脖子和脑袋也垂下去了，马儿发出一声声叹息。听惯了吐噜和嘶鸣的骑手一下被马打动了，他们忍不住用手去摸马的嘴巴，嘴巴干得火烧火燎，他们忍不住摸马眼睛，眼睛跟火炭一样，眼泪已经被烧干了。

“马儿呀你要把我们带到哪里去？”

高贵的骏马只给它的主人下跪，即使死亡来临骏马也是站着的。轻轻跑动的骏马呀，耳朵跟刀刃一样锋利，它听到了地底下旱獭的尖叫。春天是旱獭发情的日子，在结束冬眠之后，在牧草发出嫩芽的时候，旱獭就到外边来晒太阳，吸足了阳光，它们就追逐嬉戏寻找爱侣，重新回到地洞创造生命。旱獭的交欢在动物世界里显得很悲壮。死亡比春天更迅猛，鼠疫总是在春天袭击旱獭，几天时间千里草原就堆满旱獭的尸体，生命跟潮水一般落下去。绝望的旱獭背水一战，用世所罕见的激情求爱交欢，把春天刻在每一个后代的身上。1962年春天，骏马所听到的旱獭的尖叫是那么绝望那么悲怆，它们已经丧失了求爱交欢的欲望，它们守在窝里，身边没有异性，生命里只有哀号。骏马快要疯了。山坡上全是抛弃的羊羔。春天正是产羔的季节，羊羔大多冻死在野地里，羊妈妈跟疯子一样奔窜、哀鸣，所有的羊妈妈都伸长脖子，对着苍天发出沙哑的哀号，那些绝望的公羊把脑袋扎在干草丛里，有些公羊用头撞地、撞石头，把角都撞碎了。从悬崖上跳下去的是头羊，头羊在空中飞蹿在乱石间翻滚，它们紧闭着嘴，一声不吭，任凭生命摆脱躯体。摔死的公羊终于可以看到天空了，羊眼睛柔和宁静，一点也看不出死亡的阴影。羊眼睛跟星星一样从苍穹之顶直穿大地的腑脏，那只雄旱獭开始苏醒，一代又一代的旱獭中总要出现一个最优秀的选手去挖掘那个深洞，这个浩大的工程成为一个遥远的梦，向大地的心脏挺进，去寻找永恒的生命。现在这只雄旱獭在羊眼睛的注视下恢复了生命的本能，春天在大地深处显得异常迅猛，巨大的温柔从沙土里渗出来，雄旱獭对世界充满了爱慕之情，它不停地刨啊刨啊，它那双粗短有力的手跟鼓槌一样擂响了大地辽阔的心脏。牲畜们都能听到大地的声音，它们死也不离开塔尔巴哈台。老人和孩子也能听到大地的鼓声，孩子们哀求大人不要抛弃塔尔巴哈台，孩子们的眼神跟旱獭没有什么两样，老人们让这些年轻后生听听大地的声音，把耳朵贴在地上，听一听吧。“都什么年代了，谁还听这个，跟狗一样把耳朵贴在地上。”年轻人的大耳朵早就飞向国外了，他们听不到大地的声音了。那个神奇的老人注定要成为玛纳斯奇，因为他从旱獭刨土的声音里听到祖先的声音，确切地说是旱獭刨出了古代英雄的骨头，布满刀伤和箭矢的骨骸成了真正的鼓槌，在大地的心脏发出悲壮的歌声。

那个成为玛纳斯奇的老人，领着他的小孙子在山道上踽踽而行。悲痛至极的团长和他的马队听到了玛纳斯奇的歌声，老人在吟唱英雄的诞生，那是一个多么纯朴而伟大的生命。

瞧，这个变幻无常的人间

真让人捉摸不定，令人惊叹

阿牢开汗侵入柯尔克孜人的住地

柯尔克孜人民痛哭连天，四出逃散

巫师已经推算出，柯尔克孜将要出现一名英雄

英雄是个健壮的男婴

他出生时，紧握双拳

一只手里握着鲜红的血

一只手里攥着肥肥的油

在他的右手掌心有个印记

上面有玛纳斯显赫的名字

发狂的阿牢开汗派出许多人马

把柯尔克孜人的孕妇

一个不剩地带回来检查

他们剖开孕妇的肚子

一天之内杀死五千人

玛纳斯奇吟唱的是惨死的孕妇，让团长和战士们心碎的是大批大批倒毙的牲畜。只要你站在1962年春天的塔尔巴哈台山野，就是一块顽石也会裂开，牲畜的命跟人一样珍贵。歌唱古代的英雄不是为了安慰自己，是为了让英雄再生，是让人在灾难中做出壮举。团长就这样做出决定：赶快回去，回到玛纳斯河畔，去动员我们的女人。团长把传说中的玛纳斯跟大地上的河流和家园联系在一起。那是一个神奇的年月，所有到塔尔巴哈台的女人都带着身孕，那小小的生命已经悄悄在她们身上发芽生长。

几千人马浩浩荡荡向边境开拔，比牧民转场还要浩大。几乎是一种部落大迁徙。中亚大地经常出现气壮山河的部落大迁徙，卫拉特人曾经从天山迁移到伏尔加河，数百年后又从伏尔加河迁回天山。锡伯人更遥远，他们从大兴安岭绕地球一半来到西天山的伊犁河畔。1962年春天，玛纳斯河畔数千人的军垦战士跋涉几千里路来到塔尔巴哈台山和巴尔鲁克山。相传，那些怀孕的妇女进入群山时看到的第一个生命就是旱獭。5月，动物们可以钻出地洞晒太阳啦，小家伙们把地弄得又松又软，女人们就想起肚子里的娃娃。更神奇的是夜晚，宿营在山沟里，当星星出现时，女人们从睡梦中睁开眼睛，大眼睛里有一双小眼睛，跟小蝌蚪一样游来游去。谁都知道那是小孩在看星星，小孩很可能已经有了生命，有了感觉。我们生下来以后告诉妈妈：“那感觉就像坐船，在大海上漂啊漂啊。”“就像骑骆驼，又高又大的骆驼，在沙漠里摇啊摇啊。”母亲们很喜欢把自己比作船或骆驼。一句话，孩子们没有出生前就进行了一次长途旅行。我们老感到塔尔巴哈台山是晃动的，跟一群牲畜一样，跟一只大船一样，大风从西刮到东从北刮到南，群山就把整个大地和房子带动起来啦，就像一个巨人扛着东西在奔走。大踏步地走啊。孩子们常常从梦中惊醒，哇哇大叫："妈妈你要把我带哪儿去？你要把我带哪儿去？"母亲们把孩子搂在怀里，一言不发，不停地抚摸孩子，从头到脚仔仔细细地摸啊摸，然后紧紧地搂住一直搂到馕坑一样滚烫的胸窝里，一个幼小的生命重新回到母亲身上，母亲几乎大了一倍。母亲既是土地又是房子，母亲用滚滚热浪抚慰孩子，孩子终于安静下来。

三

我们没有出生前就意识到房子的重要。我们的房子全都修在关隘险口，从窗口就可以看见苏联巡逻兵，就可以听见坦克的隆隆声。那边炮声一响，我们的房子就猛烈地抖一下，落下一层土渣子。最了不起的房子在山坡底下，大地平坦起来，界河在那里流淌。对方在那边拉一道铁丝网，铁丝网后边是宽五百米的松土带，拖拉机经常翻，松土带后边是闪闪发光的沥青公路，战车在奔驰，我们这边是边境农场带，一个军垦连形成一个村庄，边防军在村庄后边。

团长把他的房子建在国界上，用山上的石块砌房子，几千棵白杨拔地而起，接着是麦子和羊群，沿边境线哗哗喧响，咩咩欢叫。大家就学团长的样子，腰杆硬的汉子就把自己的房子往前移一两公里，跟城堡一样矗立在塔尔巴哈台山下。从生活的角度来讲，依山临水，土地平坦肥沃，牧草有半人高，无论是耕作还是放牧，都是天堂之地。

人们至今还记得团长造房子的奇迹。夏天已经过去了，来到边境的军垦战士主要是照料那些荒地，抢救牲畜，就是有名的"三代"——代耕、代种、代牧。"三代"之后，这些地就交给地方政府了，军垦战士是不与老乡争地的。拓荒时代的法则是开那些千年万年没有人烟的处女地。夏天，团长的妻子跟所有怀孕的妇女一样变得高大丰满母性十足。团长每天都要坐在石头上看那黄金草原。尤其傍晚，辉煌的草原落日让人魂飞魄散，灵魂早已乘上快马，驰骋于远方的群山草原了。团长就这样看见了山下平坦辽阔的沃野，还有一条小河。河那边就是国外。界桩就打在河对岸，也就是说，整条河在我们的土地上。第二天，团长扛着铁锹到山下挖地窝子。先挖下去一条坑道，四条坑道相连，形成一个十字。河道里有洪水冲下来的大树，就像牵着一匹马，大踏步往前走，后边是滚滚烟尘。拖到大坑跟前，跟捋胡子一样一双大手噼里啪啦把树枝全捋掉了，从腰间取下斧子，左一下右一下，比腰还粗的树干就齐茬茬被砍成两截。空地上很快码起一堆圆木。团长差不多变成一只大黑熊了，哼哧哼哧从山上搬下来一块块大石头推着走，石块翻滚尘土冲天而起，团长一个人把空旷的大地变成建筑工地。苏军以为邻国有一支大军在修筑工事，巡逻队牵着狼狗奔过来，离界河还有五十来米，狼狗就开始发抖哀号，谁都能看见，那个黑乎乎的大家伙是山里的黑熊，是真正的山地好汉。被称作北极熊的苏联军人扒下帽子蹲在地上发出一声声惊叹。这可不是闹着玩，是在搬石头。他搬石头干什么？石头一块一块砌成半人高的墙。“噢，他在修工事，那是个暗堡。”当兵的赶快绘制一张草图，记下暗堡的确切位置。圆木很快搬上屋顶，在圆木上是草把子，最上边是干土，一米厚的干土。团长跟个巨人似的，在大地上造出这么一栋房子。一半是地窝子一半是房子。大地太空旷了，团长就给房子扎一道围墙，用石块垒的，都是脸盆那么大的石块，从河道里搬，不用去山上。围墙很矮，只有半人高，可以看见院子里的一切。没有大门，正面是两根圆木横在柱子上。这是荒原上第一栋房子，从山上往下看就像一座牧人的毡房，比毡房结实气派。

现在可以请女主人下山了。其实女人天天下山送饭。造这么一座房子，得一个礼拜。女人快要生产了，女人实在帮不上什么忙，只能做饭送下山来。

女人走下山时，被眼前的家园打动了，因为她从遥远的塔尔巴哈台山腰上就看见这么一个灰扑扑的建筑，她心想丈夫真是胡闹，这里够荒凉的了，一个连队的人住得相当分散，说是个村庄，差不多散落在一条大峡谷的斜坡上，彼此相望就像看一只蚂蚁，一只蚂蚁要走到另一只蚂蚁跟前得整整一天时间。生活在大山的皱褶里，最大的愿望就是看到人，有个人影大家都要望大半天。女人一点也不理解丈夫的举动，干吗要远离大家到山下折腾。女人心里这么想，脸上是看不出的。十九岁的女兵已经相当成熟了。她给丈夫做好饭，装在饭盒里，是一个刷着黄漆的军用饭盒。瓦罐里是汤。她带着这两样东西，慢慢地下山。她走路已经很艰难了，她就像一只逆流而行的船，好像有一千个纤夫在远处拉她。后来她的孩子老是给她讲坐船的感觉，她就笑着流下泪。把房子建在群山脚下，就像辽阔海洋的一个码头，从塔尔巴哈台山往西，五千公里的黄金草原和平坦坦的戈壁沙漠，辽远，空旷，宁静。女人的眼睛一下子清晰起来，她看到几十公里以外的东西，只有在群山草原的灰蓝色空气里，才有如此清晰的眼神。房子不再是一只虫子，房子一点一点大起来，从房子的阴影里她看到丈夫，丈夫坐在地上抽一根烟。青烟袅袅，很苗条很漂亮的一缕青烟，扭着身腰在空中起舞。她就加快了步子。一个低矮的山岗挡住她的视线，不管她怎么走，山岗老是挡着她，她狠下心，朝山岗奔去。脚下的干草和沙石哗哗响。那个遥远的纤夫使劲拉呀，终于把她拉上了山岗，她累坏了，她想都没有想就坐在地上喘气儿。迎接她的是一块热乎乎的大石头，这至少安慰了她一下，她一下子就被眼前的景象打动了，房子和丈夫就在她的脚下，低矮的山岗就像一道门岗，她居高临下看他们的新居，房子、地窝子，那么大一个院子，围墙、栅栏、闪闪发亮的界河。她忽地站起来，手搭凉棚，跟个大将军似的朝四周看，辽阔荒野上的一座房子。往后看，灰蓝色的群山做背景，山脉的顶部露出一线宝蓝的天空，她的新居就处在这样的位置上。她嗨地喊了一声，她就像只真正的大船，扬起白帆扑向辽阔的海岸。因为她怀孕，她穿着丈夫宽大的洗得发白的军装，衣襟飞扬，她把头巾都扒掉了，头发飘起来，跟马鬃一样，她几乎跳着冲进院子，把丈夫惊得直瞪眼睛。

“小心一点小心一点，摔一跤你可就爆炸了！”

“我就要爆炸！”

柔软的肚子跟气球一样顶丈夫一下，丈夫跳起来：“你不要命啦。”

“已经有一条命了，我不要了。”

女人大笑，肚子和胸脯涌起高高的波浪。丈夫好像认不出来了，这是我的女人吗？十九岁的女兵几个月就变成一个热情奔放的娘儿们，跟一匹烈马似的，真让人受不了。“看什么看，都是你干的好事，你把什么东西塞到我身上啦，你瞧啊，你别跑，你给我站住！”雄狮子一样的团长被堵在地窝子里，缩在角落，双手护着脸，狼狈不堪。那个圆滚滚的大肚子夯他。他已经在哀求这个狂放的女人了：“里边有一条命，小心把他弄坏了。”“他是我的金子疙瘩，他可没你这么娇气。”女人收起她威风凛凛的肚子：“你干得不错，吃饭去吧。”女人用头巾抽丈夫，就像抽一头牲畜。丈夫饿坏了，吃饭的响声很夸张，简直是一个大马厩，一百头大马在槽里抢吃草料。“慢一点慢一点，没人抢你的。”丈夫连看都不看背对着她，蹲在地上，抱着瓦罐，老牛饮水般咕噜噜咕噜噜然后长长啊一声，饭盒又乒乓响起来。没有磨面机，大家只好煮玉米煮麦子吃，撒一点点菜花。粮食基本还是原来的样子。丈夫吃得山呼海啸，腮帮子上的大筋一跳一抽，就像机器上的活塞。丈夫头上冒汗。牙齿格铮铮格铮铮像在啃石头。她把饭煮得软乎乎的，玉米和麦子是泡好的，男人的嘴吃什么东西都这么张扬。喝汤都是在怒吼。丈夫点一支烟，就是新疆特有的莫合烟，丈夫几口就把烟抽完了，丈夫留下一屋子的烟雾，拎上坎土镘往外走。走到院子里，先是一串饱嗝声，接着是一个响声极大的屁！那么响亮，跟踏响了地雷一样，裤裆里轰地一下，远山传来回声，久久地回荡着。女人吃惊地看着她的丈夫，这就是我的丈夫。

她的丈夫大步走向荒原，塔尔巴哈台山下辽阔而空旷的大地上就孤零零地走着这么一个人，提着坎土镘，坎土镘在阳光里一闪一闪，更像一把刀子。凶悍的男人有铁器在身，胆子很壮，瞧他走路的姿势他简直就是一个天神，就像从高高的蓝天上大步走下来的天兵天将，他的头顶正好有一朵白云，他就是骑着那朵白云下来的，那朵云很像一匹骆驼，穿行在天空和大地之间。现在，这个男人昂首走在大地上，他连天空看都不看。他越来越像一个猎手，在追一只受伤的猛兽，目光所及，干草丛就唰唰响起来，紧接着他的大脚就过来了，那些裸露的土地显出一些羞涩，在男人坚硬的目光下，土地——确切地说是处女地，本能地往一起缩。这个大胆的男人可找对地方啦，他嘿嘿笑两声往手心里吐口唾沫，搓一搓。那柄铮亮的坎土镘不像是农具，倒像是男人身上猛然勃起的一个巨大无比的器官，一下子就扎进惊慌不安的处女地，扎得那么深，还在延伸，毫不犹豫地伸下去，这个出色的家伙完全懂得生命的秘密，你瞧他越来越猛烈。团长最高纪录是一天三亩半。大地在他的生命里开始苏醒。他本来是江南山村的一个纯朴的农民，那个大时代把他这样的农家子弟变成士兵，南征北战，最稳固的陕北根据地也没有唤醒他的大地意识，那个勤快泼辣的陕北女人也没有化开他身上嗜血厮杀的本能。在他四十岁的时候，在辽阔的中亚大漠，土地以崭新的面孔出现在他的生命里，即使没有坎土镘，他的双腿间好像都有一块巨大的铁，威力无比，把他牵向大地。

一个礼拜，就是一大片地。又一个礼拜。大地终于把房子围起来啦。几十亩地不算什么。

女人已经把家搬过来了，她可以在新房子里做饭。她喜欢把饭送到地里去。她喜欢看丈夫抡坎土镘。活很累，拖拉机开不到这里。也许明年可以开过来。

“不等明年啦，怎么能让地在自己眼皮底下荒下去呢？”

坎土镘抡起来，扎进荒原。有时需要用脚踩住，双手用力撬，撬开土地的感觉妙不可言。“你回去吧。”丈夫怕把她晒坏了。她还是喜欢在地里多待一会儿。她往回走的时候，总是忍不住回头看一看。

她是沿着界河往回走。河岸隐隐约约出现路的痕迹，近看不大清楚，远看就像一条白带子，很随意地把荒原和房子连在一起，紧贴着边境线上的河道。那些铁丝网显得很滑稽很可笑。大地是一体的，整个中亚大荒原需要一个男人去开发！撒上种子长出庄稼栽上树。那个男人说：“肯定要栽上树，没有树算什么家呀！”这个口气坚定的男人就是她的丈夫。院子里很快有了十几棵白杨树。从玛纳斯大后方又运来新的树种。比白杨树更猛烈更高大的青灰色的树——新疆杨。好一个新疆杨。丈夫在门口栽两棵新疆杨，剩下的全栽在河边了。树根全扎到河床下，伸向四面八方，树根是自由的，国境线铁丝网无法阻挡它们。男人栽下一大片新疆杨，就像往辽阔的草原上放进一群野马。男人拍拍手，男人忍不住给自己挖一个坑，跳下去。人是没法跟树比的。所以就跟请神一样请来树，人谦恭得就像一个仆人。男人天天给树浇水。住在河边就有这个便利，挑水很容易，一棵树一大桶水，格唧唧大地的饱嗝又响又亮，地忽然塌下去陷出一个低洼的圆圈，那是树的嘴巴，那地方永远是潮湿的，散着一团潮气。树在出气呢。男人喜欢蹲在树跟前抽烟。树多好养呀，光喝水就能长起来。人到底是跟树没法比的。男人往回走的时候脚板底下热乎乎软乎乎，像踩在孕妇的肚子上，大地怀孕了，那么多的树根在伸胳膊伸腿。树是他栽的，草可是自生自灭。

草黄起来。草闪耀出浓郁的金光，有一股子庄稼的芳香。

男人不开地啦，明年再开吧。现在男人要做的事是割草，他挥动着芟镰，在大地上横扫千里，唰！——唰！——唰！从那宽阔结实的胸膛里滚动出多么强大的力量，整个大地都感受到这股神力。被芟镰刮过的地方，大地就像被剪掉了厚厚的羽毛，大地慢慢躺下去。大地该躺一会儿了。大地挥舞着金黄的手臂狂欢了差不多一个夏天，牧草结实得跟树一样，无论是枝叶还是草穗，发出的都是金属一样的声音。镰刀顺着草根刮过去。他吐一口唾沫,就是一鞭之地，也就是马跑一鞭子的距离。他差不多是在飞。左一下，右一下，镰刀就把他带向前方。

他已经看不见那栋房子了。

返回来的时候已经星斗满天。草哗哗往下倒，夜很静，草的哗哗声传得很远。他听见有人叫他，叫得那么急切，他拖着镰刀奔过去。是他的女人。她出来找他，回不去了，茫茫大野，她害怕极了。她是个成熟干练的中亚大地上的女人，她心里很慌，她的声音一点也不慌，她把丈夫的名字喊出来，并不急着喊第二声，那韵味十足的女人的呼唤跟鸟群一样扑打着翅膀飞向远方，又从山谷里返回来，扩散到国界那边。整个中亚大荒原都在呼唤她的丈夫。她那不紧不慢的声音，已经有了草原歌曲的味道。

嗨——嗨——嗨——你在哪儿？——嗨——嗨——回家啦！——嗨——嗨——回家啦——我的丈夫——回家啦。声音在草浪里翻滚,跟一群骏马一样,中亚草原最美的景象莫过于星光下，马群出没于高高的草浪间，一望无际的中亚草海，马群很容易变成鱼群，在大地的海洋里游啊游啊。噢哟哟——我的丈夫回来吧啊回来吧，你的力气已经用完啦——你回来吧。噢哟哟——我的丈夫你慢些走啊，你的腿抬高一点啊，你朝着灯光走啊——噢哟哟——那灯光是咱们的房子呀——我的丈夫啊——啊——啊——她的丈夫连颠带跑，很快就慢下来，顺着女人悠长的曲调慢慢抬起左脚踏下去，又抬起右脚再踏下去。丈夫听见自己的鼻子囔囔地抽泣，跟灌了水的笛子一样，很艰难很湿润地呜呜响着。她几乎是慢慢挪过去的，星光下，冷飕飕的秋夜里，女人的双臂跟翅膀一样张开，用滚烫的胸怀迎接她的丈夫。他要寻找的房子啊，高高地矗立在女人的胸膛。这就是房子，亮着灯光的房子，飘着饭香的房子。

四

草垛从墙角一点一点升高，荒原上的牧草全都聚在这里。草垛跟一个大蘑菇一样，从大地深处长出这么一个香喷喷的大蘑菇。谁也不会用镰刀去割它，是那个壮汉不辞劳苦很虔诚地从荒野里请到这里来的。不请不行啊。没有草垛的院落是过不了冬的。

冰雪和狂风还很遥远。人们已经感觉到它的威力了。在另一个墙角，羊圈和马棚已经搭好。塔尔巴哈台山再也没有倒毙的牲畜了。人们从玛纳斯河赶到边境线上，就是为了抢救庄稼和牲畜。

居住下来以后,男人从山上赶来五十只羊和一匹马。那是一个两岁的小马，栗色马，跟牧草的颜色一样，打出的吐噜和发出的嘶鸣有一股奶味。“它还是个孩子，瞧它多调皮啊！”小马用尾巴抽主人的手，跟拂尘一样，主人笑着让它抽，它就抽到主人脸上，麻酥酥的。光滑结实的马尾巴哟，跟滚烫的阳光一样，金光闪闪泼到人身上，激起一股子干爽的香味。羊在春天还是可怜巴巴的羊羔呢，一个夏天它们就长起来啦，它们彻底摆脱了死亡的阴影，自信而高贵，主人把它们引出峡谷，它们就能找到家园。它们一下子被山下的黄金草原吸引住了。两岁的小马反应极快，疾风般奔过去。羊显得有些迟钝，它们久久地遥望着远方，一动不动，像在思考一个重大的问题。那种不动声色的神态一下子扩展了大草原的空间，仿佛大地的辽阔是它们慢慢地看出来的，那从容不迫的眼神跟一汩一汩泪流一样，把整个大地全都融化在眼瞳里。那是怎样的一双眼睛啊。经历了死亡和灾难，世界开始澄明，一种罕见的笑容从眼瞳里一点一点渗出来。迎接它们的女主人也不由自主地笑起来。女人蹲在羊圈里，搂羊脖子，摸羊肚子。男人大声说："它们没怀孕，你不要找了。"

"我要生出一只小羊羔。"

"按草原的习惯，你生出来的是一个顶天立地的英雄。"

"你怎么有这种想法？"

"你在新疆还没有过冬呢，你要是经历过冰雪风暴，你就会知道你要生一个什么样的孩子，你会听到玛纳斯奇的歌声。"

"谁是玛纳斯奇？"

"草原上的歌手，一口气可以唱几十万行的长歌，那歌子比一条河还要长。"

"是唱我们的孩子吗？"

"是唱永恒的生命。日月经天，江河行地，英雄的气息永世不绝。"

"我能听到那歌声吗？"

"你能听到，你已经会唱草原长调了。"

"那是我想你想得发疯。"

"大荒漠大草原的歌子都是人们这么疯出来的。"

于是他们听到了玛纳斯奇的歌声。

整整过了十五个日日夜夜
母亲把孩子降生
多么壮实的婴儿
产婆费好大劲也抱不起来
多么骄傲的小生命
足足有半个时辰不放出哭声
莫非他有病

最有经验的老婆婆
把酥油抹进婴儿嘴里
小家伙这才张开嘴哇哇哭叫
洪亮的哭声震得地动山摇
湖水荡漾掀起滚滚波涛
野兽吓得逃出了草原
各种飞禽也仓皇飞掉

“生孩子那么艰难？我能生下来吗？”

“瓜熟蒂落你不要紧张。”

“他那么大，抱都抱不动，有那么大婴儿吗？”

“这么辽阔的地方，你好意思生一只小老鼠吗？”

女人就梦想着生一个大孩子，她的想法很快在肚子上表现出来，她的肚子快成一座山了，她连院子都出不去啦。有一天夜里，她忽然坐起来，跟一只老狼一样，全身高度警觉，跪坐着，大漠之夜静悄悄的，那无比辽阔的寂静让人窒息，她快要晕过去了，她还在坚持着，她终于听见了遥远的婴儿的哭号。塔尔巴哈台的第一个孩子降生了，群山和草原被婴儿的哭号惊醒了，女人叫起来：“生了生了，你听啊，生了。”丈夫跳起来，愣半天，丈夫也听到远方婴儿的哭声。妻子激动得浑身发抖：“我太想生孩子了，我一定要生个大孩子，比你大好几倍，你信不信，比你高比你大。”丈夫咧嘴笑：“我已经是一头狮子了，还要大到什么程度啊。”“你是一头狮子，他可是一百只雄狮，一百只猛虎，一百只黑熊啊，啊！他开始动了。”一百只雄狮抖动着跳起来，一百只猛虎奔下山，一百只大黑熊在峡谷里慢腾腾很有气势地走过来。女人说不出话了，指甲抓进丈夫的皮肉里渗出血。谁都相信这是一个雄壮无比的孩子。

五

天就这样亮了，无比温柔的黎明穿过大草原跟一团一团飞絮一样轻轻落到院子里，落到新开垦的处女地里，很快漫上山坡，群山明亮起来。妻子睡着了。妻子所梦想的那个巨大的孩子很快就会变成现实。丈夫感到一种压力，确切地说是一种无法抗拒的威力。必须把河水引到大荒原上，不可想象一块辽阔的土地永远荒芜着，孩子的世界是花园不是荒漠。日月经天，江河行地，河流不是这么白白流淌的。在一百公里以外的地方，他终于找到一个特别理想的河湾地带，从这里开一条渠，加一道拦水坝，一半河水就可以进入荒漠，一直流到他的房子跟前。

他是团长，他的方案很快得以实施。一队人马开到山下，秋天最后几十天，一条几百公里长的水渠伸向荒原。团长的房子只是荒原的一个小黑点，水渠很随意地带一下，那块新开垦的处女地就成了水浇地。更多的水浇灌出牧草。可以想象明年的大草原，庄稼地跟小岛一样漂浮在浩瀚的草海里，草浪和麦浪彼此呼应，那是一种灿烂而纯粹的金黄。麦子和牧草在太阳深处总会散发出相同的东西。现在可以播种了。处女地，从来没长过庄稼的野性十足的土地，被犁了好几遍，晒上十天半个月，就翻一次，阳光把土地的里里外外烘烤透了，地暄暄的，灌上水，灌满满一地水，渗下去，地往下陷，又膨胀起来，这回不能让太阳把地烘干，泥土刚从糨糊变潮，就被翻开，撒上麦种，又覆盖上，保好墒，土地元气很足，数也数不清的饱满的麦种跟星星一样布满大地。大地静谧而安详。

这就是临产前妻子的神态，她不再查看那些婴儿的鞋帽衣服，她还能动，她的动作已经笨拙到原始人的程度，她弯一下腰都很困难，她还是要自己干，她口气坚决，毫不犹豫，拒绝丈夫插手。丈夫左右为难，干脆顺其自然。女人真不可思议，柔顺起来跟水一样，固执起来像一块顽石。

丈夫该干什么就干什么。丈夫整天待在羊圈里，待在马棚里。冬麦子长出来，他老远看见浅淡的绿色，他有点不相信自己的眼睛，他没往地里跑，他往后跑一段路，在更远的地方看，麦田就更真实更清楚了。他这才放下心，慢慢走过去。他用手指碰一下麦苗，谁敢相信这是荒了千年百年的土地呢？他的手那么粗糙，茧豆硬邦邦的，还有一道道带血的裂痕，会吓坏麦苗的，瞧它们多么娇嫩，它们能挨过冬天吗？一想起骤然而至的冰雪和风暴，他就打哆嗦，他扒下外套，盖在麦田里。他马上笑了。他这是干什么？他又不是洋学生，又不是没有弄过小麦。土地和麦子比人想象的要坚强。他就是在这个时候听见婴儿哭声的。他愣一下，回头往院里跑。他不知道自己忙什么了，他忙出一头一身的汗。女人真不可思议，自己把孩子给生下来了。他还记得前妻生孩子的情景，那是在陕北老根据地，有一帮婆姨照料，他根本插不上手，他就觉得女人生孩子跟鸡下蛋一样很容易。这可是个学生娃，大荒原荒凉得跟月球差不多。这是女兵对新疆最初的印象，女兵读过书，知道宇宙，也知道许许多多星球，女兵一到尾亚，就好像到了月球上。团长才不管月球地球呢，放下武器种庄稼，团长只知道这些。女人很虚弱，但女人说话的口气一点也不弱，女人说："这是男人里的男人，你去河里给他淬火，你抱得动他吗？"真是一个了不起的小家伙！是女人的暗示在起作用，还是他自己太急切？他竟然没有抱动婴儿，第二回才把婴儿抱到怀里。按女人的吩咐他到河边，深秋的河水已经渗骨头了，在婴儿嘹亮的哭号里，他撩起冰冷的清水，火红的肉团团越洗越烫，洗掉胎液时婴儿快成一团火了。一团坚硬的大火。举在手上。他小心翼翼地捧到房子里，交给妻子。他们知道新疆有许多许多叫建新的孩子，他们还是给孩子起这么一个名字，这是那个年代新疆人人向往的一个梦。在荒漠里建花园。

牲畜肯定听到了孩子的哭号，那个最聪明的羊弄开树枝扎成的栅栏，带着一大群羊把房子围起来，沉静了好半天，谁都知道羊是被孩子的声音吸引过来的，羊肯定要叫起来，可谁也不明白羊为什么要静这么长时间。羊在调整呼吸，羊的呼吸太重要了，羊在一呼一吸中进入至诚至敬的沉静状态。那个勇敢的头羊跟乐队指挥一样首先叫起来，整个羊群咩咩响成一片。孩子一下子煞住哭号，孩子愣住了，小眼睛很吃惊地感觉着外边的世界。羊群立即感应到孩子的变化，合唱变为独唱。那是羊群中最美妙的歌手，长一声短一声地唱起来，草原民歌的长调都是这么开始的。有些歌曲是清一色的啊，随着大地而开阔，随着远方而悠扬，随着地势而跌宕，随着群山而起伏，随着河流而奔腾，随着烈日而烫人，随着秋天而沉静，随着日月而幽明。让母亲感动的是孩子在啊啊的歌唱中找着奶头，孩子对这两个热乎乎的东西很熟悉，啊啊叫着凑上去，快要挨上奶头时，孩子幸福地闭上眼睛，完全不需要什么眼睛，孩子一下叼住奶头，双拳紧握，小腿蹬啊蹬啊连蹬几下，母亲啊一声长叹奶水一下子冲出来，越冲越猛，在孩子嘴里汩汩地响，从嘴角流下来，打湿了母亲的胸脯。现在听到的已经不是汩汩的细流而是哗哗喧响的一条大河。母亲在长久的惊讶中抬起头，目光越过窗台越过界河和铁丝网，无比汹涌地向远方奔去。大地开阔着，牧草已经败了，畜群已经回到冬牧场，大地空旷，大地的轮廓更清晰更简洁，在飞速旋转的如歌的曲线里显出大地最纯朴的形态，没有波涛，没有喧嚣，凝重平和沉静中的浩瀚无垠与雄浑之力——那么丰沛的奶水，源自女人的乳房，被这个小精灵很轻松地打开了。孩子啊我的孩子，我的宝贝我的蛋我的肉——母亲情不自禁抓捏自己的乳房，她被自己身上大海般的力量震撼了。女人的生命就这么奇妙，第一个是丈夫，接着是天使般的婴儿。而这个娇嫩的小家伙显然比大人威猛得多，几乎不用一点力气，仅仅用一张小嘴轻轻一吮，女人就成为大海，江河湖海所有的水全都汇聚过来，完成一个母亲的使命。她可以平静地看丈夫了。

她简直成了大漠女王，命令丈夫干这干那。

那匹小马在孩子诞生的最初几天里，很少待在家里，它在野外奔跑，奔上山岗、发出一声声欢叫，然后猛虎一般从山坡上冲下来，眼看就要冲出国界了，它当真冲过去了，它轻轻一跳，就越过了河道，再一跳，就越过了铁丝网。那边的哥萨克骑兵纵马去追，它把马队引进戈壁滩，很潇洒地返回原地，让那些兵去饱餐戈壁上的乱石和骆驼刺吧。有好几次，小马漂亮的脑袋从窗户里伸进来，把女人吓一跳，孩子倒很大方，长长的马鬃覆到他脸上，他的眼睛在马鬃的缝隙里闪闪发亮，马笑一下很满足地收回漂亮的脑袋。马的微笑太难得了，女人记得清清楚楚，跟刻在脑子里一样。她讲给丈夫时却一句也说不出来，倒是孩子很神秘地笑了一下，她恍然大悟："就是这种笑，这孩子怎么啦，怎么跟马一样？"丈夫说："马是通人性的，孩子是人中精灵，最能跟牲畜相通。"她再也不敢小看孩子了。她刚刚摆脱对丈夫的崇拜马上又处在孩子的阴影里。我喜欢这样的我的小宝贝。又到喂奶的时候了，每次都要经历从小溪流到大江大河到大海大洋的美妙过程。这种生命的仪式给女人增添了一种庄严和魔力。女人喂奶的时候丈夫从来不去打扰。有时候他会远远看着，那一定是在女人和小孩没有察觉到的情况下。他直起腰板，拍净身上的尘土，跟圣徒一样，脑袋稍垂下一点，让目光保持仰视的角度，他听见自己的心跳，心很快就跳到身外边去了，心跌落到脚跟，在地层下边很深很远的地方，他无法想象的一个神秘的世界呼唤着一个人的心灵去漫游，他不敢挪动一下，稍有偏差，他的心就回不来啦。在那漫长的期待中，他的眼睛一动不动地凝视着女人和孩子，女人敞开的胸脯上散发出一片白光，在白光之后是温热的奶香，他几乎是一种记忆般的神往，因为他的喉咙响了一下，他的嘴巴就张开了，他的心也回来了，他记得清清楚楚是从喉咙里咽下去的。他可以干活了。女人的力量是从大地深处生长出来的。男人毫无办法。

草原的黄金地带接纳了我们，我们更乐意把公元1962年称为虎年，这也区别于中原的壬寅年，就叫虎年。在草原大漠，人们用动物表示岁月之河的流速，通常是兔儿年羊儿年鼠儿年。我们出生的这一年被反复强调，就是虎年。虎年的秋末，该出生的孩子差不多都出来了。我们把团长和团长的孩子作为故事的核心，因为团长在边防农场带已经是个头领或酋长式的角色了。他的壮举和传奇故事在我们到来之前就已经风靡天山南北，被玛纳斯奇们大肆渲染。我们的父辈是在怎样的气氛中进入边境地带的？他们从未说过。他们谈起团长总是我们的团长。塔尔巴哈台绵延八百公里，与此相连的还有巴尔鲁克山和阿拉套山，对团长的膜拜早已超出垦区的范围，整个中亚大漠都这样称呼他。这些身穿军装的庄稼汉，一个连队又一个连队，形成许多农场，一个大农场就是一个团的建制。团长就意味一片辽阔的土地，包括群山河流草原和望不到边的条田。团长更多的是土地的概念。虎年的秋天是怎样的情景啊，战云密布，团长却把房子修在铁丝网跟前，把麦子种在边境线上，让坦克和大炮倾听牲畜的呼叫和婴儿的哭号。那简直就是雄鸡的报晓，我们全都听见了。尽管他不是第一个出生在边境的孩子，可他落脚的地方太美妙了。我们带着羡慕之色冲出母亲的身体，拼命地抓啊蹬啊，母亲与医生齐心协力跟发射炮弹一样把孩子投到大地上，孩子号啕大哭。不管男孩女孩全都是愤怒的铜号似的声音，嘹亮饱满悠扬！其实在中亚大漠是很难听到雄鸡报晓的，这是中原的习惯，中亚大漠的鸡无法报晓，如此剽悍而辽阔的大地，鸡是没有力量唤醒黎明的，这是牲畜的世界，是马的天下，黎明的曙光总是在悠扬的马嘶中掠过大地。

在塔尔巴哈台山，婴儿的哭号可以传到几十里以外，耳朵可以听得很远很远。一个连队与一个连队相隔差不多百里远，村庄又是散开的，牲畜的欢叫往往具有煽动性，跟暴风一样挟带着孩子的声音往上蹿，又向四面八方扩展。那么小的生命就能发出底气很足的声音。更多的村庄建在峡谷两侧，空旷和寂静中，孩子的声音感动着所有的生命。

雪花跟白天鹅一样落下去，快到地面时孩子们全都不哭了，全都支棱着耳朵听外边的动静。白天鹅就开始混乱起来，它们显然是奔孩子的声音而来的。大地静得可怕，再美的天鹅也得慌乱啊，它们忙着找落脚的地方。谁都想落到孩子身边。雪花和孩子，这是它们在天上想好的。雪很容易挤成堆，越是有房子的地方雪越厚，中亚大地本来就很简单，没有多少旮旯，群山的沟峁全被抹平了，全都挤在一个雪盔下边。

雪还在下。后边的雪又干净又大方。

孩子你看见没有，那是天上的鸟儿，一个男子汉必须有鸟儿相伴。女人给孩子讲一通大荒漠的规矩。孩子才多大呀，孩子根本听不懂。女人也没打算让小屁孩听懂，女人说完就给孩子脱衣服，孩子圆滚滚的，皮肤红得发亮，一盆白雪放在地上，女人把红彤彤的孩子放在雪盆里，孩子惊讶得瞪大眼睛，大声喘气，根本哭不出来，女人手里的雪团已经擦遍全身。孩子的额头渗出一层汗。"好样的儿子。"女人在孩子屁股上拍一巴掌。给孩子穿上衣服。孩子还处在万分惊讶的状态中，他简直想不通大人为什么这样。现在他可以哭了，他喘过气来了，身上有一股劲儿，他吭吭哭两声，感到这声音太刺耳，他就哇哇大笑，这么一笑，他才感觉到全身的爽快是为爽朗的笑声而来的。

孩子不再怕雪了。女人很自信。这回她把孩子脱光裹在大衣里往野地里走。阳光和雪花同舞。这是中亚特有的景象，红日当空，天空蓝得一尘不染，雪花就来自太阳那个火红的溶洞。"孩子，冬天的火焰在你心里。"女人双手一抖，把孩子丢在雪地里。孩子惊慌失措，孩子乱抓乱蹬，雪浪翻滚。雪有一米多深，这回孩子哭出来了。孩子埋在雪底下。孩子嘹亮的哭声让人兴奋。孩子孩子，妈妈在这儿。孩子出现的地方离妈妈有一丈多远。孩子终于爬出来了，跟一只小雪豹一样。孩子已经不怕了，天上下来的白天鹅拥抱着它们向往已久的大地之子。女人想不到她有那么大的勇气，有那么大的自制力。“我们的男子汉，你是淬过火的男子汉。”女人给孩子穿上大衣。女人贴着孩子的耳朵，唠唠叨叨个没完，孩子根本听不懂她的话，让他奇怪的是为什么世界上只有雪和女人的怀抱。冰凉的孩子被搂在母亲温热的胸口。女人现在知道她该说什么了。“孩子，这是你落脚的地方。”母亲搂紧孩子，“我们的小老虎下山喽。”小老虎从奶头山上奔到雪地。“孩子这是妈妈的怀抱，这是世界上最温暖的地方。”孩子这回听懂了，小家伙玩上瘾，在地上打个滚把雪压得咯吱咯吱响。女人就想起孩子挤压她胸口的情景。在平坦辽阔的雪原上，一定有大地的乳房，奔腾着奶汁和蜜。孩子能找到乳汁和蜜。孩子扑到一块处子般洁净的雪地上，孩子吃那里的雪花，来自天国的花朵落到孩子嘴里，变成蜜变成奶汁。白天鹅就这样从鸟儿变成母亲。

接着是冰雪暴，从塔拉斯大草原呼啸而来的飓风挟带着冰块和雪，一路狂奔，西天山阿拉套山和大荒原全都颤抖起来。天空彻底消失了，时间中断了，岁月之河被严寒封得密不透风，根本分不清白天和黑夜，冰雪世界一片惨白，日月星辰跟冰层下的鱼一样，你想见它们一面你就得凿开坚冰，拿皮绳去套，跟套野马一样把疯狂的太阳拖在地上，拖几千里地，把它的野性磨下去。你休想打星星的主意，冬天的星星小而深，所有的寒冷全都来自星星。

女人就叫孩子认那些神秘的星星。孩子的眼神具有不可抗拒的单纯和天真。任何生命都无法跟孩子对视。孩子看到哪就指到哪，孩子看到星星就指一下星星，孩子的手画一道弧线指向茫茫雪原，那里正是新开的土地，孩子指的就是撒了麦种的土地，孩子咿咿呀呀，母亲能听懂孩子的话，母亲说：“地里埋着星星，星星是青色的。”孩子的手抬高一点，群山出现在孩子的眼睛里，母亲能听懂孩子的话，母亲说：“星星落到冬牧场了，那里的草是青的。”母亲忍不住叫起来：“这是冬天吗？”她的丈夫，大漠的玛纳斯王也被孩子折服了：

“我们开地挖渠种麦子栽树，我们都比不上孩子，孩子天不怕地不怕，老天爷都比不上孩子。”此时此刻，好几百个虎年出生的孩子在暴风雪怒吼的夜晚，用他们亮晶晶的眼神安静了大人的心，安静了群山草原和大地。千年万年，这里没有固定的人类，牧人逐水草而居，帐篷毡房牲畜始终处于流动状态，连牧草和树都是随季节而变化，秋天成熟的草籽会随风飘向远方。而别处的草籽又落到这里。树常常被大风连根拔起，有些干死在戈壁滩，而那些落到水边的树又活过来了。大风冰雪和严寒很不习惯这些房子。这些房子稳如山岳。房子常常被大雪堵住。男人每天都要打洞，有时要扒下门板。雪太深，开不了门，用斧子劈开门道的坚冰，去掉门板，男人穿一件皮坎肩，跟黑熊一样钻到雪里打洞，打通后还得回来取铁锨。从外边的洞口开始挖一条坑道。男人、女人和孩子从坑道里爬出来。冰雪暴过去了，太阳在雪原上滑行，一匹看不见的神马给太阳拉爬犁。谁也不会娇惯孩子，大人给孩子穿上衣服，抱到地上，大人前脚走，他后边跟着，大人出来好半天，小孩才吭哧吭哧爬出来。那时候，几百个孩子都在大雪的坑道里爬，真像是从地洞里钻出来的旱獭。大人像黑熊，小孩绝对是旱獭。塔尔巴哈台，千年万年矗立在中亚大地上的山哟，只有在 1962 年的冬天，在虎年的白雪季节，你才是名符其实的旱獭之家。

六

说说那条河吧。塔尔巴哈台的许多河都是从低往高流。团长家门口那条河也是这种流法。团长说：“这才是我要找的河，人往高处走，河往天上流。”那条水渠把河抬到大地的高处，差不多跟山站在一起。那仅仅是开始，水渠继续延伸，越过团长的房子，把山下的平地都浇上了。能种地的地方开出来种庄稼，沙石地带留给牧草生长。庄稼和树跟天上的星星一样，跟大海的岛屿一样，显得很渺小。只要骑上马，赶上羊群走上几天几夜，再回来的时候牧工们会流下悲怆的泪水。他们会开上拖拉机去翻地。人力太有限了，开出来也种不上。他们不是不懂这个道理，是家园在大漠中太渺小了，跟纤尘一样，会被大风吹掉。团长安慰这位好兄弟："能让我们待下去的不是地有多少，是水呀我的好兄弟，水源一断，家就没了。"从古到今，西域多少城邦毁于水，河流干枯或改道就会给生命带来灾难。

中亚大地的水源都在山上，无论是天山阿尔泰山还是塔尔巴哈台山阿拉套山，它们贮藏着一个冬天的积雪，连续降雪四五个月甚至半年，你去想象吧，山里有多少雪。白雪季节群山一下变成丰腴的雪美人，保养得很滋润，不像山外，快到春天时积雪差不多变成干粉，跟白沙子一样。山里的雪永远是新鲜的，永远保持着处子之美和青春的气息。绿洲就靠雪水喂养。中亚的群山被地理学家誉为干旱荒漠里的"湿岛"。天山是最大的湿岛。塔尔巴哈台山就像小岛了，河流短促而湍急，河水刚出山就夭折在沙石里。团长要治理的就是这些河。团长见识的河太多了，战争年代就不说了，就说开荒种地吧，玛纳斯河安集海河奎屯河四棵树河，河岸都是细软的淤泥芦苇丛沙枣和红柳。泥土跟肉一样聚在河的两岸。

塔尔巴哈台的河流没有泥土，河床全是沙石，蓄不住水往地下渗，跟漏斗一样。团长有几次掉进漏斗里，差点淹死。我是死不了的，团长呛几口水又浮上水面。最险的一次，他被河吞下去咽到大地肚子里，又从另一个漏斗里吐出来。团长晕晕乎乎，又下到水里扑通扑通往前走，栽倒、起来。他没有找到淤泥，哪怕有一点点泥巴也能封住河床呀。

另一条水渠沿河岸修过来，不是灌溉庄稼和牧草，是为了树。新疆垦区都有很宽很长的防风林带，团长给这条河——大小锡伯提河修建了护河林带。全是青色大个子——垦区科学院培制的新疆杨，十五列纵队，浩浩荡荡密布在河两岸。西岸的林带长起来会遮住邻国的铁丝网，树杈会伸到邻国的领空。树要这样，谁也不能阻止这个大自然的嫡子。更可怕的是树根，中亚大漠的植物都有发达的根系，最长可达五六十米，左右夹击，在河床底下织起一张密集的植物网，跟蛇一样蠕动着。树根带来阳光和空气，树根咀嚼着河石，整个大漠被嚼烂了，不管多坚硬的石头，树根都能嚼成碎末。团长趴在地上听呢，团长跟孩子一样叫起来："我的妈呀，这是树吗，这是个大活人！"妻子听不明白："大活人能在地底下吗？""你没打过仗你不知道，见过刺刀吧，再好的刺刀连捅十个人就弯了，血烫弯的，还要拔得快，多待一会儿刺刀就没了，就让血化掉了，血是一团大火！我们老家就没有这种树，最多在石缝里扎下根，把石头劈成几瓣，新疆的树太厉害了，铁矿石都吃下去了。"整个大地都在发抖，跟闹地震一样。女人的脸都吓白了："会不会把地吃空了？"

"它吃下去的是石头，吐出来的是泥土，咱要的就是泥土。"女人软在地上，连起来的劲都没有了，团长就吓唬她："这树根你可是听见了，比大活人更厉害，跟蟒蛇一样，小心它钻到你身体里去。"女人呀一声跳起来："我怎么办？"

可怕的事情发生了，树根伸到他家房子里。房子的一半在地窝子里。从林带里伸过来的树根，扎进房子后猛长，女人反而不害怕了，那个传说中的生命树正从大地的中心伸展到她家里，她相信这是个真实的传说，就像她相信她的团长一样，她的团长在她身上也栽下这么一棵生命树，多么了不起的男人的生命，往她身下一插，就把世界创造出来了，房子、孩子、庄稼，还有牛羊，还有大地上的一切……孩子兴奋得乱叫，以为来了许多小朋友，既是伙伴又是玩具。用木棍把树根架起来，在墙壁上打个洞，让树根钻进去，跟电线一样，树根带着大地的电流向前延伸。房子像加了钢筋一下子被拉紧了。树根形成许多圆环，衣服、毛巾搭在上边。刚开始发芽长叶子，时间长了磨出一层痂。手抓住不放，就能感觉到树液在突突地跳，雄浑有力而沉稳，这是一种远距离的射击。

这种力量终于进入女人的生命。

那是夜深人静的时候，大漠深处有什么人呢？所谓人就是孩子，孩子在对面的小床上睡熟了。他们的夫妻生活进入美妙的时刻，女人一下想到穿透力极强的树根。团长的根正在穿越女人的生命，在女人的幻觉里，墙壁裂开一个洞，丈夫的根就钻进去了，全都进去了，发出嗖嗖的声音，多么丰沛的树液，还有柔韧而有力的大蟒蛇，咀嚼吞咽，一起一伏，所有的感觉全都变了。从玛纳斯开始，就有一股洪流在她身体里汹涌着奔腾着带动着大地。辽阔而神奇的大地。这一切最终归于女人的身体。树液和梦呓。阳光和空气。在身体之后是手，女人的手，终于握住丈夫的生命。这是我的，他为我而存在！告诉我，为什么在这里？这里是永恒的处女地！告诉我为什么在地窝子里？这是人类最古老的房子，我们的祖先就从这里开始。我还要问你，我们是我们的祖先吗？我们是我们的祖先，我们是当今世界上最年轻的祖先。女人很满足了，因为她是人类第一个女人。她听见丈夫拔出来的声音，清清楚楚是一只脚从河泥里拔出来的哗啦声。更大的水浪冲过来。这回女人听到的是自己啊的一声，她跟河一样流到平坦的地方，草原也好沙漠也好戈壁也好，那是一条河最散漫最自由的状态。女人嘴角的笑容蔓延到鼻翼，就像泉水从草丛里流到山涧一样，一直流到天亮，月亮沐浴一新变成太阳。锡伯提河有了土腥味，水多起来，山上流下多少雪水，河床里就聚多少雪水。流上一天一夜，河水的寒气就散光了，变成炽热的洪流，就像丰满迷人的少妇。这条河就是你的妻子。团长吓一跳，谁这样给他说话？团长放下坎土镘匍匐在地上。确实有个声音，从天上从地底下同时给他说这样的话。不管你是谁，你只能匍匐在地上。“我有一个好妻子还不够吗？”“河流群山大地都是你的妻子。”团长终于明白了，这是大地对他的呼唤。一切都是命中注定的，生命把一个人要使出的力气要吃的粮食都决定了。“再给我一点力气再给我一点粮食。”团长恳求上苍，上苍就满足了他的要求。“不过你得快点，你已经是个奇迹了，玛纳斯在世也比不上你的一半。”团长笑起来：“这可不是老天爷您的话呀，这是玛纳斯奇唱的歌。”“谁让玛纳斯奇唱呢？”是呀，除了老天爷谁能让一个人平白无故拥有那么多智慧，一口气能唱几个月，从开天辟地唱到现在，从叶塞尼河唱到玛纳斯河，歌声从你降生伴你到坟墓，如果不是神灵附体生命跟石头又有什么两样？既然河是我的妻子，就让她永远流淌下去吧。团长是个伟丈夫。真正的伟丈夫会给妻子带来美丽和魅力。

他已经分不清家里的妻子跟野外的妻子有什么区别，他会把给河的话告诉妻子，把给妻子的话告诉给河，她们都能接受，却露不出任何破绽。压根就没有什么破绽，妻子和河完全是一回事嘛。真正的大河不能光靠雪水，团长对妻子说：“我给你弄点水去。”“到哪儿去弄？”“戈壁滩是找不到水的。”“那就到山里去找，兴许能找到泉呢，最好是草丛里的泉水，跟珍珠一样。”“我不懂什么珍珠泉，拨开一看有水就行。”

团长带上干粮军大衣和水，一个人走了。大漠里的女人总是默默地注视着亲人走向远方，看不到身影，她还注视着，她听亲人的脚步声，大漠里很安静，蚂蚁和蜥蜴的一举一动都很清晰，叹一口气都要飘荡很久很久，对一个人的凝视会把另一个人的身体看僵了，跟一根木头一样，一动不动，直到孩子喊饿，孩子抱住她的大腿大哭，把她从远方唤回来。

团长在山里跑了整整一个礼拜，找到的泉眼全标在地图上，星星点点越来越多。我能找到珍珠泉吗？那些泉眼都在石头底下，或者躲在山洞里。第六天，团长看见一大片长在斜坡上的树林，山坡在树林后边猛然陡立而起，树叶哗哗喧响，闪耀着逼人的绿光。山巅戴着雪帽，泉眼肯定在树林里。团长钻进密林，从早晨钻到黄昏，山坡陡立，人是爬不上去了。泉眼在陡坡下一闪一闪。山巅的雪水渗入地表汇成暗流，又从这里涌出。泉眼有水桶那么大。这哪是珍珠泉啊，女人的见识总是有限的，连做梦都这么节省。这不能怪女人吝啬，是大漠里的水太少啦，水跟珍珠一样一粒一粒数着用。团长又兴奋又紧张，他不知道给这么大的泉眼该起什么名字。它是从石头缝里蹦出来的，就叫石头泉吧。团长就大声叫起来。石头被感动了，就在他脚底下动，最真诚的感动都在脚底下，一晃一晃，团长就像站在水上。他确实是在水上。他刚躲开，脚底下那么大一块石头就被泉水涌开了，水流奔突而出，哗哗翻滚，清香四溢，石头跟鱼一样顺流而下，很快变成鱼群，向下游奔去。石头全被冲走了，再也听不到哗哗的喧嚣声了。泉眼扩展到树林里，树把它紧紧围起来，泉就消失了，水面只留下一个一个漩涡，那是大地的生命之门，静静地流着、闪耀着。“这不是河吗？”“也是你的妻子。”河水清洗他脸上的灰尘，冲洗他的嘴，把最清洁的水喂下去。他吃掉最后一块干粮。地图贴着胸口。那上边标着群山里所有的泉。跟天上的星星一样。那些星星在他胸口跳，那是整个群山的星星。走到山口时，他已经沉入梦幻。那么多星星落到一颗星的眼睛里，那颗星大得出奇，差不多跟太阳一样了。这是什么神奇的力量。不用你问，你看塔尔巴哈台山吧，他看见了群山，许多山聚在一起变成一座山，它们的泉水也到了一座山上。一座布满泉水的山，莹光闪闪。

按照团长标出的地图，那些泉被引到河里。河一下子长大了，站起来了。大漠里缓缓行走的一个美丽的女人。这是一个成熟女人的丰姿，高大健壮、光芒四射。妻子被自己膨胀起来的身体吓坏了。

“你给我吃了什么？你没给我吃什么好东西呀。一年四季吃玉米、吃黄金塔，女人真是命贱啊，吃粗粮也长膘啊，我都成了维吾尔老大娘了。”“也是草原上的洋缸子，又粗又壮的洋缸子。”“都是你干的好事，你还说这种话。”“新疆的洋缸子一枝花。”妻子就很满足了。他同样把这句话讲给河，河用水浪回答了他，就像一条白鱼跃出水面又沉到河里。河也是喜欢把它比作花，还有山里的泉水，慢慢流吧，等你们到了山下流成一条河的时候你们也就是花了。

河站起来不是梦想，河成为女人也不是梦想。团长放牧的时候竟然找到两个大磨盘，草滩里的半截残壁引起团长的注意，拨开高草发现残壁上有烟熏的痕迹。这里曾有过人家。在不远处的水沟里找到磨盘。

磨盘被运到河边，一座高大的水磨矗立在河上。河站起来操作磨坊，刚开始磨面，玉米和麦子被加工成面粉。豆子也运来了，加工成豆腐和粉丝。粮食散发出浓烈的芳香。

这是妻子最幸福的一天，也是她最悲伤的一天。后来她一直回忆这一天。她并不知道丈夫要走。她更得不到大地的暗示以及命运的某种预兆。她跟垦区所有的人一样，看着水磨在河上运转起来，看着细白的面粉、豆腐和粉丝，一个女人还需要什么呢，要知道这些年她一直用石臼捣麦子和玉米吃。现在好了，一切都正常了。她却忽略了她的丈夫，这个神话般的英雄在大地上创造了奇迹之后，他再要回到正常人的生活有多么困难。几千里的国境线上出现麦浪滚滚绿树成荫的农场带。半沙半土的千年荒原终于变成仙境花园。团长更多地被强调成传奇英雄。与现实拉开了很大的距离。“你要主动找领导谈，最好是找王震，王司令到北京去啦，走之前还问了你的情况，有些人抓住你的婚姻问题不放，王司令发脾气，说你是有大功劳的人。你主动找一下，问题不大。”团长对乌鲁木齐五家渠石河子都不感兴趣了，这些陌生的地主如同天书，他是真不懂，谁都看得出这是对牛弹琴，不但他，他的妻子、孩子都听不懂人家谈什么。这是一个手持农具奔驰于田野的农夫。这个农夫竟然对他们说：“我在这里生活得很好，我的妻子我的孩子都很好。”这个大漠之子，统领着树、庄稼和畜群，“我给他们当团长，我愿意跟他们打交道。”

“我更乐意跟你打交道。”

在水磨转动起来的那一天，大白天，孩子跟羊群在河边的草滩上，他和妻子在房子里，他亲口告诉妻子：“我就喜欢跟你打交道。”“你打吧。”妻子知道他要干什么，妻子也有这个需要，彼此热切地需要，即使在大白天，太阳照耀着，那有什么关系呢？团长就像个小伙子，团长说：“我要给你一个惊喜。”果然是一次不同凡响的大欢乐，妻子叫起来：“怎么会这样，跟第一次一样。”以前是树根，这回是水磨，两个大磨盘，在河水的带动下压碎了玉米。“压碎了玉米。”压碎了麦子。“压碎了麦子。”黄豆也压碎啦。“我看见了粉丝，我看见了豆腐。”“你看吧，你好好看吧。”大地上的粮食全都到了河边，期待着大磨盘，两个磨盘，来自两座山，是谁给石头以灵气，石头就转动起来啦。“是河，是塔尔巴哈台山的锡伯提河。”“是磨盘，是塔尔巴哈台山上长出来的磨盘。”什么都不是，谁都清楚，是大地的一股神力在女人最幸福的那一天进入她的身体，那种浑圆饱满的力量，洪流滚滚的力量永远留在女人的身体里了。丈夫出去了，妻子沉醉在梦幻里，丈夫的力量跟骨头一样长在她的身体里了。她望着白花花的太阳，多么迷人的梦想，她想到蠕动的树根和爬行的蛇。丈夫的力量不但留在她身体里，而且在不断地生长。“我肯定怀孕了，我正想要一个孩子，你就让我怀上了。”

女人脸上全是喜悦的泪水。

七

到处都是怀孕的声音，团长走到哪儿哪儿就流出喜悦的泪水。团长根本不敢到庄稼地里去，草地也不敢去，老远就能听到泥土的声音，麦子和牧草激动得发抖，地皮在动，团长可不想看到土地的泪水。团长就到戈壁滩上。在坚硬的石头上他可以静下心来歇一会儿，也只能歇一会儿。大地很快裂开一道口子，扑簌簌涌出一堆堆潮润的黄土，团长轻轻拨开细细的土末子，团长摸到了小旱獭的眼睛，团长粗糙的手一下子被这团热乎乎的肉给化开了。这个高大威猛的大漠之父，抱住小旱獭亲啊摸啊，他的鼻子首先被感动了，鼻腔发酸，鼻子与眼睛相连，眼睛一下子就湿了，胸骨下边那颗心一下子燃起大火。团长被自己浩大的心感动了。旱獭刨啊刨啊，终于刨到了他的秘密：我的团长你累了，你该休息了。小旱獭跟小狗一样汪汪地叫，不停地叫，反反复复就是一个词：汪汪——汪，汪汪——汪。团长并不知道聪明的小旱獭在暗示什么，团长一只手擦脸上的泪水，一只手不停地拍打咆哮的小旱獭，团长的手被自己的泪水烫了一下："噢哟——！"另一只手跟疲倦的鸟儿一样落在草窠子里再也飞不起来了。

我的手抬不起来了
我像乌鸦般的头发变成天鹅一样
我一度挺直如箭的身躯
如今变得弯曲如弓
欢乐已消失，心头之火已熄灭
我光着身子而来，还要光着身子入土
我放走了行云般的青春
我结束了疾风般的生活

团长高大的身躯猛地一晃，发出长长的叹息，小旱獭唤醒了他身上巨大的疲累，他一下子被击垮了，他一下子衰老了，身上的肉一下子松下来，跟干细的黄土一样嗖嗖嗖往下滑。

那只旱獭紧跟着他，旱獭恋他的怀抱，他走哪儿旱獭跟到哪儿。他碰到哈萨克牧人，他请求主人给他一匹马，主人就给他一匹栗色马，他爬上马背，他的手一下子被缰绳拉起来了，他的力气还在，他纵马疾驰，他的眼睛出奇地好，他能看见地上的旱獭洞，隐藏在草丛里的旱獭窝也逃不过他的眼睛，在战场上他也没有这么好的眼力呀，他仰头看天，他看见一颗颗星星跟信号弹一样升起，白昼被射穿了；他又低头看马蹄下的大地，他就很容易穿透地层看见大地深处那只雄壮的旱獭，它在向地心挺进，地心长着一棵枝叶繁茂的生命树。草原上的人都知道这棵生命树，现在，团长亲眼看到这棵树了。团长就离开马背，走向小旱獭。

团长更像一个孩子，团长整天抱着小旱獭，睡觉也带着它，到地里干活也带着，旱獭根本就不让他再干活，无论是芟镰还是坎土镘，小旱獭跟皮球一样总是滚落到农具的刃上，团长吓得直跳，团长再也不干活了。团长彻底地闲下来了，旱獭就喜欢他闲散的样子。热乎乎的旱獭跟一张皮一样贴在团长身上，团长走哪儿都可以躺下睡觉，无论是庄稼地还是旷野、戈壁，热乎乎的小旱獭抱在怀里跟一个小火炉一样足以抵挡中亚大漠的寒气。

你累了，你累了，你快休息，你快休息。

连妻子都看出来了，这是大地在召唤团长。这个大漠之子不到天寿之年就早早地用完了他的力气。

我还有力气。

团长把一头壮牛摔倒了。

谁都相信团长的牛力，比牛更壮。可那是走向死亡的力气，千百年来，草原上的男人在衰老的时候总是悄悄地离开亲人，消失在茫茫荒野。

妻子暗地里流了多少泪！她不能当着丈夫和孩子的面流露出一丝一毫的悲伤。她远远地看着她的团长和那只可爱的小旱獭，她的心里渐渐好受起来。小旱獭会陪着她的团长。我的小旱獭呀，她的乳房猛地动一下，好像小旱獭在她身上。小旱獭确实在她身上，好多年前就钻进去了，因为她身上有一个很深很深的洞，大地也有一个很深很深的洞。她早就知道这个秘密她还那么惊讶！她惊讶什么呢？她眼睁睁看着小旱獭领着丈夫走向远方。天就这么黑了，孩子问她爸爸为什么还不回来。孩子看见爸爸整天跟旱獭待在一起，孩子要到旱獭窝里找爸爸，孩子能找到旱獭窝，飞禽走兽是逃不过孩子的眼睛的。母亲必须对孩子说实话。孩子叫起来，孩子从墙上取下猎枪取下锋利的蒙古刀。

“我去杀死旱獭给爸爸报仇。”

“旱獭是来救你爸爸的。”

“你骗人，爸爸好好的，爸爸怎么能离开我们呢？”

“它怕爸爸耗尽了力气，人不能把力气用光了。”

“爸爸还有力气，爸爸不会死了。”孩子平静下来了。

母亲就给孩子讲那棵生命树，孩子第一次听这棵神奇的树。大漠的母亲总是在孩子懂事的时候讲这棵神奇的树。母亲还讲到了那些古代的大漠英雄，中亚大地的男子汉都是三四岁显示英雄气概的，英雄玛纳斯就是母亲在密林里祈祷上苍感化树精而怀孕的，玛纳斯在母腹里就有了树的神力和气势。“那就是生命树，孩子。”母亲肚子里还有一个小孩，小孩动一下，母亲赶紧跑到外面，大地之上苍穹之下，孩子你放开手脚生长吧。

团长碰到的最后一个人是玛纳斯奇，这个老人已经活到一百岁，他还要活下去，他带着他的小孙子，他对团长说：“像我这样的老人有好几百，我们是第二次做父亲，等孩子长大娶了媳妇，我就可以走了。”“我才活到你一半岁数，我是不是走得太急了点？”玛纳斯奇用歌声回答了他。

英雄的生命无法用年龄来计算
你已超过了英雄玛纳斯
玛纳斯死于敌人的暗算
泡了毒液的战斧在玛纳斯睡着的时候劈进了他的头颅

玛纳斯带着致命的伤痛大战三天三夜
我的团长呀，你来自战争却归于大地
你是劳累而终
上苍给人以神圣的生命
没有比荒漠里的花园更美更好
玛纳斯一生追求和平安宁
最大的愿望是种地放牧
玛纳斯如果再世
能不能比你做得更好只有上苍知道

群山越来越开阔，麦浪一浪高过一浪，这回听到的不是玛纳斯奇的歌声，是麦浪里的歌声，麦浪比河流更热烈更大胆：“听见了吗，我是你的妻子。”“我有河我有房子。”在大漠里房子就是妻子的另一种叫法。麦子知道这些，麦子就显得更执着：“我就做你房子里的妻子。”团长就满足了麦子的要求，一个快要进入坟墓的人，是不会拒绝任何人的要求的。“我吃了一辈子粗茶淡饭，我吃麦子不过分吧？”这是他自己的问题，根本不需要上天或者大地来回答，他的肚子非常诚恳地回答了他的问题。这是很不错的一天，谁也不会骗他。在麦田的那一边，牧草越来越多。这就是新疆，任何地方，只要有水，种地的汉人和放牧的哈萨克人蒙古族人总是混在一起；团长是所有草木庄稼的团长，是统领大地的团长，团长也不知道他是个牧人还是个农夫。大草滩在他眼前展开的时候，他就意识到这里有他的另一位妻子。

在不朽的史诗《玛纳斯》的第二部，玛纳斯的儿子赛麦台依也有这样一位神奇的妻子阿依曲莱克。阿依曲莱克历尽千辛万苦，为了向赛麦台依表示她纯贞的爱慕之情，她忽而变成展翅高飞的白天鹅，忽而变成闪着彩色光芒的白纱，忽而变成光芒有七种颜色的黄金，闪光的黄金又变成一条金鱼，鱼鳞闪射着耀眼的银光，赛麦台依看一次变一个样，看两次变三个样，大地上最美的东西全被展示出来了，玛纳斯的传人一代一代把大地作为美丽的妻子。

那个十九岁的女兵，从河变成麦子变成房子变成金黄的大草滩。

“她会变成玫瑰花。”

在中亚各民族的那些故事里，玫瑰总是开在情人的墓地。

团长去的地方可不是墓地，而是一个干爽的高地。在群山尽头大地缓缓升起，塔尔巴哈台终于从小旱獭长成一只猛兽，雄浑有力高大壮美。风低沉地吼着，阳光迅猛异常，许多石头被晒裂。“跟它们一样我用完了我的力气。”可土地被开出来了，塔尔巴哈台长满了麦子土豆和啤酒花，那个年轻的女兵也被开出来了，成为一个丰满壮美的妻子，多么肥沃的妻子！团长心里充满了巨大的爱慕之情……团长坐在地上，风就把他吹开了，然后是太阳，被太阳晒裂的滋味真不错，那么长一声呼噜直入大地的脏腑。我睡着了，大地也睡着了。那只雄壮的旱獭终于把洞打到了地心，那棵生命树就长在那里，旱獭用完了它所有的力气，现在它可以美美地睡一觉了。它就睡在生命树的根部，那些苍劲有力的根须很快就裹住它，它太累了，它被树根分解开来都不知道，它沉迷于漫长的睡眠。所有的旱獭都在春天在鼠疫所带来的死亡阴影里求爱求欢，在秋天膘肥体胖时惨遭猛禽野兽的屠戮，只有冬天是安全的。严冬封住了大地，棕熊也无能为力，为了漫长幸福而安逸的冬天，旱獭吃得胖胖的，把地洞清扫干净，把自己也清扫干净，把洞口堵上，连空气都不要，它们靠地气可以维持呼吸，然后一个顶着另一个的屁股，进入大地深处，进入漫长的睡眠。这只雄壮的旱獭完成了代代相传的巨大工程，终于把洞打到了生命树底下，现在它可以长眠不醒了。它太累了，大地可以让它长眠，大地绝不会再让它担惊受怕，生命树从它身上拔地而起，它在梦中开始上升，沿着苍劲的根沿着枝杈和叶子，一代又一代的旱獭重新获得灵魂，生命树上结满了美好的灵魂，生命是无法结束的！

八

大地活着，太阳也活着。

爸爸干什么去了？他去种地。

我知道他在什么地方。

孩子抓紧马缰，那匹儿马已经长大了，长成一匹骏马，孩子死死地抓住它，它拼命刨地，母亲很吃惊，五岁的孩子，他神奇的力量来自大地。那棵生命树已经长出地面了，生命树上的灵魂开始在孩子身上显灵。孩子翻身上马，跟他老爹一样。死亡的阴影开始消失。孩子骑马冲出院子，向大地深处奔去。孩子在追逐死亡，大地上有一块阴影，那是死亡，是云的投影。云朵跟受惊的鸟群一样拼命逃啊。孩子的腿跟圆钢一样，已经变成骏马的翅膀。马蹄子疯狂地捣着大地，加上孩子的喊声，谁也不相信世界上有什么死亡。躲是没有用的。孩子的神力来自父亲。群山草原庄稼地很轻松地落在孩子后边。孩子一直奔在群山的尽头，当那干爽的高地出现时，孩子哟嗬嗬叫起来：原来是一只小旱獭，你跑吧，我不追你了。那只旱獭慌慌张张钻进地洞。孩子和马回来了，孩子告诉母亲："死亡被我赶走了，爸爸没事了。"

孩子就是在那一天长大的，在五岁那一天，父亲在干爽的高地被风吹开被阳光晒裂的那一刻，孩子翻身上马，一个跟马融为一体的人就是一个饱满的生命。在伟大的史诗《玛纳斯》里，同样记载着雄狮玛纳斯从童年跃入成人的故事。

玛纳斯飞快地成长

当他长到四岁时

他胸脯宽阔体魄健壮

长到五岁时他到处跑动

六岁时长成男子汉模样

他要早日离开家门

到远处去谋生

他穿过戈壁和高山

他开垦荒芜的土地

他挖出了长长的水渠

撒下密密的种子

打麦场上麦垛高耸入云

孩子一直在附近放马放羊，现在孩子可以纵马驰骋，远方吸引着他。

母亲的心一天比一天紧张，她听过牧人的歌曲，茫茫大草原，路途多遥远，有个小骑手，将死在草原……母亲渴望孩子早早跨上骏马，那是一个男子汉的必由之路。有一天，孩子会不会从马上摔下来，永远闭上眼睛，像一颗星星在深夜里熄灭？母亲的心都碎了。大风吹进母亲的胸膛，哀婉悲怆的鹰笛从四面而起。从那以后，每当孩子翻身上马，母亲就开始接受鹰笛的折磨。母亲猛然惊醒向外跑去，她跑了很久很久，她在山岗上瞭望，马越来越近，马背上空荡荡的，而大地上竟然没有鹰笛声，大地你聋了吗？一个栽下马背的孩子换不来你的叹息吗？母亲大放悲声牧草嗖嗖抖起来，母亲快要哭晕过去了，马奔到她跟前，她的孩子被马缰拖着成了血人，这个血人刚喘过气就站起来，把马绊倒在地上，死死地掐住马脖子，马蹄乱蹬，母亲都看呆了。马蹄越蹬越慢，孩子松开手一抖缰绳马站了起来，马浑身哆嗦着。“它再也不会调皮了，”孩子蹿上马背，“妈妈，你上来。”烈马终于被孩子驯服了，马背稳得跟床一样。

孩子胆子越来越大，跑得越来越远，常常是两三天，有时一礼拜不回来。孩子还不满足：“妈妈，你看见没有，我跑的是一条直线，我喜欢直线，从大地上直直奔过去，一直奔过去，跟我爸一样变得无边无际，谁也休想赶上他，他太了不起了。我真想变成一支箭，被大地射出去，把地平线射穿。”

母亲想把真相告诉孩子，你的父亲已经死了。这个念头吓她一跳，连她自己也不相信丈夫的死亡。丈夫离开她的那一天中午，太阳多么明亮，丈夫很清晰地把自己的力量留在她身上。那种实实在在的力量从未消失过。她肚子里的小生命一天一天大起来，这个小家伙一落地，丈夫的力量就会消失掉。那一天真的到来我该怎么办？她无法承受丈夫的消失。只要丈夫的力量留在她身上，她就有勇气活下去。

她开始平静地看待孩子的远行。这个叫建新的孩子不是孤儿，他有母亲也有父亲。他还有一匹自己的马。他是个幸福的孩子。他从远方归来时，母亲总能感应到那幸福的时刻，母亲不是在房子前边，母亲赶好几公里路，在大漠的小路上迎接她的孩子。骏马和孩子。身边高大的新疆杨和麦田,还有羊群。“妈妈，你累坏了吧？”“我不累，我可以照看这些羊群。”她正值壮年，浑身有使不完的劲。跟所有大漠的母亲一样，她希望她的孩子走遍整个大地成为一个真正的男子汉。大漠里的男子汉可不是谁都能当的。

第二个孩子没有哥哥那么幸运，没有冰雪和风暴的洗礼，出生在温暖的春天。大漠母亲刚生下孩子就骑上马，把孩子揣在怀里，进入群山腹地。在雪线附近有刺骨的雪水，母亲用雪和冰水洗掉孩子身上的胎液。一定要有雪，最滋润最干净的山巅上的雪，一个健壮的生命来自清洁的地方。“这是你的弟弟。”那个叫建新的孩子，理所当然成了哥哥。

这个了不起的女人把院子扩大了一倍，盖起了砖房。地窝子成了菜窖和仓库。红砖大房子跟她一样健壮跟她一样红彤彤的。丈夫的力量并没有随着孩子的出生而减弱，她的身腰屁股和大腿猛地大了一圈，跟大车轮子一样，跟圆木磙子一样。一个真正的寡妇不可能那么健壮，这么红润。她强健，丈夫更强健。她快要喘不过气来了。

“你活着你就回来吧。”

她毫不犹豫地相信丈夫活着，在远方某个地方不停地垦荒种地，拓荒时代的英雄，拓荒都拓疯了。

弟弟刚学会走路，哥哥就把他抱到马背上：“我们去看爸爸，我们的爸爸可了不起啦。”兄弟俩骑着一匹马，直到第二天傍晚才回来。弟弟给母亲描述他们雄狮般的父亲：“爸爸那么高，跟一座山一样，兵团的人说他刚种上麦子，牧场的人说他驯马去了，草原上的歌手把爸爸唱到了古代，哈哈，我们的爸爸有八百岁，他们都把他当狮子，一头雄狮子。”

弟弟两岁的时候，终于有了自己的马，他一个人骑上马驰骋于大地之上。

兄弟俩到了上学的年龄，母亲是上过学的，刚开始母亲教他们识字，母亲完全可以教到中学的课程。兄弟俩向往正规学校。学校在几十公里以外。狼群成灾。常常有上学的孩子被狼吃掉。狼群有时冲进学校围攻这些孩子。

这个叫建新的孩子把弟弟交给母亲，他跟他那个雄狮一般的父亲一样，他连马都不骑，马遭到袭击会把人颠到沟里摔死。哥哥背上书包，拿一根棍子。袭击他的是两只狼。他用棍子跟狼搏斗的时候，另一只狼噙住他的脖子，幸亏第一只狼被打断了腰，幸亏他的脖子上扎着围脖，上路时母亲扎上的。狼咬住围脖拖上他就跑，他跟所有被狼咬住脖子的人一样抱住狼脖子，人到这份上差不多也就软了，骨头发酥，连发抖的劲都没了。这个叫建新的孩子从恐惧中镇静下来，腾出一只手解开围脖把围脖全塞进狼嘴里，这回不是狼咬他，是他咬狼脖子，狼就停下来，跟孩子搏斗，互相搂着在地上滚，滚着滚着就不动了，孩子还能动，孩子把狼喉咙给咬断了，纯正的西伯利亚狼，血里冒着气泡，气很快就跑光了，狼眼睛突然一亮，那光芒如同阳光下的钻石，烁亮之后就暗下去了，变成了硬石头。狼的血腥味弥漫群山向高空飘散。半个月后，狼又跟上来。从孩子的背后蹿上来，这是一只老狼，贴近人的身体时，狼就站起来了，前爪轻轻地拍一下人的肩膀，人以为是熟人叫他很自然地回头去看，狼嘴巴正好咬住喉咙。孩子胆儿壮。孩子去上厕所。这是寄宿学校，都是几十公里甚至是上百公里以外的学生。老狼报仇雪恨来了。孩子从厕所出来就感到一只软绵绵的手搭在他肩上，天冷，都戴手套呢，肯定是同学逗他呢，他回头的同时手也伸过去了，那条狼舌头激起孩子的本能，孩子的手抓住狼爪，两只手一起抓，狼的前爪落到孩子手里，孩子的脑袋顶住狼下巴，孩子背着狼，孩子不敢往宿舍走，会把同学吓软的，孩子就朝老师房子走，走得特别慢，从校园这边走到那边，走了半个小时。老师正开会呢，有人踢门，不用手敲竟然踢，老师很生气地拉开门，孩子就把狼背进来了，接着就是狼倒在地上，孩子大口喘气，狼没气了。静了好几分钟，校长和老师都叫起来。

狼群开始返回西伯利亚故乡。土著狼还待在这里。老远看着上学的孩子，一动不动地看着。

第二年弟弟也上学了。弟弟很想跟哥哥一样打死一只狼。弟弟没打到狼，反而在草丛里捡到一只狼崽，被猎人的兽夹子夹断了腿，弟弟恳求猎人叔叔不要伤狼孩子："他是一个孩子，送给我做弟弟吧。""狼怎么能给你做弟弟呢？""我给人家做弟弟，我没有弟弟，我太吃亏了。""巴郎子不服气呀，那就送给你吧。"弟弟抱着狼崽睡。给狼崽吃最好吃的。半年以后，狼崽已经成为家中一员，很忠诚地守着家门，牧羊犬就落伍了。老狼寻到这里时，小狼已经不认识狼爸爸了，任凭狼爸爸百般解释，小狼毫不退让，老狼长长叹一声，一步三回头走了。

九

那些发誓要活到给孙子娶媳妇的老人，不一定要活到那一天，塔尔巴哈台的孩子们是大地上最硬气的孩子，长到十一二岁，就是标准的男子汉了，就不再需要人管了。老人们明白这一点时，也明白了死亡的好处，全都放心地离开人间。当然也有顽强活着的老人。他们都是出色的玛纳斯奇，他们活着不是为了孙子，而是为了延续伟大的歌声，为了史诗和传说。

有一天，女人听到玛纳斯奇的歌声，唱的是古老而伟大的爱情，大漠女人为了向情人表达爱慕之情，把自己变成雪白的天鹅，变成洁白的轻纱，变成闪光的黄金，变成矫健的金鱼。河流和麦浪又回到女人身上，丈夫的力量从未离开过她的生命，而且在一天一天壮大。

有一天，两个孩子给妈妈送来一匹大白马："你应该去看看爸爸，那么威风的爸爸你不去你会后悔的。"女人就离开自己的孩子，越过群山草原和庄稼地，大白马变成栗色马又变成枣红马。马大汗淋漓马毫不疲累。丈夫留在她身上的是大地的神力，她比马更精神。马流完汗之后流出宝石一样的血，血光闪闪。据说女人在荒漠里成为玫瑰的时候,石头也会爱上她的。她爱上一个男人，是个种地的兵团农工。又一个家出现在大地上。大地上的男人和女人，跟河流一样滚滚向前奔腾着无比壮阔的生命。

锡伯提河岸的两兄弟，弟弟念书是一把好手，一直念到乌鲁木齐，最后落脚奎屯。哥哥守着家园种麦子种啤酒花。

几年后，弟弟踏上了故乡的土地，不由自主地走向马群，从牧人手里买一匹马。大地开始延伸，向前延伸，越来越快。他急于见妈妈，他的心比马更快，马都快要愤怒了，上下颠着跑，有意折腾它的新主人。他才不管这些呢。他拼命抽打马臀。他终于看到一栋房子,房子前边站着一个被太阳烤焦了的老妈妈，老妈妈叫孩子，他就扑通栽下马鞍，扑上去，老妈妈摸他的背，孩子我的孩子我的眼睛都快瞎了，你怎么才回来呀？奶茶，馕，手扒肉。长长地睡一宿……又是一栋房子，又是一个老妈妈。几十公里甚至几百公里总要碰到这样的房子和老妈妈，有时是毡房，是蒙古族是哈萨克族是汉人……等见到自己的亲生母亲时，他已经给许多母亲做过儿子了，被她们抚慰，长睡一宿，又匆匆离开。我怎么能离开塔尔巴哈台呢？我们这些地窝子里长大的孩子，跟旱獭一样来自大地的心脏。悲怆的泪水带着酸楚尽情地流淌吧……

河流说我要做你的妻子

麦子说我要做你的妻子

牧草和树木都这么说

戈壁上石头也放开了喉咙

那就让玛纳斯回来吧

他在干爽的高地上已经睡够了

库兰

第一章

从前在成吉思汗的马群里，
有一匹不生育的白骒马，
忽然一胎生下了两个马驹，
人们把它俩叫作扎格勒。
……
成吉思汗身穿甲胄，
骑着两个扎格勒，
去到阿尔泰山行猎，
去到胡惠罕山打围。

——摘自《成吉思汗的两匹骏马》

阿连阔夫从小就崇拜普尔热瓦尔斯基。俄罗斯人都崇拜普尔热瓦尔斯基，但他们都没有阿连阔夫的好运气。阿连阔夫拥有普尔热瓦尔斯基所有的著作：《在蒙古和唐古特人之乡》《走向罗布泊》和《神秘的藏北和荒凉的蒙古》。他手不释卷，夜不能寐，亲友们惊呼："我们的阿连阔夫肯定是未来的探险家。"

阿连阔夫没有成为探险家，他上了士官学校，在圣彼得堡上流社会的舞会上结识了美丽的奥尔迦公主，并娶她为妻。他们共同的爱好是观看《天鹅湖》。《天鹅湖》是俄罗斯人的灵魂，但拥有奥杰塔公主的只能是他阿连阔夫，他才是真正的王子。多少年后，他还记得在圣彼得堡大剧院观看《天鹅湖》时的情景，他们坐在楼上的包厢里，他情不自禁地告诉妻子："我没有战胜恶魔竟然得到你，太不可思议了。"

"那我们就去找一个恶魔，你来救我。"

他们开心地笑了。

恶魔在他们的笑声中从天而降，先是孟什维克，接着是布尔什维克，激烈的内战，阿连阔夫率领他的哥萨克兵杀到莫斯科近郊，苏维埃政权危在旦夕，王朝复兴在望。红军果断地杀掉了在押的皇室成员，奥尔迦公主成为罗曼诺夫家族仅有的几个幸存者，阿连阔夫坚持要送她去国外避难。

"我来对付恶魔，杀光布尔什维克，我带哥萨克兵迎接你回国。"

"我们一起杀布尔什维克，我要亲眼看着你战胜恶魔。"

阿连阔夫将军，白卫军的英雄，他的故事传遍整个俄罗斯。在那个故事里，阿连阔夫的十二把军刀砍成了锯牙，十二匹顿河马压塌了龙骨，打坏的枪支堆满一座仓库。托洛茨基发出一道道追剿阿连阔夫的命令，接替托洛茨基的斯大林不动声色，调来一拨一拨最能征战的将军，轮番上阵，伏龙芝、古比雪夫、伏罗希诺夫、布琼尼，最后是恰巴耶夫。红色哥萨克恰巴耶夫，发誓要亲手宰了"阿连阔夫这个狗娘养的"。

奥尔迦公主不能再陪丈夫冲锋陷阵了，她的左肋埋着两颗水连珠步枪子弹，还有数不清的炮弹碎片。她那张脸太美了，枪弹见了就躲，实在躲不过就飞蹿到她的肋骨上，胳膊腿完好无损。军官们还能想起圣彼得堡美好的岁月，奥尔迦公主在大厅里翩翩起舞，手臂和修长的双腿，那才是真正的天鹅——圣彼得堡的天鹅。自从普希金的夫人普希金娜之后，再也没有哪个女人享有“天鹅”的美誉。罗曼诺夫王朝在它覆灭的前夜,猛然诞生了这么一位美妙的妇人；诗人布洛克为之着迷的美妇人形象变为现实，整个俄国为之倾倒。硝烟与战火使她更加耀眼，人们常常可以看到紧随丈夫身后的奥尔迦公主，身披白色斗篷，挥着马刀，纵横疆场，白卫军亲切地称之为“我们的天鹅”。

战局越来越糟，白军不断受挫，恰巴耶夫兵团咬住最后一支白卫军死死不放。不能让天鹅落到红军手里。最忠勇的军官组成卫队，护送公主到欧洲去。他们牵着战马，在山岗上等着公主与丈夫分别；那是乌拉尔山脉和乌拉尔河，这个被加尔梅克人称为石带的低矮群山在落日的照射下寂静空旷而悲壮。公主掏出一块白银怀表，表壳饰有她的画像，她用锋利的匕首改掉自己名字的几个字母，奥尔迦就成了奥杰塔，她把表交给丈夫。

“让天鹅卧在你的胸口，我在巴黎等你的消息，我要把这一切写进书里。”

“让那些文人去写书吧，我们用这个写。”

丈夫拔出马刀，刀刃跟锯齿一样，每个齿上都有一颗小太阳。

公主带走了丈夫最后一把马刀。那是个很不吉利的数字，十三。丈夫的第十三把马刀，一直悬挂在巴黎寓所的墙壁上。在丈夫死后的漫长岁月里，公主想起这个数字就伤心不已，她怎么能带走一个军人的战刀呢？只要战刀在丈夫手上，丈夫就会杀出一条血路，劈开太平洋滚滚波涛，从地球另一头直扑巴黎，夫妻团聚。王朝不可能不复兴，夫妻不能不团聚。从欧洲到美洲，各大银行都有他们的存款，可以买下一整座城市，可公主一直住在公寓里，白墙上没有任何装饰画，只有这把饱经战火的军刀，桌上的瓷罐里盛着俄罗斯古老的黑土，在战刀斑驳的白光映照下，公主一遍一遍捻着黑土，都捻成粉末啦，比面粉还要细腻，热乎乎的，手往里一放就像一团绒毛。

哥萨克崇拜刀，丈夫再没用过马刀。

白哥萨克拼命向东方奔逃，红哥萨克紧追不放。恰巴耶夫抛开侧翼，率直属的两个旅一路杀过来，他压根没想到白军会杀一个回马枪，突然袭击他的司令部，钢铁般的第六师就这样给打垮了。恰巴耶夫向河边突围。

这回该阿连阔夫追击了。阿连阔夫在望远镜里发现他的死对头，他从卫兵手里接过水连珠步枪，一枪把恰巴耶夫撂下马背，失去战马的哥萨克能干什么呢？阿连阔夫策马冲过去。负伤的恰巴耶夫多么渴望一粒子弹或者马刀有力的一劈，那样可以保持军人的尊严。高傲的阿连阔夫不给对手这样的机会，他用战马的铁蹄把对手震到乌拉尔河，沉下河底。

这场大捷的消息刊登在西方各大报刊的显要位置，公主从巴黎发来贺电：“战胜恶魔吧我的王子。”电文传阅全军，一名军官突然唱起《上帝保佑沙皇》，哥萨克兵全都唱起来，把泪都唱出来了。太阳像一匹黄骠马在辽阔的原野上疾驰。

接着是穿越卡拉库姆沙漠的急行军，许多伤兵和小孩死在沙漠里。直线距离离中国很近，可阿连阔夫突然从伊犁河中游折向南方，向伊塞克湖奔去。那叫热海的高山湖畔，埋葬着普尔热瓦尔斯基。

当西天山从辽阔的大地出现时，他就想到这位遥远的俄罗斯英雄，他甚至相信山里有他朝思暮想的普尔热瓦尔斯基野马。是普尔热瓦尔斯基和他的探险队发现了蒙古野马，发现了野骆驼和神秘的罗布泊，伟大的普尔热瓦尔斯基一直深入到黄河的源头，孕育这条大河的两个湖被命名为“俄罗斯人湖”和“考察队湖”，中亚直到中国腹地的名山大川全被重新命名，天山被命名为“亚历山大山”。紧随探险队后边的是强大的考夫曼兵团，浩罕、希瓦、马鲁、哈萨克、吉尔吉斯许多古老的汗国纷纷瓦解，连中国的伊犁也被俄军代守十三年。阿连阔夫的岳父，沙皇尼古拉二世为表彰普尔热瓦尔斯基的功绩，多次破格提升其军衔，小小的中尉数年间升为陆军中将，热海旁边的小城卡拉科尔被命名为普尔热瓦尔斯基。

王朝覆灭了，王朝的光荣还在，就在这小小的边塞小城里，在这涛声不断的墓地上。阿连阔夫更喜欢热海这个古老的名称，突厥语叫伊塞克，热海显然是汉语的叫法，中国人很早就来到这里，带来了他们的语言。普尔热瓦尔斯基带来了俄语，诗一样的俄罗斯语言啊，普尔热瓦尔斯基还没来得及给这辽阔温暖的水域命名就死去了。

无论从哪个角度看这都是一个真正的大海，地图上是大片深蓝。翻越西天山，整个群山猛然变成低矮的海岸，波涛比山峰还要高，波涛尖上飞旋着大群大群天鹅，天鹅缓慢而优雅。他在想念远方的妻子，天鹅的叫声潮润而悠长，妻子在歌唱 :“战胜恶魔吧我的王子。” 那是一只小天鹅，离开妈妈向他靠近，它的动作还很笨拙，看样子刚学会起飞，第一个动作就是在滚滚波涛上舞蹈，笨手笨脚也要舞蹈。小天鹅飞到他的头顶，翅膀上的水滴淋湿他的头发。他摘下军帽，无限崇敬地看着小天鹅。小天鹅又一次飞上他的头顶，洒下更多的海水。他喜欢蓝色的热海，他沐浴在一片蓝光里，他小声问白天鹅 :“你叫奥杰塔吗？” 小天鹅呱呱回答了他。泪唰地下来了，跟蓝色的海水融在一起，融成脚边的黄泥。他心头一震，这里再也看不到黑土啦，从什么地方从什么时候开始出现可怕而肥沃的黄土。梁赞乌克兰莫斯科的黑土无声无息地消失了。不能不承认黄土也是富饶的，整个塔拉斯河伊犁河楚河巴尔喀什湖和热海所浇灌的黄土草原黄土群山跟金子一样灿烂辉煌。

一个醉汉摇摇晃晃，在唱悲凉而深情的哈萨克歌曲《黄色的草滩》；身体醉了，灵魂清晰得跟水一样，跌跌撞撞，撞到树上，撞到石头上，撞到地上，翻身仰躺着面朝蓝天，灵魂飘到白云上，白云跟羊群一样，依然是断断续续绵延不绝的歌声。白云沿着天空沿着群山沿着河流向前，踽踽向前，苍凉和喜悦奇迹般融为一体。在俄罗斯不可能有这么深情的歌曲。阿连阔夫无限崇敬的俄罗斯歌曲受到严重的挑战。

这里的吉尔吉斯人哈萨克人加尔梅克人不知道普希金，他们只知道大诗人阿拜，知道古波斯的大诗人尼扎米、哈菲兹，就是不知道普希金，俄罗斯的太阳照不到这里。阿连阔夫怀着初恋般的心情问一位放羊人："知道普尔热瓦尔斯基野马吗？"放羊的老汉摇摇头，阿连阔夫不死心。

"野马，草原上的野马。"

"噢哟，库兰，库兰野马，那是我们草原的神马。"

老汉的眼瞳放射宝石般的光芒，普尔热瓦尔斯基被罩在黑影里。

"那么这座山呢，这座山该叫什么？"

在阿连阔夫的记忆里，这是有名的亚历山大山，是俄罗斯的探险家发现的，沙皇为表彰其功绩，给以"天山斯基"的称号，意即"天山人"。放羊的吉尔吉斯老汉告诉阿连阔夫："这是天山，天堂一样的山，是从帕米尔奔过来的一条龙。"吉尔吉斯老汉大声告诉阿连阔夫："我们是柯尔克孜[①]人，吉尔吉斯是你们俄国人的叫法。"老汉侧身上马，吆喝他的羊群，也吆喝阿连阔夫："沙皇的驸马再见。"沙皇的驸马，真可笑！他是伯爵，是陆军中将，罗曼诺夫王朝最古老的禁卫军谢苗诺夫团团长。

驸马是典型的东方概念。牧人们很看重这一点。汗王们来拜见沙皇的驸马，送来数不尽的肥羊良马鞍子和帐篷。土著人把他们当贵宾。副官忍不住向他建

① 柯尔克孜：意四十个姑娘，即他们的祖先。

议："这是进攻的好机会，他们就像皮萨诺碰到的印第安人，这么多宝贝，动手吧将军。"

"五十年前考夫曼将军就已经征服了这里，这里是俄国，蠢货。"

副官以及一万多名哥萨克兵把这里当成异国他乡了。阿连阔夫很难受，但也理解部下们的情绪，任何一个俄罗斯人来到这里都会热血沸腾渴望征服。

他又来到普尔热瓦尔斯基墓前，这个灰色岩石下边埋着一颗狂热的心灵，墓地的一切都是滚烫的。阿连阔夫拔出枪，一万多官兵全都子弹上膛，枪举到头顶上。阿连阔夫扣响第一枪，枪声大作，受惊的天鹅逃向热海那一边。俄罗斯最美丽的女人和最伟大的英雄与他连在一起。他把一束玫瑰放在墓前，鲜花很快覆盖了坟墓。各式各样的花都有，西天山是花的草原。那些花很快被风卷到海里被波浪吞没。

部队完全可以从特克斯河谷进入中国。阿连阔夫不走直线走弓背，绕一大圈来到霍尔果斯。官兵们恍然大悟，这是五十年前俄军进入中国的地方，也是普尔热瓦尔斯基探险队的行军路线，中俄签订的一系列条约最终以霍尔果斯河为界割掉了整个伊犁河中下游包括热海、塔拉斯河、斋桑淖尔、乌梁海。阿连阔夫就选中这个让中国人感到耻辱的地方。

部下们的怨气一下子转化为狂热的爱国情绪。热血沸腾如同大海的波涛，如同激越的钢琴。阿连阔夫喜欢这种轰鸣。他照一个哥萨克兵的胸口打一拳，小伙子很兴奋，笑呵呵立正敬礼。

"将军，再来一下。"

"我不能把我们骄傲的哥萨克打坏喽，到那边还有大用场。"

大家都知道到边境那边去干什么。小伙子们心跳如鼓，马刀磨得锋利无比，枪擦得亮堂堂，连子弹都擦了。当年那个德意志血统的考夫曼，远征中亚时仅用一万七千名哥萨克，每人一把马刀一支别丹式步枪。阿连阔夫带的是精锐的皇家禁卫军，配备有新式大炮、马克沁机关枪和水连珠步枪。

阿连阔夫制定的方案让部下们敬佩不已：以国际惯例通知中国要避难。中国肯定要调集军队监督对方放下武器再入境。这样可以把中国军队全歼在边境线上，再乘虚而入。

“不要击溃对方，要全歼，一个不留，”阿连阔夫做一个有力的手势，“就像用战斧砍一棵小树，毫不留情。”

第二章

圣主骑着大扎格勒，
狩猎在阿尔泰山，
猎获了无数羚羊和盘羊，
当它怀着自豪的心情归来时，
十万猎人都没有把它赞扬！
这使它们感到十分悲伤，
小扎格勒对哥哥说：
“唉，哥哥呀，咱们干脆走吧！”

——摘自《成吉思汗的两匹骏马》

在阿连阔夫之前，已有三万多白卫军由塔城进入新疆。新疆边防督办杨增新手下仅一万兵马，举措失当将有疆土沦亡的危险，杨增新几次电令伊犁镇守使杨飞霞，对白俄败兵不得采取强硬措施，以免白俄军队狗急跳墙。“务须济以权宜，示以宽大，使其有赖我国之心，无仇视我国之意，终能解除武装，俯就范围。”

杨飞霞把上峰的电令交给部下传阅，大家议论纷纷。“不让打，还要缴人家枪，怎么缴？”大家见过俄国人的枪，全是新式武器。新疆军队的装备还是欧战前从帝俄和英国购买的。议论归议论，该干什么还干什么。新疆孤悬塞外，能守就有命，守不住插翅也难逃。大家不吭气的时候这个道理也差不多想透了。杨飞霞说：“咱们唱空城计吧。”

伊犁共五千兵马，杨飞霞留两千步兵守城，自己带三千骑兵直奔霍尔果斯。

镇守使一马当先，威风凛凛。他的陆军中将是孙中山大总统亲自颁发的，绣着金黄穗子的将军礼服很少示人，那把日本军刀也一直压在箱底，只有那身日本士官学校的硬功夫为大家所熟悉。督办大人对革命党人心存戒备，这位留学日本八年参加过黄花岗起义的铁血分子，在遥远的边塞小城缄默少言，不苟言笑，壮怀激烈的革命理想似乎是一场梦，整日只是训练士兵，修水利办学校，俨然林则徐再世。与林则徐不同的是他有一身好武功，巡夜回城，城门已关，镇守使就拔出匕首插入城墙一跃而过，第二天还要通报守门官兵忠于职守。

按约而来的有数千蒙古兵，镇守使让他们埋伏在阿力麻里的苹果园里，在霍尔果斯河岸撑一百顶帐篷，逐日增加。汉族骑兵五百人给马尾巴扎上树枝，来回奔跑，灰尘越高越好。剩下的两千多人马按照现代陆军操典，队列整齐，沿霍尔果斯边防线一字摆开，机枪和山炮布置在后边的矮山上。

阿连阔夫要求镇守使亲自过来面谈，镇守使答应这个要求。部下劝阻，镇守使一个小小的手势就制止了。镇守使只带一名翻译两名卫兵，骑马走过霍尔果斯木桥进入俄境。

哥萨克兵列队迎接，军乐大作，镇守使策马疾驰，穿过队列。身材高大剽悍无比的阿连阔夫与一群军官等候在草地那边。镇守使的马不减速，直冲过来，冲到离阿连阔夫七八米的地方，突然飞身而下，轻轻落在地上。这是白卫军见识的第一个中国军官，阿连阔夫忍不住在心里叫道：“欧洲才有这么优秀的军官。”镇守使微微一笑，算是打招呼。

白卫军端起望远镜观察半天，河对岸烟尘蔽天，蒙古包越来越多。中国军队正源源不断开过来进入阵地。进入俄境来谈判的竟然这么几个人？他们不相信一个中将只带两个卫兵。阿连阔夫也是中将，宾主是对等的。镇守使告诉白卫军：其他地方的镇守使都是少将军衔，伊犁属边防要地，军队多兵种杂，中央政府特别设中将军衔。

情况的发展完全出乎阿连阔夫的意料，这个中国军官更是超出他的想象。他们竟然有共同语言，抛开翻译可以用英语直接交谈，彼此的爱好也相同，都是文武兼备的旷世奇才。彼此很快谈到《国际公法》，阿连阔夫表示愿意缴械入境，只要求保留警卫队的武装。镇守使表示理解但需请示督办公署后再答复。

会晤极其愉快，双方都感到意外。镇守使跟来时一样潇洒，抽一鞭子，马蹿成一股风，镇守使快跑十几步一跃而起，刚好落到马鞍上。

霍尔果斯沿河一带，蒙古包越来越多，浓烟不断，大道上尘土飞扬。受挫的红军重整旗鼓，调来布琼尼骑兵军整整一个军，七万多兵马朝边境压过来，要为恰巴耶夫报仇。布琼尼大军距边境仅一天路程。杨飞霞送来边防督办的电令，允许白卫军入境，但口气极为严厉：“如不缴械，企图聚众对抗红军，骚扰我方，我方与红军联合，两面夹击，将你等全部消灭于边境。”红军显然与新疆督办公署建立了联系。镇守使告诉阿连阔夫：新疆地方政府的政策是不干涉俄国革命，严守中立。

阿连阔夫下达缴械的命令，他本人可以带枪，卫队可以带枪，这种礼遇是很难得的。他向杨飞霞表示感谢。

大队人马开进富饶的伊犁，阿连阔夫脑子里马上闪出普尔热瓦尔斯基翻越天山进入这块沃土的情景。

杨飞霞告诉他：“缴不缴枪是督办的事，如何安排你们的生活是我的事。”

镇守使拨给他们最好的地，都是灌溉区的地，拨给最好的林木让他们采伐筑屋打做家具，农具种子和面粉量也很足。免赋税三年。经过多年的征战，他们可以安心地放牧耕种了。除作战部队一万多人外，还有六七千家眷。

追击而来的红军在霍尔果斯河岸朝天放枪、纵马狂喊。白卫军已经不是军队了，热血青年想冲过界河杀杀对方的威风，可抓到手里的是芟镰和坎土镘。阿连阔夫七百人的卫队装备整齐，但有督办公署的命令，他们不敢轻举妄动。

红军留下一部分边防军，主力撤走了。

难民的营地分散在伊犁各县。炊烟高高飘起，手风琴呜呜咽咽响着熟悉的俄罗斯歌曲，天已经凉了，孩子们还在河里嬉水，他们有半年没洗澡啦，就是冰天雪地他们也会脱光衣服跳下去的。妇女们用苹果和莲花白做俄罗斯泡菜，往缸里压，压上一块大石头。阿连阔夫问她们哪来这么好的菜缸，她们说是中国老乡给的。她们把中国人叫老乡了。阿连阔夫心里一紧。有什么办法呢，女人喜欢这些。他脑子里已经没有难民营的概念了，在房子里想好的事情到外边就要变样。这是典型的俄罗斯村庄。高大的白杨，圆木堆起的木格楞，草垛，白羊还有牛，数量不多，会渐渐多起来的。女人们的脸色红润起来，眼睛闪闪发亮，胸脯和腰秃噜秃噜颤。她们很快会生下一大群娃娃，几万人会变成几十万，俄罗斯帝国的复兴就靠这股子力量。阿连阔夫太了解俄罗斯人了，他们现在累了，不要打扰他们，等他们歇足了劲，一声号令，就是一支骁勇善战的大军。就像果戈理在《塔拉斯·布尔巴》中描写的查波罗什人一样，不但在波兰扎下根，还把波兰搅个底朝天，让波兰国王给他们下跪。伊犁的土地比波兰肥好几倍，土著人比波兰人厚道，简直就像哥伦布遇到的印第安人。

阿连阔夫喜欢用印第安人来比喻中国人。

普尔热瓦尔斯基私下告诉亲友们，中国之行确切的说法是旅行而不是探险。所谓危险主要是大自然，是暴风雪、风沙、干旱、沙漠大碛和深沟大壑。除过动物，几乎遇不到什么伤害。

“荒凉的地方人最善良。”

屠格涅夫在《猎人笔记》里描述了俄罗斯农民的淳朴和智慧。荒凉地带的中国人大概跟他们差不多。

普尔热瓦尔斯基感到吃惊，话题是他引起的，可他不愿意看到这种结果：中国人与俄罗斯人拥有共同的人性，善良而淳朴。这样子可太糟了，我的探险可不是为了这个。从那以后，他不再传达类似的消息，他尽量把土著人描绘成野蛮人。就像文艺复兴以来欧洲人印象里的土耳其人，谁也没去过土耳其，但大家都觉得土耳其人是世界上最坏的人。诗人拜伦跛着腿都要去巴尔干打土耳其人，普希金亲手砍过几个土耳其人。普尔热瓦尔斯基在被征服的波兰当过教师，沙皇把他们这些下级军官派到波兰来当教书匠，是为了把粉笔当枪炮来使，可这些不管用，波兰有马祖卡舞蹈有肖邦有密茨凯维支[①]。尽管果戈理用其如椽大笔贬低波兰人，可要把他们在全世界搞臭很不容易。波兰在欧洲，位置比俄国优越。普尔热瓦尔斯基担心再待在波兰，肖邦会从他的耳朵里把柴可夫斯基剔除出去。当时俄国知识界分为西欧派与斯拉夫派，整天在圣彼得堡打笔墨官司，俄国不需要吵嘴皮子，俄国的读书人耽于幻想，幸亏他上过士官学校，军人这种职业可以培养人的务实精神。他骑上骆驼带几个哥萨克兵到中国去冒险，他相信中国是下一个土耳其。土耳其被俄国啃得剩下干骨头了，印度被英国独吞，遥远的中国是成就大业的好地方。

他告诉大家，他去的是伊犁、喀什噶尔、西藏、张家口、青海、甘肃；在

---

① 密茨凯维支：波兰大诗人。

中国依然存在的情况下，他相信他的笔已经把这个古老的帝国敲成了一大堆碎片。他吸取了西班牙人的教训，西班牙人征服美洲后留下一部大兵写的《征服西班牙信史》，实话实说，印加帝国灭亡了，可印第安人的文明和诚实通过西班牙语留下来。这大概是西班牙被英国打败的一个重要原因。俄罗斯语言是多么智慧的语言，智慧的语言是不干这种蠢事的。

他就这样来到美丽富饶的伊犁。

有关伊犁的美丽与富饶，古波斯和中国的史书做了大量记载，中亚的牧人商人和工匠提到伊犁如同上帝的伊甸园。普尔热瓦尔斯基对此沉默不语。他这样的探险家，向往荒凉渴望神秘，在他的前方必须是不毛之地。在他未去伊犁之前，伊犁已经荒凉了。

他本来要去黑海疗养，在阿尔泰山捕捉野马时腰部受伤，医生要他住院，他不干。沙皇很关心他的健康，建议他去疗养，黑海的空气和阳光对他有好处。沙皇很少这样关心臣下，沙皇告诉他的将军们：普尔热瓦尔斯基顶十万万哥萨克兵，迟早有一天我要晋升他为将军。将军们的脸一下子全红了。普尔热瓦尔斯基感谢沙皇的好意，提前动身开始第二次探险之行。记者们是这样报道的：伟大的普尔热瓦尔斯基牺牲自己的健康提前开始行动。全俄国为之动容，男人们不由自主挺直腰杆，女人们流下热泪，孩子们在雪地里大喊："普尔热——瓦尔斯基！普尔热——瓦尔斯基！"

确切地说，这是一次一再推迟的行动，他为此而愤怒，究竟是什么原因使他变得优柔寡断磨磨蹭蹭？这与他的军人气质很不相符，这种天赋不是学校可以培养的。他引以为豪的高贵气质在消失，或者说受损；他不能把自己说得太惨，受到损失是肯定的。

美丽富饶的伊犁就这样出现在他面前，整个河谷闪耀着一种美。美是可怕的。圣彼得堡的白夜，涅瓦河的流水，海军大厦的尖塔，还有莫斯科辉煌的广场与圣瓦西里大教堂，一一闪现在普尔热瓦尔斯基眼前。伊犁好像都不是，伊犁的河水是灰白色的，河岸的草木闪出沉静的灰蓝，田野透着辉煌，那是欧洲美术界苦苦追求几个世纪也难以找到的色调。伊犁的美是从大地里长出来的。

“我们的彼得大帝在荷兰人的造船厂吃了多少苦哇，我们俄罗斯聘请过多少法国艺术家和教师，聘请过多少德国工程师。”

普尔热瓦尔斯基这才体会到知识是多么有害，他完全可以像身边那些哥萨克卫兵那样，傻乎乎地张大嘴巴，轻轻松松享受河谷的美丽。一个博学的脑袋有时是很痛苦的。花园般的城市就在眼前，连穷人破旧的小院子里都生长着玫瑰。花儿的红光从柴门的缝隙里喷射出来，好像里边发生了火灾。

哥萨克兵好奇得像小孩，去敲那低矮的柴门。出来一位长髯老人，眼睛闪射神光，脸膛黑红发亮，笑着邀客人进去。主人把所有的鲜奶兑进热茶，馕也不多，全端出来了。房子里几乎什么都没有。俄罗斯最穷的农民也比他强，可再穷的俄罗斯农民一定得喝酒，打老婆打孩子跟疯子一样。这个贫困的塔兰其老人，安详平和，守着破房子和满院的玫瑰，太让人不可思议了。那些高大的白杨和浓密的葡萄是主人自己栽的，在院子的后边有一片果园，果子还是青的，主人要他们秋天来吃果子。哥萨克兵指指外边的树问主人那也是你栽的，老人点头。

哥萨克兵对他的同伴说：“我们那里的村庄都是光秃秃的，森林里才有树。”他的同伴说：“我们有的是森林，森林能把我们吃了。”哥萨克兵太好奇了，得到主人的允许后弯着腰到房子里去看看，他出来告诉同伴：“墙壁白白的，帐子上有花，褥子跟娘儿们的肚皮一样柔软。”同伴也进去看，出来后直摇头：“我家的房子太脏啦，我爸爱牲口，幼畜和家禽冬天跟我们住在一起。”他们问老人：“你一个人生活吗？”

“我有个女儿，嫁给哈萨克人了，冬天给我送两只肥羊。”老人说到女儿就眉开眼笑，不停捋胸前的长须。

他们给老人卢布老人不要，老人说胡达派客人来看他，他要高兴好几天哩。

伊犁是中亚的名城，经过战乱依然那么繁华，商人们告诉普尔热瓦尔斯基：战乱前的伊犁，店铺十万家，号称小北京。普尔热瓦尔斯基口气淡淡的：“北京不是让英法联军给烧了吗？”“烧的是皇帝的别墅，北京城还在呀。”这个维吾尔商人走南闯北，去过北京。

普尔热瓦尔斯基再也不打听什么了，伊犁不会告诉他所需要的任何东西。他反反复复像个行吟诗人，他发现俄语任何一个词都不能给伊犁一个合适的名称，他发誓要重新命名他所到达的地方。俄罗斯帝国大半领土曾是蒙古人哈萨克人吉尔吉斯人的牧场，远古时代游牧民族就给这些地方起了很有诗意的名字，俄语很难取代它，但必须取代，他当过教师，他太了解语言的作用了。伊犁，伊犁，俄国已经占领大半个伊犁河谷，伊犁依然是伊犁。俄国有个伊犁，中国也有个伊犁，这显然是真正的伊犁。一个地区是以中心城市来体现的，俄国把中亚总督府设在阿拉木图，就是有意冷落伊犁，仅仅过了十几年，伊犁河下游那个老伊犁就沦落为一个偏僻的小村镇。可整个楚河，塔拉斯河，伊塞克湖辽阔草原的游牧民族还在念叨伊犁，他们心目中的天堂，比上帝的伊甸园还要美好的乐土。一个博学的脑袋确实令人烦恼，普尔热瓦尔斯基偏偏长这么一个脑袋，记忆力惊人，有过目不忘的本领，俄语所有的词汇全都贮存在那个硕大的脑袋里，即使变化莫测的文学语言也难逃他的法眼，最纯净的屠格涅夫语言列斯科夫语言，雄浑有力的托尔斯泰语言，甚至包括病态的陀思妥耶夫斯基语言，全都浮出浩瀚的海面，也难以捕捉这只庄严华贵的大鲸，他把伊犁比作大洋里难以驯服的蓝鲸。伊犁的空气恰好透出这么一种高雅朴素的宝蓝。

这里的女人漂亮得让人不可思议，要在俄罗斯内地，哥萨克兵早就扑上去了，俄罗斯女人会惊慌失措大喊大叫，越是这样哥萨克兵越疯狂。伊犁女人大大方方，一下子压住了哥萨克们的疯狂。哥萨克们露出庄稼汉的憨态，用手比画着指指她们的眉毛，指指她们鲜艳的头巾和裙子，她们就跳舞。哥萨克给她们鼓掌跺脚跳马刀舞。她们简直是一群贵妇人，她们赞赏哥萨克就像国王赞赏自己的仆人。哥萨克们还傻乎乎地笑，咧着大嘴笑。女人们招招手，走得缓慢而从容。他们在俄罗斯可从来不会这样对待女人。普尔热瓦尔斯基提醒他们：这是一群村妇。

“她们很美很高雅。”

哥萨克们不懂长官的暗示，普尔热瓦尔斯基快要叫起来了：“这帮蠢猪，让她们教化你们吗？”

“大人您不舒服？”

“我，我有点累。”

赶快找旅店住下。普尔热瓦尔斯基累得快趴下了。他不能趴下，他给沙皇写一个报告，这个报告只限于沙皇及内阁传阅，大意是：为神圣的俄罗斯帝国在中亚腹地长治久安，应该像摧毁撒马尔罕那样把伊犁夷为平地。普尔热瓦尔斯基援引1860年英法联军对北京皇家园林的摧毁，提醒沙皇，从艺术上摧毁东方比军事征服更有意义。他还提醒沙皇：土著人的淳朴太可怕了，必须让他们回到野蛮状态。究竟采用什么方式他没有明说，那是将军们的事情。若干年后，俄军进入伊犁，炸毁惠远古城。清军收复伊犁后，重建这座城市。又被俄军炸毁。无论帝俄还是后来的苏维埃政权，一直念念不忘普尔热瓦尔斯基的忠告，一有机会就越过边界炸毁伊犁。普尔热瓦尔斯基在报告的最后一行情不自禁地写道：“让这座古老的城市变成西西弗斯的石头吧。”写完这句话，他长长出一口气。

他是平和而安详的，一旦踏上东方的土地他就疯狂。这很不利于他的健康，他告诫自己：这么疯狂下去可不行，非要命不可。他太累了，他要好好睡一觉，一定要好好睡一觉。

第三章

我亲爱的宝尔托如木[①]，
离群的马儿追捕的绳索多，
孤傲不逊的人儿冤家多，
疲沓不前的驽马鞭印多。
离群的牲口要遭众人追打，
会把我们当作敌人群起缉拿，
也可能当成害群之马引弓射杀！

——摘自《成吉思汗的两匹骏马》

伊犁潮湿温暖，四月就开始消雪，麦苗越长越高，好多女人的肚子大起来，割完麦子就可以生孩子了。不少军官到学校里去教书，有一所俄罗斯中学。镇守使开办的通讯学校也聘请不少白俄军官任教，他们大多都在欧洲留过学，他们扎起领带戴上眼镜，头发梳得光光的，扒下高高的马靴换上轻巧的皮鞋，衣冠楚楚走上讲台，接受学员们的敬礼。他们很快就会忘记上刺刀拉枪栓，悠扬的军号不再激起热血。

阿连阔夫担心的事情越来越多。来伊犁快一年了，他连伊犁有多少中国军队都搞不清楚。杨飞霞常常带几个卫兵到处巡查，如果没有大军做后盾，一个将军不会带那么几个小兵。杨飞霞偶尔邀他到衙门里去坐坐，有时会直奔他的

① 宝尔托如木：蒙古语，小骏马的爱称。

营地，说是路过这里顺便看看老朋友。他的哥萨克兵在营地后边开了一大块地，庄稼长势喜人，不远处是河滩草地，顿河马悠闲地啃着青草，哥萨克懒洋洋地躺在草地晒太阳，太阳把他们晒软啦晒成了泥。杨飞霞看到的就是这些。

晚上，老远可以听见战马的奔腾，哥萨克们在练刀法呢，一刀可以劈开水桶粗的杉木桩子。这七百多健儿是他的安慰。

阿连阔夫很快与塔城那边的白卫军联系上了，那里有一万多白卫军，还有一个团的白华，拥有武器。革命一开始，俄国的华人也分为两派，有的跟红军有的跟白军，他们的最高建制都是团，不可能让华兵有独立的师或军团。这是个令人振奋的消息，应该尽快把边境变成战场，否则白俄就归化中国啦。塔城的白俄将军也担心这个。英雄所见略同。

白华兵团就这样暴动了，他们的暴行连哥萨克听了都吐舌头。华兵在俄国也烧杀抢掠，但有个分寸，在自己国家就无所谓啦。

阿连阔夫等待着白华向伊犁运动，只要他们过果子沟，他就动手，他已经部署好了。

白华打到果子沟。他们知道杨飞霞的威名，他们埋伏在松树林里，山下是成吉思汗的儿子察合台修筑的通道，蜿蜒曲折跟羊肠子一样，在古战场上打仗他们很兴奋。

官军的车队过来了，是送粮的车队。白华把塔城的粮库给烧了，那边等着粮食下锅呢。车辕上坐着一个车夫一个抱枪的官兵。山上响起机枪，车辕里的马高高跳起来，就像扎了一刀的皮囊血水哗哗流淌，车夫和官兵滚到车后边。到底是杨飞霞的兵，中埋伏还能抵抗，躲在大车后边拼命打枪。山上的机枪跟公鸡一样高亢起来，弹雨泼在大车上，打得木屑乱飞，机枪开始点射。山上的人冲下来，全是骑兵，擎着亮晃晃的马刀就跟擎着火把一样，在山谷里一拐弯拥到路上，把车队团团围起来。大车突然变成小碉堡，机枪突突突响起来，麻袋里装的不是麦子是沙子，沙袋堆成一个个小碉堡。中弹的人离得太近，子弹一出枪口就被身体堵住了，跟墙一样往后倒。谷地狭窄，枪怎么打都是这种半生不熟的声音。

有一队人马抄到山后，山上的白华机枪手被刺刀挑下山崖。

另一支马队从伊犁出发，与塔城驻军会合，把白华营地包围起来，里边的人不缴枪是不行了，房顶上都站满了兵。官兵对他们不放心，枪全扔出来还不行，让他们把裤带也扔出来。提着裤子的白华集中在空地里，他们的家眷被押上车。车队离开半小时后，马队突然冲过来，一阵猛砍，跟劈柴火一样，这些精壮的白华全被卸开了，血水冒泡泡。

杨飞霞轻描淡写地把这些消息告诉阿连阔夫："他们是中国人，在自己家里应该更守规矩，你们俄国人把他们惯坏了。"

"按《国际公法》是不允许杀俘虏的，他们已经放下了武器。"

"他们根本就没种地，拨给他们的地全都荒了，想靠打劫过好日子，就拧下他们的脑袋。"

杨飞霞谈这些事情就像谈一次打猎，遇到猛兽，猎手就会多开几枪。阿连阔夫已经明白杨飞霞下面要谈什么。杨飞霞问他们的庄稼怎么样，牲畜下了多少崽。阿连阔夫的脸都变了，杨飞霞装着没看见："抽烟。"杨飞霞给他烟："英国商人送的，味道不错。"阿连阔夫抽了两口，情绪稍微稳定一点。杨飞霞离开时意味深长地说："伊犁可是个过日子的好地方啊。"

这个地方太可怕了，得赶快离开这里。阿连阔夫已经失去摧毁伊犁的信心，这是俄罗斯几代军人的愿望。

警卫部队集合完毕。传令兵驰数百公里，天明时带来五十个哥萨克小伙子。

“他们人呢，他们飞了吗？”

阿连阔夫再也忍不住了，连他自己都感到吃惊，原来他是个疯狂的人。纵横疆场浴血奋战时他都是从容不迫，始终保持着贵族气派。他所敬仰的普尔热瓦尔斯基肯定疯过这么一回，人一生肯定要疯狂一回。如果他知道他的偶像在伊犁疯狂过他该多么高兴啊。他突然意识到什么，他很兴奋，嘴里吐出一串粗野的下流话；那是哥萨克们在房子里悄悄说的，阿连阔夫的大嗓门一嚷嚷，把哥萨克们给逗笑了。祖祖辈辈是哥萨克，是顿河地区的总督，为沙皇建立了一连串的功勋，沙皇颁给贵族爵位，到爷爷那一辈，他们就住在圣彼得堡，上士官学校，给沙皇陛下当侍卫，顿河遥远得不能再遥远了。隔了那么多代，顿河浑浊的波浪终于涌上了岸，从阿连阔夫嘴里喷出荤话。哥萨克们那个高兴啊，在异国他乡，驸马阁下成了咱的弟兄。

传令兵报告说：“就来这五十个人，其他人让娘儿们给缠住啦。”一万人变成五十个，这五十个人跟金子一样，阿连阔夫拥抱他们，给他们发马刀。拿上刀他们呜呜哭了，哥萨克没刀算什么哥萨克，他们快成庄稼汉啦，快埋进泥土当死人啦。阿连阔夫说：“你们是石头，泥土啃不动石头。”石头们咧大嘴笑。他们报告阿连阔夫：从俄国来的人全成中国人啦，叫归化族，归化中国人啦。

阿连阔夫不吭气，牵着马往外走。大队人马走出营房。黎明的伊犁河翻滚着灰白的波浪汹涌向前，冲出国界。那边也不是俄罗斯，那里是哈萨克大草原，走一个月也走不出去的中亚大草原。伊犁河滚滚向前，大地的胸口开阔着开阔着。

哥萨克们沉默不语，马也不打吐噜，马蹄像裹了棉花，像去偷袭，静悄悄地行进在绿色原野上。原来是一个哈萨克牧人在唱歌，他的马丢了，他一直跑到哥萨克跟前。如果这里有他的马，听到歌声会奔过去的。奔走的哈萨克越唱越激昂，倔强得像山上的石头。有人听明白了，他们在伊犁待了一年，机灵一点的可以听懂哈萨克语，他告诉大家：这是《成吉思汗的两匹骏马》。那两匹骏马逃离大汗的马群，桀骜不驯，拼命奔逃。牧人没有唱出歌词，牧人用他的肺叶颤抖出苍凉的调子，草原茫茫，很适合长长的调子。哥萨克说："他找不到马的。"

"找到最后他自己也不想回去啦。"

"他跟咱们一样。"

"他跟咱们一样跟着大地跑，永远没个尽头。"

马从来没有让人牵着走这么长的路。主人的脸不停地贴在马脸上，马都要喊起来了，放开缰绳放开缰绳，让我们跑让我们跑！缰绳反而拉得更紧，马脑袋弯下去弯到主人怀里，跟木杵一样舂着主人的胸口，把那地方舂成一个深坑。这回不是哈萨克，不是任何牧人，是从大地深处涌出来的泥土的歌声。

你的脚你的脚，我喜欢你的脚啊，
你奔走不停的脚，你要奔到哪里？
你来到伊犁，你就该喜欢这里。

——摘自《成吉思汗的两匹骏马》

镇守使向他们发出警告，他们置之不理，过了果子沟他们还没有停下来的意思。跟踪监视他们的官军发现，他们从圣湖赛里木[①]边走过时没有祈祷没有祝福。天上的鸟来到赛里木都会停下来喝一口水，清清嗓子，不管是牲畜还是人，都要在这里洗掉灰尘，面目一新重新上路；不管是去哪里，一个清洁的生命所到达的绝对是福乐与智慧的境地。他们连赛里木湖理都不理，蓝色的湖光

① 赛里木：维吾尔语，祝福。

照在他们脸上，他们都没有感觉，跟睡着了一样，在梦幻中奔走，悄无声息地奔走，谁也不知道他们要奔向哪里！

第四章

我们要用超越羚羊的神速穿过阿尔泰山，
我们要以赛过犴鹿的速度翻过胡惠罕山，
奔向遥远的古尔班查布其地方，
让追捕我们的人遥望我们的背影去叹息吧！

——摘自《成吉思汗的两匹骏马》

杨飞霞打算把阿连阔夫围歼在果子沟，督办公署制止了这次军事行动。塔城和巴音布鲁克的杜尔扈特蒙古兵快要杀过去时也被边防督办制止了。谁也不明白督办的意图。白卫军总司令谢米诺夫在外蒙[①]占据库伦，与新疆的自卫军形成犄角之势。边境那边，红军虎视眈眈。督办一定要白卫军远离边境，到内地来，到迪化[②]来。

督办的决定把大家吓一跳，白军开进迪化太危险了。督办不吭声，督办本来言语不多，督办只会下命令，督办不会安慰他的下属，督办还特别叮咛，要在阿连阔夫想来迪化的时候再通知，不要强迫。督办说这话的时候一点也不像个将军，甚至不像个长官。

传令兵拿上手谕，带上翻译，就这么一路跟着，阿连阔夫的部队走到哪儿他们就跟到哪儿。

---

① 外蒙：今蒙古国，下同。
② 迪化：乌鲁木齐。

有一天，阿连阔夫停下来。情报员第三次喊他，他还沉迷于梦幻。情报员就用凉水浇他，他在热海边让小天鹅浇过水了，他已经适应了水，水只能滋润他的梦幻，他的眼睛湛蓝湛蓝，围在旁边的军官们叫起来："再浇下去他就成大海啦。"

"我有办法。"

一个军官拔出手枪，大家闪开，军官把手枪贴在阿连阔夫的耳朵上，就像夹了一根哈瓦那雪茄，轰！雪茄冒出青烟，阿连阔夫跳起来大喊："集合！紧急集合！"

传令兵奔到门外撅着屁股鼓着腮帮吹哨子，哥萨克两分钟集合完毕，阿连阔夫告诉大家有个天大的喜讯："上帝保佑沙皇，伟大的俄罗斯帝国复兴有望。"情报员刚同谢米诺夫将军的侦察部队接上头，谁也不知道这个消息，阿连阔夫毫不客气地告诉他："我梦见了一支大军，他们在等待我们。"情报员证实了这一点。"我们必须向外蒙靠近，最好是先去迪化。"督办的手谕很及时地送到阿连阔夫手上。

阿连阔夫不敢相信眼前这个蔫老汉是督办大人，一件旧棉袍，一撮小山羊胡子，一顶黑瓜皮帽，地地道道中国乡村老农民。阿连阔夫第一次见识不骑马的将军。杨飞霞竟然受这蔫老汉指挥，阿连阔夫替杨飞霞鸣不平，自己也感到气愤，俄罗斯乡村到处都是这种蔫老汉，如今他沦落到与这种人打交道的地步，不由悲从中来。

"吃菜吃菜。"

督办老汉往阿连阔夫碗里夹一大块羊肉。他很礼貌地点点头，心里翻江倒海，脸上绝对看不出来。宴席很丰盛，坐着一大圈人，都是迪化的头面人物，有华商，还有不少俄商，什么民族都有，热热闹闹像大剧院。他发现督办话很少，偶尔劝大家喝一哈（下），喝一哈（下），吃菜吃菜，桌子上全是肉。大家嘻嘻哈哈把督办冷在一边，督办根本没感觉，慢条斯理地用餐，慢慢地咀嚼慢慢地喝茶。吃得差不多了，大家才想起督办，大家静下来往这边看。督办擦擦手擦擦嘴，跟大家聊天："大家要过太平日子，好人要过太平日子，还有少少的一点坏人，他不愿意叫我们过太平日子。天下太平，咱才能把客人待称好。"阿连阔夫跟大家一起笑了，笑着喝酒很舒服。督办老汉说："国亡了就亡了，只要人在，人不遭罪比啥都强。"

大家高高兴兴，督办老汉送大家走出衙门，大家要督办回去，督办平时送客送到这里，今天有阿连阔夫，督办执意送到街上。

阿连阔夫是坐六棍棍马车[①]来的，来时没看清衙门，现在站在街上看衙门，衙门跟巴扎一样，做小买卖的人随随便便往衙门里走，岗哨把枪靠在墙上，蹲在地上玩。阿连阔夫问俄商："他们玩什么？"

"丢方，中国的土象棋。"

督办从跟前走过，岗哨也不管，继续丢方。靠在墙上的步枪也没人动，枪口扎一条红布。俄商告诉阿连阔夫："那枪打不响，好多年不擦枪，要是解下红布擦枪督办会打他们屁股。"

阿连阔夫就像听天方夜谭。

俄商说："督办是个哲学家，中国有门古老的哲学叫老庄哲学，崇尚清静无为，督办就让军队什么都不干，做做样子天下就太平无事。"

阿连阔夫还是不相信自己的耳朵。

他的眼睛不欺骗他，他在督办公署的门口转了好半天，又转到兵营。兵营简直是个村庄，那些兵在剪羊毛，扎扫把，军官抽烟打麻将。迪化城就像个大

---

① 六棍棍马车：俄式弹簧马车。

牧场，人跟羊群一样自由自在。阿连阔夫完全进入梦幻世界。怪不得普尔热瓦尔斯基大声大气地向全世界宣告：带十四名哥萨克就可以横行中亚。他的身体猛然膨胀，胳膊长了一大截，手去抓刀，刀让公主带走了，枪在兵营里，赴宴会是不能带枪的。他的拳头嘎巴嘎巴响。

“快快！”

他朝马车夫大吼，马车夫把马打得飞快，六棍棍马车就像在涅瓦大街飞驰，车轮轧起高高的黑泥，维吾尔男人在路边大喊大叫，不知道他们在叫什么。他拼命向前，直扑南梁。

回到兵营，他身上的肉还在跳，像大蟒蛇一曲一伸，军官们嚷嚷：“将军不要紧张，发生了什么事？”

“这是紧张吗，傻瓜，这是兴奋。”

阿连阔夫灌一大杯水。“我太兴奋了。”

大家等他发布好消息。他正要说的时候，一下子愣住了，嘴巴像门大炮，高高伸出去却没有炮弹，愣了半天，爬出一条红舌头，红舌头告诉大家：“这里的空气完全是普尔热瓦尔斯基的。”大家面面相觑。红舌头告诉大家：“到时候你们都会变成野马，普尔热瓦尔斯基野马，哈哈哈哈。”红舌头要喝伏特加。一个军官奔到门口朝卫兵打个响指：“伏特加。”最后一箱伏特加，大军撤出圣彼得堡时带了十五箱，就剩下这一箱。阿连阔夫宣布：“人人有份。”

当兵的也分到了酒。正宗的俄罗斯伏特加，大家喝得很庄重，喝完还舔杯子，舔完还用水冲，把水都喝下去了。酒瓶子也被当兵的抢走了，他们就像抢到了漂亮娘儿们。从前，哥萨克人的祖先查波罗什人就这么豪迈地去抢波兰女人，压在马背上的女人拼命挣扎厮打，挣得越欢小脸蛋越俊俏。哥萨克就喜欢暴烈的娘儿们，伏特加比娘儿们闹得更厉害。他们好久没喝伏特加了，他们都快把伏特加给忘了。家乡可以忘，伏特加不能忘啊。伏特加猛然出现在他们面前，尽管只有一小杯，却一下子引爆了埋藏在筋肉深处的力量。没有酒的日子，他们总是梦见一条大河，比顿河迅猛比伏尔加河迷人的滔滔大河，跟大车轮子一样轰隆隆从身上压过去，哥萨克就叫起来，昂着头跟马一样越叫越欢，马靴跺着地，咚！咚！咚！跺着跺着就把马刀拔出来了，马刀跟鸟儿一样在手上翻飞。身上的力量继续爆炸，就像一颗颗地雷，马刀被炸飞了，有人拼命地撕头发，有人从靴子里拔出短刀朝腿上扎，圆浑浑的大腿跟轮胎一样，刀子扎进去整个人就平静了，地上躺一大片哥萨克，面带笑容舒服得直哼哼。军官们就嚷嚷："真羡慕这些当兵的。"

"你想跟他们一样撒野。"

"你不想吗？"

"鬼才不想呢。"

阿连阔夫说："明天撒吧。"

第二天，阿连阔夫在南梁驻地设宴回请督办及文武官员。哥萨克兵全都瞪大眼睛，阿连阔夫知道他们在想什么，阿连阔夫异想天开如同神灵附体，在宴前加一个小节目：阅兵。

副官发出口令，哥萨克兵跟野马一样绷断缰绳，龙腾虎跃，奔到阅兵台时发出暴雨般的"沙皇万岁！"，然后是"上帝保佑沙皇"。军乐大作，军官们忘其身在异域，跟着士兵一起唱，歌声直冲苍穹，博格达峰闪射宝剑般锋利的光芒。哥萨克兵表演马术，比人还要高大的圆木桩子在亮闪闪的马刀下碎为两半。

赴宴的中国官员一辈子也没见过这阵势。蒙古兵哈萨克兵操练时也都是刀劈草人，就已经让人惊叹不已了。督办老汉不像下属那样惊惊乍乍，老汉的脸跟核桃皮一样收缩性很大，老汉呷一口热茶，捋一下山羊胡子，就像捋草地上的一只羊，老汉这么一捋，羊就乖了，乖得让人发抖。入席后，老汉对阿连阔夫说："兵练得好哇，要恢复沙皇帝国就得这样练兵，有什么困难就给我老汉说上一声，咱是邻居嘛，不帮邻居帮谁呢。”老汉慈眉慈眼，喝一口酒夹一口菜，指着他的一位官员对阿连阔夫说：“吃的喝的找他要，客人要吃好，马也要吃好，瞧人家哥萨克这马，狗子圆浑浑的跟大车轮子一样。”翻译译得惟妙惟肖，翻译拍拍屁股说：“屁股就是中国人的狗子，跟狗一样跟着主人，跟车轮一样跟着车。”大家全笑了。中国官员笑得很神秘很怪。哥萨克们完全把老汉当成说调皮话的幽默大师，不是什么将军也不是什么督办。宾主都很高兴，都达到了对方所希望的效果。

迪化市民很快见识了真正的军队，哥萨克兵队列整齐军容整肃，走过南门北门，老满城，马靴铿锵有力，迪化的大街还没有让军人这么威风凛凛地走过。清晨，太阳还在博格达峰那边，俄国大兵就出操了，军号悠扬，口号震天。督办的兵从来就不出操，还拄着枪站在街边跟傻瓜似的看热闹。老百姓根本不把他们当兵，毫不客气地挤他们，他们也不生气，跟他们的长官一样有副好脾气。哥萨克们直吸冷气：“督办大人太娇惯我们了吧？”

阿连阔夫笑笑不吭气，他乐意当旁观者，他听大家说他不说。

“督办大人对谁都这样，他把他的兵都惯坏了，也想惯坏咱们哥萨克。”

“我喜欢这老头子，我真想把他请到俄罗斯去做牧师。”

“不用去俄罗斯，就在这里做牧师，这里迟早是我们俄罗斯的。”

阿连阔夫的忍耐是有限度的，再这样下去他就很难展示自己的才华了，他很及时地提到普尔热瓦尔斯基：“什么时候都不要忘记伟大的普尔热瓦尔斯基，是他发现中国人是软的，软的，明白吗？”

他们都是读普尔热瓦尔斯基的书长大的，他们一下子想起童年，金色年华有老人开导他们。这个老人可一点也不娇惯他们，必须挺直腰杆读他的书。

普尔热瓦尔斯基进入中国之前老是在外围转圈圈，从西伯利亚转到乌苏里。中俄刚签订《北京条约》，江东辽阔的密林和大草甸子划归俄国。他碰到不少中国猎手，根本靠近不了他们，哥萨克兵老远就开火，人家也开火，死了不少卫兵。不管怎么说，书是写出来了。那本记录乌苏里地区动植物状况的游记，为他赢得了不小的声誉，俄国及欧洲开始注意他。他多少有了些胆量，他就选择了蒙古，从蒙古切入中国。

蒙古人在欧洲声望太高了，绵延多少世纪的噩梦一直难以消散。从弗拉基米尔大公到伊凡雷帝，多少代俄罗斯大公梦寐以求摆脱蒙古人的统治。即使有了彼得大帝有了叶卡捷琳娜一世二世，可在俄罗斯人心灵深处，蒙古人比东正教还要根深蒂固。普尔热瓦尔斯基沿着中俄边境转一圈，准备从恰克图进入蒙古。他多少还有点紧张。准备工作进行得很早，他牢记在乌苏里的教训，哥萨克兵见了中国猎手那种惊慌失措的样子让他怒不可遏，他给哥萨克们打气，给他们讲波亚尔科夫、哈巴罗夫，最早进入阿穆尔河[①]流域的哥萨克，开创了世界殖民史上吃人肉的先例，把中国人剁成肉馅吃，煮汤喝，连骨髓都吸着吃了。陆军学院毕业的普尔热瓦尔斯基心里明白，人在十分恐惧的情况下才会丧心病狂；俄罗斯人全是陀思妥耶夫斯基笔下的拉斯柯尔尼科夫[②]。哥萨克兵听不进去，他们都是纯朴的顿河农民，你知道他们嘴里嘀咕什么，他们的眼神表明他们不相信他的鬼话。这不能怪他们，他们都是不识字的大老粗，军事技术也不过硬，枪法还不如中国猎手。

到了恰克图，先不急着进去。他在两万多人的西伯利亚总督大兵营里，挑出十四名受过初中教育的特等兵突击训练，拼刺，马术，刀法，步手枪速射；关键是他们受过教育，有文化，有俄罗斯军人的荣誉感。每人配备一支别丹式步枪和一支左轮手枪。出发前他做了简短的发言："前边就是中国，诸位不是

---

① 阿穆尔河：黑龙江。

② 拉斯柯尔尼科夫：《罪与罚》主人公。

腋下夹福音书，而是囊中有钱，一手拿枪，一手拿马鞭，在那里你可以通行无阻。”

十四名哥萨克紧随普尔热瓦尔斯基进入蒙古。他们不敢相信这是诞生过成吉思汗的地方，者别，速不台，拔都[1]，这些响彻辽阔草原的英雄就诞生在这群人中间。这群人怯生生的，性格温和纯真跟儿童一样。加尔梅克人鞑靼人跟他们是一个民族，可加尔梅克人鞑靼人经常跟俄罗斯人打架，整个村子出动，混战好几天，好多人被打成残废，谁也不敢小瞧他们，顿河哥萨克的马都是他们给驯服的。瞧一下他们的眼睛就知道他们有多么凶猛。人们说世界上有两只鹰，一只在沙皇的旗帜上，一只在鞑靼人的眼睛里。鞑靼人就是这种人。这里是鞑靼人的故乡。守在故乡的蒙古人，生下来就与荒漠为伴的自然之子，体魄强健，无忧无虑幸福美满，跨上骏马在无垠的原野上疾驰如飞。妇女看重的是丈夫或儿子的勇敢精神，是打猎以及战胜荒凉土地上的种种困难，而不是打架凶杀这些犯罪事件。鞑靼人的凶猛是俄罗斯人逼出来的。普尔热瓦尔斯基却告诉他的队员：“亚洲人天性是胆小的，刀和弓箭已经进入坟墓，枪是我们最安全的护照。”

哥萨克兵可以放心地走近蒙古人了，抱他们的小孩，跟大人聊天。天上打雷时，蒙古人惊慌失措趴在地上瑟瑟发抖，普尔热瓦尔斯基和他的哥萨克兵仰起脑袋，对着雷霆滚滚的苍穹哈哈大笑，蒙古人窃窃私语：“罗刹[2]人不怕天。”普尔热瓦尔斯基告诉蒙古人：“我们不怕天，你们也不用怕，天有什么可怕的。”

“成吉思汗怕的我们都怕。”

“他们怕的我们都不怕。”

哥萨克们哈哈大笑，他们彻底放松了。

普尔热瓦尔斯基马上给沙皇写一份报告，这是自伊凡雷帝打败蒙古人以来

① 者别，速不台，拔都：皆为成吉思汗的大将。拔都是成吉思汗的孙子，东欧的征服者。

② 罗刹：俄罗斯人与魔鬼，音义同一，形神兼备。

最大的喜讯："伊凡大帝在军事上挫败了蒙古人，这回我们又在精神上挫败了他们，一切归功于伟大的沙皇！"

希腊神话里的安泰，致命弱点在脚心，蒙古人的致命弱点在头顶；他们把头皮剃得光光的，顶着苍穹，万里无云的苍穹有什么呢？哥萨克兵朝天打枪，用刺刀捅，天是软的。这就是蒙古人的秘密。蒙古的原始含义就是柔弱。普尔热瓦尔斯基说："他们是草，草在大地上是柔弱的。"马靴就踏在草上，发出唰唰的响声。蒙古大地坦荡无垠，哥萨克兵显得高大威猛，越深入蒙古腹地他们越高大，他们快成神话里的巨人了。

有时十多天见不到一个人，天地间就他们十来个，加上骆驼，好像全世界都是他们的。跟国王似的。普尔热瓦尔斯基告诉他们："带你们到这里来就是要你们称王称霸。"

野马群就是这时候出现的。他们并不知道他们正在靠近蒙古荒漠的边缘，金色的阿尔泰山就在前边。就在他们鼓足勇气迈向王者之尊的时候，辽阔大地的深处猛然蹿出一股神力，旋风般冲过来。骆驼跪在地上发出可怕的呻吟，顿河马跳起来冲向沙包，跟鸵鸟一样把脑袋扎进骆驼刺丛中，屁股高高撅起来。这是动物世界最常见的动作，面对王者，母畜就自动献出自己的身体。

哥萨克兵很快清醒过来，他们奔向自己的战马，用鞭子抽，用刀子捅，战马跟死尸似的不动，它们在展示自己的温柔，很羞涩地把脸贴在骆驼刺里。哥萨克们啊啊大叫，他们受不了这种奇耻大辱，因为公马也在献自己的身体。哥萨克以头撞地，快要发疯了。

普尔热瓦尔斯基最先镇定下来，他为自己感到羞愧，他端起望远镜仔细观察这股神秘的力量，他差点叫起来，出现在眼前的是蒙古野马。在俄罗斯古老的编年史里记载着成吉思汗万人队的蒙古战马，矮小精悍，越大碛如履平地，欧洲人第一次见识了骑兵的力量，波斯阿拉伯西班牙和意大利的历史学家们都记录下蒙占战马的形象。可以肯定，这是蒙古马的原型。

普尔热瓦尔斯基心跳得很厉害。就在俄罗斯帝国向东方挺进，抵达鞑靼海峡时，欧洲最后一群野马消失在乌克兰原野上。一位欧洲历史学家无比忧伤地写道："野马所象征的原始力量从欧洲人身上开始消退，可怕的灾难将要降临。"诗人比学者更敏感，在野马消失的前些年，法国诗人波德莱尔写出了腐朽味十足的《恶之花》。那时，普尔热瓦尔斯基正在波兰学校里讲授地理课，他读的是法文版，任何一个欧洲人读这本诗集都有一种危机感，俄罗斯正在兴起，欧洲就要沉落了。在欧洲人眼里，俄罗斯贫困落后，比亚洲非洲强不了多少。野马群[①]掠过阿登森林和波兰高地逃往乌克兰大平原。谁也没有注意这条消息。全俄罗斯在学习西欧，在摆脱野蛮，野马的消失意味着野蛮的消失，俄罗斯人竟把这当作喜事。就在大家翘首西望时，普尔热瓦尔斯基毫不犹豫地走向东方。连他自己也感到奇怪，是为了这里的动植物标本吗？人们把他当作硕果累累的科学家，他就笑这些人，他们忘了他的军人身份，军人是不会沉迷于花草虫鱼的，他在找一样东西，他没想到是神秘的野马……简直就像一团火，带着一道道金色的条纹，这是大火与猛虎的奇妙结合！

哥萨克兵全都清醒过来，呆呆地看着如此迅猛的火焰，流星般消失在远方。

"那是什么力量？"

"那是蒙古人的马，"普尔热瓦尔斯基不得不告诉他的哥萨克兵，"成吉思汗就靠它们征服了全世界。"

"身上带着火光，跟闪电一样，这不是传说吗？"

"神话是人创造的，我带你们到这里就是要创造我们俄罗斯人的神话。"

哥萨克兵翻身上马，马原地打转，马怕火焰，哥萨克的舣腿跟铁箍一样一

---

① 最后一批欧洲野马于 1876 年在乌克兰原野消失。《恶之花》发表于 1857 年。

下子把马肚子夹进去。马开始奔跑，跑得很拘谨，不像蒙古马那样疾驰如飞。

普尔热瓦尔斯基就是在那一天成为真正的植物学家。他脑子里突然涌现出大片大片的植物，他向哥萨克发布命令：那边，在那边。斜坡下边果然生长着茂密的花草，他和他的马率先冲过去。他从马背上跳下来，跌跌撞撞一直跑到草地深处。他所向往的花朵不是草原菊也不是毋忘我，是一团火焰在大地的胸口跳跃。在他那颗博学的脑袋里查不到这种花卉。辞书里没有的就是发现。他的动作非常专业，每一棵野花的根都很完整，带一点土，他喜欢这种干燥的大地的气息。在遥远的乌苏里密林，他的动作是刻板的机械的，迈向科学的第一步都是这样，他写出第一本书《乌苏里游历记》，那不是他理想的境界。摆脱概念与工具，一切都是直观的，不用放大镜和尺子，他的眼睛很准确地捕捉到一串数字。他是那么自信。植物的高度，叶片花卉的大小和根的长度，全是眼睛看出来的。他拍拍手站起来，他就是一位真正的植物学家了。

他忍不住又蹲下来，轻轻地触摸那些标本，他身上涌起一股巨大的柔情，像女人在触摸自己的亲骨肉，女人会流下喜悦之泪。那些高大丰满的俄罗斯女人如同大地一般在他面前展开。他已经过了结婚的年龄，对探险生涯的过分迷恋，使他失去了一次次成家的机会。狂风、严寒、烈日、旷野的一切全都化为女人温馨的气息迎面扑来。他从来没有像现在这样对女人如此动心。他蹲在地上倾听自己的心跳，跟马蹄一样结实有力，他一次次告诉自己：有个俄罗斯女人，她在等我，她在斯摩棱斯克在斯洛博达庄园，在那个明亮的湖边洗衣服，那都是汗渍斑斑的旅行家的脏衣服。泪在洗他的脏脸，泪跟小溪一样艰难地推涌着灰尘，形成一道道堤坝，在腮帮子上终于把泪堵住了，那里生长着浓密的胡须。他用袖子擦一下，袖口像沾了泥。眼睛亮了起来，一朵娇嫩的花在他手里攥着，花蕊的火焰映红他的脸。

他听见马的嘶叫。

哥萨克也在嗷嗷叫。马直直站起来，就像史前巨大的恐龙从天上扑下来，又直起来。普尔热瓦尔斯基奔过去问他们怎么回事，哥萨克们说：“马吃了仙草。”哥萨克们也吃起来，把花瓣塞进嘴里，哥萨克亢奋起来，爬上马背，马不停地扬蹄子，他们大叫：“野马，我们看见野马啦！”他们抖着缰绳，疾风般冲过去。

最后一名哥萨克是留下来保护普尔热瓦尔斯基的，小伙子眼睛都红了，战马在手里一团大火似的吼叫。“大人，让我去吧，晚了就见不上野马啦。”

“去吧孩子。”

普尔热瓦尔斯基朝马屁股抽一鞭子，马就疯狂起来啦。小伙子比马还疯，追上奔马，跟鹰一样凌空而起大张着双腿落在马背上。“大人你也去看吧，不看你会后悔的。”

普尔热瓦尔斯基一直感激这个朴实的顿河小伙子，年轻勇敢，关键时刻不顾一切提醒长官，普尔热瓦尔斯基永远感激他。普尔热瓦尔斯基的马已经吃了不少野花，它是最后吃的，它一直待在主人身边，主人非常抱歉，跟一个老农民一样扑到地上撅一大把野花，塞进马嘴里，擦擦泪，爬上马背。马身子已经热起来啦。普尔热瓦尔斯基仿佛回到三十年前，那时他十七岁，骑着骏马奔驰在乌克兰辽阔的原野上，蓝色的苍穹跟帽子一样扣在头上，压住眉梢，太阳跟他脸贴着脸；疾驰如飞的岁月里，全身都是矫健的，他的腿加上骏马的腿，一千颗太阳都要落到后边。他把背留给太阳，太阳就像痴情而壮丽的俄罗斯少女，站在原野上，魂儿被勾走了，那不顾一切奔向远方的小伙子是谁？好多年以后，当女人向他投来诚挚的目光时，他身上就蹿起一股风暴，迅猛异常，只有辽阔的空间才能容纳这股可怕的力量。女人的怀抱啊，女人的怀抱留给小鸟吧，女人的怀抱是个鸟窝。普尔热瓦尔斯基笑了。他在马背上轻轻笑出声。

他很快就赶上了小伙子们。

所有的顿河马都处于疯狂状态，但要追上野马是不可能的。蒙古野马短小精悍，犹如火光闪电，能看见它的影子就已经很不错了。顿河马不顾一切地冲上去，冲上去，只能保持一定的距离。

从另一个方向奔来一支人马，那是土著人的马队，他们的马很快超过顿河马，一点一点接近野马群。野马加快了速度，野马成了大火；土著人好像冲进太阳一样消失在大火里。他们在火焰里嗷嗷叫着："萨鲁阿妈[①]，萨鲁阿妈。"后来普尔热瓦尔斯基才知道这是水的名字。在大火中呼唤水，只有蒙古人能干出这种事。这是真正的疯狂。蒙古人疯了很久，就被大火摆脱了。大火向天边蔓延。

豪爽的蒙古汉子喜气洋洋，来到客人跟前。哥萨克向他们打听野马的情况，他们自豪地说："那是我们的火，我们的火。"哥萨克跟傻瓜一样问人家："我们的火是什么？"人家就告诉他们："我们的火里边没有罗刹，我们的火就是我们的火，蒙古人就是火，火跳动在我们这个地方。"[②]蒙古汉子拍着胸口："马蹄子在这个地方才能踏出生命之火。"哥萨克的眼睛瞪得跟鸡蛋一样。蒙古人说："你们的马吃了大麻，没有大麻帮忙，你们根本看不到我们的火。"

蒙古人尊重看到火的人，就给他们详细介绍大麻。在辽阔的北亚中亚大草原上，生长着这种神秘的植物，它们混在浩瀚的草海里，跟天上的星星一样，零散而璀璨，牲畜吃到其中一棵就跟人喝了烈酒一样，蒙古人告诉他们："这是大地给牲畜酿的酒，人不能喝！"

"为什么？"

哥萨克们喊起来，眼睛里的鸡蛋已经破裂，露出大片的白。他们的眼睛从来没有这么吓人过，他们就像魔鬼。蒙古人的眼睛多厉害，一下子就看出来了：

---

① 萨鲁阿妈：蒙古语，母亲河。

② 蒙古的含义有二：一是柔弱，二是我们的火。

“怪不得你们叫罗刹。”罗刹的本义就是恶魔。蒙古人说：“这是对大地的不敬。”哥萨克的眼睛越来越害怕：“这究竟是为什么呀？”蒙古人不慌不忙：“不敬地就是不敬天，人在天地间夹着，人就得敬天敬地呀。”蒙古人附在哥萨克的耳边小声说：“不敬天不敬地的人会变成魔鬼。”哥萨克“咚！”坐地上。蒙古人爬上马背，马蹄跟暴风一样响遍整个大地。

那个坐地上的哥萨克把帽子抓在手里：“我们吃了不该吃的东西。”大家阴沉着脸，互相看一眼。地上那个哥萨克啊啊大吐，把胃里的东西全吐出来了，他还不放心：“有一部分已经消化了。”他不停地抓胃：“我真想把胃切下来。”他卸下刺刀，可怕的事情要发生了。普尔热瓦尔斯基大步走过来，拧住他的手腕夺下刺刀，大声呵斥这个家伙：“你不觉得可耻吗？一个没开化的野蛮人就把你吓成这样，皮萨罗手下的西班牙人都比你强，西班牙人用马和火枪就把美洲征服了。你手里是什么？是别丹式步枪还有左轮手枪。”

马靴和口令响起来，哥萨克以最快速度排列成队，立正报数，刺刀上枪，战马一动不动跟雕像一样，哥萨克兵也成了一座座雕像。他们想不到自己身上潜伏着这么一股神秘的力量，长官比他们更了解他们，他们不由自主流露出钦佩和喜悦，在他们彻底崩溃疲软不堪之际，长官跟捏泥人似的把他们重新塑造成俄罗斯帝国强悍的军人。他们激动地望着他们威严的长官，长官大手一挥：“军营有这么大的操场吗？”

“乌拉！”

吼声掠过大地飞向远方。

士兵吼的时候长官绝不吼叫，长官用低沉的嗓音告诉大家：“世界多么辽阔，辽阔的世界就是俄罗斯军人昂首阔步的大操场。”唰！唰！唰！哥萨克队列整齐，精神抖擞，走向西方，走向北方，走向南方，走向东方。

哥萨克的军人生涯揭开最辉煌的一页。

立定稍息时，长官在大家眼里已经成为威严的父亲和神。父亲和神告诉他的孩子们："俄罗斯的耻辱就在那群野马身上。"父亲和神就像艺术大师，很懂得停顿的妙处，在短暂的停顿中，士兵们的目光唰投向远方，所有人都感受到刻骨铭心的耻辱，长官很有分寸地把大家的目光收回来，给这汹涌湍急的目光套上笼头，同时也给那急风暴雨般的野马套上笼头，长官告诉他们："世界上没有蒙古野马，从来也没有，在文明人出现之前，世界是不存在的，我们看到的是世界上最早的稀有动物，是我们俄罗斯的动物，它的名字就叫普尔热瓦尔斯基野马。"士兵鼓掌跺脚："普尔热——瓦尔斯基！普尔热——瓦尔斯基！"

普尔热瓦尔斯基的手举到头顶："孩子们，孩子们，我的孩子们！我们俄罗斯的神话就是给这群野马套上笼头。"

士兵们的眼睛亮晶晶，他们进入童话世界，他们在延续长官的想象，他们情不自禁喊起来："给野马套上笼头，把它运到圣彼得堡，献给伟大的沙皇。"

"还要送到欧洲，轰动全世界，我的孩子们。"

第五章

两个扎格勒跑到古尔班查布其，
小扎格勒吃得滚瓜流油，
大扎格勒却瘦骨嶙峋，
每当寒冷的冬天降临，
泪水在它的两颊结成冰凌。
小骏马觉察到哥哥的悲痛：
"啊，我的哥哥呀，
饥饿有芳草任你啃食，

干渴有清泉任你吮饮，

你为何如此憔悴和消瘦？”

——摘自《成吉思汗的两匹骏马》

迪化是白俄富商云集的地方，其中包括死心塌地的保皇分子。他们给阿连阔夫送来大笔大笔的经费。阿连阔夫一下子阔起来，他异想天开想把公主接到迪化，美丽的白天鹅坐镇大本营，伟大的复国计划绝对能成功！

“只要肯干，会有更多的钱。”那是个坚定的保皇分子，他的眼睛跟兔子一样是红的，“布尔什维克把我赶出祖国我的眼睛就红起来啦，我们天天等勇敢的哥萨克，等我们俄罗斯的勇士。”他朝大家喊：“谁愿意跟我去？”哗啦出来一群哥萨克。他满意地笑了：“并不是所有的俄罗斯人都肯给钱，这些家伙在中国待两三年就变味啦，乐意当守法公民，可他们的身上奔腾着我们俄罗斯的血，要么给血，要么给钱，就是这个理。”

他们满载而归。当然他们打了人，打的都是不老实的家伙。阿连阔夫说：“给他们讲道理，最好不要动手，他们都是贵族老爷。”“那是在圣彼得堡在莫斯科，”哥萨克兵愤愤地说，“给中国人当良民算什么老爷，他们应该跟着我们干。”

每天都有钞票和金子，还有高档烟酒钟表之类的东西。范围在扩大，维吾尔人塔吉克人乌兹别克人的财宝也源源不断地进来了。维吾尔人塔吉克人乌兹别克人对谁都不客气，他们毕竟是商人，哥萨克总有制服他们的办法。哥萨克兵挨了刀，流了血，心情却很愉快。

军官们开始谋划攻占迪化的军事行动。阿连阔夫激动得发抖咳嗽。当年，他的部队攻到莫斯科郊外时，他在马背上就很激烈地咳嗽起来，他已经捏住布尔什维克的脖子啦，他要把列宁托洛茨基送上绞刑架，结果却是他的岳父，尼古拉二世全家几十口被列宁下令处决，准确的时间就在他纵马疾驰大声咳嗽的中午，太阳悬挂在苍穹之顶，上帝不再保佑伟大的沙皇。上帝垂怜的目光落到他阿连阔夫身上，他热血沸腾，跟狂风中的大海一样再也没有平息过。

副官带来一个日本人，他们离开吵吵嚷嚷的大厅，到密室里会谈。日本在中国有许多调查员，日本调查员告诉阿连阔夫：日本政府愿意出钱出武器援助流亡中国的白卫军，白卫军总司令谢米诺夫已经占据外蒙库伦，大批的日本军火通过满洲里源源不断送到谢米诺夫将军手里。

“迪化太远啦，谢米诺夫将军还不知道阁下这支部队。”阿连阔夫的情报员跟谢米诺夫的侦察分队接上头以后就没有音信了。日本人说：“让红军吃掉啦，红军在阿尔泰打一仗，就撤回去了。”日本人很得意，他们的情报网遍布中国。“中国人知道的我们知道，中国人不知道的我们也知道。”阿连阔夫就有点不相信了，日本人有办法让他相信，日本人问他：“你知道督办大人最怕谁？”

“伊犁镇守使杨飞霞。”

“阁下太不了解中国人了，督办大人貌不惊人手段高明啊，杨飞霞是个标准的新式军人，不足为患。让督办大人寝食不安的是萧耀南，迪化思想界的精神领袖。”

阿连阔夫没听过萧耀南这个人，可他知道思想的威力。强大的俄罗斯帝国就毁于可怕的思想，从十二月党人到布尔什维克，一次次思想解放的浪潮把帝国给冲垮了。遥远而落后的迪化城里竟然也有思想的火焰。阿连阔夫真想拥抱一下萧耀南先生。日本人毫不客气地告诉他：“萧耀南先生是我们早稻田大学毕业的。”日本人还告诉他：“督办大人是很传统，但他绝不保守，北洋政府参加协约国对布尔什维克的进攻[①]，督办置中央政府的命令于不顾，也不顾手下少壮派军人强烈的爱国情绪，贵国割了中国不少地方，这些狂热情绪全被督办

---

① 指北洋政府出兵海参崴。

压住了，他不介入俄国的冲突。”

“强大的俄国让中国人害怕。”

“阁下又错了，督办大人告诫手下官员，要清廉不要压迫穷人。他认为俄国革命就是穷人反抗富人，他认为列宁是个圣人，解决了人类几千年没有解决的大难题。他对自己的军队也是如此，只要不扰民，干什么都可以，我到过中国许多地方，没有哪个军阀这样子带兵。”日本人的小眼睛眯起来，“阁下在军事上的压力就小多了。”

这才是日本人的底牌。

阿连阔夫搞不明白，这个奇怪的督办老汉是革命党还是北洋军阀。日本人很想炫耀一下自己的见识，可说了半天就是说不清楚。这个蔫老汉很难归类，新派旧派都不是。日本人到底是干谍报的，难以判断的事情就先搁置起来，只提供情报。情报之一是督办公署的一副对联：

共和实草昧初开，羞称王霸七雄，纷争莫问中原事；

边庭有桃源胜境，狃率南回北准，浑噩长为太古民。

阿连阔夫不识汉字，在对联前边晃过好几回，浑然不觉，日本人稍加点拨，才明白这是中国古老的哲学，让老百姓当原始人。“就是卢梭的自然人。”日本人说了一句极漂亮的话，阿连阔夫差点把他当大学者。日本人吐一串烟圈，介绍情报之二：萧耀南先生许多年前西出阳关，从清朝的县令干到北洋政府的厅长，养精蓄锐，志在开化新疆，把新式教育新文化带到西域。“就像我们日本的明治维新。”“我们的彼得大帝几百年前就搞了，搞得很成功。”阿连阔夫不失时机地插一句，萧耀南卧薪尝胆几十年的坎坷经历让他怦然心动，这绝对是个狂热的人，他们是一路人，他的脖子越伸越长。日本人说：督办大人一边提防萧耀南，一边又拉拢他，给他钱他不要，给他很大很大的官，日本人一口气说出五六个官职，都是实实在在的军政大权。这下阿连阔夫又不明白了：提防一个人，又给他大官做，真不可思议！

“督办大人怕新思想把新疆搞乱，他常常对下属说，新疆这地方民族复杂，文化多元，太热情不好，一定要冷静，一个不冷静的人不配在边疆做事。”

日本人发现他说太多了，这么说下去，督办大人就会成为一个神话，会把阿连阔夫吓坏的。阿连阔夫嘲笑日本人小心眼，一个为俄罗斯帝国抛头颅洒热血的军人怕什么呢！日本人用武士道精神称赞阿连阔夫，阿连阔夫才停止了嚷嚷。

他们吃了午餐。日本人提供一架新式电台，还有谢米诺夫将军的密码本。

日本人走后，阿连阔夫陷入一种奇怪的境地。他觉得督办大人很像他，他们都是无所适从的人，用旧王朝的力量适应新世纪的太阳。那个卧薪尝胆的萧耀南更接近他，他们都是狂热分子，目标不同，精神气质是一样的。

副官打断他的沉思，他沉得太深，他的军人气质及时纠正了这一小小的过失。他感谢副官的提醒。副官小声说：“督办大人来了。”

阿连阔夫和副官等半天，才看见督办老汉带几个卫士慢悠悠从兵营左侧转过来。兵营里喊杀不断，操练紧张地进行着。督办边走边捋山羊胡子。宾主见面，督办说：“你的兵好哇！”副官递烟，督办不抽洋烟就抽自己的长杆旱烟。督办问阿连阔夫日子过得怎么样。阿连阔夫不知所云，翻译告诉他就是饮食起居，他连说好好。督办说：“兵要练，日子也要过好一点。”

督办老是谈过日子的家常事，阿连阔夫就不耐烦了，督办就谈到日本人，督办说：“日本人给我们好多大炮机枪让我们去收复西伯利亚，我把那些东西都锁起来了，好几年啦，都生锈了，炮栓都拉不开了。过日子要那玩意儿干什么？日本人就知道给这玩意儿，他咋不给我们机器给汽车给吃给喝呢？我告诉日本人，你们日本是龟国，龟缩在壳里就有好日子过，龟头伸出来就有挨刀的危险，小孩抓龟就捏龟脖子。日本人不信，还哼鼻子。龟就是龟，维新一百次还是龟。”阿连阔夫面无表情，一声不吭。督办大人让他抽一口烟锅，阿连阔夫不好拒绝，就抽几口，味道很顺，督办跟个老父亲一样笑眯了眼："尝出味了吧，这是你们俄国烟玛合勒嘎，我们中国叫莫合烟，这是你们俄国人带来的好东西，中国的土地可以生长俄罗斯的好东西嘛，大家一起过日子多好。”

督办完全成了一个老农民，在俄罗斯乡村辽阔的田野上，到处都是这种只识庄稼不知其他的老汉。阿连阔夫看见副官在擦眼睛，他的眼睛也快湿了。副官从督办老汉的烟袋里倒出一点烟丝，细碎金黄有一股呛人的味道，副官把它吃了，眼泪跟烟丝一起咽到肚子里。督办老汉长长咂一口烟，烟锅子空空的，老汉还在咂，把烟杆里的烟汁咂出来，跟药引子一样又苦又涩。老汉把它咽下去。老汉说："你们有恢复沙皇俄国的雄心壮志很好哇，但迪化离边境太近，训练军队容易走漏风声。迪化东边七百里的古城子[①]地广粮足，是练兵的好地方，我想你会满意古城子的。”

移师古城子可以与库伦的白俄大军遥相呼应，加上日本的支援，反攻西伯利亚易如反掌。

大军开出迪化。哥萨克们的脸全都闪出神圣的光芒。辽阔的大地成扇形展开，沿天山向北向东向西伸展，无边无际地伸展着，碗大的卵石在马蹄下飞迸，盆大的石头在马蹄下翻滚，一条条石棱跟圆木一样转动着，这就是大地，汹涌向前的大地，波涛滚滚的大地，马队和石头一起飞迸一起翻滚。为什么俄罗斯没有这么好的石头？全是冰冷的冻土带全是沼泽和苔原。为什么俄罗斯没有这

① 古城子：今新疆奇台。

么荒凉空旷的大碛？大碛是大地的骨头。列宾的伏尔加河希什金列维坦的小白桦小池塘和白嘴鸦全是大地阴暗的色调，看不到阳光。阳光全在这里。马和马背上的人沉醉于阳光之海，不断地梦想啊梦想。哥萨克们忍不住叫起来："我们在飞吗？"

"我们在飞。"

"我们骑的是马吗？"

"我们骑的是岁月之光。"

"哈哈，我们骑的是岁月之光。"

"我们要登上岁月的海岸了。"

岁月的尽头没有岸，他们看到的是奔腾的火焰。

"是火焰山吗？"

迪化人告诉他们往东走有一座神秘的火焰山，当然，他们也听到了不同语种的《西游记》。这部书远远超过他们小时候读的《神驼马》，也超过悲壮的《伊戈尔远征记》；军官们拿它跟《伊利亚特》相比，无论是阿喀琉斯还是赫克托尔都没有那个猴子吸引人，七十二变，还有一根神奇的金箍棒。

更神奇的东西出现了，火焰里蹿出一群火红的神马。那究竟是什么马？不在草原而在沙石累累的大碛上奔驰如飞。

阿连阔夫张了几次嘴，都没有喊出伟大的普尔热瓦尔斯基。他命令哥萨克兵赶快找当地老百姓，问清楚这是什么东西。是风？是电？是魔幻？

过了很久很久，太阳偏西的时候，一位哈萨克牧人被带到阿连阔夫跟前。牧人告诉他：奔驰在阿尔泰山和卡拉麦里山之间的是我们哈萨克人的库兰。

"什么是库兰？"

牧人不说话，牧人弹起冬不拉琴，地上的石头跟着琴声开始翻滚，哥萨克手里的战马也开始踩蹄子，它们在暗示主人它们要飞奔。主人无动于衷，他们已经习惯长官的军令，他们早就忘了马的脾性。马在苏醒。马一边咬嚼子一边踩蹄子，马突然打个激灵一下子摆脱主人奔向远方。野马群在呼唤它们。

有一半马跑掉了，另一半拖着主人跑，主人死死不松手。最勇敢的哥萨克跳上马背，跟打架似的。砰一声枪响了，越响越激烈。那弹奏冬不拉的牧人没走出多远就被子弹的暴雨击倒在地，冬不拉琴碎裂了。野马群跟真正的火焰一样在大地上跳动，顿河马跟柴火一样冲进大火。

哥萨克们失魂落魄，喃喃自语："顿河，我的顿河，亲人啊，我们祖祖辈辈的顿河马，我们的亲爹，你要去干什么？"

有一个声音在回答："我们是火！我们是火！"

哥萨克们流下泪，男子汉的泪把脸弄得丑陋无比："我们给你火，我们给你火。"

哥萨克们跪在地上，他们自己也不知道他们要干什么。一支支枪抬起来，瞄准那团大火，火正以马的姿势奔跑着跟打雷一样。蒙古人听见打雷就趴地上一动不动。哥萨克不会趴下的，哥萨克手里有火，火从枪管子里喷出去，不停地喷着。他们的长官阿连阔夫发出冲锋的命令，他们就挥着马刀冲过去。野马之火让人恐惧，就让它尝尝马刀的厉害，哥萨克总是在恐惧中苏醒，然后把恐惧剁成碎片。野马被他们劈开了，从结实饱满的胸膛劈开一道大峡谷，马的心脏就像发动机，轰轰爆发神力，勇敢的哥萨克把它们全都捣毁了。

最先过去查看的那个哥萨克尖叫起来："我们的马，全是我们的马！"年长的哥萨克说："所有的马都是野马变来的，所有的马都向往野马之火。"年轻的哥萨克受不了这个："杀自己的马，还不如杀我自己。"他要朝自己开枪，被同伴抱住，另一个哥萨克跟拧树枝一样下了他的枪。

部队总算走到戈壁边上，这里有草地，还有个小海子。按计划明天攻占古城子，直向北取道科布多与库伦的谢米诺夫大军会合。哥萨克们一下子亢奋起来。

副官说 :“我就喜欢这种状态，这是男人最佳的进攻状态，攻占一座城或睡一个女人才能让他们安静。”

阿连阔夫说 :“攻进古城子放假三天，好好放松放松。”

哥萨克们跟铁塔一样结结实实睡一觉，军号就响起来了。

太阳在戈壁上跳跃。草地让战马啃光了露出灰白的地皮，那片小海子洗净了哥萨克的灰尘,浑浊了一晚上还没清下来。阿连阔夫端着望远镜观察古城子。对七百名剽悍的哥萨克来说，古城子太小了点，太单薄了点。他很喜欢伊犁，那座灰蓝色的花园城市屡经战火而不衰落，应该让勇敢的哥萨克到伊犁去泄泄火。

哥萨克暴风一般冲出沙枣林，穿过大片庄稼地，屁股高高提起半蹲在马镫上，一带缰绳，马的前蹄搭上城墙 ；那么矮的土城墙，哥萨克能一把推倒。城墙上突然出现一队中国兵，单腿跪地，抱着步枪，枪口顶着战马厚墩墩的胸膛跟枪毙犯人一样毫不客气地搂响了，枪声好像蒙在包袱里嘭嘭嘭！子弹直接从枪管子射进马胸膛，把马背上的哥萨克兵也射穿了。子弹都是蘸了唾沫在鞋底搓一下上膛的，子弹在哥萨克的后背炸开一个大窟窿，太阳都能照进去。城墙底下堆满了人和马。血水冒泡泡。

哥萨克的预备部队用机枪扫射，用大炮轰，城墙裂开一道口子。更多的大炮在哥萨克左右两侧响起来，哥萨克的机枪和大炮飞上天，摔碎了。四周黑压压全是兵。

哥萨克还在疯狂中，他们边打边撤撤到戈壁滩。中国军队三面包围，只剩一面戈壁。辽阔的大碛是野马野骆驼的世界，大碛那边是金色的阿尔泰，翻过阿尔泰山就离库伦不远了。哥萨克们情不自禁地喊叫 :“我们是野马就好了。”

“我真想变成野马。”

“跟野马待在一起也行啊。”

“那种日子真过瘾。”

“我都不想回顿河了，草原没意思。”

哥萨克们趴在地上，跟蜥蜴一样。阿连阔夫知道他们已经丧失勇气了。他们把马刀和枪都扔了，他们趴在滚烫的戈壁上，跟孩子一样。大人贪玩应该是个好兆头。他们在恢复天性。你就像个鳄鱼。哥萨克们抓到小蜥蜴，他们不怕这小玩意，他们把蜥蜴放在自己身上。蜥蜴战战兢兢，适应不了人的皮肤，哥萨克们很难受：“我们还不如石头，小家伙你动一动啊。”

年长的哥萨克说：“所有的动物都通人性。”

“它不认识我们。”

“我们打了好多年仗我们好久没过人的生活了，我们骗不了动物。”

大家小心翼翼把蜥蜴捧到石头上，蜥蜴一下子就活了。

“瞧，它跟鱼一样，鱼放进水里就这样子。”

蜥蜴跑远了，大家还在看。

谁也没想到第一个追上库兰野马的是普尔热瓦尔斯基。出发前，每匹马都吃了大量的野生大麻。蒙古荒漠的大麻更地道更本色。马身上的肉突突跳。马队跑了整整一天，在大碛的中心地带碰到了野马。哥萨克们一声不吭打马直扑过去。普尔热瓦尔斯基一直在后边。

他已经不年轻了，他不能像小伙子一样使蛮力。他的马亢奋起来，他不该给马吃大麻。英国人成功地给中国人吃了鸦片，大麻没有鸦片毒性大，但也是一种麻醉剂，普尔热瓦尔斯基清楚这一点。可笑的是他最早没认出大麻，俄罗斯草原上到处都是，蒙古啊蒙古，蒙古的风和太阳好像都是崭新的。这都是他的发现欲造成的，他太痴迷于大发现大轰动了，最基本的常识常常弄得他不知所措。吃了大麻的顿河马不会老老实实原地打转，它后腿一撅，蹿了出去。普尔热瓦尔斯基抓紧缰绳，马越跑越快，很快赶上了马队。

马队贴着野马兜圈子。这些矮小的蒙古野马轻轻松松，跟玩儿似的逗着哥萨克。哥萨克的耐力已经到了极限，龇牙咧嘴样子很狰狞。野马突然掉头朝侧面奔来，把所有的哥萨克抛到后边，从普尔热瓦尔斯基跟前飞奔而过，它们根本没有感觉到普尔热瓦尔斯基的存在。普尔热瓦尔斯基一下子火了，他的马也火冒三丈，普尔热瓦尔斯基就这样陷入迷狂，疯子一样朝野马奔去。大片大片的时间过去了，他都没有感觉，岁月已经不存在了，童年少年还有陆军学院悠扬的军号、华沙的大进军，这些都不存在了，在他最辉煌最幸福的时刻都不曾有过如此迅猛的状态，那一定是失控了，紧张与喜悦同在，马好像也消失了，他孤身一人奔走在天地之间。野马跟一幅画一样贴在天空，他伸手一摸就摸到马尾巴，“嘭！”一声巨响，是马爆炸了，还是他爆炸了？

他醒来时躺在帐篷里，围了一圈哥萨克，还有一个喇嘛使劲地抓他。这是典型的蒙古疗法，抓拿化瘀血。喇嘛称赞他福大命大，野马的后蹄能把西伯利亚狼活活踢死，你比狼命大，踢在腰眼上这是要命的地方啊。喇嘛累得直喘气。喝点热汤，普尔热瓦尔斯基完全清醒了。

“我没事了，我好啦，”普尔热瓦尔斯基站起来，大口喝汤跟一头黑熊一样，“俄罗斯人是熊的后代，野马伤不了我。”

“你的伤在腰上，不疼但很要命。”

“我的命已经回来了，谢谢你大喇嘛，我的命安安全全回到我的身体。”

普尔热瓦尔斯基不再听喇嘛呜里哇啦乱嚷嚷，他命令哥萨克再准备些马，每人两匹。

“每人两匹马。”哥萨克们万分惊讶，“两匹马怎么骑呀？”

“笨蛋，换着骑，成吉思汗就是这么征服世界的。”那是普尔热瓦尔斯基最聪明的时刻，脑子特别好使，眼睛一眨一个招儿，绝招不断：“孩子们，不要追大马追小马驹，连续不断地追，绝对能追上。”

喇嘛惊恐万状，普尔热瓦尔斯基永远也忘不了那骇人的眼睛。喇嘛要普尔热瓦尔斯基跪下谢罪，向伟大的成吉思汗谢罪：“你犯了成吉思汗的黑札撒，黑札撒说得清清楚楚：奔驰于大碛者不是野马是库兰，库兰出没的地方为将军戈壁，乘库兰者杀无赦，捕库兰者杀无赦，你连犯两罪，赶快收回你那罪恶的念头还来得及。”

那一天，普尔热瓦尔斯基狂妄至极。他的狂妄是娘胎里带出来的，他一直很狂妄，他根本就意识不到狂妄，他一直以为自己是个谦虚的人，唯有这一次，他决心狂妄一下。在五十岁这一年，他跟顽童一样轻狂无比，他挺胸收肚问大喇嘛：“成吉思汗是谁？我不认识他。”哥萨克们哈哈大笑。大喇嘛沉痛地告诉普尔热瓦尔斯基：“成吉思汗是大地之子，是上天之子。”哥萨克全都笑了。普尔热瓦尔斯基摸着下巴微笑，一个绅士就该这样笑，从容大方，把疯狂压在骨头缝里。

大喇嘛直摇头：“你是不敬天的人，你要倒霉的。”

没人理这个可怜的喇嘛，要不是他给普尔热瓦尔斯基看过病，哥萨克早就对他不客气了。喇嘛呜呜咽咽吐出一串经文。哥萨克们面面相觑。普尔热瓦尔斯基不愿意哥萨克们出洋相，他非常幽默地告诉大家：“这是哭经。”哥萨克们笑出了泪。大喇嘛的经文确实跟哭一样，呜哇呜哇，谁也听不清那古老的梵语，不是蒙古语，那古老的语言在喜马拉雅山那边已经消失了，却源源不断奔流在蒙古大地上。普尔热瓦尔斯基告诉大家：“中国人没有宗教，他们就信这个悲天悯人的佛。”大喇嘛的悲怆之声越来越高，青铜一样嘹亮宽广而遥远，普尔热瓦尔斯基听到了成吉思汗，博学的普尔热瓦尔斯基在满洲乌苏里密林里就学会了蒙古语和满语。反复不断出现的成吉思汗是浩瀚的大海，翻滚在戈壁大碛上的岩石之海，奔腾于暴风冰雪阳光与牧草中的骏马之海。

大喇嘛不需要那么多马，大喇嘛反复咏唱的只有两匹马，大小两匹，它们是亲兄弟，是成吉思汗的心肝宝贝，成吉思汗亲切地称两兄弟为大小扎格勒。聪明的小扎格勒在草原盛会赛马比赛前夕，硬拉着哥哥逃离大汗的营帐，逃往阿尔泰山与卡拉麦里山之间的茫茫大碛。小扎格勒一路跑一路劝它的哥哥：

“不要唉声叹气我的哥哥，
找到库兰母亲我们就能过上幸福的生活。”
大扎格勒无限悲伤：
“我的弟弟呀，大汗待我们如心肝宝贝，
除过大汗谁敢把我们骑。”
小扎格勒告诉哥哥：
“明年大汗就要越过阿尔泰山，
阿尔泰山在大碛的那边；
明年大汗就要征服世界，
再也不会有谁想起库兰母亲。
明年大汗就要带我们到世界各地，
我们再也回不到库兰母亲身边。
跑吧哥哥跑吧哥哥，
前边是我们的生命之火。”

——摘自《成吉思汗的两匹骏马》

兄弟俩回到辽阔的大碛怀抱。大汗的马队远远赶来，大汗的弓箭手能射下鹞鹰能射倒虎豹，他们等着大汗的命令。大汗一个人走上不儿罕山顶，解下腰带搭在脖子上，大汗双膝跪地，双手伸起，那一刻，蒙古人全都听到了长生天威严的声音。

“我苦难的蒙古子民啊，扎格勒驮着我们的灵魂回到了大碛，孤苦飘零的日子就要熬到头了。”

那一天，蒙古人成群结队拥到阿尔泰山与卡拉麦里山之间辽阔的戈壁滩上，那一天蒙古人找到了他们的生身父母，长生天在不儿罕山上告诉他们：石头是父亲，黄土是母亲，库兰火焰里迸出的火星是我们柔弱的生命，让马点燃我们吧，蒙古人，什么时候离开马背你们就完了。那一天，大汗回到他的人民身边，把最威严的将军称号颁给辽阔的大碛，并宣布第一道黑札撒：乘库兰野马者杀无赦，捕其驹者杀无赦。

让普尔热瓦尔斯基懊悔终生的就是这两道黑札撒。谁也没有在意大喇嘛的劝告，大喇嘛的呼号变成悲壮的歌声。在俄罗斯草原也有这样的壮士歌好汉歌，跟汹涌的河流一样永无休止奔向远方。

普尔热瓦尔斯基命令号兵吹号，所有的哥萨克全都准备两匹马。

普尔热瓦尔斯基留在军帐里，突然烦躁起来。他就是在这个时候，在哥萨克兵和喇嘛同时消失的时候心情恶劣起来的。因为他的耳畔再次响起那古老而威严的黑札撒。仰望苍空，那威严的声音从天而降，他的耳朵跟风中草叶一样沙沙抖动起来；伟大的俄罗斯语言啊，梁赞和莫斯科辽阔原野上充满露珠青草味的俄罗斯语言，金刚钻一样璀璨夺目的俄罗斯语言，从没有如此迅猛地冲击他的耳膜，像蒙古语这样庄严而高贵。黑札撒一字不差，舒缓粗犷结实有力，跟群山一样连绵起伏，势不可挡。这究竟意味着什么？

勇敢的哥萨克回来了，他们抓到了小马驹。

他们不是用两匹马，是用四匹。骑术最佳的两名哥萨克带着同伴的马匹，不停地更换，不给小马驹喘息之机。换第四匹顿河马的时候，一匹刚生下来三小时的幼驹落到后边，它的妈妈，那匹火红的母马飞起后蹄，左右开弓，最先冲上去的哥萨克和顿河马当场毙命。后边的哥萨克一阵齐射，库兰母马，那团母性的大火一下被扑灭。已经跑远的刚落地三小时的小马驹，根本不认识暴雨般的枪弹，它只认识库兰母亲火红的身体，在小马驹折回库兰母亲身边的时候，惊恐万状的哥萨克又放了一排枪，打在小马驹的后腿上。小马驹瘸一下，毫不理会别丹式步枪，它只瘸一下就恢复正常，好像把那些铅弹嚼烂咽下去消化掉了。它奔到库兰母亲身边跪到那团渐渐熄灭的大火跟前，交颈相摩。库兰妈妈是枕着孩子咽气的，那团大火猛然一抖，从它细长的眼睛里闪射出罕见的美丽，慢慢暗下去，好像给苍穹拉了一道帷幕。

哥萨克围上来了，小马驹，这团鲜嫩的火苗越蹿越高，绳索跟网一样落下来；鲜嫩的火苗忘情于库兰母亲，别丹式步枪又响一下，子弹跟铁钉一样射穿小马驹另一条后腿。他们捆绳索时摸到滚烫的胎液，跟化开的红铁水一样。

“作孽呀，它刚生下来。”

“这是它妈妈。”

他们把妈妈一起带走。

套上绳索挨了两枪的小库兰再也恢复不了了，它一瘸一拐跟着妈妈的尸体，它的眼神跟湖水一样。

“像星星，像秋天草原上的星星。”

库兰妈妈被制成标本。普尔热瓦尔斯基那双手跟外科大夫一样，一丝不苟拉开库兰妈妈的身体，倒出内脏抹上药水，药水不够，就用干草填塞，塞满满的。

“噢哟，它又活了。”

“孩子们不用怕，这是典型的草原风格。乌兹别克的班昔尼汗被波斯王打败后，波斯王就砍下他的头做酒杯，掏空他的内脏塞进干草跟工艺品一样巡回展览。”

“蒙古人用马头做琴，大人用马头做酒杯，喝我们的伏特加。”

库兰妈妈的孩子，那个眼睛布满星星的小马驹走到妈妈的标本跟前，它以为妈妈活了，它眼睛里涌出更多的星星，跟小溪一样越流越宽阔，很快流成闪闪烁烁的星星海。在星海深处，库兰妈妈复活了。小库兰出生整整一天了，它一下子认出妈妈，情不自禁呼喊着：“萨鲁阿妈！萨鲁阿妈！”大海一样的妈妈，星星一样的妈妈，在孩子的呼唤里，库兰妈妈的灵魂升上夜空。在蒙古人的世界里，天空和大地是连在一起的，生命之火与生命之水源于同一母胎。后来，普尔热瓦尔斯基在中国人的母亲河黄河的源头，再次听到萨鲁阿妈，那不是马驹的叫声，那是真正的泉水，方圆三百里的平坦草甸上袒露出饱满的泉水之乳，清纯芳香，闪烁出生命的童声合唱。无论是蒙古语的萨鲁阿妈，汉语的星宿海，还是藏语的玛曲，她们咏唱的都是大地母亲。跟世界上所有的河都不一样，萨鲁阿妈、玛曲和星宿海，从地底下涌出，又渗入地下，又涌出来，整个大地跟浮动的冰块一样是活的，跟天上的星宿遥相呼应着，流向平原，也流向戈壁荒漠；流向日月星辰，也流向摇曳的草木和奔腾的马群，世界上竟然有这样奇特的生命！

萨鲁阿妈，绝对是萨鲁阿妈！

小库兰一瘸一拐呼唤着它心爱的萨鲁阿妈，它要被带到俄国去了。中亚细亚的萨鲁阿妈要倒流吗，那里不是大海！小库兰过了阿尔泰山，金色的阿尔泰是三趾脚，是库兰妈妈留下的脚印啊！小库兰过了额尔齐斯河，绿色而温暖的额尔齐斯河向西拐了一点点，它是为了浇出一大片草原，穿过草原它就到北方去了。小库兰过了伊犁河吹河[①]阿姆河和锡尔河，这些河不是流向北方就是流进沙漠。所有的河都消失了，小库兰你还走吗？你就这么一瘸一拐走向俄国。

---

① 吹河：楚河。

那一天，没有草原歌手，没有马头琴没有冬不拉没有都塔尔，喇嘛和阿訇都没有，完全是风吹来的声音，风吹来远古的成吉思汗的声音。大汗出征的时候，把小儿子拖雷留在蒙古本土，把治理天下的大任交给三子窝阔台，大汗问幼子拖雷：你愿意放弃汗位给你的哥哥吗？拖雷拦腰抱住哥哥窝阔台把他抱上汗位，拖雷告诉众人：树根下最清凉的地方留给我，是父兄对我的爱护，老树桩吐出的新芽芽离泥土最近，这是我们蒙古人最纯朴的天性，这是父亲千遍万遍叮咛拖雷的。大汗满意地笑了："对别人是札撒，对拖雷是空气和水。"蒙古的长子总是走向世界，幼子一直守着库兰妈妈。小库兰你走得太远了。在乌拉尔山下，小库兰不瘸也不拐，小库兰倒下去，回到大地母亲库兰妈妈那里去了。

野马的标本首先轰动俄国，接着轰动全世界。欧洲的学者云集圣彼得堡，聆听普尔热瓦尔斯基的学术报告。展示野马标本时全场起立，欢声雷动，连担任警卫的大兵也跟着鼓掌，高呼："普尔热瓦尔斯基！""普尔热瓦尔斯基！"欢声过去后，大家进入虔诚状态，就像坐在圣瓦西里大教堂里聆听上帝的声音。这是一个学者最辉煌的时刻，他要对他的大发现进行命名，他向全世界宣布：1876 年欧洲野马在乌克兰草原消失后，我，俄罗斯的普尔热瓦尔斯基，在蒙古西部发现世界上最后一种野马，它就叫普尔热瓦尔斯基野马。

普尔热瓦尔斯基的目光扫过众人的头顶，他伸出双手再次大声重复他的新发现，他不知道自己喊了什么。全场惊愕，人们听见一声粗重的牛吼，西班牙公牛受到致命一击就发出这种低沉混沌的吼叫。普尔热瓦尔斯基毕竟是一名军人，他很快从恐慌中镇定下来。

"女士们先生们，对不起，蒙古风沙太大，把我的嗓子弄坏了。"

大家已经很满足了，从一个五十多岁的探险家嘴里发出的沙哑的声音，足以响彻全世界。

喝了咖啡，休息两小时，圣彼得堡郊外的别墅里只有他一个人，他忍不住大喊一声，他听到的还是牛的吼叫，清清楚楚是老牛垂死前的急促的吼叫声。他试着说话，说出的俄语如同铁铲刮锅。下午要接见帝国最有名望的贵族，晚上有舞会，上流社会的贵妇要一睹他的风采，他已经收到不少美人的求爱信，俄罗斯美丽的天鹅向他扇动翅膀，他是俄罗斯的英雄，沙皇的圣谕刊登在报刊的头条位置。他只能放弃这一切。

他悄悄回到斯摩棱斯克的斯洛博达庄园。纯朴的乡村谁也不会在意他的牛吼。他怀念那些并肩奋斗过的哥萨克大兵，大兵也不会在意他刺耳的嗓门。

庄园的生活是平静的，他整天待在书房里整理探险笔记，加工润色，各大报刊急切地等着他的大作。他以最快速度整理出一本书。他亲自去邮局。人们认出了他，远远地摘下帽子向他致敬，赶车的农民也放慢速度，在车上向他微笑。邮局的职员首先向他问好，对他的邮件特殊处理。他说声谢谢，他的声音太难听了，比牛叫还难听，看来有继续恶化的可能。邮局的人吃惊地看他，大家很快就理解这位大英雄了，大家脸上露出宽容与同情。

他再也不上街了，他避免与人接触，即使熟人也尽量回避。有时他会从牛圈里爬出来，弄一身牛粪，不管是谁都会帮他去洗。湖畔有洗衣服的漂亮娘儿们，有从田野上赶来的热烘烘的牲畜，一边饮水一边散热气，然后跟蒸汽机一样发出低沉的吼叫声。普尔热瓦尔斯基看到了真实的自己。

亲友们劝他去疗养，他说我没病，我在荒漠里能吃能睡，我什么事都没有。亲友们突然发现家里太冷清了，除过一个厨师一个仆人，没有女主人。

“普尔热瓦尔斯基，你应该成个家，有女人照顾你，你会好一点。”

是该有个优雅贤淑的女主人，就像村庄前边那个明亮清澈的湖，一下子把村庄映照成绚丽的油画，就像希什金和列维坦笔下的风景。普尔热瓦尔斯基比任何时候都需要女人，俄罗斯女人，高大丰满红润的俄罗斯女人，梦中的白天鹅。他决定去会一位女士，确切地说是一位贵族小姐，打心眼里钦佩和尊重他高尚的事业。他需要这种女性。他等着天亮。当太阳跃出辽阔的地平线时，他忍不住叫起来：“我的罗斯，我的罗斯，你多么美，你多么温柔。”美妙如歌的女性引导着他。村庄静悄悄的，初升的太阳散发着处女的芬芳，原野上只有普尔热瓦尔斯基一个人。他面带微笑敲开医生的诊所。

他是个学者是位绅士，他有必要了解自己的健康状况，这是对那位小姐的尊重。

他所担心的那些怪诞行为医生认为并不重要。“很可能是恶劣的环境造成的，这并不影响婚姻。”医生在反复掂量如何告诉他实情。他的军人气概一下子显示出来，他要医生如实相告，医生望他一眼，垂下眼皮。

“你身体很棒，可你的腰部有伤。”

“伤到什么程度？”

“有肾无气。”

“肾坏啦！”连他自己都感到这吼声有多么刺耳。

“你可以考虑找一位身体单薄性欲不十分强烈的小姐呀，圣彼得堡的许多贵族都是这么干的。”

“我是一个诚实的人。”

他咆哮着冲出诊所。

他草草收拾一下，赶到西伯利亚总督府，召集他的哥萨克兵，开始第四次中国之行。

第六章

圣主登上宝尔套鲁盖峰

望着消失在远方的骏马潸然泪下：

“我不是因为威武雄杰才成为大汗，

是苍天之父命我成了帝王，

白骡马生的两个扎格勒啊，

你们果真抛弃家园逃往异乡？

咳！我的额布[1]呀，回来吧，

怎能让我背着鞍鞯空返金帐？”

——摘自《成吉思汗的两匹骏马》

督办大人早在古城子布下天罗地网。中国军队的指挥官是一名姓蒋的师长。蒋师长开着英国造的战车，剽悍威猛不在杨飞霞之下。督办老汉驾驭的都是烈马。

蒋师长交给阿连阔夫一纸电文，是白卫军总司令谢米诺夫将军从库伦打来的，请求新疆地方政府放还哥萨克兵，向库伦集中。阿连阔夫放心了。蒋师长准备了五十辆大车，将哥萨克兵分批遣返。送阿连阔夫的不是马车，是福特牌小汽车。这是新疆唯一的小汽车，是督办大人的专车。

“你是沙皇的驸马，应该享受最高规格的待遇。”

“督办大人对我太好啦。”

“我也跟着沾光呀，我还是第一次坐督办的专车。”

小汽车朝迪化方向开去。阿连阔夫发现不对劲，蒋师长说：“不要紧张，督办大人宴请你，亲自为你饯行。”

督办老汉还是老样子，蔫不拉叽和和气气，不停地劝酒不停地夹菜，让他

① 额布：叹词，又当爱称。

多吃吃好，上路的人一定要吃好。快要吃好的时候，督办老汉很抱歉地说有紧急公务要办，提前离开。吃到最后，陪宴的官员都走了，只剩下两个仆人两个卫兵。阿连阔夫咆哮如雷："放我出去，放我出去。"没人拦他，他很容易冲到院子里，很宽敞的一座中国式大院。大门紧锁。他奔窜了两小时，嗓子也哑了。卫兵和仆人跟看怪兽一样看他。等他安静下来，仆人就端上一大盘吃的，有肉有汤有面包有鱼子酱全是俄式饭菜。迪化有的是白俄名厨。仆人叫他老毛子，他一愣："你敢侮辱我。"

"大家都这么叫。"

阿连阔夫发现这称呼没什么不好，就跟中国人叫老张老李老王一样，他也就接受了。平心而论，伙食不错，拿到俄罗斯任何一个地方都是一流的。仆人告诉他：这是给沙皇做过饭的御厨，十月革命后流亡中国，督办高薪聘请，北京来的中央大员才有这种待遇。

美味佳肴消解了他对督办的不满，可消解不了他的雄心壮志。他雄壮高亢的歌声传到高墙以外，传到督办老汉耳朵里。督办老汉说："阿将军太寂寞。"督办吩咐手下去找迪化最好的歌女，一定要没开苞的原装货。督办舍得花钱，只要把阿将军哄上床就行。

两名迪化最优秀的歌女住进阿连阔夫的房间。她们从十岁开始就接受专业训练，琴棋书画样样精通，长在西域，又精通胡人歌舞，气质高雅聪明伶俐。她们很看重这个机会，出山第一炮就是俄罗斯的前朝驸马，她们仿佛回到《隋唐演义》《薛仁贵征西》的传说里，她们不是胡女，可西域历史上演绎过多少部落公主与中原白袍将军的爱情故事！她们一下子被浪漫的气氛所包围。她们慷慨激昂住进俄国驸马的房间。

阿连阔夫待她们很客气，绝对的绅士做派，谈吐文雅，视女性为神明。她们施出所有的招式，也拨不动阿连阔夫那颗凡心。她们很伤心地发现，绵延数千年的青楼媚术也有失效的时候。那已经是一个半月以后了，阳光照进大院，照进房间，照到两女一男的身上，男的打地铺，女的占高床，阳光是清晨的阳光，有一股处子的气息，就像雪山沟里吹来的带着牧草清香的小风。两个歌女大梦初醒，好像睡了好几千年，她们惊讶得说不出话，她们就像刚出娘胎的娃娃，眼神娇嫩，一尘不染。她们互相看了一眼，她们不相信她们这样的人会有这样一双眼睛，她们就捂上眼睛，捂了很久很久。阿连阔夫洗刷完毕，她们还捂着不动。阿连阔夫出去锻炼身体。他每天出操，风雨无阻，跑步，打洋拳，做体操，睡前还要在房子里做一百下俯卧撑，这种习惯从少年时代一直保持至今，戎马倥偬也不间断。阿连阔夫出操回来，两个美人还捂着脸，他喊她们吃饭。他已经学会了简单的汉语，世界上最艰难的一种语言感染了他，他自己也感到奇怪。他会法语和德语，完全是社交和军事上的需要。他需要汉语吗？命运把他抛到异国他乡，命运让他走进汉语。当然了，他的汉语很生硬，他用很生硬的汉语叫两位女士吃饭，她们一动不动，她们的手指缝渗出泪水，跟石头缝里的泉水一样亮晶晶的。

"你们病了？"

她们松开手，阿连阔夫被这两张生气勃勃天真纯洁的面孔震住了："太美了！我都认不出来了。"她们羞涩地笑笑，跟着阿连阔夫去吃饭。

吃过饭，她们收拾东西跟阿连阔夫告别，阿连阔夫再次为她们的美丽而赞叹不已。

她们没有去督办公署，也没有去原来的歌楼。她们一个去了伊犁，另一个待在迪化北郊偏僻的小巷子里，她们嫁给普普通通的男人做了良家妇女，安安静静过日子。

在迪化人的传说里，这两个歌女砸了牌子，无脸见人，躲起来了。"俄国人都看不上，她们还想挣钱？"大家为她们过早地结束皮肉生涯而惋惜。

阿连阔夫雄心不减。督办老汉来看过他一回，劝他。

“到中国来的俄罗斯人都过上了好日子，你这是何苦呢？布尔什维克很激烈，你也很激烈，太激烈不好，安安稳稳过日子就不能太激烈。”

“放我出去，我要自由。”

“你平和下来我就放你，爱激动的人不能享受太多的自由。”

督办老汉给阿连阔夫介绍一种邪方子，老汉从怀里掏出一枚黑乎乎的丸药，阿连阔夫叫起来：“毒，毒，这是毒！”

“吃一点点莫事。”

“英国人给你们中国人吃这个，我不吃这个。”

“英国人嫌我们中国人火气大不听他们调遣，他们就用这个败我们的火，那是害我们。我老汉不害你，我老汉败你火是为你娃好，叫你娃安安心心过日子。”

阿连阔夫不顾一切以头撞墙：“毒，毒，我不吃毒！”

督办老汉就不再难为他。督办老汉走到外边长出一口气：“这挨尿的，治你的病哩好像挨刀子哩，这么下去也不是个办法，迟早得放出去，把病人放出去不仁不义呀。”

早晚都是阿连阔夫喜欢喝的红茶，茶水苦涩提神，他越喝越精神，一拳能把墙砸个窟窿。精神一过去就呵欠连天，躺下就不想起来。阿连阔夫就这样放弃了出操，迷迷糊糊老是睡不够，半中午吃早饭，吃饭也打呵欠，晚上要加一床被子。一大早嚷嚷着要看医生。病得不轻，跟产妇一样嗯嗯哼哼。医生过来听听心脏，量量体温。“知道有病就好。”

吃了药还老是哼哼，就喊仆人：“救救我，救救我。”仆人端来大烟和烟枪，阿连阔夫两眼放光，不用教，无师自通，抓起来就抽，抽着抽着就嗯嗯哼哼。仆人就笑：人难受嗯嗯哼哼，舒服起来也嗯嗯哼哼。

普尔热瓦尔斯基在西伯利亚总督府看到圣彼得堡以及欧洲各国的报纸，要闻版全是普尔热瓦尔斯基野马。在他之后，德国马戏团组织探险队深入蒙古大碛，捕获五十四野马驹。当然是普尔热瓦尔斯基的经验，数匹快马连续追赶。五十四马驹运到欧洲只活二十八匹。

“他们在侮辱我，以我的名字命名的野马是学术界的大发现，他们把它弄到马戏团，摆到动物园，”普尔热瓦尔斯基敲打报纸，“普尔热瓦尔斯基，全是普尔热瓦尔斯基，展览动物还是展览我？”

“这确实不像话，可要比起您的成功，这显然是微不足道的。”

总督大人特意举办舞会，这在荒凉遥远的西伯利亚是极为罕见的，女宾都是军官们的夫人。他很感激总督大人，可他心里的怒气难以平息。

探险队都是老队员，大家拥抱在一起，比战友的情义还要浓烈，简直就像亲兄弟。

他们绕开伤心的蒙古大碛到达藏北，藏民们骑着矮小的藏马跑过来，他们把俄国人当怪物。哥萨克们议论纷纷：“他们参观我们来啦。”“他们把我们当马戏团。”

普尔热瓦尔斯基一下子明白了此行的目的，也明白了所有探险活动的真正含义，他大吼一声：“射击，全速射击！”他手里的枪先响起来，长枪短枪一齐响。平常他只佩左轮手枪，这回不知为什么挎了一支马枪，只有那些久经沙场的老兵才有徒手使长枪的本领，他露出这个绝招，大家备受鼓舞，疯狂射击。欢乐中的藏民一下被打蒙了，倒下一大片，后边的人才想起逃命，可惜已经晚了，冲过来的哥萨克兵一阵猛砍把他们砍得一个不剩，大地一下子升高了，几乎挨上了苍穹，这些人好像是被天空大地压扁了。这是哥萨克见到的第一批藏民，连话都没说一句，老远只看个大概就躺下不动啦。

一个哥萨克从马上弯下身子，他大声告诉大家：“藏民很矮，是中国人里最矮的。”他拨一具尸体，他问普尔热瓦尔斯基要不要带一个：“大人，藏民很特别，可以做标本。”大人告诉他：彼得缔造的俄罗斯帝国还要发展壮大，不管藏人蒙古人还是汉人，迟早要生活在伟大的俄罗斯帝国。“我明白啦大人。”小伙子高高兴兴追上大家。

这里的飞禽走兽跟藏人一样毫无防备心理，鸟儿会落到哥萨克的肩膀上，羚羊会冲到马队里，它们把哥萨克当成自己的同类，哥萨克感到很惊奇：“它们就像在教堂里。”藏北高原辽阔平坦静穆辉煌。“这里跟我们俄罗斯不一样，天地山川湖泊就是他们的教堂。”大家醒悟的一刹那，身上的枪中了魔似的到了手上，很嘹亮地响起来，飞禽走兽仿佛听到喇嘛寺里悠扬的法号，一下子沉浸在金碧辉煌的佛光里，安详而神秘，中弹的身体跳几下，眼神绝对是宁静的，跟湖水一样。哥萨克从来没有打过这么多猎物，光吃内脏都吃不完，好多猎物没开膛就扔掉了。

普尔热瓦尔斯基掏出一大堆腰子，他还在掏，哥萨克兵提醒他：“大人，咱们吃不了这么多。”他才停下来。

半夜，大家听见怪兽可怕的叫声，跑过来救大人。大人浑身发抖，嘴里呜里哇啦乱叫，等他平静下来，大家告诉他：“大人，你跟藏人说的话一模一样。”“不是藏语，是喇嘛念的经。”年长的哥萨克在布里亚特地区待过，知道一些布里亚特人鞑靼人的邪术：“大人，我们赶快往回撤，你中了大喇嘛的咒语啦。”“赶快找喇嘛，喇嘛能解咒语。”“大人怎么能中邪呀？”“我们冒犯了他们的神灵。”

他们千方百计用牛肉干饼干面包引诱飞禽走兽，动物们都躲开了。

“它们认下我们了。”

“再走走，前边的动物不认识我们。”

走好几百公里，到了山地，山地的动物依然如故。

“它们通了消息，把咱们全认下啦。”

藏民躲得更远，连寺庙也是空的，好在藏民走得匆忙，生活用品一样不缺，哥萨克们吃饱喝足，留下钱币。他们再也不敢做任何出格的事情。

普尔热瓦尔斯基吼叫不断，病情没有丝毫转机。他的军人气质帮了大忙。病只在晚上发作，晚上人的抵抗力差，白天就好多了，他可以咬紧牙关控制自己。他知道这种自制力不会持续太久。他脑子特别清楚就不是个好兆头，这是大混乱的先兆。他心底升腾起一股苍凉和悲壮。他平生第一次湿了眼睛，他告诉他的哥萨克们：“从第一次探险来到中国，我就想到藏区到拉萨，去看看布达拉宫辉煌的金顶，我一直不明白我为什么如此痴迷于西藏，命运是不可知的。”情同父子的哥萨克全都俯在地上，多少风霜雨雪的冒险岁月，他们抬也要把伟大的普尔热瓦尔斯基抬到拉萨去。

他们就这样穿越千里无人区，穿越雪山冰川和沼泽。普尔热瓦尔斯基相信拉萨的大喇嘛一定会盛情款待他，普尔热瓦尔斯基，第一个走进布达拉宫的西方人，这才是真正轰动世界的大新闻。他告诉他的哥萨克孩子们：“这是我的梦想，一个人会把他的梦想埋得很深，甚至不会告诉自己的父母和恋人。梦想太高贵太辉煌也太脆弱，只能搁到心坎底下，让它静静待在那里。”年长的哥萨克附在大人耳边，他提醒大人不要说出自己的梦想。大人笑了：“我的梦想就是西藏，我已经不怕任何伤害了，病成这样子，我怕什么呢？”哥萨克们全叫起来：“我们是你的孩子，是你骨头里的骨头肉里头的肉，说吧大人。”大人反而说不出来了，大人脸上只有微笑。

到达距离拉萨两百公里的地方不能再动了。他们已经能看到布达拉宫的金顶了，达赖喇嘛拒绝普尔热瓦尔斯基进藏。

整个高原静下来，高原本来是宁静祥和的。

往回撤的路上，哥萨克们实在不明白：信东正教的俄罗斯人怎么会冒犯东方的神灵，我们的神灵不如他们的神灵吗？普尔热瓦尔斯基已经没有当年的英雄气概了，他完完全全平和下来了，五十三岁，更像一个老人，他平静地告诉他亲爱的哥萨克：“东方有东方的神灵，西方有西方的上帝，上帝和神灵是一样的。”

钱已经用光了，普尔热瓦尔斯基让大家用实物支付。哥萨克们扒下自己的大衣，或者留下一架望远镜。普尔热瓦尔斯基要大家多留些东西我们是在买。哥萨克就嘟嘟囔囔：“他们跑得连个人影都没有，谁知道呢？”普尔热瓦尔斯基就说：“俄罗斯有上帝，这里有天，上天看着呢。”

大家仰脖子看天，好像第一次看见天空。

“我们俄罗斯地势低，离天太远啦。”

快走出藏区的时候，他们得到了藏民的信任。毡房有炊烟，可以跟藏民交谈，只是动物还在躲他们。哥萨克们感慨万千：还是人好啊，人的灵性比动物高。上年纪的藏民告诉普尔热瓦尔斯基：“古往今来所有人世的帝王喇嘛都无法跟神圣的玛曲相比，那是天空和大地交合而成的圣水，在生命之上在神圣之上。”

博学的普尔热瓦尔斯基从未听过这种超尘拔俗的语言，在上帝之上还有更高更神圣的东西。作为探险家他已经明白，这也是东方世界的顶端了。玛曲之行将是他探险生涯最辉煌的一页，也是拯救他的最后一次机会。

苍穹低垂，大地浮升，普尔热瓦尔斯基眼前出现一片辽阔的星光闪闪的草地，无数库兰的眼睛里闪动出明亮晶莹的泉水，更辽远更宽阔的群山脚下左缠右绕着中国人的母亲河。这种终极之美一下子攫住了他，他听见遥远的戈壁大碛上小马驹呼唤库兰妈妈的叫声：“萨鲁阿妈，萨鲁阿妈。”那呼唤声传到大河之源就像一万条羊水在一万个母亲的身体里响动，萨鲁阿妈，萨鲁阿妈，马群奔腾着呼唤库兰妈妈，从大地渗出，又渗入大地，汇聚到山下，形成两个清澈透明的绿色大湖，那条伟大的河就偎在湖边，就像两只乳头喂养一个健壮的婴孩。人类所有的杂念在这里都化为乌有。拯救的时刻到了，他喃喃地呼叫着萨鲁阿妈，呼叫着星宿海，呼叫着玛曲，他刚刚品尝到甘美的乳汁，从身体的另一端猛然蹿出一股邪恶的力量，他清楚地记得那两个美丽明亮的大湖，一个叫鄂陵湖一个叫扎陵湖，他身上那股邪劲鼓动着他大声嚷嚷："根据第一个发现者的权力，东面的湖命名为'俄罗斯人湖'，西面的湖命名为'考察队员湖'。"

哥萨克们知道他闯的祸有多大，他们连提醒他的勇气都没有了。

普尔热瓦尔斯基就像换了个人，一整夜不休息，点着蜡烛写作。哥萨克们站在帐篷外默默祈祷。

"但愿他不要把今天的话写进书里。"

"我问过藏民了，冒犯玛曲结局很惨。"

"跟牛一样叫。"

"不是牛叫，是让水吹喇叭。"

"你是说大人会被水淹死？"

"淹死倒好呢，让水吹喇叭，呜呜，太可怕了。"

普尔热瓦尔斯基写到天亮，就开始发病，啃地上的土，鼻孔里都是土，地上啃出两个圆坑。

"那是两个湖。"

哥萨克提来水，馒头大的两个坑吸下去两大桶水。普尔热瓦尔斯基嘴里的土松开了，可以掏出来。整个人就像从坟墓里钻出来似的，他问大家发生了什么事。没人告诉他发生的事，大家不忍心他再受刺激。

他总觉得有什么事已经发生了。

返回俄国，回到斯洛博达村，当那个美丽的湖出现在眼前时，他的记忆一下子恢复了。他差点跳进湖里。迎接他的亲友拉住他。他们以为他要游泳。护送他的哥萨克告诉亲友：千万不要让大人下水，水会要他的命。亲友们不明白水为什么会伤害普尔热瓦尔斯基。哥萨克不肯多说，第二天他们返回西伯利亚。

亲友们轮流看护普尔热瓦尔斯基，他始终找不到单独下水的机会。他的病无药可治，请过大城市的大夫，都没有用。他拒绝去欧洲治疗，他告诉大家："这不是病，这是艰苦的野外生活造成的。"这很容易让人信服。沙皇陛下一直关心他的健康，常派御医来。御医是不能拒绝的。他请求御医给沙皇陛下带一份报告，他特别叮咛御医："这是让我灵魂安息的妙方，希望沙皇陛下能答应我的要求。"

普尔热瓦尔斯基开始第五次中国之行，他向亲友告别时流下泪。村庄越来越远，只能看见那个明亮的湖，他再次涌出泪水："啊，别了，我的湖啊！"没有一个人知道他的心思，这三年来，大家跟看囚犯一样看着他，他根本无法下水。

他想念探险队那些小伙子，他们是他的孩子，他骨头里的骨头肉里的肉。他重新集合起他们，大家互相拥抱。然后出发。

在他的记忆里，除过库兰野马，拉萨和玛曲外，就是美丽的伊犁了，那深埋在中亚腹地的河谷之城，那灰蓝色的空气和高雅的风姿深深吸引着他。

探险队沿西天山行进，很快到达群山里的大湖伊塞克湖畔，他平生见到的最壮观最辽阔的高山大湖，简直就是大海，比里海、咸海、黑海、地中海更清澈更精致的蓝色大海，另一个名字叫热海，突厥语也好，汉语也好，他再也没有语言冲动了。那一刻，哥萨克们怕得要死，他们从普尔热瓦尔斯基脸上没有看出要给热海命名的意思，他们欢呼起来，普尔热瓦尔斯基感到莫名其妙。

最后的时刻就这样来临，这样也好，在如此美妙的湖畔结束自己的一生，这也是探险生涯中唯一没有杂念的地方。在湖边小溪里喝水时，他所冒犯的玛曲神灵一下子攫住他的生命。哥萨克们全都惊呆了，他们听见一声凄惨无比的金属般的吼叫；他们在西藏的寺庙里听过这种喇嘛教的铜号，玛曲的神灵一下子把普尔热瓦尔斯基吼爆了。嘭！跟气球爆裂一样。哥萨克们发疯似的奔过去，把普尔热瓦尔斯基抱在怀里，大人大人地叫着。大人只有出的气没有进的气，嘴对嘴人工呼吸不顶用。普尔热瓦尔斯基半睁着眼，只说出一句话："好啦，这回我要躺下了。"就闭上了眼。

对外宣布是患伤寒病身亡，那一带正流行伤寒。

普尔热瓦尔斯基最后一份报告转到沙皇手里，普尔热瓦尔斯基请求沙皇陛下保留中亚仅有的两个蒙古汗国。中亚所有的汗国全都划入俄国，剩下的希瓦和马鲁仅保留汗王称号。中亚总督考夫曼将军打来一份报告，请求废除汗王称号，直接划为行省。有意思的是，考夫曼的大军是沿普尔热瓦尔斯基探险队的路线前进的。沙皇最后还是倾向于普尔热瓦尔斯基。普尔热瓦尔斯基在报告的最后写道："仅有这点纯朴之地或许是对神灵的一种敬畏吧！"俄国的大军所向披靡，有什么可畏惧的呢？摘光所有的果子，树顶总得留下几颗。就留下吧，普尔热瓦尔斯基是伟大的。

沙皇刚批上手谕，就接到普尔热瓦尔斯基病逝的消息。沙皇大恸之后，为自己的决断感到欣慰，普尔热瓦尔斯基的灵魂可以安息了。沙皇下令，将伊塞克湖畔的小城卡拉科尔改为普尔热瓦尔斯克。

第七章

现在春暖花开，百鸟和鸣，

正是竞技驰骋的大好时光，

人家都在家乡享受团聚的快乐，

扎格勒怎么不怀念乡土的温暖。

——摘自《成吉思汗的两匹骏马》

阿连阔夫好几年以后才知道红军攻入希瓦和马鲁的消息。他在督办公署被软禁了好几年，世界上发生了好多事情包括红军攻入希瓦和马鲁。他决定回国，去热海边那个小城，去安慰普尔热瓦尔斯基，只有他，阿连阔夫才能使普尔热瓦尔斯基的灵魂安息。

他再也没有英雄气概了，他在街上碰到不少老部下，他们统统归化了，做生意教书日子过得很好。有些人回国，俄国改成苏联了。阿连阔夫皱皱眉头，布尔什维克把整个国家给变了，俄罗斯帝国永远成为历史，他是历史上的人了，他觉得自己活在新时代有点滑稽。他还是忍不住打听国内的情况，俄罗斯，万老的罗斯，波罗的海，黑海，以及辽阔原野上的滚滚麦浪不断涌上心头。他听到的情况很糟，物价暴涨，商品奇缺，农村大饥荒。

“不如新疆，比迪化更差。”

总之，回去的人又返回新疆，都说这边日子好。这一点阿连阔夫是相信的，他做囚徒的日子都比在国内强，想起那丰盛的伙食他喉咙就痒痒。大家归化就归化吧，安安心心过日子比什么都好。

阿连阔夫以前在迪化郊外埋藏许多枪支，他全交给警察了。他还知道许多潜伏的白卫军，他去动员他们交出武器，那些人还听他的。督办老汉很高兴，下帖子请他去吃饭，他接过帖子，写上：“谢谢！我一个老百姓不吃官宴。”督办老汉接过帖子说：“娃学乖啦，懂事啦。”

阿连阔夫在大街上碰到杨飞霞，差点认不出来，堂堂中将已变成一介平民，一身布袍，一把长须，像个道士。杨飞霞哈哈大笑：“我就是道士。”

杨飞霞邀老朋友屋里坐。他们上妖魔山[①]道观，边喝茶边聊。

“你是新疆军界的顶梁柱子，怎么退伍呢？”

“督办以无为治天下，土匪打光了，白卫军也归化了，最优秀的军人反而惹麻烦，只好自动退职。”

“你甘心吗？”

“边疆不比内地，容易引发战乱，百姓就会遭殃。试想当年谁不是英雄气概热血青年。平心而论，维持新疆这个局面，非督办大人不可，杨某个人得失，何足挂齿。”

“我以为你是韬光养晦。”

杨飞霞让阿连阔夫看他的手艺。柜子里全是丸药，阿连阔夫吓一跳，他怕大烟。杨飞霞告诉他：这是中国的国宝——中药。

“你们的药怎么都像大烟？”

“这是丸药，英国人投其所好，把毒品也弄成一丸一丸，叫保神丸，其实是散神的。”

杨飞霞生意不错，阿连阔夫亲眼看到取货的人整箱整箱往外搬，挑夫挑着下山。阿连阔夫谈到萧耀南，杨飞霞就闭口沉默，最后还是淡淡一句：“不在其位，不谋其政，君子洁身自好。”下山时杨飞霞似乎知道阿连阔夫要去干什么，他劝阿连阔夫不要介入新疆的政事。阿连阔夫反而讥笑杨飞霞太消沉，没有凌云之志起码有正义感吧。

阿连阔夫就是个有正义感的人，他登门拜访萧耀南。老谋深算的萧耀南也算不出这个俄国人要来干什么，阿连阔夫直话直说：“萧先生是新疆最能干的政治家，韬光养晦世人皆知，可萧先生知道不知道革命会引起动乱？”

---

① 妖魔山：乌鲁木齐郊外一座山。

“看来督办大人的鸦片烟很管用呀。”

“什么意思？”

“督办大人给谁都是这一套，新疆就是中世纪，从个人名位上讲，我萧某官场很走运，我是为新疆各族考虑，把新疆引入新时代；新世纪已经二十多年了，新疆还这么落后，让人痛心哪。”

“你能肯定你把握了新时代？”

“现代文明的成就在那儿放着，你知道的比我们中国人更多，你这不是明知故问吗？”

阿连阔夫就笑了：“我发现爱激动的人都很幼稚，你的幼稚跟你的年龄阅历很不相符，老谋深算的幼稚我还是头一回见识。”

阿连阔夫回国不久就被捕了，非常幸运，处决他的地点在伊塞克湖边，离普尔热瓦尔斯基墓地不远。

那是一个阴冷的下午，白天鹅盘旋在群山湖泊之间，空气显得很亮，他仿佛看到他美丽的奥杰塔。公主汇来大笔钱等着他去巴黎会面。俄罗斯帝国消失了，复国之梦破灭了，他无颜见公主，他的心灵世界只剩下少年时代的普尔热瓦尔之梦，为圆这个充满青春气息的梦，也为了安慰普尔热瓦尔斯基的亡灵，他回到俄罗斯，见到天鹅如同见到公主。枪响的时候，他正陷入梦幻，笑容非常灿烂，在阴冷的下午，这种笑容如同阳光。

阿连阔夫离开新疆前告诉督办老汉，萧耀南爱激动，给他吃点大烟。督办老汉想来想去就是想不起萧耀南爱激动，萧耀南从来没有激动过，一个很狡猾的人是不激动的呀。俄国人搞不懂中国人。

督办老汉不但没有给萧耀南吃大烟，反而派人送去五千大洋。萧耀南掂了掂钱袋子，破例收下了。萧耀南从不收钱，谁的钱都不收，督办老汉给他送过三回钱他都让下人送回去了。这回萧耀南很痛快地收下了。督办老汉心安下了。有些人吃大烟，有些人吃钱。

两个月后，萧耀南发动政变，刺杀督办老汉。萧耀南在督办公署只待两小时，就被督办老汉的部下金树仁打败了。金树仁拿萧耀南的人头祭了老督办的亡灵，自己做了第二任边防督办。

金树仁处处学老督办。政治是不能模仿的，照猫画虎，结果画出一只老鼠，新疆大乱。金树仁逃亡途中做了一件好事，苏联政府提出出兵帮助金树仁夺回迪化，金树仁很豪迈地说："我不能仰仗洋人坐天下。"回中原坐了两年蒋介石的监狱。

新疆各地人民迎来了民国史上最阴险最残忍最能干的军阀盛世才。

古尔图荒原

坎土镘

父亲到林带里烤太阳去了，太阳是他的电疗器，他身上的零件全被岁月摧毁了。最辉煌的日子里父亲每天开荒四亩半，班长把他当王牌军，四亩三分半的纪录是老英雄郝世才在南泥湾创下的。那时父亲以为坎土镘是金子铸的。父亲的父亲给他讲过穷人们津津乐道的民间故事：泥土里有金子。古尔图荒原的金子跟别处的不一样，有史以来这里只长野草不长庄稼，坎土镘像父亲的胳膊深深掘进荒原深处，庄稼长出来的时候，班长提为排长，排长提为连长。最早开垦出的地方成为垦区中心。首长问父亲："愿意不愿意待在团部？"父亲说："咱愿意开荒，哪儿有荒地咱去哪儿。"首长说："这同志是老实人，干革命就要老实人。"首长说："回去跟家里商量商量。"父亲说："没啥商量的，媳妇听我的。"那时，姐姐王慧正在妈妈肚子里潜伏着，随时有爆炸的可能。妈妈说："团部这地方是咱开出来的，咱就住这。"父亲说："首长没这么问咱。"妈妈说："自己的事自己说啊。"父亲说："连里开会，大家争着当先进。"母亲说："过日子跟打仗攻山头不一样！”“哟嗬，我打了八年仗不知道攻山头？”父亲对母亲来了一通女人头发长见识短之类的传统性训谕，准备打点搬家到古尔图最偏远的连队一显身手。

七连是新组建的连队，连长、指导员、排长、班长等人选是团部反复开会研究决定的。父亲带着他美丽的老婆来到荒原的尽头，第一个到达此地。十多天后，来了河南人老李，王排长和他老婆苏惠。这是七连最早的三户人家。河南人老李跳下毛驴车破口大骂，大叫上当。报名来七连的五十户人家，只来了他们三家。西安人苏惠埋怨排长：“给你说你不信，这个先进当不成，落后分子全留好地方好单位了。”

后来父亲不止一次地对我说，他当时心里发毛了，毛得厉害。我问他有什么感觉，父亲说：“就像中敌人的埋伏。”父亲从此再也没突围出来。河南人老李西安姑娘苏惠都没有突围成功。父亲说：“那么多年仗白打了，打胡宗南，打马步芳，打美国鬼子，打李承晚，打到古尔图给败了。”父亲一败涂地。新连长上任，父亲打头炮提意见，连长点根烟，很大度让父亲发邪火。发邪火的结果，连首长也怀疑他过去开荒四亩半的成绩是否真实。首长在七连干部会上不点名地批评了他。苏惠的丈夫王排长把这消息透露给父亲，父亲高兴坏了：“我成落后分子了。”苏惠阿姨说：“乡党甭高兴，你落后得不是时候，你以为你这么一落后就能过上好日子？”父亲说：“思想好技术硬的都往艰苦地方打发，咱这回思想不好了，技术不硬了，咱当一回毛驴子，咱不当高头大马了，他硬叫咱驾大辕？”苏惠说：“人家不会让你离开七连。”王排长说：“七连是最边远的连队。”父亲只高兴了五分钟，母亲叫他回家吃饭，苏惠对母亲说：“你老头跌个狗吞屎还以为赚了大便宜。”母亲说：“他想日鬼叫鬼把他日上了。”父亲气得满脸乌青，母亲打他一下：“真叫鬼捏住了，捏成茄子啦。”

父亲的脸再没有红起来。指导员找他谈话：“老王同志，你是咱团的英雄，四亩半是你创的纪录，古尔图快成南泥湾了。”父亲说：“在团部那边开四亩半，在七连还想叫我开四亩半？”指导员慢条斯理：“工作你得干么。”父亲说：“谁说我不干工作了？我歇两天病假就叫不干工作了？”指导员说：“就是么，别人瞎说我就不信，老王同志再落后也落后不到这种程度。”那天，父亲上工很晚，父亲把坎土镘扎地上卷莫合烟抽，连长很着急：“指导员你咋做的思想工作，你看他那样子。”指导员说：“能把他牵到地里就很不错了。”连长说：“纪录一旦打破就要保持下去，大家都盯着他。”指导员说：“我在团部看过他的材料，他边疆两年保持这个纪录，古尔图的第一块地就是他开的，他已经习惯了，干不够这个数他自己会难受，我们不用逼他，把他牵到干活的地方就行了。”

父亲知道连长、指导员在讨论自己，谈些什么他不知道。他吐掉烟蒂，抡起坎土镘，脚下的地吭吭响起来，像老头打咳嗽，土块冒着白烟，白烟消散，落在父亲身上却成了黄色，那是土地的原色。不时有石头跳出来，父亲总要踢石块一脚，父亲说：“坎土镘就像我的腿脚，从团部到七连，我坏了十多条腿脚。”父亲挖地时格外小心，总是绕过石块，石块埋在土层里，总有碰上的时候，坎土镘碰上石块，他总要难受好半天。其实他不用这么难受，十多条坎土镘都用坏了，他的手脚好不到哪里去。父亲蠕蠕而行，宽阔的田野在他身后展开。连长、指导员手搭额头，父亲到了视野的尽头，黑黑的一块，那块黑影是土地和戈壁的界桩。荒原从这里开始进入戈壁，泥土消失，岩石泛滥，坎土镘伤痕累累。他对自己说：“我再也不换家伙了，好歹就是它了，老伙计，跟我在一起吧。”坎土镘伤痕累累，躺在旷野里，一边是石头一边是泥土，父亲并没有感觉到自己的伤痕。十多条坎土镘用坏了，他本人好不了多少。好多年以后，父亲上了年纪，皮肉松懈，早年的伤痕纷纷扬扬弥漫父亲狭小而苍老的躯体。

父亲当时一点也没有感觉到自己的伤痕。父亲替他的坎土镘难过。他干吗要把地开到田野的尽头呢？应该在戈壁和田野之间留出些空地，这样戈壁滩的石头就伤不着泥土了。明明知道石头堆里不长东西，自己偏去碰石头，而且是全世界最大的石头，据读过书的儿子说那块石头有十五万平方公里，父亲说：“比北塬大？”儿子说：“北塬算老几？还没新疆一个公社大！”父亲知道他碰到的石头非常大,大得厉害。老王不是鸡蛋。谁说碰石头的都是鸡蛋？放屁么。老王不信这话，至死不信，尽管他破碎得七零八落，超过任何一颗鸡蛋。

那年秋天，父亲老王在地头看他的坎土镘，足足看了两个小时，老婆唤他吃饭，他才站起来，他对老婆说：“轧轧钢还能用，小看我老王么，四亩半算个屁。”老婆说：“咱家都要住这了，别让人家说闲话，你又不是真心落后。要真落后在团部总场时都落后了。”老婆到地边看丈夫开出的地，那一大片灰黄的土块是丈夫硬从荒原里挖出来的，闲置一个冬天，开春就可以种粮食。老婆说：“别人比不上你，你挖得又多又好。”丈夫说：“十多把坎土镘用坏了，这里的地像老鳖，它们能咬下铁块。”丈夫说：“我不想再换家伙了，好歹就是它，这把能陪我到底。”

接着天就黑了，往回走的路上，什么也看不见，尘土在脚下噗儿噗儿响，土末子埋住脚踝,有时深达小腿。老婆说：“这里的土能把人埋了。”丈夫说：“土都能埋人，不管你走到哪，你以为土里光长庄稼。”丈夫说：“土馋着哩，它们吃了我十几条坎土镘。弄不好连我都会吃掉。”“别说了。”老婆叫起来，很快就不叫了。他们闭上嘴，尘土又深又烫，他们走了很久，回到家里，灯光一照吓一跳，他们就像从墓坑里跑出来的一样。

丈夫说：“那天首长批评我，我心里没鬼，可脸上眼睛里全是鬼，我搞不清，鬼是打哪来的。”老婆说：“你显出来了，没法抵赖。”丈夫说：“我心里实腾腾的。”老婆说：“那就要在脸上眼睛上下功夫，不管你心里的鬼有多大，脸上没有眼睛里没有，别人就相信你。”丈夫说：“我今天开这么大一片，四亩地不止。”老婆说：“问题就在这里，以前你不知道你能开多少地，你一下就创了纪录，那是你自己情愿下力气，后来情况变了，总场那边成了热闹的市镇，心眼活络的人想方设法待好地方，没人到偏远地方，咱们来到七连，咱们以前开出的好地方让心眼多的人住了。说多少好话都没用，你现在不是心甘情愿开荒挖地。你心里想的跟以前不一样了。”丈夫老王说：“你念过书这些话让你一说就清楚了。”丈夫老王说：“我用坏了那么多坎土镘。”老婆说：“以前你从不提它们。”丈夫说：“它们一口一口把生土嚼成熟土，熟土才能种粮食。地开出来了，它们缺胳膊少腿成了残废。”老婆说：“你比它们伤得更厉害。”丈夫说：“谁也伤不了我，我打了八年仗，跟我一起当兵的全死了，我不但活着，子弹连碰都没碰我。”

“这可是古尔图荒原。”

“古尔图咋啦？”

“自盘古开天辟地古尔图一直是荒原，十条坎土镘能把它怎么样？”

“团部那边早成良田了，七连明年就能种粮食。”

“可咱们的日子反而不好过了。”

丈夫老王变哑巴了，推开门到外边看茫茫黑夜。古尔图荒原躺在黑夜里，夜色仿佛荒原的呼吸，在悄悄地起伏着。丈夫老王又回到房子时，老婆的一双眼睛亮光闪动，亮光下边是白净的脸盘，丈夫老王站在光圈边上，老婆说：“嫌黑就点灯么。”丈夫老王看老婆脸上的银盘和银盘上两只亮闪闪的眼睛，丈夫老王说：“点灯做什么？这房里很亮。”丈夫老王坐下。“外边黑乎乎啥也看不见，白天开的地方连种子都没有。”老婆说：“明年春天才能长庄稼，心急没有用。”丈夫老王说：“总场那边苇子高得跟树一样，那边的确是好地方，能长苇子的地方肯定能长粮食。”老婆说：“这里也能长出好田禾。”丈夫老王点根烟抽。老婆说：“古尔图变成了良田，咱们的日子反而不好过了。”丈夫老王说：“你念过书，你给咱说说，荒原不荒了，日子为啥不好过了？”老婆说：“刚开始这里没有人烟，跟原始社会一样，大家齐心协力征服荒原，征服荒原以后，就要安家过日子，各人替各人打算，打算好的人留在好地方好单位，没打算好的人去偏远地方。”丈夫说：“咱压根就没打算么。”老婆说：“所以咱就到七连来了。”老婆说：“上学时老师说过私有制的产生，课本上的东西没印象。”丈夫老王说：“继续开荒么。”老婆说：“没这么简单。”丈夫说：“不就是比心眼多的人多干一年吗？我不信一点亏能把人吃死。”老婆说：“亏能把人吃死。”丈夫老王把烟丢在地上用脚尖踩。老婆说：“我不是跟你抬杠，有些亏吃再多没事，有些亏一点也不敢吃。那天你脸都气青了，死人脸才是青的。”丈夫老王说：“后来我不是好了么。大家都说我只青了一刻钟就红起来了。”老婆说：“别人只看你脸上那层皮，我是你老婆我能看到你里边的肉，你里边是青的。”老婆把蜡烛和镜子拿过来，老王扶着老婆的肩膀瞧那块手片大的小圆镜，他的脸在镜面上果然露出青色，像河底的淤泥，沉在微红的皮肉底下，丈夫老王吸口冷气：“跟瘀血一样，这么厉害。”老婆说：“你光想着用坏的坎土镘，坎土镘用坏了可以轧钢，你坏了咋办？”

第二天，丈夫老王在田间地头捡了好多用坏的坎土镘，把它们堆在自己家门口。他还到总场去了一次，那里用上了拖拉机，几百亩大的方格良田框在林带里，看不出拓荒时代的零散星象，连他开的地他也认不出来了，丢掉的坏坎土镘根本找不到。回来的路上，他对别人说：“那是他老王的骨头。”别人说：“早化在土里了，找它干吗？”丈夫老王两手空空回到家里。刚刮过一场大风，他捡的破坎土镘埋在尘土里。丈夫老王点根烟，抽几口，突然一下就失去了清理灰尘的念头，他蹲在地上，脚边的尘土底下埋着用坏的坎土镘。老婆从屋里出来问他总场的情况，他支支吾吾，像做了亏心事，老婆说：“你咋啦？”他指着那堆破玩意儿说：“它们啃了那么多土，用坏它们是应该的。”老婆说：“你有心思心疼它们？”他说：“我只用过它们，它们又不是我身上长出来的，心疼它们干啥，我才不心疼它们哩，它们挖了那么多地，它们不知道古尔图的土坷垃个个是老鳖，能吃铁块。”丈夫老王洗脸漱口，端上老婆递来的热面条，那时老婆已身怀六甲，丈夫老王边吃面条边给老婆讲河里的老鳖，娃娃们在河里玩水，上岸时老鳖会咬他们的小鸡鸡，娃娃到了野地要当心。丈夫老王总以为老婆肚子里怀的是儿子娃，很担心娃娃的小鸡鸡。老婆说："古尔图的土坷垃又没咬你鸡巴，你怕啥！”丈夫老王说："古尔图咋啦，子弹都咬不了我，古尔图能咬的尿毛。”

地里的石块在老王眼里成了可恨的老鳖，他用坎土镘狠劲地砸老鳖，老鳖不缩头，咣一声射出细密的火星，一闪即逝，坎土镘卷刃，他换新的，换多了，保管员不高兴，他拍拍保管员的后脑勺："不要不高兴，坎土镘啃石头费牙齿。”保管员蒙头蒙脑。老王说："地里不能有石块。”保管员说："那当然，地要长粮食。”老王说："还要打墓，风水好的墓地没石头，全是软酥酥的湿土。”保管员说："不是湿土是干土，墓道干爽棺材存放时间长。”保管员说："你这毛驴子，我咋跟你谈这种混账问题，你犯神经病是不是？”

父亲老王就这样随随便便说出了他自己的结局，好多年以后，他躺在自己开出的地里，那块地低洼潮湿，墓地很快长满苇子，我们不断加高墓堆，苇叶总是死死地堵住光线。父亲老王临死前留下遗言，他的墓不能叫荒草遮了。墓堆是亡人的头颅，遮在荒草丛里像什么话？我们用石块垒起墓堆，荒草和苇子再也遮不住父亲的头颅了，我们可以在很远的地方看见父亲墓堆上的石头。

当年，父亲很随便把石头当作老鳖，绝没有想到它那么凶，三天两头咬坏他的坎土镘。保管员把这情况报告给连长，连长火了："坎土镘是挖土的不是挖石头的，这不是破坏公物吗？”连长赶到地边，看见指导员端着照相机给老王拍相片，连长说："收拾这毛驴子还用拍片子？”指导员问他想干啥，连长挽袖挥拳，指导员说："支边青年明天就到，这镜头有用哩。”

迁 徙

内地的支边青年源源不断，七连人也多了枪也多了，连长、指导员派头十足召开誓师动员大会，主席台上放着一堆用坏的坎土镘，那是父亲老王开拓荒原的见证。小伙子们脸红了，脖子粗了，热血哗哗响。

队伍开到荒漠边缘，父亲老王打头阵，那股疯劲看得小青年们咂舌吸气。他们在课本上学过英雄郝世才每天开荒南泥湾四亩三分半的事迹，事迹在他们眼前展开，一直展到荒原尽头，他们目睹了大地的能手。父亲老王在他们心目中当了两礼拜英雄。那些日子，他们天天围着父亲老王，他们把父亲老王当作神话里追赶太阳的夸父，他们当中有才能的人绘声绘色地说："我们看见太阳从你的背上滚向地平线，大地就出现了。"

那些日子，父亲老王享受了许多赞誉，甚至香烟和饼干。连长、排长们眼馋吞口水。父亲老王仅仅风光了两礼拜。第三个礼拜，上帝厌倦了，小青年们被分到各排各班，扛上坎土镘开进荒原，荒原开始袒露它的真实面目，他们在短时间里经历了原始先民数千年的艰辛和劳累。父亲老王再次出现时，他们远远躲开，他们说他们看见荒原从父亲老王身上展开，伸向无边无际的远方。连长给他们的指标是荒原的边缘。两礼拜前，他们是荒原的观赏者，他们用肚子里干巴巴的几滴墨水拼命地构筑荒原的原始美感，诸如粗犷之美，阳刚之美，狞厉之美，一旦他们走进荒原，什么感觉都没有了。父亲老王走近他们时，他们一哄而散，散入荒原的角角落落。十多年后，他们才钻出来，搭车去乌鲁木齐，乘火车离开新疆，后来据他们讲，车过河西走廊他们才摆脱父亲老王的追赶。

我大声说："我爸十年前就死了，我爸活着也不会追你们到河西走廊。"

他们说："古尔图荒原太大了，好像全世界的土地都在那里，都是你爸开出来的，我们总是把古尔图跟你爸混在一起。”

他们当中不乏具有艺术细胞的人，他们指着坡坡坎坎上的白石头说：“那就是你爸！”

“你们竟敢搬我的祖坟？”

“你别误会，这是我们离开古尔图时在路边随便捡的。”

我们凑过去看那块石头，石头裂好多缝，缝隙里沾满尘土，那些人说：“我们就是这些尘土，我们最美好的时光是在古尔图度过的。”支边青年人及后来的下乡知青，都难以忘怀与泥土融为一体的日子。那种感觉近于童贞，后来他们返回故里，荒原成为记忆。他们说：“所有的记忆都是尘土。”他们当中很少有平庸之辈，他们当中有画家，有诗人，有作家。

画家给我看他的组画《荒原景象》，第一幅画上画着两棵纤弱的树，彼此离得远远的，矗立在灰茫茫的原野上，背景是绚丽多彩的夕照。画家说：“一棵是我，一棵是我女朋友，那落日是我们的梦。”他又让我看第二幅画，画面上有一棵干瘦的牧草，灰尘弥漫了空间，一片灰黄。画家说：“女友沦丧，我不再是树，我变成一棵草，让泥土融化我，没有水分我融不进大地，我想让篝火烧毁，可地层的岩浆与我无缘。”“天上有雷电啊。”“电火只能击燃树，我早就不是树了。”画家拿出最后一幅画，画家指着画面上干裂的土地说：“那是我的嘴唇，它们一直龟裂到我的心底。”“你没有喝过天山的雪水？”“喝过，喝了十年，这种干渴是雪水浇出来的。古尔图的苇湖和牧草全都喝天山的雪水，可古尔图是荒原，古尔图的嘴唇是干裂的。”画家收起画册，画册上有一层灰尘，画家说：“我早就不是画家了，大家叫我画家就因为我不再干这营生。”

“你现在干什么？”

“去澳大利亚。”

“去发财？”

“不，是回家。”

“回家？”

“那年，我们离开上海去支援大西北，车子把我们拉到古尔图，我们到古尔图那天，正是加加林登上月球的日子，我们看到的古尔图就是月球。”

画家的声调比月球更荒凉，他的喉咙里全是石头和沙子。

“那天，我们忽然想家，我们把又圆又光的石头抛到空中，以为那就是月亮，月亮落在地上，我们的心就凉了，后来，我们见到那个开荒四亩半的老头，对不起，那时我们不知道他是你父亲。”

画家闭上嘴，我说：“你接着说，我父亲怎么样？”画家不愿意说我父亲，画家说：“我们知道这不是家，家不会在古尔图荒原。”

“你们好多人不结婚，就盼着回老家。后来你们都回去了。”

说这话时我的舌头很大。我母亲十六岁那年离开老家，来到古尔图荒原，多少年来她含辛茹苦，为的就是让她的孩子离开荒原。我和姐姐王慧考上大学，离开新疆。姐姐王慧在美国麻省理工学院攻读航天动力学，成为宇航员进入太空。我大学毕业任职于北京一家报社，到大江南北去采访各行各业的明星，他们都是出类拔萃的人物，眼前这位画家就是近年来的画坛怪杰。

画家说：“我们并没有真正地离开荒原，我们回到上海才明白，这里早就不是家了，真正的家十多年前就消失了，古尔图一直在我们身后，从我们的背后展开，一直铺展到上海，有些人去日本，去澳大利亚，古尔图的大地就一直铺到那里，古尔图已经成为我们生命的空间。”

画家又说：“其实你想从我嘴里打听摆脱古尔图荒原的路径。”

我大吃一惊，这种想法好多年以后才能从我的脑仁里发芽，我对画家这种揠苗助长的做法非常生气。他也意识到了这一点。他说：“你有点小难受，这是难免的，艺术家的思维总是超越时代几十年或者几百年，你写小说就应该习惯这些。”我很快就习惯了，并且承认我确实有这种想法，画家说：“这种想法很危险，根本就没有摆脱古尔图的路径。”我大声问他：“那你干吗回上海，干吗去澳大利亚？”画家说：“那只是拉开距离，空间大一点，不至于窒息。”画家给我一本书：《我的财富在澳洲》。“我朋友写的，艺术品只是藏身之处不是途径。你又吃惊了，你以为你姐姐王慧当宇航员飞上太空就算离开古尔图了？那是做梦，那只能扩大古尔图的面积。”

画家打开箱子，取出那块石头，画家说：“这是我的肖像，你刚才看到的树和草是我的过去，你瞧这块石头多么荒凉。”

“跟我父亲墓地的石头一模一样。”

“我们第一次看到你父亲开荒，还以为大地从他脚下诞生呢，原来是荒原在诞生。”

1954年秋天，父亲老王带着美丽的妻子来到古尔图荒原，于是荒原变成了丰饶的沃野，那里长出大片的玉米，大片的麦子大片的棉花和向日葵，生土变成熟土，他们跟庄稼一样长出一群娃娃。这就是故事的全部。

我要讲的是故事以外的事情。我对画家说：“你们看到的坎土镘是我父亲故意弄坏的，他想离开那地方，或者干技术性的工作。”

画家眼白很大，屋里所有的人眼白都很大。

我说：“他亲口对我说他中了埋伏。”

大家哟一声乱了套：“我们也中埋伏了。”

画家打开画册，给大家看智利画家何塞·万徒勒里的木刻画《迁徙》，画面是一版褐红色大海，鸟群飞过浓云飞向新大陆。画家说：“我一直以为鸟群迁徙的是生命，没想到它们是在突围。”

海面和天空都是褐红色，深重的色块把鸟群挤出空间。

十多年前，父亲老王在古尔图荒原碰到转场的哈萨克牧民，那宏大的场面把父亲震撼了，牧民们告诉老王，他们从额尔齐斯河那边转到天山里去。父亲老王从滚滚烟尘中得到某种启示，回家告诉老婆，老婆非常激动。“你说他们像鸟群往山里去。”老婆双手绞在一起，在屋里来回地走，并且推开了窗户，“当年咱们就是这样离开北塬到古尔图来的。”

那时，少女王慧已经出生，趴在母亲怀里吧唧吧唧吸奶水，这种响声包含了某种生命的东西，他们两口子唯一能迁徙的就是这小东西。他们很羡慕那些逐水草而居的哈萨克牧民。老婆说：“我们挪几步都不行。”丈夫老王翻箱倒柜找值钱的东西，找半天才知道自己家三代贫农，箱底压的全是军功章，这东西不好送人。老婆从自己的小包袱里找出一副玉镯，丈夫老王小心包好，连夜赶到总场。老王不少战友在总场大小是个头目，人家客气一番，收下东西，答应帮忙。于是有了希望，老王和老婆眼睛光亮光亮，看见马群穿越林带，他们停下手中活儿遥望总场，直到马群散入芦苇丛。老婆说：“去不了总场，离开七连也行。”好几个月过去了，老王屁股发烫，坐不住，搭顺车去总场。老战友说：“你在连里咋没人啊，我这边说话，下边也得有人说话么。”老战友压低嗓子如此这般地开导一番，老王嘴巴也张开了，眼睛也张开了，脑壳上的洞洞都张开了，老战友吓一跳，老王离开后，老战友对老婆说：“这家伙，脑壳里全是石头。”老婆说：“他那吃惊的样子像是开窍了。”老王再次带东西来时，老战友说：“关键是七连的头儿，咱是自己人，不兴这样。”老王很激动。老战友说：“老王啊，你是我的老部下，我得给你说说私房话，屯垦戍边不单单是扛起坎土镘挖地，我发现你有些方面很荒凉，生活的内容很辽阔很丰富。”老王啊啊应着，眼也不眨，老王心想老战友说的那种辽阔那种丰富总不会超过古尔图。老战友说：“把你那些荒地开出来，不要叫它荒了。”

1954年秋天，父亲老王带着美丽的妻子来到古尔图荒原，荒原很快成为沃野，他一直开到七连，那里距总场一百公里，父亲发现时已经来不及了。

老王把老战友的话对老婆说一遍，老婆说："人家是好心，关心咱才这么说。"老王说："我真像他说的那样？"老婆说："好人都这样。"老王说："你跟我还有啥过头，你干吗待在荒地里？"老王扯头发敲脑壳，手像啄木鸟，老婆吓得直掉眼泪，老王说："地开出来了，咱自己反而荒着。"老婆翻箱倒柜，取出一枚金戒指，那是他们最后的财富。

丈夫老王小心翼翼揣在胸口，趁夜深人静穿越好几家房子，摸到连长家，那情景很像当年穿越敌人封锁线。老王四下瞧瞧，闪出林带，一推门，门开着，窗户上打出一个女人的影子，那影子的声音明明是张班长他媳妇的。老王蹲在墙根儿打算等张班长媳妇离开再敲门，等半天，那女人没有离开的意思，后来灯灭了，屋里响声大作，老王听得心惊肉跳，赶忙捂起耳朵，我的天神，咱老王是结过婚的人，要是个毛头小伙子今儿非决堤不可。屋里动响了很久。弄一个女人咋这么长时间，老王等不耐烦了。连长舒出一口气。"你这二亩地还得我来犁，老张干公鸡干不动你。"女人说："你这牲口，讨了便宜就这么作践人，你想在老娘身上开荒种地？""说好的么要给我养个儿子。""你当老娘是瞎子，昨儿下午你睡了张月娥，又睡了张淑英，你种子金贵，老娘的薄地撒不起。""咱就要你这二亩地。"女人扯连长耳朵，连长发誓，今后再不乱撒种子了，专犁你这二亩地。女人满意地笑了："就是么，人家老王一天四亩半是开荒整地，你是压迫妇女么。"后来，屋里传出梦话和鼾声。老王不敢等到天亮，悄悄溜回家里。

第二天，老王一直跟在连长的身边，地里人多眼杂，不好开口，休息时，连长离开人群往苇丛深处走。老王悄悄跟上。连长七绕八绕进灰柳树林里解裤子撒尿，老王打算等连长尿完再到跟前去，连长刚尿完，柳丛里走出张月娥，连长嬉笑一声，抓住了张月娥，两个人开始狼吃娃。父亲老王把金戒指攥在手里，沮丧得无以复加。其实父亲完全可以随随便便把金戒指给连长，比如借抽烟点火的机会。父亲的心理负担太重，他把举手之劳的小事看得比当年开荒挖地还要重要。父亲亲口对我说过："你懂个屁，坎土镘是铁的，戒指可是金的。"那天，父亲老王在柳树林里目睹了连长的鸡巴，在未婚青年张月娥的身上开出丰饶的原野，父亲老王无地自容，他好歹还是个开荒能手呢。后来红卫兵大批连长的生活作风，父亲在群众大会上为连长说了几句公道话，都是人家找他，他没强迫，我碰见过两回：一回在他屋里，一回在柳树林里。连长会后对父亲老王说："你就不会躲远一点，你真的从头看到尾啊？"父亲老王点点头，连长顿足捶胸。老王说："这比坐牢可怕吗？"连长说："比下地狱还厉害。"连长有苦难言。连长正值壮年再也不能过性生活了，张月娥成了性冷淡，她丈夫百般爱怜，也无济于事。这是后话。当时父亲老王确实想用金戒指来贿赂连长，从连长身上下手，打开美好生活的局面。那天，父亲老王发现自己很窝囊，甚至不如一个女人，女人虽然下贱，但那二亩宝地年年丰收，他老王一片荒漠。后来连长骂他时，他很幽默："你的锤子就像我的坎土镘，开出的地比戈壁滩还要荒凉。"连长睡过无数女人，那些女人都没有做他老婆，连长是光棍。那天，父亲老王离开柳树林时恶狠狠骂道："狗日的连长，鸡巴迟早要折在女人二亩地里。"连长四十岁那年鸡巴自行萎缩。

老婆问他："连长收了没有？"老王说："连长开荒哩，忙着哩。"老婆说："再忙说话的时间总有么。"老王着急了："连长在娘儿们肚皮上抡斧头哩，一天日两个，四亩水浇地，旱涝保丰收。"老婆吓得吐舌头："真的？"丈夫老王端起碗闷头吃面条，白条子扯面甩来甩去。老婆小声说："不要脸的东西，咱不求人了，咱就待七连。"丈夫老王放下碗，抱起女儿王慧，把金戒指戴在娃娃手上。

"你爸没翅膀飞不起，我娃飞，我娃飞远远的。"

后来少女王慧留学美国麻省理工学院，专攻航天动力学，研究人如何离开地球。少女王慧进入太空后，回头凝望遥远的地球，灰黄的沙漠里她无法找到古尔图，父亲老王早把那里开成良田，少女王慧的记忆里，古尔图是一片荒原，好多年以后，她手指上依然保留着父亲老王套金戒指的神圣感觉。

那天父亲老王很难受，骑着大马一个人去荒原深处想心事。他开了那么多地，那些地早已长满玉米麦子棉花和向日葵，到七连这鬼地方他反而荒凉了，荒凉得像戈壁滩上的石头。上海来的小青年返城时就照他老王的模样找石头，带回去留作纪念。父亲老王在马背上摇晃了一天一夜，来到艾比湖畔，那里水草丰美，骏马嘶鸣，牛羊专心吃草。父亲老王跟放牧的哈萨克人一起待了三天，哈萨克人赶着牲口到果子沟去了，父亲一个人待在艾比湖边，荒凉之感油然而生，那是他在荒漠里待久的缘故。一场大风毁了父亲，鸟群飞越艾比时遭到了狂风的袭击，野地里落满折翅的鸟儿，父亲目睹了这惨烈的场面。回到家里，老婆和女儿等着他，他说："我亲眼看到了，有翅膀也不行，大风一吹翅膀就断了。"老婆说："这么说咱插翅难逃啊。"老王默然不语。那天晚上，月亮很亮，两口子很难入睡。那天晚上他们有了儿子，儿子一年后出生，三十年后写这篇小说。儿子成了作家。作家儿子听父母讲那些折翅的鸟群时，脸上冒冷汗。知子莫若母，母亲知道儿子心里很荒凉，尽管儿子极力掩饰说他的小说如何成功，可儿子说那些成功时眼神是冰冷的。母亲想起三十年前晚上，丈夫从艾比湖畔带回那个惨烈的故事，窗外的月亮又圆又大，他们两口子被月亮感动了，丈夫说："艾比湖就像这月亮。"妻子说："鸟儿都没飞过去，咱算了。"丈夫说："都怪风，没风鸟儿肯定飞过去了。"那天晚上没有风，月亮又圆又大，很像艾比湖，那天晚上他们有了儿子。三十年后，儿子从北京读大学回来成了作家，儿子的眼神跟三十年前的月亮一样无比荒凉，老两口慌了手脚，三十年过去了，他们竟然没有飞过去。

耍 猴

那天，去艾比湖的还有河南人老李，老李在湖边忙一天一夜，将折翅的鸟儿宰杀干净，沿途叫卖发了一笔小财。七连的头儿们都吃了鸽子肉。父亲老王对老李说他也碰到鸟群了，老李说你咋不整几个小钱，至少也该带几只尝尝鲜，鸟肉好吃。老王说："那么多鸟你咋给连长吃鸽子肉？"老李嘿嘿笑："过几天你就知道了。"连长排长们吃了一礼拜鸽子肉，全家都成了小公鸡，神情亢奋，女人们被折磨得卧床不起，大家才知道鸽子肉壮阳，比春药厉害。娘儿们要扯烂老李裤裆，连长不答应，娘儿们也无可奈何。老李成了七连第一个拖拉机手。上千亩地很快被翻一遍。当然，拖拉机只能在开好的地里驰骋了，开垦处女地还得坎土镘。

七连不需要再开荒地了，上千亩开垦地还有大片的林带挡阻风沙，有网格状的干渠支渠输送雪水。七连有了康拜因收割机，有了拖拉机，大家都想开机器，河南人老李捷足先登，成为七连第一个钢铁骑手。老李很高兴，摆上自制腊肉和老家的红薯干烧酒跟邻居老王碰杯，庆贺。老李说："哈萨克把艾比湖叫圣湖，鸟儿飞不过去，俺老李飞过去了。"老王说："圣湖是赛里木湖不是艾比湖。"

"你他娘的真不给面子，艾比湖是圣湖。"

"是圣湖是圣湖。"

"中，有你这句话俺跟你是朋友，来，干了，干了。胡大保佑哈萨，也保佑咱汉人，咱飞过圣湖了咱有翅膀了么，老弟哈萨的翅膀是什么？"

"是骏马。"

"咱老李的骏马是拖拉机。"

两个人舌头发硬说不出话，老王挣扎回家，老李满足得直哼哼。

第二天，父亲老王对老李说："昨晚喝多了，胡说八道你别当真。""老弟你昨晚够意思，艾比湖就是圣湖，鸟儿有翅膀都飞不过去，俺老李一抬腿就飞过去了。""你没飞过去，你还在七连。"老李很不高兴。"你白喝我的酒了。""咱都是有家有室的人了，干吗哄自己，你还在七连么。哈萨克转场要越过沙漠找到草场，老李你还原地没动么？"老李差点把拖拉机开进苇湖。

快入冬的时候，好几家河南老乡纷纷调往总场。老王对老李说："你们老乡从圣湖上飞过去了。""他们没去过圣湖，我去过，我捡了三麻袋鸟儿还发了财，他们离开七连就算过圣湖了？""在总场落户就跟牧人找到草场一样，算是飞过圣湖了。"河南人老李的脸成了青茄子。回家跟老婆一合计，老婆说："有这好事，老王咋不调总场。""陕西人都是木头疙瘩，哪比得上咱河南人，咱河南人可是玩猴玩把式混场子的。"

过三八节时，老李去总场串老乡，老乡以城里人自居，老李眼窝子发热，老乡们笑他成了猴子眼。"咱河南老乡耍猴不做猴。"

老李连夜赶回七连，老婆吓一跳："眼睛这么红啊，你成猴子眼了。""我是急成这样，我要耍猴，我不做猴。"老婆抖开一张红布，铺在小方桌上，两口子开始准备酒菜，宴请连长排长们。耍猴的红方布，一尺大小就行了，他们耍的是大猴，而且是一群，用的红布起码得桌面那么大。收拾停当，由老李挨家去唤人，不到半个小时来了六个刚好一桌。大家对红桌布很稀奇，老李眼神狡黠，大家谁也没往耍猴上想，大家喝得很痛快，女主人热情，男主人妙语连珠，连长们想起春天吃过老李的鸽子肉，印象很深。"我就喜欢在河南人家里做客，热情周到，敢想别人不敢想，敢做别人不敢做。"指导员说，"给河南人当领导你才能体会到领导的威信。"老李夹菜，老婆斟酒，老李对老婆说："这是首长对咱们的鞭策，咱们要把这项工作做得更好更深入。"老李的大舌头像电熨斗，把首长们熨帖得心花怒放，老李从连长们满意的笑脸上看到了自己美好的未来。好多年后，他儿子李钟鸣从王宁那里借来一本《被开垦的处女地》，他告诉儿子世界上最大的处女地在首长身上，把首长伺候高兴了，你就拥有最辽阔最肥沃的土地。那时李钟鸣一门心思要拥有老王的女儿王慧，对首长身上的田野不感兴趣，甚至怀疑父亲的伟大发现："爸爸你疯了，首长有什么田野，世界最大的平原在南美亚马孙河流域，首长站在那里就像一只蚂蚁。"老李扬手抽儿子两个嘴巴，儿子的嘴巴和鼻子喷出血水，血水从嘴角淌到脖子淌到胸口，跟大地上所有的河流一样越流越宽阔。受伤的李钟鸣摔门而出，在渠边冲洗干净，到营部大街上解闷，很快弄恼了几个小青年，李钟鸣一个对三，把父亲给他的皮肉之苦加倍地倾泻在这三个混蛋身上，成果辉煌，李钟鸣威震三营十八连。好多年以后，李钟鸣回忆他第一次在世人面前抖威风的情景，他挨了父亲的揍又去揍别人，揍得很顺手，他左眼挨了一刀，刀疤呈月牙形，令人望而生畏。当时他夺一把刀子，把他们一个个击倒，在他们每人的屁股上划一道口子，血口子跟娃娃嘴一样咕咕冒血泡。他以为事情扯平了，他压根没去想他所遭受的伤害。好多年以后他追求王慧失败，他回到千里沃野翻看《被开垦的处女地》，他一下子感觉到他的伤口就是世界上最辽阔最厚实的原野，多少年来他一直在开拓这块土地。所有的平原都是河流冲积而成，父亲老李两巴掌就犁开他心灵的荒原。

那天，河南人老李把连长排长灌得东倒西歪，大家都嘟囔着说老李是好人够意思，心目中有领导，大家走时都拍老李的肩膀。老李把首长们送上路，进屋两眼贼亮，把剩酒一扫而光，并且叮咛老婆，这块红桌布专门招待首长，一般客人铺塑料布就行了。老婆要买的确良的，老李说："招待外国总统，地上要铺红地毯，咱铺红布是国家元首级。"老婆说："咱老家耍猴用红布挑逗，你可不要日弄人，咱是讨好人家哩。"老李说："心里知道，嘴上不说，知道吗？"

老婆说：“我怕碰上猴王，人弄不过猴王。”“七连没鬼地方能有孙猴子？孙猴子在花果山。”

耍猴其实很简单，连长和指导员的菜园子里就能耍。七连街上有一个公共厕所，老李从那里淘来大粪，几天工夫把菜园子整得井井有条，菜畦平整，就长出红红绿绿的蔬菜。连长指导员两家菜园合起来不到四分大，经老李一弄，菜多得吃不完，连长老婆提菜送排长吃，大家都说老李有能耐，破园子整成了花果山。自老李在菜园里耍起猴子，公共厕所的大粪全归他使用。有几家人不服气，有尿有屎偏不上厕所，往大田里跑。老李知道他们妒忌，他们也想淘大粪，他们淘了大粪是往自己菜地里送，再把菜送到连长家里落人情，这手段哪里比得上他老李，他直奔连长指导员的菜园，把菜园弄成花果山，猴儿耍得天衣无缝。邻居老王对他说：“你这才叫开荒哩，老哥想当年一天四亩半是胡日鬼。”老李很谦虚：“咱比不了你，咱只能弄这三分地，老哥你是模范，赶上了气死牛郝世才。”“狗日的糟蹋你，小心老哥敲破你的西洋镜。”老王压低嗓门：“你这不是种菜，你是耍猴哩。”老李出一头冷汗，直愣愣看老王，老王说：“老哥心灰意懒了，要在前两年老哥跟你一起耍猴儿。”

老李回家对老婆说：“人家都知道了。”

“谁？”

“老王！”

“老王瞎折腾，知道个屁。”

老婆去领导家探虚实，一连几天，老婆把全连摸了一遍，大家都知道他们耍猴的目的是想离开七连。老李两口子的绝望是空前的，老李抽空去了一次总场，向那些成功的河南老乡求教。人家根本不当回事，谁不想巴结连长，谁不想离开七连，有贼心没贼胆罢了，老李茅塞顿开。“噢，都想巴结，就是不会巴结。”老乡笑了：“关键是咋巴结，他们知道顶个屁，不如你老李么，弄你的花果山没错。”

老李侍弄花果山之志愈坚。公共厕所几乎被他独霸，七连只有连长的菜园子葱葱郁郁，别人的菜园子日见荒凉，一家人的屎尿总是有限。存心捣蛋的人自己在屋后搭厕所，那只能框住大人，拢不住娃娃，到底还是街上的公厕方便。自从老李开始耍猴，公厕的粪池鲜有积货，茅坑干干净净撒有白灰。李钟鸣就是在这时候惹翻老李的。那时，李钟鸣已经大了，老爹低三下四，儿子看不惯，儿子偏不上公厕，房前屋后或别人家小厕所，方便完毕还要告老子一声，以示抗议。老李这回可不仅仅是抽嘴巴子，老李用绳子把儿子抽个四脚朝天，用皮绳抽打。老李第一次收拾儿子时儿子竟然说，最辽阔最肥沃的土地在南美亚马孙河流域而不是在首长身上，他让儿子的嘴巴和鼻子流出血，血水跟河流一样能冲积出大片的土地。人活着就是开拓这片天地，而不是邻居老王的四亩半。老李这个人很有能耐，自己的儿子难道比驯化猴子还难么？老家人驯化猴子可是一桩劳心费神的事，没一年半载甭想磨掉它身上的野气。那野物长年深居山林，跟古尔图荒原一样，要人一步一步开发驯化。老李每次去总场，总感觉到这地方像那野物，大家之所以喜欢往总场调，就因为那地方开发早，最早退掉了荒原的野性，它完全驯服了，居住在服服帖帖的土地上人才能体会到自己的尊严。就像领导都喜欢俺河南老乡一样，河南老乡越多越能体现出首长的权威。七连这鬼地方靠近戈壁沙漠，跟儿子一样欠打。老李的皮绳抽不出声音，儿子咬牙切齿喉咙里吭吭响没有讨饶的迹象，他希望儿子杀猪似的嚎几声，儿子不服软，老李挺难堪。儿子目光狡黠神情诡秘。我是你儿子你想打死我呀！没门，儿子一副无赖相。邻居老王推门进来。“钟鸣给你爸认个错。好汉不吃眼前亏，等你翅膀硬了再收拾这老东西。”李钟鸣歪歪嘴巴，里边流出一泡血水。老李说：“古尔图这么荒凉，老子都把它治服帖了，你这小杂种算老几。”一提开荒种地，老王不开玩笑了，转眼间严肃起来，说：“你说得有道理，娃娃也是一片荒地啊。”

老王技痒难忍，满街寻找儿子王宁，王宁刚从苇湖耍水回来，老王大声呵斥，儿子百般抵赖，老王用指甲在他胳膊上划一下，划出一道白印，儿子想跑，忘了老爸是战火里熏陶出来的，腿刚抬起来就被老子生擒活捉，压在地上，屁股蛋很快落满了结结实实的鞋印子。老王边打边骂，骂声里包含着深刻而粗暴的道理。古尔图的野皮就是这样剥掉的。老子打儿子，感染力极强，老头们都受过战火熏陶，捉儿子很顺手。

那天，七连热闹非凡，跟过年似的，家家院落有杀猪般的号叫。连长指导员们正在连部开会，研究春耕生产的大事，听到号叫，即派文书查看，文书领来老李，老李滔滔不绝，一番话说得连长们频频点头，都说以前小看你了李老，有人说你在领导的菜园子里修花果山耍猴子，我就不信么。排长们都说不信那屁话。大家都说老李的举动意义重大，开发古尔图不光光是种庄稼，庄稼地以外还有更辽阔的天地，老李同志就是这块天地的开拓者，其意义远远超过了老王当年的四亩半纪录。连长们在会上这么一讲，大家的眼睛哗一下雪亮雪亮。

这些天，七连的热门话题全是河南老李，邻居老王当晚请老李喝酒，喝到夜深人静，老王拍老李一巴掌："老弟你有门了。""你毛驴子少说屁话。"老李一脸正经，老王糊涂。"老李啥时候修炼成了佛爷卵子。"老李说："原先咱老李确实存心不良，狼走千里吃肉，狗走千里吃屎，老先人给咱的禀性一时半刻改不了，总想把人当猴耍。连长说得好，人在改造客观世界的同时也改造自己的主观世界；连长说人是猴子变的，我本想在菜园子里耍猴儿，没想到菜园子把我给进化了。"老王说："咱服你了，你一家伙就把连长三分大的菜园子弄成了皇上的十万里江山。"老李哈哈大笑，蚕豆花生豆嚼得嘣嘣响。老王说："咱老王只知道开拓古尔图，没想到还有比古尔图更大的天地。"老李说："谁说你不知道，你战友给你点过这一窍么。"老王说："心里没有，把脑袋戳破也没用。"老李说："古尔图再大再荒蛮，人也能把它开完治服，可人的心思比古尔图大比古尔图野。”老王说：“说来说去还是把人当猴儿要么，耍当官的咱没尿意见。”老王老李开始喝酒，老王心事重重，老李酒醒一惊，后悔说话太多。

王宁那时上小学，不知道自己身上有辽阔的荒地需要开拓，后来他上了大学，哲学老师讲苏格拉底的名言，“认识你自己”；外国文学老师讲雨果的名言，“世界上最辽阔的是天空和海洋，比天空和海洋更辽阔的是人的心灵”。大学生王宁噢了一声，脸上没有其他同学那种哥伦布似的惊讶，大家说他是木头，他说：雨果和苏格拉底没什么了不起，古尔图人比他俩深刻上千倍，他俩没去过古尔图。王宁把大家弄成一群呆鸟，自己扬长而去。

那天夜里，老王蹲地上抽烟，老婆说：“你耍不了猴儿就别耍，人家吃屎你就打尿颤，咋是这货呀？”老王被老婆三言两语说成了龟孙子，想想老李的得意劲儿，老王有些于心不忍：“人家要上一年半载就能调到总场。”老婆说：“总场是好地方，去好地方的路太难走了。老李走这条路，只怕老李人没到总场自己成猴子了。”两口子面临的是去好地方当牲口还是留在荒蛮之地做人的大问题。

第二天，老王跑一趟总场，回来对老婆说：“以前没发现，现在去遛一圈，那里的人全是毛驴子。咱还是死心吧。”

到了冬天，老李离开菜园子，准备让猴子过冬。老李在连长的屋后砌起猪圈，从总场老乡那里弄来三头乌克兰猪仔，猪仔长势良好，谁见了谁心疼。正月来临，连长们几乎能闻到猪肉的香味了。三头大肥猪让连长们过了一个又肥又壮的好年，来古尔图这么多年，大家还没吃过这么多的肉。大家好高兴，都说有老李在，总场都比不上咱这里。老李惊喜之下差点流出泪，大家再说一遍，老李清楚了，老李说：“咱这里比上总场了。”大家说：“这都是你的功劳。”老李说：“这里比上总场了，跑总场去做什么？”大家齐声附和：“就是，就是，有老李在，我们跑总场去做什么。”老李说：“真没想到这么快就到总场了。”

大家说：“这都是你的功劳。”老李说：“我没想要功劳。我只想待在总场。”大家说：“你没想要功劳反而立了大功劳，你没去总场，反而过上了比总场更好的日子。”大家给老李夹猪耳朵。老李喝多了。大家把酒瓶藏起来，给他杯子里倒醋，两杯下去，老李抱着肚子冲出去，他七拐八拐来到猪圈，朝里边倾泻污物，喜从天降，猪婆们从酣睡中惊醒，蜂拥而出，大嚼特嚼，嘴巴甩得震天响。

春节过后，老李挨着猪圈开始养鸡，春天是产蛋的好时光，大家都说老李成了猴王，美猴王七十二变，也变不过老李。五一节前夕，连长升任营长，调来的新连长住前任连长的房子，老连长外接工作时把老李介绍给新连长：“有老李在，你的日子不会比总场那边差。”新连长很高兴，当天就去看老李。老李知道这全是老连长的功劳，要不新连长上任伊始就来看咱一个小兵。

老李连夜打报告，全家人一高兴瞌睡没了。一直闹到天明。儿子李钟鸣说：“到了总场别给人家挑粪种菜喂猪养鸡了。”父亲老李说：“那当然，猴儿哪个能一路上耍，孙悟空有七十二变，你爸还没他一半。”

老李给连长递报告时很随意，哈哈一笑就行了，没注意连长脸上的表情。老李从连部给总场老乡打电话，说报告交给连长了，老乡问连长签字没有。老李捂住电话问文书连长人呢，文书说连长签字了，指导员也签了。老李情不自禁，对老乡说：“连长真是好人哪，把指导员都说动了。”老乡说：“你老弟的能耐大，哈哈哈。”搁下电话，老李兴致很高给文书一根红雪莲，文书说：“你老乡嗓门真大，哈哈哈跟锣一样。”正好连长进来，问文书：“你笑啥，那么响？”文书说：“我没笑，是老李的老乡笑，哈哈哈，跟锣一样。”连长有点吃惊：“有这么笑的？”文书说：“还是在电话里呢？真要站这大笑一通，咱们得跳起来，跟猴子一样跳起来。”老李忍不住朝文书吼起来：“放你妈的屁，人怎么是猴子，你说，人怎么是猴子？”连长说：“锣响猴子就挺高兴。”文书说：“猴子跟你们河南人是好朋友，有缘分。”连长说：“四川猴儿河南人耍，可惜我不是四川人，我真想做四川人。”连长是江苏人，尖嘴猴腮，站在人高马大的老李跟前像个小娃娃，老李竟然有点怕这小娃娃，小娃娃说：“老李他奶奶的，人高马大。”文书说：“不对不对，老李是驴，我是马。”文书是山东人，跟老李不相上下，但老李很圆，有几分驴相。连长说：“呵呵，我是猴子，文书是马，老李是驴，咱都成牲口了。”

老李松一口气，知道这全是玩笑。回到家里又觉得不大对劲，问老婆：“连长为什么说我是驴？”老婆说：“你犟，人家骂你哩。说你是毛驴子，你还听不出来？”“不是新疆的小毛驴，新疆驴跟狗一样。”“你该是口里的大叫驴。”老婆掩口大笑，边笑边上下瞧老李：“跟你几十年了，我花眼了，不细看还真看不出来，你还真有几分驴相。”老李颤抖：“真的？”“你发什么抖，又不是小毛驴，大叫驴名气不好，可模样排场，姑娘丫头喜欢这副驴劲。”“我真是大叫驴啊。”老李真的发抖了，“蠢驴蠢驴，驴子蠢啊。马，还好一点。马能吃能干，我是驴子。”老婆说：“是驴子不错，可你不蠢。”老李说：“我真有点怯那家伙。”

“谁？”

“猴子呀。”

“怯它干啥，再精的猴儿还不由人耍，这些天，你东奔西跑累了，人虚生疑心，好好歇上几天。”

老婆立马宰一只老母鸡，老李歇两三天，果然油光闪亮。老婆打他一下：“俺喜欢这大叫驴。”老婆记得二十年前在集市上，有人指着一个大个儿青年说那是她未婚夫，她直勾勾盯在地上，大个子的脖颈和身子浑圆跟圆木一样，那时她十六七岁，压根不会把大叫驴跟自己男人联系在一起。

老李赶到饲养室。畜栏里有一头大黑驴，是部队送的，干活很卖力。饲养员以为他要借牲口，跳上木槽要解缰套，老李忙拦住：“这牲畜好看。”饲养员说：“优良品种哩，昭苏军马场配的。”老李忙说怪不得呢，毛色这么好。饲养员：“再丑的驴子比马身架好，驴子模样儿好，说到底还是品种好。”“这倒没听过。”“驴日马下，骡子就是驴养的，骡子的力气是马的，模样儿是驴的。”饲养员的赞美话听得老李心旷神怡，老李终于说出了心中的秘密：“这牲畜挺聪明。”说完就盯着饲养员，饲养员说：“要说聪明，还是马聪明，马通人性，骑手打仗凭的就是马，动物里头马和猴子最聪明。”饲养员滔滔不绝，把老李说得心灰意冷。老李扭过脖子，默默地看着畜栏里的驴子，他发现驴子是世界上最忧郁最令人沮丧的动物，而它身旁的大白马显得那么潇洒自信。饲养员把豆子分给牲口们吃，豆子碎裂散发豆香，饲养员说：“你咋啦？”老李说：“它咋是这种模样？”饲养员说：“所以晚上不能梦见驴子。”老李瞪眼睛，饲养员说：“驴子晦气，梦见它一辈子不走运。”

老李对老婆说：“这回咱恐怕成不了。”老婆说：“把连长盯紧。”老李找连长问调动的事情，连长说：“七连不好吗？”老李说：“总场那边愿意要我。”连长说：“七连确实条件差，可七连也有好地方。七连的好地方不比总场差啊。”老李的头一下子变大了，连长说：“你就在七连的好地方待着么。”连长尖嘴猴腮眼皮发红。

老李连夜赶到总场，向老乡求救，老乡带他去找团长，团长为人仗义，摇电话给七连连长，通了一会儿话，团长说：“老李啊，你是七连的骨干，你走了七连就垮了。”老李急了：“七连的骨干是老王。”团长问哪个老王，老李说：“开荒四亩半的那个。”团长说：“知道知道，气死牛老王，垦区就剩下七连这块死角，那里是边缘地带，需要你和老王这些骨干坚守阵地，你们连长很器重你，说有你在他们才能过上好日子，你不能辜负领导的期望哟。”老李张张嘴说不出话。团长说：“你在七连弄的花果山影响不错么，猴子是智慧的象征，开发大西北需要这样的智慧。”团长是东北人，连说带比画，劲头很足。“老李同志，好好干，有你这样的兵，谁当领导谁高兴。”

离开团部，老乡说：“事情咋搞成这样，以前都是这样搞的。”老李说：

“你没记错吧？”老乡说：“总场的河南老乡都是这样出来的，这次咋就不灵了呢？”老乡忽然又说：“这回是不是碰到猴王了？”老李摇头否认：“我们连长是江苏人，又干又瘦不可能称王称霸。”老乡说：“肯定是他，他刚当连长就识破了你的手段，他把团长都说动了，不是他是谁？”老李脸发白，老乡说：“团长是炮筒子，两句好话就弄得转。俺哄他不是一次两次了，你哄过你们连长没有？”“他刚来七连。”“老连长在时你就应该调动，你错过机会了。”“那时我刚刚下套啊。”“你动作太慢了，你肯定没关过猴。”“没有。”“怪不得，没关过猴只能要猴儿子，要不了老猴，碰上猴王就更没治了。”“有没有治服猴王的师傅，请他出山收拾这个鸡巴连长。”“恐怕很难，我活这么多年，还没听到有谁能耍了猴王。”“真这么难吗？”“猴王啊，我的老弟，当年孙猴子大闹天宫，没有如来佛出面，谁能收住他？”“还有唐僧呢。”“唐僧跟孙猴子是一伙的，刚才你见过团长了么，还说这话？”“我真小看连长了，没想到他会是猴王。他会把我怎样？”“他会耍你。”“猴耍人？”“猴耍人。”“它会把我咋样？”“跟耍猴一样耍你。”老乡捂住嘴咳嗽，那声音果然像耍猴人敲的铜锣，老李浑身发毛。

连长老远招呼他，老李眼睛睁大大的，连长说：“咋啦，去一趟团部不认识我啦？”连长打他一下给他烟抽，他跟连长对火，连长的下巴和嘴光光的，他没理由怕这个小娃娃，他有少林功夫，真动起手来，他可以把连长像折玉米秸一样折成两截。他没理由怕这个小娃娃。连长忽然说：“花果山一星期没动了，快成荒草滩了。”老李眼睛发直，看着连长两片薄薄的嘴唇发出重重的锣声，老李跳起来，大家笑他像猴子，听到猴子这两个字，老李的裤子哗一下湿了，幸亏他站在连长的菜园子里，豆角架和粪土遮丑，大家闻不到他裤裆里的尿臊味儿。

老婆问他事情办得咋样？老李说：“我想通了，首长这样器重咱，咱不走了。”老婆跳起来：“放你妈的屁，人家把你当猴儿耍了。”“没有，没有的事，团长说了我跟老王是七连的骨干，七连全靠我撑着。”“他们把你跟老王比？”“老王开荒四亩半威震古尔图，谁能跟他比？就我老李能跟他比。我弄的花果山比他的四亩半先进多了。”“先进个屁，你俩二𣁽货，老王趴在自己开的荒地里，一辈子也爬不出来，你待在你的花果山上一辈子当猴子。”“团长说了，猴子象征智慧，猴子聪明伶俐。”“你真想当猴子？”“当猴子没啥不好么。”“猴子是原始社会的东西，你想当猴子想从你老娘的肚子里爬回去，回到原始社会？”老李脸发白，老婆说：“你真有这念头，不单单是你老娘倒霉，你李家的先人可就全倒血霉了。”老李望老婆一眼，又望墙角，老李的目光仿佛蛛网落在那角落里，老婆说：“你李家的先人得从墓坑里爬出来给你腾地方。”老婆说：“你听，你李家先人在墓地跳舞哩，那个长尾巴的老东西是你李家第一代先人，瞧他跳得多欢实，你跟着跳么。”老婆捅他一下，老李缩，老婆说：“看亮清，你老先人长尾巴的，育下你这后人也想长尾巴哩。”“你敢作践我先人。”老李哇一声跳起来，“你敢作践我先人。”老李把老婆推到墙角，转过身给李家先人磕头，老李泣不成声说不出话。外边刮风，乌云埋了月亮，老婆说：“你先人叫风刮走了，回老家了。”

那年冬天，老李回了一趟老家。那豫面山庄的一个小村庄，他进村的时候，他娘刚刚升天，族人正要拍电报叫他，他就回来了。他说俺回来了。老乡们扬脖子朝大路上看，大路上覆盖着积雪一样的尘土，老乡们说：“就回来你一个？”老李说：“工作紧张，老婆娃娃没回来。”老乡们说不是这个意思，老乡们说张家老二也在新疆工作，去年回家探亲，满满拉一卡车东西，你咋空手两吊回来了，你娘走之前，还说我娃干大事了，没想到你空手两吊回来了，你娘要见了保管上不了天。老李给大家让烟，红雪莲烟。怕俺娘念叨俺，俺没给准备，急吼吼赶回来，老乡们嗅一声：没做准备，急吼吼赶回来的？怪不得空手两吊，下回可不能空手两吊。好多年后，老李成了古尔图首富，衣锦还乡，身后紧跟两辆大卡车，老乡们喜气洋洋，放鞭炮欢迎他。

老李回到古尔图回到七连，再也不提调离的事情了。连长很高兴，菜园的西红柿又肥又大。

老李没动静，老王以及那些想调走的人很着急，他们找老李问是咋回事，老李说你们没长眼睛没看见。大家说："我们把你当先锋，只等你打开缺口，我们大家好冲出重围，没想到你他妈大逃亡啊。"老李默不作声。过两天，二排发生了一桩人命案，大家才恍然大悟，二排有位上海女知青，为了调动让排长尝了鲜，排长尝到甜头不停了，吃下去要没完没了地吃下去，知青只好把自己挂起来，挂在高高的沙枣树上，小小的身体像只鸟，离地很高。大家都奇怪："上吊就上吊，一板凳高足够了，吊那么高干吗呀，又不是天葬。"一直不作声的老李忽然冒一句："吊高一点就能离开这地方。"老李一句话把大家震得翻白眼睛了。

沐 浴

老李心安理得地在七连待着，软塌塌的。儿子李钟鸣问他："爸干吗软塌塌的？"老李说爸有了钱带你回老家看看。李钟鸣受了委屈似的丢下饭碗走了，他说他咽不下这口气。李钟鸣根本不相信老爸是软塌塌的。他自己跑回河南老家，在陇海线上神出鬼没，拦汽车，扒火车，成了"铁道游击队"的头儿，最厉害的一次是他组织一班人马，摸进飞机场，把一架进口民航客机拉开当废铁卖了，他被抓获归案，吃了枪子。他的邻居，作家王宁去监狱看望他，暗示他可能要判死刑，要吃枪子。他说："这世界他娘的全都软塌塌的，吃枪子是我的造化。"王宁吃了一惊，李钟鸣笑："枪子好吃，跟球一样，是硬的。"作家王宁流下泪，作家王宁没告诉他，他卸的那架飞机是少女王慧从美国弄来搞研究用的，少女王慧在美国麻省理工学院研究航天动力学，准备驾航天飞机进入太空，少女王慧不但离开了李钟鸣，离开了古尔图离开了中国而且离开了地球和太阳系。被李钟鸣大卸八块的那架飞机是她与中国同行共进技艺的。少女王慧没想到对她的保密措施，她看到的飞机完美无缺，她丝毫没起疑心，她和中国同事合作得很愉快。两个月后，李钟鸣吃枪子，作家王宁告诉了她所发生的一切，少女王慧再也忍耐不住了，作家王宁说："现在这架飞机是重新组装的。"少女王慧喃喃自语："我也是重新组装的。"那时，作家王宁已经有了好多次爱情体验，他知道姐姐这句话的含义。经过初恋的少女就像拆散的机器都要经过重新组装。少女王慧怀疑自己能否完成进入太空的使命，她是历史上第一个进入太空的中国女人。她离开李钟鸣的时候，李钟鸣就知道这个少女不属于他也不属于大地。李钟鸣送她到奎屯，李钟鸣说："车站你看见了，你离开这里，这地方没屌意思。"他没去车站，他看见那些大客车就害怕，他没敢进车站，拱拱手离开了，身后的白杨树在风中响起来，响声萧萧如雨，少女王慧哭了，她一个人在汽车站的空地上很孤独地哭着，哭了好长时间。

1954 年秋天，父亲老王带着美丽的妻子来到古尔图荒原，荒原很快变成沃野，第二年秋天，他们生下王慧。邻居老李的儿子李钟鸣从小喜欢王慧，喜欢到十八岁王慧考上清华大学，李钟鸣不能喜欢她了，再喜欢下去就没意思了。

李钟鸣回到古尔图，回到七连，他老远看见父亲老李从厕所里挑粪，他掂起一根棒子，他要把这糟老头揍进粪池，毕竟是自己的父亲，棒子偏离脑袋敲在肩膀上，老头扑哧掉进粪池，粪池稠厚绵软，老头几乎没砸出什么响声。李钟鸣非常悲哀，他到苇湖边，爬上老柳树，他听见自己砸出的水浪声，惊天动地的，比父亲的响声大多了，父亲干吗不到湖里来响一下，长年累月给连长种菜养猪喂鸡，把自己泡在粪池里，他那样喜欢粪池，掉里边是应该的。

李钟鸣游了几圈，开始仰泳，仰泳基本是一种休息。李钟鸣把什么都忘了，他离开了古尔图。古尔图是地球上最令人厌恶的地方，王慧说她学的专业是地球物理学，他不知道地球物理学是干什么的，王慧说如果学得好就可以离开地球到太空里去了。古尔图没尿意思，地球也没尿意思。李钟鸣有自知之明，知道自己没有离开地球的能耐，能离开古尔图就不错了。李钟鸣替父亲难受，他老人家并不想离开古尔图，只想离开七连到总场去，总场再好还是古尔图么，父亲挑大粪巴结连长已有好多年历史了,李钟鸣不愿意让这样的历史延续下去，李钟鸣甚至不愿意让古尔图的历史延续下去，让这些地方拥有历史，这历史他娘的也是父亲挑大粪的历史。李钟鸣有自知之明，他能中止父亲挑大粪的历史就很不错了，就已经是一种壮举了。李钟鸣看见父亲消失在粪池里，知道自己替老头做了一件好事，老头不但离开了七连而且离开了古尔图。李钟鸣一身轻松爬上老柳树，这棵老柳树据说是当年左宗棠左大人的部下栽的，李钟鸣想到这段传说，跳下去时心里就格外悲壮。

但这绝不是自杀，因为他看见有个黑乎乎的东西攀上老柳树，那物件渐渐清晰了，斑斓绚丽的色彩，李钟鸣绝没想到粪便的颜色如此辉煌，如果它继续下去会不会成为阳光？李钟鸣悟性大开，无论什么物件，上升到一定高度都会显出辉煌的色彩。李钟鸣惊呆了，父亲从未如此辉煌过，父亲像走出沙漠的骆驼，昂首天外奇臭无比纵身一跃，跳进湖里，惊天动地的水浪声一圈一圈沉淀在李钟鸣的心底。父亲在湖心画圆,速度很快,湖水变成淡黄色,开始觉得很臭，后来闻不到臭味了，鱼儿纷纷离开苇丛，李钟鸣的悲哀无以复加，他下决心绝不让王慧遭受这种伤害。后来，王慧来信约他去北京玩。他没去，王慧出国前求他送一程，他也没去。他知道要使王慧顺利地离开地球进入太空，自己必须离开古尔图。他返回河南老家,成为黑道的著名人物。黑道自古不见容于阳世。他不知道自己要拆的飞机是王慧的，他挨枪子时面无惧色，枪子再大工业化再大一些就可以把他送上天，而不是阴曹地府，那不仅仅是个高度问题，他已经认识过粪便在高空所呈现的神秘色彩完全是高度造成的。

父亲老李在树顶待过。李钟鸣不再恨父亲老李，父亲老李回来时谁也没发现他有什么异常，粪池一幕只有父子两人知道。其实在父亲的心里只有他自己知道，他把那一棒子当成幻觉，父亲老李就这样大难不死地回到家里。父亲老李说："俺老李要出头了。"家里没人理他，他得到街上去喊，大家都当他说疯话，被他的疯话打动的只有苏惠。苏惠下班，街上只有老李一个人说疯话，老李说的声音很小，苏惠听半天才听个大概，苏惠要老李说清楚一点，老李说："大难不死必有后福。"苏惠来到湖边，粪便开始沉淀，夕阳上依然光彩夺目。美人苏惠在湖水沐浴一番，感觉不一样。

灰 烬

好多年前，美人苏惠被三营长看中了。三营长来七连检查工作，检查到卫生所不检查了，三营长待在卫生所不走，跟美人苏惠拉家常。西安姑娘苏惠仪态大方，三营长的眼睛开始冒萤烛。苏惠说："我不是姑娘，我早结婚了。"三营长知道她丈夫是王排长，让三营长承认这个现实太困难了。三营长发现跟美人苏惠说话也很困难。是啊，是得想想办法：这么僵下去对谁都没好处。三营长拍屁股离开卫生所，到连部去想办法。

其实不用想办法，三营长跟连长聊天的时候，发现连长办公室里有张大床，像农民家的大炕。连长说这是专门为连部做的，上边来了人，可以睡个好觉。这么一说，他们聊天的话题就不再显得枯燥了。吃过饭，三营长说他喝多酒了，想去睡它几宿，连长坚持要在他家里睡，营长是客人，哪有打发客人睡公房的道理，连长坚持一会儿，发现三营长这人挺难弄，有点不太对劲，就不再坚持了。三营长躺在大床上，那张大床像农民家的大炕，营长小时候睡过，参加革命后再没睡过这么大的床。如此辽阔的领域在三营长的身下向四面八方拓展，古尔图真是好地方，七连真是好地方，全古尔图都说七连这地方荒凉，三营长发现这里很有风光。营长开始丈量大床的尺寸，他用目光丈量，目光落在铺了军毯的床板上，卫生员苏惠进来问首长哪儿不舒服，三营长说所有的地方都不舒服。美人苏惠面对如此宽大的床板实在想不出逾越它的办法，她只想过中间的开阔地去完成任务。她生长在西安古城的大学教授家里，没见过如此大的床。后来她知道北方农村全是这么大的土炕，全家人睡上面。很显然眼前这张大床不会只睡一个人。美人苏惠脱鞋上床，听诊器银光闪亮在营长胸腹间的游动就像一只小动物，营长一激动两只手就变成了小动物，开始咬苏惠的脚后跟。那是个艳阳天，太阳一下子瘫倒在绿军毯上。那天，三营长胸腹上的黑毛格外茂密，苏惠叫起来："熊，熊，大狗熊。"弄得三营长很不高兴。三营长的毛都长在身上，相貌是很俊俏的自古少有的美男子。美人苏惠一声大狗熊弄得三营长心灰意冷，浑身发毛。当天夜里，营长夫人兀自说道："你像苏联人。""苏联人是北极熊，我怎么像苏联人？"三营长面带凶相，夫人打起哆嗦："谁这么缺德，把你气成这样，你还要升团长升师长呢，就得心平气和。""我真的那么可怕吗？"三营长抱起镜子左顾右盼，夫人在旁边说："你脸上本来没有毛，现在你瞧，你身上的黑毛数出来了。"三营长丢下镜子，三营长有点害怕，支支吾吾给夫人说了在七连的遭遇。丈夫的风流韵事又不是一次两次，三营长看中的女人起码要交往十天半月或者半年，起码要给女方一点好处，比方调动照顾子女他力所能及的事情。夫人说："你真的喜欢她，就把她调到身边工作。""她说我是熊，她要不说我是熊，我能成这样吗？"三营长把镜子摔碎了。夫人说："女人的话你也当真，说你是什么你就是什么？！"三营长出气很粗，熊就这样出气，跟风箱一样。夫人说："你不要嚣张。""谁嚣张了，我是平静的。""你张口就出粗气，吓死人啦。""我又不是熊，我干吗出粗气？"夫人不敢再吭声，屋里一静，三营长听出来这急促的呼吸出自自己的喉咙。“牲口才这么出气，我怎么能这样？”夫人说：“是不是肺上有病？”“你看我是有病的人吗？”睡别的女人一点劲儿都不费，轻轻松松。七连这个女人真邪门了。

第二天，三营长去七连看苏惠，美人苏惠冷冰冰的，不正眼瞧他。想到这个女人对他的命运至关重要，他委曲求全，首先向她道歉，请她原谅，并且说那天酒喝多了，完全是酒后失态，苏惠瞅他一眼：“别讨人厌，赶快走开。”三营长赶快走开，三营长下决心要让这女人满意。这是一个艰苦而漫长的过程。不久三营长晋升为一一五团团长。团长出门不再骑自行车了，坐团部的北京吉普，飞驰于各个连队的大道上。车过七连，一定要在卫生所前响几下喇叭，苏惠依然年轻美丽，第一次听到喇叭声，她以为是检查团巡查，便跑出来，吉普车里的人也出来朝她张望，望一会儿钻进车子，车子呼一声飞进林带，渺如一场梦，美人苏惠要愣好半天。从此卫生所门前的空地里有了小车和它的喇叭声。喇叭一响，苏惠就愣在那里，有些书上把这种现象叫触电。可苏惠不相信她能触电，她少女时代已经和王排长触过电了，电光之后他们成为夫妻。后来有了苏静。想到爱女苏静，苏惠有些慌乱。苏静是那个男人的。那仅有的一次不但使她成为另一种女人，而且延续了她的生命。延续她生命的应该是丈夫，而丈夫在她身上竟没有留下任何痕迹，于是丈夫成为没有经历没有历史的一片荒原。三营长突如其来，丈夫便消失了。自女儿降生之后，苏惠对孤苦无援的丈夫一点忙都帮不上，眼睁睁看着丈夫荒凉下去，荒凉到远古的荒原，甚至比古尔图更遥远，遥远到白垩纪时期。丈夫的脑袋已经成了石块。他们努力过，但是丈夫攻不进她的身体，丈夫的生命凝滞在回忆中，渐渐封满了尘灰。

苏惠依然年轻依然美丽，那噩梦并不妨碍女儿的成长，好多年以后，她回到团长身边，她看到了团长的两个儿子和女儿，她马上意识到那三个孩子是团长的幻影，是团长混沌之初所为，团长真正的影子在女儿苏静身上。

在女儿苏静自由成长的岁月里，吉普车和它的喇叭声在七连的小街上飞驰鸣叫着，苏惠不再发怔，她听惯了看惯了，有一次，她听见喜鹊喳喳叫，她刚出门，吉普车就开到她跟前，她看到了玻璃后面团长绿莹莹的眼睛，这回她没有尖声叫，她一直看下去，那绿色的瞳光不再寒冷，而有一种男人特有的温情。那天早晨美人苏惠看见遥远的地方有一条蓝色的河流，那个男人坐在吉普车里一直到那蓝色河流的岸边。那个男人坐在河边抽烟，烟团青青直上，难道是他的眼睛着火了？后来，他告诉美人苏惠，他的眼睛早就着火了。苏惠说我怕你那种目光，狼的眼睛才是绿的。他笑了，我以前确实是头动物，吃了你以后我变成了人。于是苏惠又回到这天早晨，她看见远方蓝色的河流和绿眼睛的男人。这个男人跟她一起创造过生命，这个生命美妙无比延续未来，将是他们两个人的，是两条河流的交汇。不久，女儿苏静被那个叔叔哄上车，带到新城奎屯。女儿玩得很开心。女儿说叔叔对她很好。于是苏惠给女儿讲好汉苏比特的故事。苏比特的母亲年轻时被狗熊掠走，生活在山洞里，后来母亲生下了苏比特，苏比特是狗熊的儿子，力大无穷，母亲死后，苏比特去寻找外婆，途中空手劈死老虎，骑着虎王去外婆家，吓跑了村人。为了帮外婆谋生，苏比特砍柴卖钱，苏比特是熊的儿子，力大无穷，打柴火不用砍刀，用手可以折断一棵云杉。女儿完全陶醉在这个充满阳刚之气的民间故事里。这影响了苏静的一生。少女苏静的心灵中没有白雪公主，没有灰姑娘，没有海的女儿，少女苏静的心中只有熊的儿子苏比特，只有野性的力量和狂放不羁的梦想，她的男朋友作家王宁始终成不了她的丈夫，当他们感觉到他们的爱情已经快结束时，少女苏静想到了以前母亲讲给她的民间故事，她顿悟自己生命的秘密：她的一半是野兽一半是人。创造她生命的那个男人是强行打进母亲身体的。从那天起她完全明白作家王宁不能成为她的丈夫，他们在不断的约会中倾诉衷情，那时作家王宁沉醉于哲学，他把这种只开花不结果的感情游戏称之为唯心主义，少女苏静目瞪口呆，我们家就是开花不结果啊。作家王宁说：你就是你爸你妈结的果子么。苏静那时已经知道谁是她的生身父亲了，少女苏静觉得自己就像一张被猜出了谜底的纸牌，一点意思都没有，从那时起，她就懒不叽叽的，弄得王宁疑神疑鬼，有一次王宁喝醉酒竟把她当成失身少女，向她下保证：自己不是老封建，失身没关系。她很激动，当时就把一切献出去了，作家王宁看到了少女鲜艳无比的赤红，作家王宁很满足，就这样告别荒凉的少年时代走进了新大陆，他们的故事告一段落。

美人苏惠回到团长身边后，很快控制了团长家的大权，团长的几个孩子都喜欢苏阿姨，他们讨厌自己的母亲，他们早就盼望着一位梦想中的母亲。苏惠并不是他们的后娘，苏惠介入而不取代，她公开身份是团长的保健医生。孩子们喜欢她，孩子们说他们很早就喜欢苏阿姨，苏惠非常吃惊，团长说："自从我认识你，我就不再喝酒不再收拾他们了，他们知道远方有个很厉害的角色治服了我。""可我们没有来往过啊。""我们只有一次，那一次把我一生给改变了。"团长一眼就认出了苏惠身边的少女是他女儿。少女苏静十五岁，她跟妈妈来团部看一位叔叔，她走进叔叔家，叔叔的儿女们就成了脏不啦叽的小瘪三，他们连抬头的勇气都没有。谁能有勇气直视这团火焰呢，这团火焰连她的男朋友王宁都不敢直视。好多年以后，王宁成了作家，在夜深人静的时候写这本书，写到激动处总要用凉水冲脑袋，因为那火焰快要把他烧成灰烬了，以至于他在小说中写下这样一句话，一个救火队员的自述。那火就是少女苏静。

苍凉的春天

苏惠一家搬到团部去了，苏大夫没有忘记老朋友，托关系把王慧和王宁转到团中学上学，团中学的教师大多是上海支边青年，教学水平高。在团校的日子里，王慧姐弟俩跟苏静待在一起，那时，苏静是古尔图最漂亮的姑娘。少女苏静那时十五岁，她每天都要收到许多字条，男娃娃把自己标价出售，他们提心吊胆，暗中观察少女苏静的表情，最紧张的时候，睾丸会缩进肚子里半天不出来，小家伙们吓黄了脸，躲葵花地里惶惶如丧家之犬。王宁那时候已经开始显示他的文学才华，当然这种才华非常有限，当别人勉强写便条时，少年王宁开始读普希金和海涅。诗集是从知青那里借来的，王宁把它们抄在本子上，定期献给苏静。被普希金和海涅打扮起来的王宁很快在众男生中鹤立鸡群。苏静十六岁那年让王宁吻了嘴唇，十九岁那年给王宁献出了青春，但她没有成为王宁的老婆，王宁为此悔恨终生。我们先说他们的开始吧。那时团部渐渐有了风声，人们沉浸在团长与苏大夫的美妙故事里不能自拔。团部是古尔图荒原的重镇之一，白杨林和葵花地无边无际，美丽的苏大夫在这里被渲染被神化，苏大夫就像宣纸上的浓墨被龙飞凤舞地抒写着。终于有一天，故事突破了想象和激情，作为一种现实降落在古尔图大地。

那时王宁还是一个瘦弱的少年，在这样的故事里，他不自主地颤抖起来，他回到七连问妈妈，妈妈说：“苏阿姨早就下过火海了。”妈妈说：“你喜欢苏静，无论苏静做什么事你喜欢她就行了。”那时妈妈就知道苏静不会做他媳妇。妈妈说完这些话，开始愣神儿，妈妈一愣就是好几个小时，儿子从团部带来的消息引起她的回忆。妈妈回忆 1954 年在老家北塬，从庄稼地里跳出一个男人，她开始叫，尖声在空旷的土塬上显得极其微弱，那天，妈妈被男人的性骚扰吓掉了魂儿，尽管什么事都没有发生，但对一个十六岁的少女来说那是无比沉重的。那年秋天，父亲老王的部队垦屯戍边，回家娶媳妇，带走了妈妈。妈妈说：“苏阿姨要不走可就惨了。”“王叔叔是排长，他们敢吗？”妈妈什么都不说，少年王宁一下子意识到自己有多么单薄，他保护不了任何人，他很羡慕李钟鸣，李钟鸣自小混在牧业排的牲口群里，在马背上练就一副好身体。少女王慧上中学时，男娃娃们都知道她是李钟鸣看中的丫头，不敢越雷池一步，所以王慧根本就收不到男娃娃的字条。

妈妈发觉儿子不对劲，整个假期都跟李钟鸣在一起，有一天妈妈跟踪儿子来到苇湖边，儿子正跟李钟鸣练刀子，儿子已经要得相当熟练了。妈妈抓住儿子，李钟鸣溜进苇丛不见了，妈妈把刀子丢进湖里，把儿子训斥一顿，几天后又发现儿子和李钟鸣在沙滩上练摔跤练拳击。儿子练得遍体鳞伤，儿子身上开始有了腱子肉。那是王宁少年时代最值得回忆的一个暑假，四十天时间把他练成一个儿子娃娃。

开学第一天，他约苏静到林带里，苏静吓一跳，他们以前从不敢去林带，怕受其他男生的骚扰。那天少女苏静一身盛装，到白杨林子去见王宁，他们相会不到一个时辰，就碰到了一群气势汹汹的男娃娃，王宁记住李钟鸣的吩咐，瞅住领头的往死里打，别人攻他背侧，他不管，他只打一个，很快打断对手的鼻梁，血水喷出来，对手倒下去不动了，别的男娃吓白了脸，王宁的动作是连续性的，对手倒地后，他开始上脚，猛踢对手的头和胸，男娃娃抢过他们的首领落荒而逃。王宁的脑袋上全是青疙瘩，王宁成了苏静的英雄。那年苏静十六岁，苏静主动亲王宁一下，小嘴巴就被王宁的舌头擒住了，小嘴巴鸟翅一般开始在少年王宁的心中盘旋飞翔。王宁一辈子就当了那么一回儿子娃娃，就把少女苏静给征服了。那天,王宁真正体会到英雄与美人的滋味。苏静娇喘之余说："我终于跟王慧一样了。""你和她都是古尔图最漂亮的丫头。""她有李钟鸣呀，李钟鸣是古尔图真正的儿子娃娃。"苏静说："今天你也成了儿子娃娃。"王宁激动得直发抖，尽管他只是李钟鸣的徒弟。

王宁相信，如果这样发展下去，他肯定会超过李钟鸣，成为古尔图人人皆知的儿子娃娃。在大西北，不是每个长鸡巴的男人都能做儿子娃娃，儿子娃娃是所有男人青春岁月的王冠。就在少年王宁向这顶耀眼的王冠迈出成功的一步之际，妈妈遏制了他的愿望。那年冬天，妈妈把下放七连的老右派“教授”请到家里，敬为座上客，酒过三巡，父亲老王咳嗽几声说：“娃娃来见你师傅。”王宁拜见了师傅，师傅开始给他传授英法德三门外语。两年后，一部小说改变了他的一生。当儿子娃娃的愿望不是一下子就能消失的，他一边跟教授学外语，一边跟李钟鸣去征服古尔图。他们打出去，远征乌苏精河，最远打到奎屯，最辉煌的时候打断过石油鬼子的几条筋骨，李钟鸣用脚踩住石油鬼子，石油鬼子不服输，李钟鸣戴上手盔朝他盘下猛击数拳，大家都听到了树枝折断的咔嚓声，鬼子们亮出刀子铁棒，哗啦围上来，李钟鸣眼都不眨一下，伸手一掏，抓出一截亮铮铮的筋骨，塞嘴里大嚼特嚼，那伙人的刀子和铁棒全掉在地上，是他们自己掉的，没人喊他们，那是老三，李钟鸣在北疆被人称为恶狼，好多年后李钟鸣离开古尔图回到故乡河南，自称为西北狼，中原人对他又恨又怕。也就是在那天，教授告诉王宁，他已经达到本科生的水平，教授把自己珍藏的诗文小说《红与黑》交给他，教授离开北京时只带两本书，一本外文辞典，一本法文版《红与黑》，教授告诉他语法是死的，作品才是活的，教授要求他把《红与黑》背诵下来。教授没有想到王宁一下子被于连·索黑尔的爱情故事吸引住了。王宁崇拜于连的一切唯独不喜欢于连的政治野心。王宁就成了作家，投身于文学。喧嚣不安的古尔图终于沉静下来，王宁开始向苏静描述自己的美梦，苏静就是在这个时候被他攻破防线的。那年，他们十九岁，王宁把苏静变成了女人。尽管三年前，苏静亲他时就明白他是儿子娃娃，他很想跟随李钟鸣一展男人的雄风，他又不能半途而废。他决心沿教授开创的道路走下去。他就成了作家。无论他的故事多么动人，古尔图总是灰茫茫，在灰茫茫的大地上，有他剽悍的伙伴，有他美丽的姐姐和女友，有父亲老王和美丽的母亲。把他们曝晒在文字上，他总有一种内疚感。写这部书时，只有姐姐王慧活着，远在美国，有时还需要离开地球到太空去玩，李钟鸣被枪毙了，苏静被一个性变态老头掐死在浴缸里。

这些死者被他的神来之笔赋予生命，震撼了千百万读者的心灵，他的蓝色冲击波消失了，那些人物形象从天空摔下来碎为粉末；狂风在大地上吹着，岁月的灰尘无影无踪，他再也回忆不起李钟鸣和苏静了，记忆跟生命一样是一次性的。把他们写进书里是文化对生命的谋杀。王宁再也不写古尔图了。一旦他放弃写作，李钟鸣与苏静就会复活，他们愿意出现在他的心灵中而不愿意出现在他的作品里。王慧说他的小说是狗屁："如果你飞上太空，看一眼黑暗中的地球，地球就跟煤一样，总有一天会化为灰烬，你的小说将存何处，像古人一样存之名山吗？"王宁反驳她："卫星可以带到太空呀。"王慧说："那不过是人类的黑匣子，地球就像一架失事的飞机。""姐姐你为何如此悲观？""到过太空的人都这样，那种巨大的孤独是地球上的同类无法体会的。""我想你的同事要比你好一些。""他们是比我好一些。""为什么呢？""我不知道。""你真不知道？""你这样逼我，我实话实说，我来自古尔图荒原。""你应该摆脱古尔图，否则你难以真正进入太空。""我把你这话当作一种安慰吧。作家弟弟。"

地球上没人跟王宁讨论古尔图。古尔图总是灰茫茫的，那灰茫茫的大地上，一切都显得百无聊赖。苏静二十四岁那年被她的顶头上司掐死在浴缸里，她压根没打算洗澡，她放满清水脱得一丝不挂，泡在水里。由清变浑这个秘密没人告诉她，苏惠也没有告诉女儿，但女儿自古就是父母生命的延续，女儿的一切将遵从这个秘密法则，女儿十九岁那年献身于作家王宁，女儿发现她比往前更清纯更晶莹，她发现自己是透明的根本没有秘密，她问母亲苏惠女人都有秘密，我为啥没有秘密？母亲苏惠并不回答，而是抓住女儿的双肩仔细打量，母亲看见了女儿的身体里红红的炭火，母亲突然说你赶快跟王宁结婚。母亲拿出存折开始准备嫁妆。女儿突然一点结婚的兴趣都没有了，女儿闷闷不乐。

女儿的闷闷不乐非常及时地被下来检查工作的副处长发现了，副处长四十多岁魁梧高大，最爱关怀下属，尤其是年轻漂亮的女下属。副处长约她来宾馆了解单位情况，接下来了解她本人的情况，后来给她从冰箱端可乐。她喝一口，副处长的手就搭在她肩头，于是有了一种旋律，那是一支漂亮女人的古典音乐，在这种青春与生命的悲怆交响乐中，少女苏静呛出清纯的泪水，少女苏静一下子感受到汹涌浑浊的湖水。少女的清纯有个极限，过了那个极限就会浑浊，王宁你真不是东西，你真是儿子娃娃就该把湖水搅浑。那天，副处长猴急，连人带衣将苏静抱到席梦思床上，连裤衩都没脱就开始搅动了，副处长发誓要把清水搅浑。副处长说："我女儿跟你一样大，跟你一样漂亮，我喜欢小丫头，但从不动她们。""今天不是动了吗？""我女儿快结婚了。""你没后顾之忧了，噢，我明白了，你怕乐昏了头乐到女儿身上。"副处长果然在女儿出嫁的前一礼拜爬到女儿床上轰轰烈烈大干一番，而且还叫着苏静的名字，抱怨席梦思床不如木板床，木板床吱嘎吱嘎有音乐，好多女人在音乐声中背叛了丈夫变成铁杆汉奸。昏了头的副处长很快被提为正处长，现在处长清醒了，冷静了，同时也被激怒了。少女苏静的报复远远超过原子弹。处长的报复就显得那么小气，那么萎缩，趁苏静洗澡的时候来一个闪击战。

少女时代就这样结束了，古尔图的春天荒凉而遥远。

苏阿姨把女儿的日记交给王宁，王宁这才知道他是怎样成为作家的。那时他在报社工作不久，他的诗和小说为他在自治区文坛赢得了一席之地，大家称他为青年作家或诗人，大家期待他继续发展，保持这一神圣的称号，当是时也，报告文学风行全国，作家王宁也发现了这块风水宝地，可乌鲁木齐那边的大小企业被文人分割完了，更重要的是报告文学不像写小说，在各方面有门路才行。乌鲁木齐不认他的账，他溜回古尔图，躲在苏静的小房子里。那时，苏静刚从兵团转到新城奎屯，古尔图人对乌鲁木齐的青年作家另眼相看，当人们知道他和苏静是一对恋人时，赞叹声响彻大地，少女苏静非常满足。但她察觉到王宁的苦恼，王宁经常一个人发呆愣神儿，苏静不相信，报告文学这么难弄，比小说和诗还难弄。苏静问他报告文学对你很重要吗？王宁很艰难地笑笑，也没什么，我只想弄弄图个新鲜。王宁知道，作家的笔跟男人的鸡巴一样也会阳痿早泄，他知道自己赶这个时髦大概属于早泄。他心里的想法能逃出苏静的眼睛吗？苏静只说了一句："好好干。"不久他接到一位处长的电话，大意是久闻王作家的大名，他所管辖的不少企业经济效益很好，但宣传不够，古尔图又很难找到文章高手，是不是委屈王作家一下。这哪是委屈，简直是受宠若惊哪。副处长亲自接待他，安排他住新城宾馆派专车伺候，采访工作非常顺利。王宁发现当官的并不坏，后来他为处长写了一篇名震全国的小说《县长的黑头发》，被誉为新写实主义的典范之作，不少基层干部纷纷来信，感谢作家王宁对他们的理解，文学界反应更热烈了，出现了一大批类似的作品。他之所以写副处长的头发，只因为副处长是个半秃子，这种发型在大学里是知识的象征，而在基层则是只拉车不抬头的老黄牛的象征。作家的想象力是丰富的，王宁为自己的联想而窃喜。他读苏静的日记才知道副处长的头没毛不是拉车不抬头的老黄牛，是爬女人肚子累的，而且爬了苏静，爬了他自己的女儿，还升为局长，因为作家王宁把他分管的企业写进了大型报告文学《我们的春天》，洋洋三万余字发在《工人周报》上，副处长升一级，理所当然。好运就是这样开头的，一发不可收拾，找他的全是副处长，那时他就感觉到他跟处长有缘分，但他没往苏静身上想。他文章的标题都别致，仿佛隐含着某种机缘，如《花儿是这样开的》《秋天的秘密》。他描写古尔图企业的报告文学连连在自治区内外发表，文艺界对他刮目相看，把他推荐给一有名的出版社，企业愿意出钱，出版社同意编他的集子，他把五篇报告文学收在一起也只有六七万字，太单薄了，他不能放过这个机会，苦干一礼拜，赶三四万字，凑齐十万字，取名《边塞风流曲》，附有他本人的一幅小照和数百字的小传，自传中他自称为"天山狂士"，并声称此书将存之名山，传之后世。那是他一生最得意的时候。第一本当然送给了苏静。

他从乌鲁木齐赶回古尔图时，苏静突然与别人结婚了，去内地旅游未归。他几乎疯了，苏阿姨也不知道原因。他带上《边塞风流曲》去北京，苏静以前说过，他们结婚第一站是北京。他赶到北京，在故宫碰到苏静和她丈夫，小伙子不认识王宁，王宁毫不顾忌跑过去，他利用小伙子买烟的机会抓住苏静要当众亲她，苏静压低声说："他是警察，你小心点。"警察丈夫过来了，王宁脸色发白，躲到一边，苏静给他的字条上写着在杭州西湖等我。王宁跟着他们，并住在苏静下榻的宾馆。第二天，小两口吵起来，一直吵到楼梯上，王宁这才相信苏静爱他是真的。苏静说："我把他赶跑了，还有五千块够咱们乐了。"王宁说："我一分钱都没了，只带了这本书。""《边塞风流曲》，怎么起这么个书名，古尔图风流吗？"王宁结结巴巴解释半天，苏静捂嘴大笑："那些狗屁处长是风流人物，他们是风流鬼，石榴裙下风流鬼。"后来苏静被风流鬼掐死在浴缸里。苏静在日记中写得明明白白："风流人物是英雄，风流鬼不是，他们是恶棍。"

他们游遍江南名胜，回到古尔图，苏静马上与丈夫离婚。那是她仅有的一次婚姻。

王宁终于看到了日记的结尾：妈妈，我死以后把日记全烧了，不要让王宁知道，他要是读了这些，就写不出东西了。日记的最后一页是遗嘱，是给她妈妈看的。王宁很后悔，不该看的秘密不能看，自己要倒霉的。苏阿姨说："我故意让你看的。""阿姨你这不是要我命吗？""苏静喜欢你，你也喜欢她，你们一个命，无所谓谁生谁死。""可我明明活着。""活着是幸运的，好好活吧。"

青春岁月就这样结束了，古尔图的春天荒凉而遥远。

王慧第一次太空飞行就是在这年春天开始的，王慧离开地球时身边带着弟弟的作品集，弟弟是中国内地最走运的青年作家，地球使者王慧小姐在离远地球的太空里打开这本书，好多星体从窗外飞过，它们像冥灯，王慧把扉页上的作者照看了几分钟，翻到目录，上篇是《边塞风流曲》，下篇是《县长的黑头发》，王慧看了目录就知道弟弟是咋回事了。那是一次失败的太空考察，她的美国同事说："王小姐应该带本《圣经》，这里只有上帝，没有人类。"弟弟的书里没有人类，全是地上的灰尘。王慧非常孤独。上帝太抽象，对她没有任何帮助，她想她母亲。

王慧回到古尔图，她没想到五十岁的妈妈是那样苍老，仿佛活过了好几个世纪。女儿从美国带来最新的电视机和激光音响，父亲老王说："她连电影都不看，看你那电视？"母亲只看她女儿，她对整个世界没有任何兴趣。后来母亲睡着了。后来母亲死了，埋在戈壁滩的石头坑里，好多人都埋在那里。别人烧完麻纸走了，王慧把弟弟的小说揉成一团点燃。弟弟很不高兴。王慧说："古尔图够荒凉了，你的小说比它更荒凉。"

王宁张张嘴没吭声，他已经有啤酒肚了，他不断获奖不断赴宴会，这么年轻有这么大的肚子意味着什么。这篇小说里他很少写母亲，他弄不清是谁的错，他无法成为母亲所希望的人，母亲更无法理解这个世界。笔变成石头才有重量。他用石头写，写出一片苍茫无垠的沉默的世界。巨大的痛楚都这样，没有任何感觉，软绵绵地坍塌下去，王宁疼痛难忍，写这篇小说来救自己。

那年春天，老李在一八八团开了第一家个体饭馆，赚了很多钱，后来他的地盘扩张到师部所在的小城，老李对连长说："我再也不回七连了，你能把我怎么样？"连长不吭声。老李说："你最好别吭声。"老李到团部跟团长喝了一晚上酒，坐团长的小汽车把古尔图逛一圈，出高价买下这部车子。车子很旧，老李高兴，他不要外国车。他坐这车子回到七连，车子停在连部门口，老李按喇叭，卫生所出来一个小丫头，很漂亮的一个小丫头，满脸惊喜的样子，喊老李为首长，老李咳嗽一声，小丫头缩进屋里不知所措。

有一天，警察从他饭馆里抓到几个卖淫的丫头，老李很不以为然。她们愿意，没人逼她们。警察要罚款，老李说："我又没有哄抬物价，罚我干吗？"后来警察就不罚了，老李生意做大了，古尔图全是他的生意，他有问题，局长们才找他。老李很牛 ×。

老李最牛 × 的时候，大儿子李钟鸣回河南老家了，老李还有两个儿子，老李说我有的是儿子，这小子从小就不是好东西。

李钟鸣惹老了生气。那年王慧在奎屯复习高考，李钟鸣每月去一次奎屯。

那年老李不想给连长种菜了，鸡也不想喂了，猪也不想养了，老李心烦意乱，几次差点掉进粪池，掉下去就没命了，他年龄不轻了，五十岁是瞻前顾后的年龄。他只能自己烦自己，见了连长马上得换上笑脸，弄得自己很紧张，跟做贼似的。老婆说他这些日子喝了蛇油。这些年来他一直这样子，人家之所以觉得他怪，是因为他年龄不轻了，活到这把年纪脑袋不该低到裤裆里。老婆说："没起色的货，乌龟还晒太阳呢，还伸脑袋呢，没起色的货。"他在花果山待了十几年，人变猴子容易，猴子变人就难了。儿子李钟鸣说："起码要几万年。"听这话老李就翻白眼，李钟鸣说给你当儿子丢人现眼。李钟鸣就不给他当儿子了。

李钟鸣回老家之前，让老子治了一家伙，老李不是存心跟儿子过不去，老李是没办法。老李的要求不高，只是想把脑袋从裤裆里抬起来，可老李害怕连长，别说连长，七连任何一个长鸡巴的人都不把他当回事。这世界上除了三个儿子外，他老李对谁也牛 × 不起来。那年李钟鸣陪王慧去奎屯参加高考，王慧考得很满意，他们在奎屯玩了一礼拜回到七连，连长在街上碰到他们，连长说："王慧考状元了。"王慧说："考得不好。"李钟鸣说："她考清华大学，她在古尔图最多待一个月。"连长说："王慧上清华，你李钟鸣牛 × 啥，你还在古尔图么，你还在七连么。"连长喊老李过来，老李从猪圈跑出来，连长说："老李呀，光管猪娃子不行啊，要把儿子管住呢。”一句话把老李给提醒了，这些天他一直在收拾老二老三，老李朝大儿子吼一声，大儿子不理他。连长笑了：“钟鸣啊，不听我的话可以，不听你老子的话，可要闹笑话。”连长干笑两声走了。李钟鸣说：“爸，你叫我干什么，现在你说吧。”“刚才为啥不吭声？”“连长在这，我不想给他服软。”“你说啥？你不服连长，老子服了一辈子。”“你服他是你的事，你是我爸，我才听你的，你要不是我爸，就是天王老子我也不听。”王慧说：“李叔叔，他是儿子他很尊重你，你别生气了。”“你懂什么啊，我服了一辈子的事情，他一点都不服，他还想混社会，非得教训他。”李钟鸣笑笑，王慧也笑笑，谁也没当一回事。

谁也没当一回事。那天李钟鸣在父亲的逼迫下把全连五十多头猪全劁了。刚开始他笨手笨脚，帮父亲干，劁两三头猪以后，父亲把刀交给儿子。李钟鸣一口气挑了二十头公猪，地上扔一大堆卵蛋，猪们愣了片刻，认出了地上的东西，狂叫着奔过来一抢而空。李钟鸣也失去了理智，用砖块砸，猪们毫不畏惧，迎着李钟鸣的刀子，奋力争夺，最后一颗卵蛋，李钟鸣用手扳住猪嘴巴，嘿嘿哈哈对抗两个小时，小拇指断在里边，猪胜利了。猪连他的手指一起咽进肚里，恶狠狠地盯着他，盯得他有点发怵，李钟鸣没怕过谁，他没想到能败在猪手里。后来作家王宁对他说，人跟动物相争，胜者往往是动物。你爸败给猴，你败给猪，我爸败给镢头，在古尔图，谁也赢不了。王宁说：“你应该活得潇洒一点，跟猪争什么？”李钟鸣说：“我把我劁了，我还以为我劁猪呢。”

李钟鸣很惨。那年他二十岁，少女王慧一直把他当作古尔图真正的儿子娃娃，王慧离开古尔图之前奋不顾身要完成少女时代最辉煌的时刻，就是在那个时候，李钟鸣发现蛋没了，他握住王慧的手僵在那里，连吻她的勇气和激情都没有了，他眼睁睁看着少女的青春在荒凉的夜幕下自燃自灭，而无能为力。王慧无比凄惨地说：“等下回吧，你等着我。”第二天，王慧离开古尔图，去清华大学报到，她学的专业是地球物理学。她给李钟鸣寄来一枚核桃大的蓝色的地球仪，李钟鸣心里一震，这不是他的蛋吗？李钟鸣去找古尔图最风骚的女人，那女人乐不可支，三下五除二把李钟鸣变成了男人，李钟鸣的蛋回来了，鸡巴挺挺的很健壮，他的一切都很好。那女人乐不可支，说李钟鸣是她做女人以来碰到的最棒的男人，那女人说“最棒”一词时，学着电影里的动作，打个响榧，鼻腔里笑着，淫荡至极，李钟鸣把她扔到床上继续操练。这回他很清醒，他知道自己的蛋确实没了，他劁猪时连自己一起劁了，那些公猪吃吞自己的蛋，他老子就是跟那些公猪一样，让人挑后，再把蛋吃掉。他确实没了，现在跟这女人玩的是另一种型号的蛋。

那段时间李钟鸣软溜溜的，神出鬼没，躲在戈壁滩上晒太阳。那段时间里老李的事业有声有色，顾客盈门，日进斗金，连长眼都红了。

“你这老不死的跟我平起平坐了。”

“你才说了一句人话。”

老李的头终于从裤裆里抬起来，那家伙龟缩了十多年，突然伸出来很不习惯，颤巍巍的，老李硬撑着。钻出裤裆的脑袋又圆又大，额头三道横纹，活脱脱一个猪脑袋。大家说他出头太快，快得不成比例。老李说：“成比例能发吗？笑话，老子发大财发的就是不成比例。”大家说那不是凭能耐。老李说：“我不凭能耐凭什么？”大家说：“你的脑袋在裤裆里钻了十多年，裤裆可不是什么好地方，那里边不是屎就是尿，肥水充足，要慢慢消解，你老李性子急，出头太快。”老李想起几年前掉粪池的情景。大家说：“老李你不信啊？”大家指着厕所边的椿树给他看，那棵高大的椿树离粪近。大家拨一下他的鸡巴说：“这玩意儿能叫鸣因为它离肛门近。”大家摸他的老二他不生气，大家说的是实话，老李肚量再小也小不到这地步。他终于明白了，他的大起大落，完全是由于一种生命的神秘力量。

老李谦虚多了，见了连长让烟点火，不再张狂。连长很张狂，连长逢人就说他是火眼金睛猴王再世，他早就看出来老李头要晃大脑壳，在他晃大脑壳之前我就把他劁了，没蛋的公猪弄不出崽。大家说 :“连长你放屁么，要崽干什么，钱才是真的。”连长说 :“钱是滋补品，捞再多也顶不了一个蛋。”老李能容人家摸脑袋摸鸡巴，可不能容人捏他的蛋。老李冒了一身虚汗，当天晚上就把店里五个丫头加工成女人，那些丫头把他当老虎，都说他很厉害是天上的鹰。老李一下子雄壮起来，花钱到关键部门走一走，就像武林高手点穴道把连长钉死在七连，不升不迁直到退休，连长最后死在七连，那是古尔图最荒凉的地方，连长是唯一埋在七连的连长，别的连长干三年五年都升了，不升也会平调到条件好的连队去享清福。老李让连长提高一下认识，钱可以顶蛋用，老李毫不客气地捍卫了钱的尊严。

这时候，李钟鸣从戈壁滩上回来了，太阳公公剥去他三层皮，把他晒成了棕色人种。那天，他走进父亲的饭店要了一碗牛肉面。父亲说 :“你从非洲回来了。”李钟鸣闷头吃面不理父亲，父亲叼一根粗大的黑色雪茄，父亲学外国大亨已经学得很像了。李钟鸣说 :“好多年前你掉进粪池里知道是怎么掉下去的？你的脑袋钻在裤裆里一钻就是十多年，你不急我急，我想用棒子把你的脑壳敲出来，你至死不肯出来。”“儿子，爸现在出来了。”“出来的是你的鸡巴，你的脑袋没出来。”“畜生你胡说什么？”“厕所里栽跟头离屎近，可你并没死里逃生。”老李自言自语 :“大家都以为我出头了，连长也以为我出头了，报纸上还登了我的照片，头版头条大家都说我像香港大亨李嘉诚，我怎么成了鸡巴？”“连长早把你变成猴子了。猴子就是动物，动物就是牲口。”

李钟鸣留下饭钱，回河南老家去了。

他在郑州亚细亚大商场碰到王宁，作家王宁来郑州参加笔会，采访亚细亚商场总经理，准备写大型报告文学，王宁很激动 :“这是一颗原子弹，将在文坛刮起蓝色冲击波。”李钟鸣说：“你是拔人家的屎毛给自己栽胡子。”王宁没想老朋友这么深刻。王宁说：“想起跟你在一起的日子真叫人难忘啊，青春岁月就这样过去了。”李钟鸣说：“不是青春岁月过去了，是脑袋钻裤裆里头了。”李钟鸣就开始扒火车抢汽车，拆飞机。李钟鸣入狱后，王宁看望他。

“你拆的那架飞机是王慧的，她三次太空飞行都没有成功，她每次进入太空总是情不自禁飞向月球，保健医生说她与月球有某种情结。你们之间到底发生过什么？”

李钟鸣想起那年秋天，少女王慧接到入学通知书，而他正在劁猪，那天他把蛋弄丢了。王宁说：“不是蛋是箭，嫦娥登月时，后羿没箭了。那时，天上有九颗太阳，后羿把箭全射到天上，一支也没留，老婆登月时，后羿一点办法都没有。”李钟鸣说：“我喜欢过她，并没有阻拦她。”

第二天李钟鸣被枪毙了。

王慧对王宁说：“他确实没拦我，反而劝我离开这鬼地方，他说古尔图没屎意思，地球也没屎意思。”

李钟鸣死了，王慧不再是少女，她成了真正的地球使者，内心一片荒凉进入太空。

喀纳斯湖

铃　声

相传他们的祖先走到斋桑泊，听到悦耳的铃声就醒来了。他们不辞而别，离开渥巴锡汗，没有去巴尔喀什湖，也没有去伊犁，他们在斋桑泊听到铃声，就直往东走，走进阿尔泰山，走到阿尔泰的肚脐眼喀纳斯湖畔，那条神秘的大红鱼从二百米底深的水底，哗啦啦升上来，就像铁链子吊上来的一样。他们就住下了。

他们听到的铃声非常久远，甚至超过成吉思汗那个英雄的年代，蒙古大军见到这条蓝色水域时，它已经被匈奴人命名过了，匈奴人叫它斋桑淖尔，就是大海上的铃声；蒙古人才知道他们与匈奴是有血缘关系的，他们围在斋桑淖尔水边，倾听血液在身上哗哗喧响。朴实寡言的蒙古人很喜欢这种沉默的喜悦。他们宽大的脸盘红扑扑的。为了保持这种神圣的记忆，蒙古人给马佩上铜铃。铜铃是回纥人的手艺。归顺成吉思汗的回纥人带来喀什噶尔精美的接水盆手壶，里边有个活页，可以保持水的清洁，让水不停流动，发出悦耳的响声，好像金属在唱歌。回纥人告诉他们：这是铜。蒙古人只认识铁，铁是从太阳里掏出来的，铸造兵器，显示人的血性和英雄气概。幽默而智慧的回纥人对兵器不感兴趣，他们沉迷歌舞，同样一颗太阳，在他们的木槌敲打下，就变成各种各样的乐器，连生活用品都充满音乐。蒙古人大开眼界，一下子喜欢上铜。铜成了蒙古人的宗教，悬挂在寺庙的顶上，跟黄金平起平坐。他们喜欢喇嘛吹奏长号，那是太阳在说话。他们喜欢马颈上的铃铛，那是骏马的心脏。

他们再次见到斋桑淖尔的时候，大海已经撤走了，只留下一片辽阔而平静的湖水，天鹅轻轻地旋上旋下，水是那么静，跟石头一样，连那蓝色的光芒都是平静的。他们听到的铃声是一种回忆。他们眯上眼睛，他们的脸盘依然那么宽大红扑扑的，谁也不知道他们在陶醉什么。

他们离开渥巴锡汗的时候也离开了马背。从他们后来的生活来看，他们是忠实于成吉思汗的，这种强烈的忠诚足以使他们坦然地走上高山般的马背，去种庄稼，去盖房子。成吉思汗札撒的首句就是：蒙古人啊，什么时候离开马背，你们就完了。他们偏偏从铃声中听到大海的喘息。大海受到了致命的伤害，残留在戈壁草原间的斋桑淖尔已经没有歌了。他们听到的铃声是一种心灵的慰藉。他们就离开渥巴锡汗，直直走进阿尔泰山。

他们把马留给渥巴锡汗，汗王还要继续征战，他们不能把战马带到阿尔泰山去种庄稼，他们不能侮辱战马。他们徒步走出营帐，行李扛在肩上、提在手上。斋桑淖尔恋恋不舍跟在他们后边，他们加快步伐，斋桑淖尔哗一声就涌起波浪。平静了几千年的大湖浪浪滚滚，跟真正的大海一样，一下了冲垮了陆地。他们脚下的大地跟冰块一样碎裂了，他们晕头转向，跌倒爬起。

植物马就是这时候出现的，首先从地面上冒出纤细的草，蒙古人都认识草，把草当作大地的神物，拔青草是一种犯罪，青草破土而出，是往天上去的。草从里开始出现漂亮的马脑袋，一双闪射神光的眼睛，一对锋利的耳朵，长鬃跟老鹰翅膀一样轻轻一闪，整个马就出来了，从大地深处长出一群骏马。

“植物马。”

他们毫不含糊地给马群一个神圣的名字，在后来的生活中，他们一直保存着这种新鲜而娇嫩的记忆。绵延在蒙古人血液里的征战生涯已经结束了。他们连同这些植物马一起归属于日月星辰风火泥土和水。没有英雄没有汗王，腾格里①直接管束他们。

他们半夜到达喀纳斯湖畔，阿尔泰山在黑暗里闪出一道蓝色的弧光，蒙古人喜欢蓝色。那是腾格里的颜色。黑夜里是看不到天色的，他们就轻而易举地否认了黑夜的存在，他们和他们的植物马被蓝天吸引着，没有人知道那蓝光是喀纳斯湖。要不是红鱼照亮山谷，他们和他们的植物马会掉进湖里的。

红鱼升起来的时候，他们以为天亮了，那么大一条鱼，跟一条船一样从大湖深处驶来，蓝光哗哗翻卷，头顶的天空一点一点亮起来，群山还沉在黑暗里；他们看到的太阳水淋淋的，圆浑浑的，有翅膀有嘴巴，有很大的腮，有颀长的身子和腿，有火焰般的皮肤，血比玫瑰还红。

“美丽的女人，等待我们的是美丽的女人，是红果。”

蒙古人和他们的植物马一起伏在草地上，湖边的草一下子茂密了，这群蒙古人就像从地里长出来的一样。植物都是在夜里悄悄生长的。

红　果

他们所呼唤的红果确实是美丽的女人。他们的祖先察合台，首先喊出这个奇妙无比的突厥词语。

---

① 腾格里：蒙古语，天。

察合台修筑西天山通道的时候，在赛里木湖畔见到了苍穹之下大地之上最美丽的女人，察合台称她们为红果，大军经过的那条长满野果的山沟叫果子沟。大军在美人和果子的大地上走了三天三夜，那奇妙的感觉沉入心底。在征服世界的岁月里，他们常常想起湖水和红果一样的女人，红果一样的女人跟太阳一样高悬他们头顶，天下所有的女人都成了石头。那个伟大的梦想世代流传，从察合台到拔都到帖木儿一直到渥巴锡汗，美丽的梦想终于清晰起来，一个辽阔的大湖在呼唤他们。

伟大的汗渥巴锡越过亦勒的河（伏尔加河），越过里海咸海，从斋桑淖尔折向巴尔喀什湖，沿伊犁河谷到赛里木。伟大的汗渥巴锡一生都在寻找那个大湖，所有的湖都让他失望了，因为湖边没有红果。

阿尔泰没有果树，那个跟红果一样美的女人就躲在喀纳斯湖底，躲了整整五百年，湖水渗进她的血液，她浑身上下全红透了，腿变成了翅膀，图瓦人来到阿尔泰那天，她终于跃出湖面，跟灯一样照亮了图瓦人疲劳的双眼。

木房子

那些植物马把他们送到家就恢复原形，紧接着他们变成一棵棵高大壮美的树，有云杉，有赤叶杨，有白桦树，有红桦树，有橡树。很显然，这些高大的树是让他们筑房子的。

阿尔泰的冬天跟冰窖一样，他们相信大地是温暖的，他们挖半人深的坑，大地开始冒热气，他们就把圆木牵进去，圆木的另一半露出地面，他们在想象他们的马，马应该有一双大眼睛，于是就把窗户开在屋顶上，抬头见天，天离他们很近，天就贴在灰蓝色的山顶上，把山顶都磨平了。山坡和山顶都是圆浑浑的，苍天喜欢这座山，苍天才跟她赤诚相见。长生天就让他们住在山上。山和马背是一样的。

后来那个叫帖木儿的突厥人要去西方打仗，派人来动员他们下山，他们说：“帖木儿不是蒙古人？”来人不好意思了，小声说：“帖木儿大帝是蒙古人的女婿。”他们就说：“我们不管女婿的事情。”

后来那个真正的蒙古人巴比尔大帝要去征服印度，也派人来动员他们，他们就拍着满山的云杉树、赤杨树和桦树：“问问他们愿意不愿意去印度。”巴比尔大帝没有为难他们，巴比尔征服印度后就从马背上跳下来，跟随巴比尔去印度的蒙古人全都跳下马背，在恒河边伐木盖房子。印度人没见过这种奇怪的房子，这种埋在地底下的房子竟然不热，印度炎热的气候对蒙古人的木头房子不起作用。巴比尔大帝感慨万千：“它能抵挡阿尔泰山的风寒，也能遮挡印度的太阳，这是什么神灵呢？”

住在印度的蒙古人全成了树，在太阳猛烈的照射下越长越绿，越长越高，树杈跟象鼻子一样在天上戳一下，天空就一片潮红，暴雨不断。

巴比尔大帝晚年神情恍惚，老是念叨着一个古老的词：土拉。“他们是土拉人，他们绝对是土拉人。”巴比尔大帝已经想清楚了，造这种木房子的是蒙古最古老的部族土拉人。那是不儿罕山下斡难河、怯绿连河、土拉河发源的三河之地。成吉思汗统一蒙古时就以捍卫三河之地为口号，唤醒沉睡的蒙古人。巴比尔大帝说完这句话就死了，话是这样说的：“他们回到了土拉，我们也回到了土拉。”

巴比尔的寝陵是用喜马拉雅山上的白石头砌成的，凿成木房子的形状，留有天窗，苍穹跟鹰一样盘旋在他的梦中。他嘴角的笑容迷惑了所有的人，人们相信有一天巴比尔大帝会走出白房子，重新跨上战马驰骋大地。

印度的蒙古人越来越黑，完全失去了高贵的金黄颜色，印度的太阳太毒，生活在那里的人都是黑乎乎的，他们不相信太阳，他们相信心灵，一个神圣而伟大的期待让人心焦，面孔就一天天暗下去。

英国人来的时候，他们的面孔跟黑夜贴在一起，英语、土著语，他们都听不懂，用突厥语也不行。

“他们干吗这样？”英国人叫起来。

土著说：“他们在回忆土拉。”

“土拉是什么？”

已经没有人能说清楚土拉的含义了。英国人很武断地认定土拉就是突厥，突厥是铁的意思，以铁铸剑便是冷兵器，以铁开地长出庄稼，在东方人看来，庄稼和人的生命是从泥土里长出来的，是土拉出来的。英国人凭想象和经验下结论，从他们后来的生活来看，这种结论是有些道理的。

三岁的小马

他们住在遥远的阿尔泰山腹地，压根就不知道世界上有什么英国人。尽管英国人把地球绕了一圈，把太阳裹在米字旗里，阿尔泰山是傲然独立的，群山跟堡垒一样挡住了外面的世界。

他们偶尔光顾一下布尔津县城，那也是群山环绕的一座僻静的小城。在这个小城里可以听到一些陌生的词汇，比如英国人。他们觉得这个词很可笑，因为他们看到了鹰、群山，草原上经常可以看到鹰，竟然这么一个国家，想飞到天上去？他们的口气比当年到达印度的英国人还要武断，他们大声说：“那个奇怪的国家不会在天上，顶多遮一会儿太阳，谁能遮住太阳啊，太阳会把他们的灵魂抛到地上。”

那些吵吵嚷嚷的学生告诉他们：“日不落帝国已经落下来了。”

中学生不相信山里的汉子会比他们强，中学生告诉他们：“世界上最快的不是马，是光，光一秒钟跑 30 万公里。”

山里汉子说：“我们几百年前就离开马背了。”

“你们明明骑着马呀！”

他们的马拴在林带里，都是高大壮美的伊犁马，他们说：“那不是马，那是我们的心力和勇气，人的心力和勇气比闪电快。”

学生的老师也在这里，老师告诉学生：“爱因斯坦也承认有一个比科学更伟大的宇宙生命。”

那些山里人喝足了酒。他们的缸子干了，他们站在太阳底下很仔细地瞅缸子，缸子淌出最后一滴酒。他们骑上马走了。

老师说：“他们是哈萨克人还是蒙古人？”

店老板说：“他们是最古老的蒙古人，是窝阔台的后代，窝阔台喝酒喝死了，他的后人还醉在酒里。”

“他们不是住在喀纳斯湖边吗？”

“那不是湖，那是蒙古人梦里的路。”

“梦幻之旅，太奇妙了。”

老师大学毕业刚到布尔津工作，对这里的一切都感到惊奇。店老板告诉他更惊奇的事情，住在喀纳斯湖边的蒙古人叫图——瓦人，老板说图——瓦时很吃力，嘴巴都歪了，离开喀纳斯，图——瓦就成了土拉，离开阿尔泰，到北屯，到克拉玛依，土拉也叫不出来。

老师就想看看那个神秘美丽的湖，他的心思离开讲台，讲课老出错。校长训他的时候，他嘴角带着笑，眼瞳又黑又亮，校长就火了。发火没用，老师的神情还是那么光芒四射。大家认定小伙子爱上漂亮丫头了。布尔津虽然偏远，丫头却很漂亮，草原森林和绿色温暖的河流滋润着这里的女人。整个阿尔泰山堆在黄金和钻石上边，女人不用打扮就有一种迷人的光焰。

那火焰蓝幽幽的吸引着年轻的语文教师，整个一学期，他梦话连篇，校长拿他没办法，大学生在这里是宝贝。好不容易熬到放假，校长打算跟小伙子长谈，房子已经空了。

小伙子徒步进山。他嘴里咕噜着土拉土拉就像噙了一口水。土拉土拉土拉土拉土拉了两天两夜，土拉越来越清晰，他的喉咙跟一架风琴一样一下子让山风吹响了，发出响亮的图瓦，他整个人就像从地底下冒出来的幼芽，挺立在深蓝色的湖边。

跟地理书上说的一样，美丽的喀纳斯躺在 30 多公里长的山谷里，两岸的树木油彩般闪亮，树叶跟金属片一样。地理书上没有湖光山色那种清凉的气息。那种金属般的冰凉从后背上压过来，湖水在山里转着弯，绕来绕去跟青蛇一样，天空也是这种缓缓蠕动的样子，天空深不可测，沉在陡峭的白云里。湖水和天空融在一起。

图瓦这个词显然是湖光山色过滤出来的。他不停地咳嗽，肺叶隐隐作痛。

图瓦人告诉他："喀纳斯喜欢你，给洗肺。"

"我很健康，我是体育健将。"

"你的人肺都是黑的，外边的人肺都是黑的。"

图瓦人拉他躺下，躺在草地上他就不嚷嚷了，图瓦人说："让鼻子吃饱，让眼睛吃饱，等会儿再喂耳朵。"

他的鼻子不由自主地动起来，跟水管子一样突突跳着，清纯的空气跟水一样流入体内，内脏热乎乎的，好像被装进玻璃瓶里，晶光闪闪。眼睛跟蛾子一样扑向明亮的野花，草丛里到处是花，跟点燃的蜡烛一样。

图瓦人领他到村子里去听鸟，每棵树上都有鸟，鸟叫得很凶，树叶都在跟着叫，整个树响起来，树跟琴一样。

他们离开树木，到木房子里吃马肉，马肉给嘴巴准备的。他们杀了一匹三岁的小公马。宰马之前，老师骑着三岁小马在湖畔遛一圈，小马跑得很欢，把身子跑热了，老师也是一身汗，三岁的小马飘着白汽。主人很高兴。

“你们的汗流在一起，血肉也混在一起。”

老师愣住了。他很快就明白这是怎么一回事，三岁的小马被牵到林子里，主人一刀把它捅倒在地，马蹄子在空中飞奔，奔了好长时间，可以听见它鲜美的血喷射在铁皮桶里。他上大学时就听同学谈过草原上的风俗，亲眼看到还是让他胆战心惊，他担心吃不下鲜美的马肉。女主人端上来时，他嘴巴和肠胃一下子喧闹起来，他狼吞虎咽，主人很高兴，不停地添酒添肉，他的嘴和肠胃从来没有这么结实地消受过食物的冲击。

吃饱肚子，他来到房子后边，草地上有大片的血迹，阳光稠密像一团蜂蜜，那匹小马的气息还留在树林里。他轻轻走过去，那匹马还活着，活在他身上，他的身体明显大了许多，他撞一下树，树差点栽倒，马的力气到了他身上。他问主人：“你吃过多少马？”

“有时多有时少，说不清。”

“这么多马跑进你的身体，你受得了吗？”

“有些马进来，有些马就出去了。”

“你不难受吗？”

主人不明白他的意思他再说一遍，主人就懂了。

“谁能让好马随便跑掉呢，好马要跑到好女人那里去呢。”主人问他，“你的女人好不好？”

“好啊。”

“怎么没跟你来？”

“她在乌鲁木齐，离阿尔泰太远。”

“那有什么用呢，又好不成。”主人小声问他，“你们好过吗？”

“我们好了好几年了。”

“不可能吧？”主人捏他的肩他的背和胳膊腿儿，“这哪像跟女人好过的身体，要不是我这匹马啊，你压根就想不起女人。”主人语重心长：“汉人兄弟啊，快跟女人好吧，要跟女人好起来呀，一匹马是不够的，你天天想放马出去，那马啊能把你踏成草原，男人有了自己的草原，马一匹接一匹就出来了，多么好的女人你都能去好一下。”主人跟老大哥似的开导他这个汉人兄弟：“我的小马会给你带来好运气。”

老师刚走出校门，他这个年龄的小伙子差不多有梦遗的经历，跑马是很羞人的，在图瓦人嘴里却充满巨大的诗意：当你找到一个好女人的时候，生命的河流就到了绿洲。好多河流消失在沙漠里，青春总有那么一段荒凉的岁月。图瓦大哥边喝酒边拍他的肩膀：“河啊要流到大海，酒啊要喝到心里。”图瓦大哥不再咕噜咕噜灌酒，酒浆就像在深山奔流，源源不断，没有尽头。

“汉人兄弟呀，生命是没有尽头的，跟你爱的女人好了，以后啊不要停下来，停下来就干啦，干了怎么活呀？”

他结结巴巴舌头粘在牙上了，老大哥直摇头：“没好吗，那不算你的女人。那也算你的女人，全世界的女人都是我的了，你们汉人那种好法呀，欺负女人呢。”老大哥很认真地告诉他：“我的马交给你了，三岁的小马呀不能让它夭折了。”

布尔津虽然偏僻，丫头却很漂亮；那种亮光是草原森林和绿色温暖的河流滋养出来的，整个阿尔泰山就端坐在黄金和宝石上边，女人不用打扮就有一种迷人的光焰。

老师身上跳动着三岁的小马，谁都能看出这匹儿马，不是在金色草原上，是在小伙子宽敞的胸膛里踢踏踢踏跑着。

有一个最好的丫头注定要成为他的大海，她被小伙子约到布尔津河边，僻静迷人的地方，那也是河流湍急的地方，三岁的小马奋不顾身蹚过激流湿漉漉，跃上陡峭的河岸。太阳很快把他们晒热了，三岁的小马不惜力气，又冲上去，河流再也容纳不下他的生命了，他喜欢到深水区去畅游。跟好女人好起来，一匹马是不够的。他很自豪地告诉女人："做我的妻子吧！"

句 号

他很容易忘掉了乌鲁木齐的女朋友，如果不是女朋友自己多事，记忆的河流肯定会把她冲到沙漠。新疆许多河流都这么无声无息消失在大漠里。在乌鲁木齐人的眼里，布尔津是极其荒凉的地方，人们提起那里就会产生巨大的同情和不安。他们同学了四年，好了一场，一个分到遥远的布尔津，另一个留在乌鲁木齐。她很快爱上了另一个人，她几次提笔想告诉他自己另有所爱，写几句话就写不下去了，她下不了这个手，就像核大国的元首，火气再大，也不敢按原子弹的按钮。她决定亲自去一趟。她坐上乌鲁木齐至阿尔泰的长途车，就像去救济非洲难民。到北屯倒车，三拐两拐拐进四面环山的布尔津。他的神情根本没有绝望没有沮丧没有气急败坏这些破烂玩意儿，他快认不出她了。他眼睛里的光炙了她一下，当然，她看不见他身上那匹神奇的马。

他们坐在小城一家幽静的饭馆里，窗外平缓的山坡草地上有一群悠闲的马。她几次提到马，他嘴里应承着，他身上那匹马没有动静。他们同时想到了彼此的所爱，他们都很兴奋，跟草地上那群马一样悠然自得。鸿门宴就这样变成了一次愉快的旅行。

他陪她到山上去。山脉缓缓升起，就像徐徐展开的一幅油画，灰蓝的岩石，深蓝色的河流湖泊和天空，沉浸在其间的是大片大片金红金黄的树。山谷里有一种沉静而神秘的蓝光。

“那是喀纳斯湖。”

“听说里边有一条大红鱼，我们能看到红鱼吗？”

“看到红鱼的年轻人要结为夫妻。”

“我们去看看吧。”

“不通车，那是鹰道。”

“你不想带我去。”

“鹰会跟我决斗的。”

“那就让大红鱼来裁决。”

“这倒很公平。”

他们笑。

他送她到车站。

“我这个导游还可以吧？”

“谢谢你！”

“不要谢我，谢阿尔泰吧。”

班车开动时她看了一眼阿尔泰山，后来这块偏远洁净的地方常常出现在她的生活里。

丈夫爱她，她爱丈夫。她没法不爱丈夫，她走出校门，碰到第一个优秀男人就是丈夫。丈夫年纪轻轻就当上了重点中学的教务主任，从后来的生活来看，他一直很优秀，那种男性魅力是校园里的大学生无法相比的。在很幸福的生活中，她渴望更多的幸福。她显得很贪婪。她总是不经意地跟别的男人碰在一起，很快又走向另一个男人。每次外遇都让她懊悔不已，从懊悔中激发出对丈夫更大的依恋和爱。

丈夫是数学教师，教学能手。他把妻子的这种间歇性情绪归纳为坐标轴上的抛物线，他喜欢这种波浪式的曲线，妻子苗条的身体也是这种曲线，妻子每起伏一次，这些曲线就显得更丰满更有力度。婚后的第三年，他就抛开教具，一根粉笔很随便地在黑板上画出坐标轴，在坐标轴上再画出非常复杂的曲线，圆和椭圆也是一挥而就。这手绝活把学生震得目瞪口呆，让同行佩服得五体投地。这已经成为他的娱乐方式，跟老干部练书法一样，吃过饭，咬一根烟，在纸上画圆画抛物线。

妻子太神秘太不可思议了。

妻子总是感到莫名其妙。

妻子是教语文的，对这些几何图形和抛物线不感兴趣。不过她不反感丈夫的举动。有时她也会赞美几句，那些波浪线汹涌向前，她会加上几笔，让那曲线永远波浪下去。当然她的功力比丈夫差远了，丈夫会修改，丈夫追求优美。

“数字要精确，精确到极限。”

当丈夫的抛物线进入高潮时，她的新生活也进入高潮。她感到害怕，她的日记里出现一串串句号。她成功地给初恋画上句号。她相信她也能给这些充满神秘色彩的地下生活画上句号。在句号里的男士都消失了。有时会在大街上相碰在一起，彼此看一眼，点点头，匆匆而过。那个圆圆的句号把一切全注销了。注销得干干净净,连一点流言蜚语都没有。刚开始她在日记里记这些地下生活，记录得很详细,有好几大本,锁在一个小箱子里。那个箱子在办公室不在家里。她是有秘密的女人。她的秘密在萎缩，越来越简单，从几句话到一个个句号。可事实上，她从来没有停止过这种生活。她就看这些句号，让句号变大，从豆粒那么大变成一枚枚硬币变成鸡蛋，成为一个标准的圆。她没意识到这个圆跟丈夫的圆有什么关联。她是感情丰富的语文老师，跟数学不搭界。她沉迷于圆里的空间,许多圆排列起来就是一条深不可测的隧道。隧道没有尽头可有开始，从第一个句号开始。

第一个句号，就是第一个句号。

她抓起电话，连续问了好几个同学：打听到第一个句号的电话号码。六位数是个天文数字，她摁下一个圆，又摁下一个圆，每个圆都发出嘟嘟的响声，就像按一架钢琴，她在调试音色。电波穿越准噶尔上空，从阿尔泰山腹地的布尔津小城传来遥远的回声，音乐就这样开始了。

“喀纳斯是圆的吗？”

“是长的，躺在山谷里。”

“有多长？”

“30多公里，算上河道就说不清了。”

“它有河道？”

“它是额尔齐斯河的上源，流出国界，一直流到北冰洋。”

额尔齐斯河静悄悄的。

她走进书房，丈夫的手已经从抛物线上下来了，丈夫很平静地告诉她：好几年前那次阿尔泰之行，他也去了。

“我担心你的安全，那种事很容易发生意外。”

“你看到了什么？”

“他是你的同学啊？”

“是我的同学。”

“我总是提心吊胆。”

“那么僻静的地方怎么会呢？”

“那里确实很安静。”

“你也安心了。”

丈夫笑，丈夫的手也在笑：“你是我的好妻子。”丈夫的手边笑边画圆，他们过了一次夫妻生活，非常圆满。

“我们永远这么圆满下去！”

“永远永远！”

这仿佛誓言！她咬紧牙攥紧拳头，一遍遍默语这个无法企及的圆，这个圆跟车轮一样旋转着。她头晕目眩。

又一次幽会开始了，更激烈更狂迷。事完之后，她惊慌失措逃到丈夫身边，让丈夫抱紧她，丈夫的手臂快成绳索了，她还不满意：“你用劲呀！”她发火奚落，丈夫不吭声，平静下来她就抱歉地一笑：“你给我上手铐吧。”

“你怕什么呢，有坏人欺负你吗？”

“全世界的坏人都在欺负我。”

“那是幻觉，你需要安静。”

那个偏远洁净的地方又出现在她的生活里。电话机跟乐器一样，发出美妙的音乐，她摁那些号码时有一种神圣的感觉。

“你好吗？”

“我好啊。”

“你怎么那么好？”

“安安静静过日子么。”

“你怎么那么安静？”

“守着那么大一个湖，能不静吗？”

“你那里真安静。”

“图瓦人比我更安静。”

她要说图瓦这个词时，舌头就不听使唤了，他在电话那头笑：“你不要说这个词，你说不出来。”

“你能说我就不能说？”

“这是个洁净的词，离开喀纳斯湖就走调，布尔津县城只隔一座山，就变成土拉，出了阿尔泰连土拉都没有了。”

“乌鲁木齐呢？”

“你刚才不是试过了吗？”

“他们为什么那么幸运？”

“他们征服了世界，征服了好几百年，他们厌倦了动荡不安的生活，他们想回到不儿罕山下的土拉河，阿尔泰却成了他们的故乡。”

“那是个句号呢。”

“句号？什么是句号？”

“语文老师不知道句号！”

“我从来没有把我当教师。”

“那你是什么？”

“我是这里的一丛植物。”

“老婆孩子呢？”

“她们是树，一棵白桦树，一棵红桦树。”

“红桦树？”

“那是我的女儿，跟她妈一样高。”

“她们长在你的草地上。”

“草太小啦，那是两棵树的草原。”

那辽阔的声音一下子覆盖了准噶尔。

她放下电话，夜已经深了，黑暗中有一股汹涌的蓝色波涛，她躺在床上，那波涛就沉静下来。要去喀纳斯湖是很容易的，可她喜欢他的叙说，话语里的喀纳斯无边无际跟大海一样。说吧喀纳斯，至少可以说出这个洁净的词，说吧喀纳斯，她的舌头只能跳出喀纳斯，她吐不出神圣的图瓦，她的脑子里可以闪现图瓦，图瓦浮出大脑，大脑就成为海洋。只要是图瓦，他就无法拒绝。我从来没有离开你。她的一次次反抗，引发出令人绝望的故事。让我在话语中复活吧。她相信那深邃而清澈的湖水是另一种火焰。是喀纳斯的红舌头。我沉沦我必将在水中复活。呜咽如同大海彻底淹没了她。她的脸埋在枕头上，就像潜入水底，所听到的任何声音都是洁净的。说吧喀纳斯，说吧图瓦……不会再有句号了，不会再有了……无论是喀纳斯还是斋桑淖尔，那蓝色的河流是永不遏止……

达木干

冰雪消融的地方，露出棕褐色的马背，马鬃在风中唰唰飘扬，马鬃长出了穗；跟燕子尾巴一样的是燕麦，跟丫头辫子一样的是大麦，那是图瓦人最早的庄稼。那也是马爱吃的饲料。

“我们跟马吃一样的饭。”

“那是马对我们的恩惠。”

图瓦大哥让老师吃燕麦吃大麦。

“我们的三岁小马在你身上，要用我们的粮食喂养它。”

“给我吃吧，给我吃就是给它吃。”

“你多吃些，不要亏待我们的小马，走的时候再带上些。”

图瓦大哥喊他的女人，叫他女人给汉人兄弟弄些达木干。老师要去帮忙，大哥生气了：“这是女人干的活，你是女人吗？”

“我想看看。”

“这有什么好看的？”

“大哥大嫂的生活对我们汉人来说简直是神话。”

“你说是《江格尔》？”

“《江格尔》是《江格尔》。”

老师念过大学有文化，大哥相信老师的话。大哥乐意陪他一起看达木干。

“要在过去啊，你就是我们草原上的大喇嘛。”

“这里没喇嘛庙？”

“喀纳斯不需要喇嘛庙，阿尔泰山就是金顶，蓝蓝的湖水就是佛的光芒。”

他们坐在木墩上抽着烟，是大哥自己种的烟，老师抽一口就咳嗽，眼泪都呛出来了。

“抽我的烟。”

老师掏出红雪莲，大哥说纸烟没劲。

“尝尝，尝尝。”

“尝过，越抽越困，嘴都张不开了。”

“有这么严重吗？”

“你以为抽烟是玩吗？烟是撬嘴巴的，男人要有一张大嘴，才能跟馕坑一样烤女人。”

大嫂的脸红扑扑的，当着男人的面干活很不习惯。她到邻居家去叫人做伴。房子都是分散的，就像枝杈很大的树，彼此有很大的空隙，大嫂要在那个空隙里走十多分钟。在木房子的四周围着低矮的木栅，针草和芨芨草一直长到房顶上，房子上正面露出整洁的圆木，墙和门窗，木房子的尾巴跟大地连在一起，就像地面隆起的土丘。

邻家的女主人跟着大嫂过来做达木干。燕麦和大麦都是新的，晾在院子里，她们抓一把，扬起来，麦粒发出干爽的唰啦声，她们对阳光不大放心，放嘴里嚼声音很脆。她们开始舂大麦和燕麦。院子当中有两个木臼，是用橡树根做的，蹲在院子里像壮实的黑熊。黑熊张着大嘴，吞吃大把的麦粒，桦木杵咚一声落下去，木臼里扬起细白的尘雾，麦子的芳香飘过来。

大哥说：“我们的女人就爱干这个，麦子的魂落在谁身上就是谁的福分。”

“你为什么不干呢？”

“男人去抢女人的福分，算男人吗？从前政府给我们弄来磨面机，接了电线，我们的女人不干，她们精着呢，她们不愿意让机器拿走麦子的魂。”

大嫂说：“可你连看都不看。”

大嫂已经习惯了在男人面前干活，感觉很不错，邻居也很兴奋：“就像两个太阳照着，躲都没法躲。”大哥就嚷嚷：“我去喊你男人，他不要放羊啦，他来照你。”

“大嫂等一会儿给我们舂麦子，我们的梅尔汗就能照上嫂子。”

“梅尔汗把羊群赶到哈巴河去了。”

“羊群走得再远，牧羊人的眼睛留在木房子里。”

达木干的咚咚声越来越大，面粉在木臼里翻滚，跟布尔津河湍急的白浪一样。从女人丰满结实的胸膛里传出达木干歌：

扎格勒——跑啊，咚！扎格勒跑呀咚咚！

太阳纺线线啊，咚！太阳纺出马鬃咚咚！

马鬃飞出燕子啊，咚！马鬃飞出好看的丫头咚咚！

丫头抱木头咚！丫头木头白桦树木头咚咚！

丫头木头红桦树咚咚！

丫头木头丫头木头咚咚！

白桦树木头咚咚！

红桦树木头咚咚！

扎格勒的骨头咚咚！

扎格勒的汗珠咚咚！

扎格勒——落下来哟咚！

木杵停在木臼里，两个女人的脸跟烧红烙铁一样，阳光嗞嗞叫着被烫弯了，她们靠着木杵喘气，她们没有流汗。

“她们没有汗，怎么在歌里唱出了汗？”

“歌就要这么唱啊，汉人兄弟你怎么不懂歌呢？”

“劳动和汗水是天经地义的。”

“她们做丫头的时候，就是父母的好帮手好劳力，一个好劳力是不会流汗的，男人可不想要一个动不动就流汗的女人，湿乎乎会发霉的。”大哥跟揪树叶一样揪住老师的耳朵小声说，“女人跟男人好的时候才流汗。”老师的嘴巴跟眼睛一样大：“她们能唱出来？”

“那是劳动啊，汉人兄弟，放羊放马种地捕鱼都不能跟那种劳动比啊！”

大哥双腿一伸，那豪迈的歌跟马一样从胸腔里冲出来：

扎格勒——跑呀，咚！

扎格勒跑呀，咚咚！

跑来的都是好扎格勒，咚！

好扎格勒流汗啊，咚！

流成河啊，咚咚！

河里有鱼啊，咚咚！

那是大红鱼啊，咚咚！

大红鱼出水啊，咚咚！

大红鱼升起来啊，咚咚！

大哥的咚声是用拳头杵出来的，地上杵出一个坑。

大嫂蹲在木臼前，一勺子一勺子舀麦粉，舀一下子看一下她的伙伴；她脸上挂着笑，她的伙伴也挂着笑，她们拧对方的脸，把麦粉沾在滚烫的脸上，麦粉发出粮食特有的香气。

他们很快就尝到了新做的达木干，大嫂用奶茶拌上达木干，端上来。

大嫂和她的女伴匆匆吃一点，又去舂麦子。

燕麦和大麦，金光闪闪，就像太阳从辽阔苍空分出来的一条小溪流泻入木臼。

“跟牛奶头一样，胀乎乎的，女人就这么好，能把牛和麦子搅和在一起。”

“可我一点感觉都没有。”

“你吃的东西没有灵魂，舌头就成旱地上的鱼。”

大哥的眼神很忧郁：“汉人兄弟啊，手可是长生天给我们的宝贝，要好好用它，用它找我们喜欢的女人，用它找吃的找穿的，从你手上经过的东西，都会带走你的灵魂。”

老师的舌头吐得很长，都变凉了。

大哥说：“让鱼到水里去吧。”

舌头就回去了，舌头在嘴巴里翻卷，像受了伤，老师捂着嘴往回走。

大嫂说：“他的舌头会不会掉下来？”

“汉人离水太远，要好起来很困难。”

“他是尊贵的客人，你应该去陪他。”

“他想一个人遛遛，喀纳斯湖是我们图瓦人的神也是汉人的神。”

“万物的神显灵吧！”

“会显灵的。”

老师走在黑夜里，好几次碰到石头，栽倒地上他都没松手，他怕舌头掉了。舌头跟鱼一样应该回到水里。

老师爬起来，树杈老碰他的头，疼得他眼冒金星，星星飞出去，飞上树顶飞上天空就不动了。他自己的星光照耀他自己。树在星光下清晰起来，树与树之间有很大的空隙，可以穿过一群牲畜。

他踏在牛粪上，踏起一股呛人的气味，跟烟草一样，他咳嗽起来。越接近湖边，牲畜的粪便越多，他踩到马粪踩到牛粪。在冰凉的夜晚，牲畜的粪便跟啤酒一样。

从湖面吹来的风越来越紧，他好像瘦了一圈。离湖边还有一段路，他老感到已经踏进湖里了，唰唰的牧草声很像溅起的水浪。湖光比湖大得多，湖光涌到他胸口涌到他脖子上，他呼吸有点紧张，舌头反而活跃起来，他可以松开手，让舌头自己动。舌头并不像他担心的那样活蹦乱跳，舌头只是轻轻地舔着上颚，舔着牙根，跟湖水拍打堤岸一样。他蹲在地上，他在想象他的舌头。在他的想象里，舌头回到湖底，在清澈与深邃中恢复元气。在他后来的生活中，他如此这般亲吻他亲爱的妻子，从叭叭啦响的骨头缝里从辽阔的胸腔奔腾而来的生命气息徐徐地进入妻子的大地。

舌头回到水里。

老师跟他的图瓦大哥一样直爽，当清澈的湖水涌上喉咙时，他的手就跟红鱼一样升起来，伸向电话机，他告诉乌鲁木齐那个无法安静的女人：

“回到水里，回到水里你就安静了。”

“我知道你所说的水。”

他听到哭泣。

“不是泪啊。”

“我知道不是泪，可我想流泪。”流了很久，“你说吧，说那个湖。”

“跟大海跟河流都不一样，湖水跟舌头一样吮着大地。”

“是大地吮着湖水。”

该他吃惊了，他抱着电话，一下子陷入男人的困境。

那个湖滨之夜，神灵都出来了；牧草的鼻尖渗出晶莹的露珠，猫头鹰在林子里轻轻滑行，草原和群山的女子都是盖着猫头鹰的羽毛入睡的，她们的脸红得像玫瑰，狐狸对着月亮伸出双臂祈求一件好衣裳，一只银狐在大地上是很骄傲的。

老师离它们很近，草舔他的脚他都不知道，他太耽于幻想。

图瓦大哥说这不是毛病，这是人最宝贵的东西，没有幻想就没有这么清澈的湖水。

大嫂说猫头鹰和狐狸一直跟着你。

“狐狸为什么跟我？”

“你不希望你的妻子媚你。”

语文老师的脑子里闪出狐媚这个词。

图瓦大哥笑：“你老婆想你啊，好女人打瞌睡都想自己的丈夫。”

“你赶我走？”

“客人住在家里，就等于太阳照着你的院子。你的老婆想念你呀，就等于月亮照着窗户，让月亮照照你家的窗户，你老婆会更漂亮。”

有天夜里，老师到村子里解手，突然叫起来：“狐狸，狐狸！”大哥提着猎枪跑出来，抽抽鼻子，闻不到狐狸的骚味。

“你媚狐狸了？”

“怎么会呢？”

“好女人啊，好女人不光是老婆。你不要嘴硬，你开始媚狐狸了，你身上有硫黄味。”老师反复证明自己的清白。大哥说睡吧睡吧，当心着凉。

“我……”

“你爱想象，可能是你想象中的狐狸。”

“夜完全成了蓝的。没有星星，没有月亮。夜怎么就不黑呢？”

“你要做梦啊，就跟地要种庄稼一样，要捂上厚厚的牛粪马粪和羊粪。”

“狐狸在想象里没事吧？”

“是好事。”

“那还是好事？”

“喀纳斯湖就是我们的祖先在斋桑淖尔捞出来的。”

“狐狸跟女人连在一起呀？”

“想女人有多好啊，汉人兄弟你有病是不是，没有好女人活着算活吗？”

“可那么多女人。”

“你是大海，不量一洼子浑水。”

狐狸就这样进入老师的想象。狐狸高度警觉。老师小心翼翼地梦想着。他还梦见大哥，大哥在跺脚在骂他：“汉人兄弟呀，狐狸回到了水，你想让它变虾变蛤蟆吗？那是一只红狐，一只漂亮的红狐啊。”

那只阿尔泰白桦林里的红狐一下子跳起来，跟鹰一样扑向湖水。

大红鱼！图瓦大哥忽坐起来。老师还睡着。

大红鱼

图瓦大哥想起红鱼升起的那天早晨，狐狸在屋顶上直直站立，站了一晚上。天亮时狐狸跳到院子里，火红的尾巴在窗户上一闪，院子里像着了火。狐狸越过柴火堆，窜进白桦林，窜上山坡草地，那里生长着一大片燕麦。燕麦被惊得哗哗直响。

老爹说：“孩子，你迷狐狸啦，快到湖边去吧。”

老娘一声不吭，默默地看着儿子的背影。

那天早晨，老娘的浑眼一下子清澈起来，跟蓝色的湖水一样，老娘看见红色的鱼群从湖底升起，老娘的眼瞳里跳出火焰。老头子叫她做饭，她说：“这种日子我能做饭吗？”老头子很奇怪，老伴做了几十年的饭，今天不想做了。

“你叫我吃什么呀？”

“多好的早晨啊，先把嘴巴放一放。”

老头子看见老伴眼睛里清澈的湖水，老头子就不嚷嚷了，他连烟都灭了，这么好的早晨，山谷吐纳着青沉沉的烟雾，他吸这些雾气就足够了。他的肺跟树叶一样透着那么点金黄，哗啦哗啦响。湖边所有的树都响起来。掠过一团蓝光，很快成了白的。

图瓦大哥没有找到那只狐狸。梦还冒着热气，在他头顶盘旋，他走到湖边，湖水伸出舌头舔他的脚，他失神地看着湖，他一定要看出湖的深浅。他在这里生活了二十多年，他从来没有这么强烈地冲动过。传说中的喀纳斯深不可测，人们把她视为神明。图瓦大哥要看这个伟大的神明。神明用冰凉的舌头舔他的脚。

他走上山坡，神明的舌头还在舔呀。

他走上山顶，跟树在一起，神灵的舌头一直跟着他，站在他身边的是一棵高大的杨树，树叶在风中呼唤他，他攀到树上，神明的舌头就跟到树上。

真像传说中的那么深不可测吗？

在阿尔泰山顶的青杨树上，可以看到山那边的湖水，好像山被湖水抱在怀抱里。他就是这样长大的，他站在阿尔泰任何一个地方都是一座山啊，他的臂膀伸出去就是一道结实的堤坝。他必须看清湖水的深浅。

红鱼就是在他专注的眼神里升起来的。

喀纳斯有许多红鱼，能跃出水面的只有一个，它有一条船那么大，它一直是在湖底。在图瓦人的传说里，船儿一样大的红鱼是来拉人的，一个男人拉一个女人。

神灵的冰凉的舌头终于把图瓦大哥的脚舔热了。他从高高的青杨树上跳下来，十几丈高的青杨树能把人摔成肉酱，被神灵舔热的人，身轻如燕，落到地上，奔到山下。

湖边有一个好女子早早出来挑水，神灵的舌头舔她的手，很快就把手舔热了,红红的跟红鱼一样闪闪发亮。这么好的女子并不知道她手上的鱼在干什么。那一闪一闪的红光照到深不可测的湖底，照到小船一样的大红鱼身上，好像有船工在使劲,大红鱼嗖嗖蹿成一股风,湖水涨了又涨,湖岸的石头嘎巴巴裂开了。大红鱼跃出水面的那一刻，湖水又退回去。大红鱼跟太阳一样越升越高，一直升到阿尔泰山顶，从山顶越过去，跟一道彩虹一样，那边的湖水把它接住，盘旋着沉入湖底。

一个男人一个女人,失神地看着那奇异的彩虹,看了很久终于看到了对方,女人舀一马勺水递给男人，男人咕噜咕噜喝起来。

“水我喝了。”

“想喝就来，反正你喝不完。”

女子挑上水晃晃悠悠走了。

喀纳斯蓝蓝的湖水躺在山谷里深不见底，提在桶里心里就有底了。他就娶了这女子。果然是个好女子。他好那女子时候，就有大红鱼飞越阿尔泰山的感觉。无论他飞得多高多猛，好女子跟湖水一样总能让他盘旋着缓缓降落。他又重新崛起，一次又一次，永不遏止。他常常听到马叫。

那是一些高大的伊犁马。

他们的祖先把蒙古马交给渥巴锡汗，斋桑淖尔的植物马把他们驮到喀纳斯湖。他们就开始种地。

种地是汉人和塔兰其人的营生。汉人和塔兰其人修筑渠道，挖掘深井，在中亚星罗棋布的绿洲上种小麦种玉米种水稻，什么都种。

在所有的庄稼里，他们对燕麦情有独钟，燕麦是从马鬃上飞出来的。他们也喜欢大麦，麦子怎么能小呢，一个麦穗就是一个牛奶头，就是一头山羊。他们的地里只种燕麦和大麦。他们不挖井不修渠，水的方向是不可改变的，他们固执得要死。汉人和塔兰其人劝他们好好利用这块风水宝地，把水引到地里，可以种更多的粮食。他们就说："长生天给的风水宝地埋上种子就行了。"他们反反复复就是这句话。汉人和塔兰其人是大地上最早的庄稼汉，中亚腹地能种庄稼的地方都种上了，谁也没想到山里来种地。山里一直是蒙古人哈萨克人柯尔克孜人的冬窝子，是牲畜们的天堂，庄稼在那地方啊，会被野草吞吃了。谁也没想到阿尔泰山的肚脐眼上有这么一块风水宝地，不挖井不修渠，连泉水都不用。

图瓦人说："泉水是润嗓子的。"

图瓦人在山坡向阳的地方种粮食。粮食是植物里的王者，图瓦人是用一个大拇指就把汉人和塔兰其人给镇住了。塔兰其人的祖先最早教会蒙古人写字，汉人的祖先给蒙古人带去更多的书，数也数不尽。汉人和塔兰其人都明白粮食是大地上顶好顶好的东西，可他们就是不会竖大拇指；他们对英雄豪杰对圣贤竖大拇指，他们从来没有对地里的庄稼竖过大拇指。图瓦人的声音拖长长的："麦穗就长这个样子嘛，一个顶一个，奶牛山羊都不行的。"

图瓦人的大拇指哗啦啦一大片，山坡向阳的地方全是粗壮金黄的大拇指。那个伟大的世界征服者成吉思汗，在接受汉人维吾尔人和阿拉伯人的文化以后，依然保持大漠淳朴的古风，大汗颁发的文告圣旨不用印章用手摁，大拇指轻轻一摁，留给世界的是一枚枚带着体温的指纹。

"他们的粮食是马蹄子踏出来的。"

汉人塔兰其人种不出这么好的粮食，就这么安慰自己。

图瓦人的粮食确实是马蹄子踏出来的，他们的农具很短很粗糙，就得使出大力气。汉人的铁锨耙子塔兰其人的坎土镘被他们改造得失去原样。他们喜欢这种古朴的样式。他们有他们的理由："手轻松地就不轻松。"他们比汉人塔兰其人更了解土地。他们的地开在山坡平缓的地方，草长得高长得旺，就像大地的绿色火焰，那是大地生命力旺盛的地方；秋末，牧草黄透了，他拿上芟镰收割大地的黄金。那是个很庄重的仪式，女人们把草晾干，捆好，留给准备下崽的母畜吃。母畜与土地有一种神圣的关系。男人挖开处女地，在降雪之前翻三次，让土地吸足阳光。土地干爽松软，跟厚毡一样，雪无声无息落到上面。整个冬天，土地都是干的，与白雪切肤相磨，直到第二年春天，太阳"嘭！"一声破土而出，积雪一下子软在大地的怀抱里，积雪压根想不到太阳会从身子底下涌上来；那是潜伏了一个冬天的太阳，轰隆轰隆跟野马群一样疾驰而来。

图瓦人盼来了他们希望的沃土，肥沃的黑钙土，保持了牧草的成熟和养分，他们梦想中的粮食也是这种养分。他们的身体透出一种高贵的金黄，简直就是从石头里蹦出来的金人。土地在他们热烈的期盼中喝干了雪水，土地长出新芽，土地追逐阳光。

"他们的麦子驮在马背上。"

汉人和塔兰其人羡慕得要死。

那天清晨，图瓦大哥听到马叫，早早来到地里。麦浪滚滚跟野马群一样，他不知道麦子要奔向哪里。

达木干是不能含糊的。

麦浪拥着他走上山坡，走到那高大的橡树跟前。这是一棵年轻力壮的大树，好女人应该有这么一棵大树。他用了整整一天时间，砍倒那棵树，用它的根做了两大木臼。老人用过的木臼劈成柴火，妻子要在丈夫做的木臼里开始新生活。

妻子说："再做一个吧，就用这棵树。"

树干很长，他裁下最好的一截，做一个小木臼。

木杵是用红桦树做的。妻子抱着红桦木杵一起一落就像红鱼飞跃阿尔泰山顶。看着妻子高兴的样子，他拧一把她的腮，拧出一大朵好看的笑。

“你把它牵过来。”

麦浪像一群黄膘马在山坡上奔腾，银月当空，他连夜把麦子收了。她太心急了，她要听木臼的咚咚声。

“在娘家你干过么，跟一头牛似的。”

“在娘家是牛，在自己家就不是了。”

“是什么呀？”

“我不知道。”

新娘子跟鹿一样跳起来：“这是女人的事，你走开。”

他躺在房子里听着咚咚的木杵声，他还听见麦子唰啦啦的响声，滚滚麦浪滚滚麦浪啊，到了女人手里会是什么样子？他在梦中还想这个问题。

有一天，他骑着高大壮美的伊犁马走下山坡时，看见自己的女人在院子里舂大麦，那个粗壮的橡树做的木臼就像卧在地上的马，在等女人上去。女人为什么不上去呢？

我们离开的只是渥巴锡汗的马，我们自己的马一直跟着我们。

我为什么要上去？你骑马我也骑呀！

妻子红扑扑的脸盘映红了整个天空。

有个好女人日子就很省心。

银　鹿

两个老人成了闲人。他们忙活一辈子，他们的手脚捆在木杵上捆在锅灶上捆在牲畜和大地上，捆得太久了，他们用过的许多东西都成了破烂，媳妇把它当柴火烧了。老爷爷说："太阳笑呢，太阳对我们很满意。"老婆婆望着新崭崭的木臼和木杵，眼馋得不得了，老爷爷就劝她："看看没关系，千万别动它，动一下你的手就取不下来了。"

"我想让手回去。"

"你干不动啦，省省心吧。"

他们就坐在院子里看媳妇忙这忙那。老婆婆眼馋得不得了。

"她就像一只鹿。"

大个子媳妇手脚活脱，神态从容大方，家里的坛坛罐罐各种杂什在她手里乖乖的，就像一群听话的小动物。老婆婆忍不住叫起来："我也有过这种日子。"

"那时候你跟她一样。"

"什么样儿？"

"一只鹿呀，跟林子里的鹿一样。"

再待下去老婆婆会更伤心。老爷爷就哄老婆婆："鹿叫你呢。"老婆婆还真的听到了呦呦鹿鸣。

他们走上山坡，穿过一片草地，牧草"哗"——全黄了。

"这是我们阿尔泰的金子。"

老婆婆手上有一个大金镯子，那是老爷爷年轻时从金沟里淘的梅花金，十颗梅花金打成这么一个金镯子，陪了老婆婆一辈子。她卸下金镯子放在草地上，金镯子跟土拨鼠一样很快打了一个洞钻进去了。

"金子走呢。"

"它会回到原来那条沟里。"

老爷爷已经记不清是哪条沟了。

"反正它要回到老地方。"

“十朵梅花。”

“是十朵梅花。”

老婆婆年轻时真是一只漂亮的银鹿，洁白的身子上有十朵好看的梅花，老爷爷为这梅花苦了十年，苦出十朵大地的金子。一个好女人戴上金子走进木房子，整个房子就是一只梅花鹿。房子围在林子里。那些树是跟过来的。老爷爷没栽它们，它们一棵一棵从山坡上下来。老婆婆感到惊奇。

“它们骑着马，它们过来了。”

那是他们新婚不久，新盖的木房子还散发着树木的清香，连同烟囱里青青的炊烟都是很诱人的。

白桦、小红桦、小青杨、小橡树从高高的山坡上走下来，包围了他们的木房子。第二年春天，树枝就奔上房顶，白桦和红桦的枝条伸进窗户，她起床时总是碰到树枝：冰凉的叶子跟玉石一样在脸上滑一下，整整一天她都沉浸在光滑凉爽的气息里。就像鱼在水里。“我们的家就像一条河。”

“我们现在流出来了。”

“要流出阿尔泰吗？”

“流到喀纳斯湖，老婆子。”

他们走出金黄的草地走上山坡，林子里的鹿在一声一声叫着，幽静得让人不敢说话。喀纳斯湖水好像到了天上，树倒映在清澈的湖水里。老婆婆小声说：“我们回来啦。”

“那是天空不是喀纳斯。”

他们住在湖边，他们老忘不了明镜般的湖面。

“把咱们都照进去了，你仔细看。”

他们苍迈的影子在清水里浮动，秋天的阿尔泰很难分清蓝天与湖水。老爷爷相信这是真的。他们苍迈的影子在湖水里也在蓝天上。

“我们的房子呢？”

“那不是吗？”

那棵高大的橡树，占好几十亩地，老婆婆远远望着这棵枝叶繁茂的树。

“这就是我们的房子。”

高大的树顶天立地，它认出老爷爷和老婆婆，老爷爷年轻时骑着高大壮美的伊犁马，驰骋山野的形象刻在橡树巨大的年轮上。那时老婆婆是一只银鹿，在林间的草地上采蘑菇，跳得多欢啊，那都是橡树最美好的回忆。橡树 22 根粗壮的枝杈跟礼炮一样发出惊天动地的巨响，树叶跟鸟群一样飞向高空，在迅猛的飞翔中，黄金弥漫天空。

“赤金是最好的金子，我一直找赤金，我把 72 条金沟刨遍了都没找到。”

老爷爷这么一说，叶子全落下来了，下暴雨似的，落叶埋到了膝盖，有金的有红的，赤金离他这么近，他跟孩子一样跳起来，又扑通陷进去。

“赤金，老婆子，赤金啊！”

老婆婆捡起金红的叶子看看，放下又看看。

“这么好的金子只有天上才有哇。”

他们真不敢相信会有这么一天。树叶会带来天上的金子，就像从太阳里挖出来的一样。“只有树才有这么一双手。”

老爷爷举起自己的手：“你也落下去吧！”

老爷爷的手落到地上，一点也不比树叶差，手心里全是金黄的茧子，血管从手背上鼓起跟蚯蚓一样。有血有金子。他的手可以伸到天上。

“算了吧，还是长在自己身上好。”

老爷爷爬起来，拍拍手。林子里亮晃晃的，白桦树跟大地喷出的水柱一样，散发着秋天的冰凉。叶子全躺到地上。它们该躺下了，天上的云也该回去了，天空跟清水洗过一样，白云飘过的地方都很干净，一丝痕迹都不留，真不知道那些云到哪里去了。

“它们回到了喀纳斯湖。”

“它们变成了白鱼。”

山尖上有了晶莹的白雪，他们的头发也是一片银白。

“山尖那么白。”

“那不是鱼，那是你想望的鹿。”

“多好的鹿呀，跑到了山上。”

“喀纳斯湖就是从那里开始的。”

那是有名的喀纳斯冰川，一个晶莹透亮的冰雪世界，他们世世代代奉为圣地的地方，透过疏朗的林子，他们看到了冰川的白光。

秋天要结束了，而松树的叶子跟湖底的水一样黑森森的，松树好像不认识秋天。大地一松手，松鼠就蹿到树上，挖肠拽肚把松子全掏出来了，跟下大雨一样哗啦啦落一地。

松鼠把它们搬回去当饲料。

女人和孩子把它们晾干，拿到布尔津县城换成钱。一袋子换百十来块。

老爷爷说：“一粒金子能卖一麻袋钱。”

孩子们不明白一麻袋能有多少钱，反正松子值不了几个钱。用长竿狠狠揍松树，松树就乖乖交钱，秋天就是这么一个季节，生命一下子放松了。

儿子翻开地，地摊开辽阔的身体透着气。

树叶落光了，林子里全是各种各样的野兽，有狼有熊有狐狸有猞猁，大地把它们全放出来了。

湖里全是鱼，水把它们放开了。

家家户户打开畜棚，牲畜全跑到野外去吃最后的草，牧草和牲畜闪耀着暖烘烘的金窝。

那一天终于来到了，大红鱼游到水边，老婆婆叫老头子快来看呀，他们弯下腰想往水里跳，他们的样子太吓人了，大红鱼游走了。

“它为什么不跳？”

“它老了，它不是丫头小伙子了。”

大红鱼慢悠悠像一条船。

“它到湖心才下去。”

大红鱼游了一上午才游到湖心。

“它还在那儿。”

太阳西斜，大红鱼就不见了。

“它回去了。”

“我们也回去吧。”

他们躺在床上。他们衣扣衣带全解开了，儿子和媳妇打开了门窗，打开柜子箱子，连抽屉瓶子罐子都打开了。媳妇心细，拔开门后老鼠洞的木塞子。老人的灵魂就要解脱了，儿子打开围栏的横木。媳妇拨开窗外的树枝，老人的眼睛一下子清澈起来，喀纳斯来到老人的眼睛里，老人说：“大红鱼要出来了。”两个老人都看到了大红鱼。不是一个，是一大群。

村里所有的孩子穿着鲜艳的新衣来到老人身边，男孩围住老爷爷，女孩围住老婆婆。老人一下子看到这么多红鱼，老人清澈的眼睛流出生命最后的笑，眼睛就浑浊了，生命退缩到喉咙里，生命发出最后的声音。“那么高的橡树，真高兴啊！”

孩子们说：“树发芽了，你摸一摸。”老人摸到的树芽又嫩又光。他们苍老的手握在众多孩子的嫩手里，他们以为那些嫩手是他们的。生命开始苏醒，他们张开嘴吃东西，儿子给他们嘴里塞上大麦和燕麦。

他们被裹上白布，高大壮美的伊犁马驮着他们来到山谷的平地里。儿子在那里挖一米多深的坑，放他们进去，掩上土。孩子们上去踏，然后是马群，马群奔腾着打着圈子，旋上山坡，直奔墓地，翻覆的新土被踏平踏实了。

第二年春天，那里长出两丛燕麦和大麦，很快长成一大片蔓延到野地里。后来，那块地方全成了野燕麦和野大麦，针茅和艾蒿被赶跑了。马总是跑到那里大吃一顿，奔上山顶仰天长啸，白云逃向远方，天空碧蓝，喀纳斯回到天上。

玻璃湖

"真不可思议，夫妻俩能死在一起。"

图瓦人的婚姻是由喀纳斯定的，红鱼伴随他们一生。

"就像水中鱼。"

"就像水中鱼。"

说水中鱼的时候，那个乌鲁木齐女人正看着鱼缸，一对小金鱼也是红的，那是别人送给丈夫的，丈夫当了校长，学生家长就不断地登门拜访。

自从有了这对小金鱼，她一下安静了，她不想玩那种游戏了。相当长一段时间，她保持着幽会的习惯，习惯很难改。她自己也意识不到这个习惯已经到头了。她的搭档是个很挑剔的男人，马上觉察到她的秘密，他毫不犹豫地下来了，脸色很不自然。

"你不高兴？"

"问自己吧。"

"我怎么了？"

那个男人边穿衣服边往外面走。

"你干什么了？"

"你很快会明白的。"

那个男人受侮之前撤离战场。如他所言，她的身体已经熄灭了狂热的火焰，她漂亮迷人的外壳底下裸露出干涸的床。她再也不出去了，下班早早回家。不知什么时候，丈夫坐上了火箭嗖嗖往上蹿。这样的家庭正需要贤惠的妻子，她一下子就有了这种美德。她眼睁睁看着干涸的砾石滩长出玫瑰。

丈夫正逗鱼，两只金鱼你追我赶，抖着火红的尾巴，就像水中的两团火焰。她也去逗鱼，鱼一下子摇出水面，水花溅她一脸，她忘了擦脸，她开心地笑，那是她第一次在家里笑。房子一下子亮了，丈夫和孩子一片欢呼，热烈欢迎笑容回归伟大的母亲！

她那忧郁的儿子一点点开朗起来，儿子说："它像跳水运动员。"小金鱼又跳了一次。

丈夫摸着下巴发出由衷的赞叹："多美的抛物线。"

儿子上初中，不用她操多少心，儿子很小就养成自觉的好习惯。她几乎不怎么管，小家伙就长起来了。她的心思全放在伺候丈夫和养鱼上。校长没有被伺候的习惯。她的业余生活就只剩下这缸鱼。

她太喜欢这对鱼了。两团跳动的火焰那么热烈却不烫人。她想问问喀纳斯的红鱼有多大。老同学告诉她："就像一只船。"

"像不像火焰？"

"那是一颗太阳，照耀群山和草原。"

"我的想象力不够用了。"

"你在乌鲁木齐能想到火焰已经不错了。"

"你以为我说的是打火机吗？"

"火焰在突厥语里是兔子。"

话筒差点掉到地上，因为她眼前出现一只惊慌失措的兔子，在荒漠上逃啊逃啊拼命奔逃。话筒还在响："喂喂喂，你怎么了，病了吗？"

“我没事。”

“我听见了，你不要紧吧？”

“你怎么说这么恶毒的词？”

“兔子很善良啊。”

“你说兔子善良？”

“善良的生命才有逃亡意识。”

“谢谢你了！”

这是她一生中得到的最大安慰。

她放下电话，望着夜空，繁星镶在窗玻璃上，她天天擦玻璃，却没发现玻璃这么清澈这么深邃；她看了很久很久，好像要看出玻璃的深浅。在那湛蓝的湖水深处，飘出一团团白点，雪落下来，落到天山落到准噶尔落到乌鲁木齐……玻璃成了一张白纸，她不敢相信一个大湖眨眼消失，她的手在玻璃上划一下：“结冰了。”她相信那个大湖冻在冰层下面。

阿拉干

大湖确实在冰层下边。用图瓦人的说法，喀纳斯镶在翡翠里边，显得神秘而美丽。

漫长而寒冷的冬天封住了图瓦人的房子，他们拿出阿拉干，他们亲切地把酒称为阿拉干；阿拉干装在瓶子里，瓶子晶光透亮，就像在美丽的喀纳斯身上贴了一小块翡翠。那个湖装在瓶子里，他们喝着就神秘起来，大人喝，女人喝，小孩也喝。在神秘的面孔上跳动着炽热的火焰。

“我红不红？”

“红啊！”

他们全都坐上了大红鱼的船，船儿摇晃着把他们摇向远方。

他们躺在炕头上，心脏猛烈地跳着，他们看白天的星星，看见女人脸上的月亮，看见小孩眼瞳里黑亮黑亮的太阳。他们问妻子：“我在哪里？”妻子说：“你在喀纳斯湖里。”他们问孩子爸爸在哪里，孩子喝了酒可孩子的话很诚实，孩子说：“爸爸在地上。”爸爸早从炕上滚下来了。他给自己说：“马你跑慢些，你要拖死我呀。”他觉得自己是从马背上摔下来的。

他们那个高贵的祖先窝阔台汗为了适应疾风般的生活，不停地喝酒，两匹马换着骑，日行两千里，在他登上汗位以后，那股狂风依然回荡在胸中，只好继续喝酒，心跳如鼓，越跳越快：“太快了！太快了！我的马呀，停一下！”奔马停顿的那一瞬间，窝阔台汗的生命飞离了身体。马还在跑着。蒙古人听见马蹄声就热血沸腾。春天可以耕地，夏天可以放马，秋天打野味割草，冬天就靠一瓶一瓶的阿拉干。阿拉干把他们变成红鱼，在自己的床头蹦跳。冬天最寒冷的时候，阿拉干燃起的火焰把天空都照红了，湖区就像发生了火灾。古老的马群在他们的血液里已经跑疯了。

这么醉下去不是个办法。图瓦大哥收拾好绳索，上山去。

他待在雪地里，他在等待奇迹，他们的祖先就是由一系列奇迹构成的，本身就是一部神话。

植物马能在斋桑淖尔出现，就能在雪地里出现。在古老的传说里，植物马把他们带到喀纳斯湖以后就留下了，用老人们的说法，植物马变成了红松白桦青杨变成了牧草变成了大麦燕麦，变成了松鼠狐狸银鹿……一代比一代多，喀纳斯湖区的好东西都是植物马变的。

植物马过来了，跟银鹿一样一身雪白，迅如闪电，要不是身上那几朵梅花很难发现。他在林子里放了饵草，植物马到底是马，马性难改，闻到饵草的香味就减慢速度，整个身体清晰起来。这是他第一次目睹植物马他心跳得很厉害，他没喝阿拉干，心脏还是那么猛烈地跳，他解开几颗扣子。植物马开始吃饵草，吃一半时，饵草下面的绳索飞起来绊住马蹄子。他奔上去，扳住马脑袋把马扳倒在雪地里。植物马有两个树杈一样的大脚，他性子没有伊犁马那么烈。他解开绳索，骑上马背。

植物马跑起来很稳当，不用缰绳，扳住马脚就行了，会不会是麒麟？传说中的麒麟是有脚的。美丽的传说就抓在他手里。

他回到家时，妻子和孩子还醉着，植物马用脚蹭她们的脸，她们的呼吸平稳下来，心跳也慢了。“植物马。”孩子都能一眼认出来。

村里的人都醉了，图瓦大哥牵着植物马去唤醒他们。

“没想到植物马能救我们。”

“它能救我们的祖先就能救我们。”

割下植物马的角尖，就把它放了。

时光就这样慢下来，女人和孩子可以放心地喝阿拉干。他们切割马角的时候就意识到时间是可以切割的。酒可以加快时间，马角可以减速。时间是需要消磨的一种东西。

有一年老师带着几位专家到喀纳斯湖区，就住在大哥家里，老师告诉大哥：政府要给图瓦人办一件好事。

专家一眼看中喀纳斯湖出口的那段河道，那里狭窄而陡峭，有落差。水电站就建在那里，家家户户拉上了电灯，有钱的人家装了电视。图瓦人不在乎钱的，老师说这些东西是现代文明，他们就掏钱买下这些文明。聪明的图瓦大哥已经明白了：这些东西是对付黑夜的。老师说：“现代人的夜生活很丰富。”

人们满怀喜悦等来了黑夜，电灯亮了，电视也开了。孩子们很快看见了星星，星星跟羊群一样出现在辽阔而神秘的夜空，孩子们一嚷嚷，大人就很难抵抗星光的诱惑。后来连电灯都关了。风在湖岸吹奏起雄壮的松涛。远方有熊低沉的倾诉，有狼苍劲的号叫，靠近湖区是呦呦鹿鸣是……女人们甚至能听到鱼群击水的声音。老人们听到燕麦和牧草徐缓的起伏，“那是大地的呼吸”。月亮没出来，月亮露面会怎么样呢？

老师只好告诉那些水利专家：“图瓦人喜欢神秘的东西，喀纳斯在他们的语言里就是神秘而美丽的意思。”

水电站的人没事可干，发的电没处用，图瓦人把他们当客人，他们喝酒吃达木干吃马肉，他们就发现了挂在墙上的马角，他们说这是药材是马鹿的鹿茸。他们掏钱买，图瓦人就卖给他们。图瓦人不明白马角能治病，电站的人告诉他们：“山下的人，城里的人，马不行。”他们指指下身，图瓦人就明白了，男人没马是很痛苦的，马太快也不行。

“那都是电灯电视搞的。”

图瓦人很同情山下的人，劝水电站的人不要发电了。他们的电站就停了，他们专门贩药材。

胡杨泪

一

1978 年，大哥考入北京农业大学。那是个充满理想的年代，那时的英雄是陈景润，那时候的学生都想弄几个哥德巴赫猜想，学文的则想冲进诺贝尔文学奖的神殿，把洋鬼子吓一跳。

大哥出生于 1960 年，三年自然灾害饿扁了他的肚皮，他一辈子也忘不了粮食，他要研究粮食。

大哥读了学士读硕士读了硕士读博士，大哥不想待在北京，自愿回新疆进了一所农科院。大哥在农科院三年，两次获部颁科技进步奖，奖金八千元，大哥只能拿二百元。大哥有意见，院长就训他："农科院五百人不是你一个人，别人只拿几十块，你一个人拿二百多块，知识分子政策又不是汪洋大海，没边没际。"大哥指着证书说："上边写得清清楚楚是发给我的，我不分昼夜地干，别人打牌打麻将，他们凭什么拿？"

院长说："你这同志太没水平了，国家白养你这么多年，打牌打麻将咋啦？

现在讲稳定，讲团结，你叫他们不打牌不打麻将叫他们干什么去？你搞科研就了不起了，没有电工灯不亮你能搞科研？没有锅炉工冬天冻扁了你，没有门房小偷害了你，没有我们这些领导，人心涣散，你还搞什么科研？”

“别人都闲着，我饭都顾不上吃，我……”

“这话是你说的，你说别人都闲着。”

别人很快就知道大哥说他们都闲着……大哥在单位挺难，度日如年。

父亲说大哥没眼色，是个睁眼瞎子。年终评职称，比大哥晚来两年的自费本科生与大哥一起评上中级职称；大哥请病假回到奎屯。大哥整天在戈壁滩转悠。戈壁上的胡杨活了三千年，胡杨的泪都下来了，胡杨泪碱性大，可以当肥皂用，大哥带一包胡杨泪回家。父亲说：“你就是缺个心眼。多一个心眼一年四季是春天，缺个心眼天天是冬天。”

二

父亲不怎么管女儿，所以小说里没女儿。父亲只盯着两个儿子。大哥又瘦又小，这不怪父亲。1960 年低标准瓜菜代，毛主席都吃不上鸡蛋吃不上肉，全国人民不可能长大个子。父亲集中力量喂养老二王根，老二王根又白又胖又高又大，父亲心中稍安。但老大的大脑袋很叫他自豪。老大是垦区唯一上北京念书的学生。大哥那么好的脑袋没进自治区政府机关，却研究小麦，父亲在人民广场的政府办公楼前感叹良久：老大的脑瓜子可惜了。

老二王根学了工科学文科后来又念师范，父亲对教师不感冒。老二王根仪表堂堂，天庭饱满，天圆地方，鼻直口阔，有将相之容貌，可惜是个站讲台的。父亲说：“这模样找媳妇不困难。”

今天是父亲最悲哀的一天。父亲喝碗奶茶，不想吃饭，父亲说他心里惶惶，全家正吃在兴头上没人理他。

父亲走在大院里，单位的人说："你家老大回来了。"父亲看见厂门口站着又瘦又小的老大。老大拎个包，面孔发灰，头发散乱，老大叫声："爸。"父亲没听见，父亲转身往回走。老大紧跟着，像父亲泼在地上的影子。

"你住多久？"

"领导批了，想住多久就住多久。"

"领导不喜欢你？"

"领导早就不喜欢我了。"

"你得罪领导啦？"

"没有。"

"你沾女人啦？"

"没有。"

"共产党的政策你爸知道，共产党最恨两种错误：票子和女人。这两样你都没沾边这就怪了。"

"我是博士。"

"博士咋啦？你们单位留过洋的都有啊。"

儿子掏出农垦部的获奖证书，父亲扫一眼："你还是我儿子哩，你不如你爸么。"

"我确实不行，我只会弄小麦别的不懂。"

"没吃过猪肉，还没听过猪哼哼么？"

儿子不吭声。

父亲说："你一定招惹领导啦。那么好使的脑壳子咋就差一窍呢？"

"只要是博士，领导都讨厌。"

父亲不说话了。父亲静静地瞅着天上滚动的云，风停住，天地憋住呼吸，父亲苍老的心像挂钟在古铜色的胸口晃动，钟声浩荡……

三

1959年，那是父亲的第一个春天，陆军中士王从善转业到奎屯垦区。王从善就是王根老师的父亲，那时王根还在空气里游荡不认识他。中士王从善在这座荒凉的北疆小镇上吃两盘炒面，一个连队挨一个连队找他的老上司常营长。第二天天亮，在五公里的地窝子里找到常营长。当时，千里沃野，一片嫩绿，绿光水亮一样擦洗着肌肉结实面孔黝黑的父亲。父亲走到常营长跟前，正在刷牙的常营长把牙刷和缸子丢柴火堆上，抹掉嘴角的白沫子呵呵笑两声，父亲的眼泪唰就流下来了。那是四月，正是春天，父亲的步子是慢镜头。老首长又是握手又是拍肩膀："嗬嗬，正想你你就来了。"父亲说："我不干排长我要干勤务员。"常营长说："你不来我吃不好睡不好。"父亲说："我跟常营长在一起活着才有劲儿。"

父亲给营长当过三年勤务员，营长用顺手了。三年前在阿尔泰山剿匪，营长的坐骑中弹毙命，营长伤心得三月不起床。勤务员父亲鞍前马后使营长起死回生，那时营长就喜欢上父亲了。常营长当了步兵营长仿佛依然在马背上。小勤务员结实勤快，心眼实在，常营长很满意。那年春天，乌斯满匪帮被全部肃清，父亲被安排到吉木萨尔边防站，常营长转业到奎屯河畔。漫长的冬天过去了，父亲在即将被任命为少尉站长的前夜，离开边防站回到常营长身边。垦区缺人，几经交涉，父亲跟老首长待在一起。

常营长说："我不是营长了，我是科长，你当科员吧。"

常科长的科室是两间房子，一台破车床一台板钻。常科长说："咱不是兵了，技术比枪炮重要，咱要学技术。"

父亲蹲在车床底下仔细琢磨，这玩意儿像无后坐力炮。车床后边站着两个稀奇古怪的家伙，父亲发现他们是车床的主人时，心里很不好受。常科长说：“他们是师傅懂技术，我们要向他们学习。”常科长一说，父亲就不难受了，两个稀奇古怪的家伙也顺眼多了。父亲那时离开土地不久，泥土的灵性还有一点，车床上的技术一钻就会很快就做出合格的榔头和铁键。父亲掂着两块铁家伙，像掂着黄澄澄的苞米棒子，父亲迷醉在丰收的芳香里，父亲用牙咬开劣质烧酒的塞子，咕咚咚倒三大杯，要跟师傅干，两个稀奇古怪的家伙就跟他干在一起，父亲喘着粗气说：“嘿嘿我是工人了，我是领导阶级了。”

那年春天，父亲学会了车工、钳工、铸工，父亲当上了师傅。粗笨的小伙子们被送进来，短期培训以后，分到各个工厂。那时的工厂都在地窝子里，都是破房子。国家建设刚开始，露着骨头亮着肉，随时都有可能感冒打摆子，那时手里有绝活才是热爱社会主义。你得让机器运转，让土地生娃娃。

四

父亲说：“我对老常够意思，老常就不把我当外人，老常死之前提我当车工班长。老常的冤家上台对我也敬三分，为啥呢？咱技术差可心眼好使。那时我手下有四个大学生呢，我管着他们。”

老大说：“我没得罪领导。副所长评研究员没论文，我熬夜给他赶出一篇。”

“你就栽在这儿了，这种忙就不能帮。所长不懂你懂不就把人得罪了？”

“我闲着就对了？”

“叫你闲着你就闲着。你们领导跟我想一块儿去了，你这傻小子还像在你娘肚子里。”父亲心里说：都怪赫鲁晓夫这个王八蛋，1962 年卡我们脖子，天灾人祸把我们娃娃耽搁了。缺这缺那。

老大的大脑壳上有一双小眼睛，像夹在石缝里的两颗黑豆。这小黑豆要是滴溜两下情况就不同了，父亲就会对他刮目相看，可这两颗黑豆既不滴溜也不发芽，灰蒙蒙的。父亲说："我跟你们领导想一块儿去了，你好好待着，守着你妈，守一年就好了，让你妈重新把你养一遍。"

五

没到时间，父亲打开车间大门洒水扫地。地上水干了，还没人进来。父亲这些年一直是车工班长，父亲站在车床跟前常常发怵，他玩不转这玩意儿。扫地板洒水他干，擦车床他不干，手下的工人干。现在不见有人来，父亲把车床擦一遍，父亲开动车床，掂一块料干开了。干了好久，父亲油渍斑斑，父亲手里的工件是个半成品。父亲手里没绝活儿，所有的技能到此为止。

父亲喝水时看见桌上的台历，他娘的今天礼拜天。那块工件冷眼看他，他没干出过一件成品，他的活儿都要叫别人返工。他只返工过一次。胃厂长存心臭他，胃厂长比他小七八岁，在局领导检查时叫他返工，他脸不红心不跳，趴在车床上吭哧吭哧干开了。汗珠子吧嗒吧嗒响；父亲干得一丝不苟，虽然劲儿使不到地方，但那种老黄牛精神把检查团的领导打动了，把胃厂长弄尴尬了。局长掏出丝绸手绢给父亲擦汗："技术不行不要紧，革命干劲最可贵。"局长责备地看了胃厂长一眼。父亲怔在那里，一万颗太阳在父亲的心底滚动，父亲这回真正地滚出汗水。

当年送老大去北京上学，火车开出乌鲁木齐西站，老大的大脑壳伸出窗外，号叫的火车仿佛只拉着儿子一个人，父亲也是怔这么好半天。几年后老大回乌鲁木齐工作，单位的小车来接老大，老大是新疆第一个博士生。那天，父亲在乌鲁木齐的大街上走了很久，走到八楼。父亲站在昆仑宾馆的林带里，八楼是自治区最早的宾馆，好多年前他曾站在林带里看这神秘的地方，据说地师级干部才能住这儿。八楼曾是自治区领导上班的地方，现在儿子也住进去了。作为博士的父亲，他也被邀进宾馆，很辉煌地住了一夜。父亲好像北极荒原的太阳，一直悬在天上，毫不理睬茫茫黑夜，父亲的眼睛一直睁着。几年后的星期天，老大落魄而归，狼狈得像个打败仗的国民党兵。

父亲把那块没加工好的工件摸了好半天，离开部队到这所技术学校后，他手里一直摸着这块半成品，他没做过一件完整而合格的产品，但他却是车工班长。好多料被他弄成废品，料一旦叫他掂着就开始乱踢腾，像匹不驯服的野马，有一次差点叫机器轧了手。钢铁使起性子比牲畜更厉害，父亲大汗淋漓，他没法用鞭子抽这些玩意儿。这些破玩意儿在工人手里像小孩玩泥巴，软溜溜的，很轻松地被加工成各式各样的工件。那些实习的学生，笨手笨脚干几天，也能弄出像样的产品。父亲想起千里大野上的民谚：新郎最多笨三天。三天后新娘去住娘家，新娘离开的日子里，新郎就会悟性大开，继而迫不及待。父亲很小就知道这些，但很少动脑筋去想……今天是父亲最悲惨的一天，父亲顶着秋天的太阳体味他的杰作，老大是他苦心经营的作品。工件可以返工，儿子咋返工？让儿子爬回老娘的肚子，在血与火中再熔炼一遍？父亲显然干不出这种生命世界的奇迹。

父亲把那块半成品工件甩在地板上，听好半天响声。

父亲在林带里义愤填膺地走着。今天是星期天，上帝都知道休息，偏叫他老头子不得安宁，上帝造人造得很完美，父亲创造的老大却有很多缺陷。今天，上帝处罚父亲。

父亲蹲在工厂西北角，那里是职工的菜地。父亲摸黑溜溜的秋茄子，种地的时候要在土窝里多埋几颗种子，提防种子春天不发芽，所以父亲有两个儿子。老二王根定要当教师，老二王根在单位受了气，去乌鲁木齐读大学，读两次大学了，也该毕业了，老二王根说他有可能回奎屯教书。老二王根想赢得老子的笑容，老子不看他，老子的心在老大身上。老二王根怔好半天，这家人，发怔的时候都这模样，栽在那里，像秋天黄叶落尽的空树。父亲一直瞄着老大，老大是父亲的第一颗种子，父亲的眼睛穿透老大单薄的身子端详真实的自己。

星期天的早晨，清风四溢，太阳在云缝里小一点，像破壳的肥蚕吐着纤纤金丝，阳光小米似的筛落下来，天空充满朴实而纯净的芳香。这就是奎屯的好处，庄稼地和林带围着小城。二十多年前，当红月亮升起的时候，他老婆放下手里的衣服，肥皂沫还没擦净就爬到床上。他喊来医生。医生进屋后把门闭紧叫他躲远一点。父亲躲在院子的葵花地里。母亲大声咆哮像五月的奎屯河一泻千里冲破黑夜淹死了红月亮，当太阳起身的时候，母亲安静极了。父亲没有听到婴儿的哭叫，太阳静悄悄地升起来。医生从葵花叶丛里把战战兢兢的父亲拉出来，医生说："这是个闷家伙，不哭不闹。"

父亲吓一跳："不哭的娃娃长不大，娃娃咋啦？"

"娃娃好好的，咋啦？不哭不闹的娃娃最有出息，你刚做父亲你不懂。娃娃闹起来特烦人，能把人烦死。不哭不闹不出声静悄悄地给你长成大小伙子是你老弟的福气。爱闹的人没好处。"医生是德国留学生，从北京大医院下放的老右派，"五七年我要是像你家这小子静悄悄地窝着别动，就不会出事，爱哭爱闹的娃娃长大都是右派，你家这小子最有出息。"

"你这些话可不像个医生说的。医生救死扶伤执行革命人道主义，我们两口子喝玉米糊糊喝了两年啦，我这娃是玉米糊糊里爬出来的小虫子，能有个屁出息。在老家娘儿们生娃娃俺不是没见过，爱哭爱闹的娃娃才能顶天立地。"

"你看我顶不顶天？"医生身材魁梧，气宇轩昂，医生说，"我在莱比锡大学求学的时候，德国人说我是标准的东方男子，我快要把天顶破了。"

父亲懵懵懂懂。医生说："乱说乱动的人牙长在嘴上，嘴一动牙就亮出来了，钳子就要把牙掰下来。1957 年牙长在嘴上的人都出来了，牙长在肚子里的家伙却都逢凶化吉。这是自然法则，物竞天择，我信奉进化论。”

老大正如医生所言，长得很顺溜，不哭不闹不生病给什么吃什么，带这样的娃娃轻如傍晚的春风。父亲简直不知道老大是怎么长大的，稍微懂事就帮大人干这干那。老师也特喜欢他，脑子好使唤，啃功课就像喝粥顺顺溜溜。老大一点也不顽劣，真如医生所言，老大小学中学大学学士硕士博士地给蹿上去了。仿佛医生接生时给他灌了迷魂汤，医生是博士，老大也是博士；医生倒霉当老右，老大没当老右却在单位越混越熊，简直比老右还熊。老右还有平反昭雪扬眉吐气的日子，老大就没有这样的远大前景。父亲挺恨这个医生。

问题就出在这儿。老大是个肯听话的乖娃娃，老大当了博士要是不研究小麦一点事儿都没有。医生 1957 年诈唬一下倒了霉，儿子戴着博士帽钻在研究室里大闹天宫，院长理所当然要抽他一鞭子。

父亲说：“你就这样躺着？”

老大说：“我没劲儿了。你叫我干什么我就干什么，我是很听话的，谁都知道我很听话。”

父亲点点头，父亲当然知道儿子是诚实的人。儿子说：“院长叫我好好干，我就好好干拼着命干，院长说我有陈景润精神。我上中学那会儿就崇拜陈景润了，陈景润身边有个好领导我身边也有个好领导。”

父亲说：“人人身边都有好领导，没领导怎么行呢？领导叫你好好干没错儿，哪个领导都会叫你好好干，你就没想过，怎么干？什么情况下干？干到什么程度？你肯定没想这些是不是？”

儿子说：“搞科研顾不上这些。美国的科学家只知道实验室，吃穿住行有人管，不分心。”

“那是美国，你是中国人。”

儿子不吭声。

父亲说："你还是缺一个心眼，心里有科学没领导么。麦子顶什么用，你不研究，麦子照样是麦子，麦子照样蒸馒头。"

"我研究的是小麦的新课题，干旱地区小麦分蘖不均影响产量，我的研究可以把西北五省区的小麦产量提高两到四成。"

儿子大脑壳上的小黑豆开始滴溜，仿佛落入泥土呼啦啦燃起大团绿叶。

父亲拍儿子一把："一说科学你就来劲儿，像狗见了稀屎，打战战。"

儿子说："小时候顿顿吃玉米，看见白面馍馍肚子就抽筋，小时候把我饿坏了，在田野上看见熟了的麦子就像走进童话世界，麦穗个个都是金子铸的。"

父亲说："你的心眼都长在麦穗上了。"

儿子说："一穗麦五六十颗麦粒，你得有五六十个心眼才成，要不你盯不住它们。"

父亲说："过日子多一个心眼就行了，要不了五六十个，真有五六十个心眼，你早干成大事啦。"

父亲说："我送你到北京去的时候，满以为你能干大事。你回乌鲁木齐我知道你快成功了，你在科学院最多待三年，你应该住在八楼，那是王震将军住过的地方。"

父亲说："你有那个能力，可惜你用错了地方，你把心眼都用在麦子上了，你真会来事儿就不会这样干，你真会来事儿就会在头两年出一点成绩，让领导看得见让领导能够接受的成绩，然后你把你的小麦扔在尿罐里头，领导就会提拔你。"

父亲说："台湾那个李登辉也是研究小麦的。"

"他研究的是水稻。"

"反正是庄稼，他比你强。他写一本书，小蒋看中了，就叫他当'总统'。"

“他是国际有名的农业专家，他按毛主席的农业八字方针搞研究。”

“毛主席的话放之四海而皆准，你比李登辉差远啦，人家当了‘总统’，你连日子都混不下去，你也是博士？！”

“爸爸，我真是无地自容了。”

“单位里混不成，家里还有你的地方么。到时候单位不会不要你。”

六

那年春天。父亲王从善学会了钳工车工，父亲能单独操作机床。那时的父亲，曾一度担任实习指导教师，新招收的工人有他的签名才能上班。父亲很感激他的两位师傅，每月发工资，父亲总要请师傅喝两盅。两位师傅不好意思，父亲执拗得像头牛。母亲常在父亲的耳边叨叨：“旧社会徒弟出师要给师傅服务三年，虽然是新社会了，人家几十年的手艺几个月就传给你，你要记人家一辈子。”母亲是手艺人的女儿，外公箍桶补箩，丈夫手艺长进很快，母亲满心欢喜。父亲说：有了手艺才是真正的工人阶级。

父亲的师傅现在还在车间当师傅，父亲是他们的班长。父亲在心里永远把他们当老师。

父亲就是从那时候学精明的。刚开始父亲很糊涂。年终总结，两位师傅的小红旗最多，父亲激动之下，提名师傅当先进，去乌鲁木齐见王震将军。常科长狠狠扫父亲一眼。父亲得意忘形，没注意常科长的信号弹。师傅的先进当真通过了，师傅披红戴花坐大卡车去乌鲁木齐参加劳模会。师傅教出的工人成为垦区企业的骨干，师傅远去的身影像原子弹的蘑菇云，在人们心中刮起风暴。谁都相信父亲把师傅当成他永远的老师了，不仅仅是技能，重要的是生活的全部秘密。那天，大卡车像神秘的黑箱一路烟尘奔向乌鲁木齐，几天以后师傅就成了父亲的另一种意义上的老师。师傅后来回忆说："那次当劳模就像上火线，去的是人回来就成鬼了。"在以后的几年里，师傅没当过一次先进没涨过一次工资。师傅成了怪人。父亲就是那时候学精明的，父亲把师傅当成一面镜子，时时审查自己。父亲领悟了其中的奥秘：师傅有可能当副科长，师傅深得人心技艺超群，搁在常科长的身边，不啻一颗重磅炸弹。常科长急出一身冷汗，一番波折之后，一个谁也没注意过的窝窝囊囊的家伙被上级部门从角落里扒出来当了副科长。常科长心满意足，常科长喜欢这样的人。

人们发现窝囊废变成金子的时候，师傅教给他们的技能就成了垃圾。

父亲的体会比别人更深刻，如果他不提老师傅当先进，他有可能被常科长提上去。不过常科长这人讲义气。常科长忘不了1959年的春天，即将上任边防站少尉站长的父亲王从善千里寻找老上级，就像他的坐骑，在混战之后，循着血迹在苇丛里找到濒临死亡的他，把他驮回后方医院。常科长喜欢这种性格。马的性格记忆犹新，常科长让父亲当了实权在握的车工班长，班长在第一线，副科长是空架子。那时候，父亲学会了在阴影里生活。

母亲说父亲是真正的泥土坯子。父亲是在师傅的破车床上接受现代文明的，板钻，扳手，机器，硬生生挤进父亲的世界，父亲进入机械时代。就在父亲发生革命性变化的紧要关头，师傅硬生生被涮了一下，仿佛涂了一层油漆，父亲感到受骗了似的从手上扒掉了刚学到的可怜的技艺。机械时代所赋予他的悟性急速逆转，转向生存本能，父亲领悟到：做一个好工人不需要技术，涨工资不需要，当先进不需要。

七

老二王根从工科转到文科，在乌鲁木齐专门进修中文讲课就很轻松，讲到

《阿Q正传》就不轻松了。王根心跳加快，脸红得厉害。阿Q是绕不过去的，阿Q是课本里的重点，只有通过他才能完成教学任务。语文教师不讲阿Q就不是语文教师。

学生提问："阿Q是好人还是坏人？"

王根说："阿Q是好人。"

学生说："阿Q调戏吴妈调戏小尼姑阿Q赌博，他是好人吗？"

王根说："阿Q能干活，撑船便撑船，舂米便舂米，未庄的人们一致认为阿Q真能干。阿Q是雇农，百分之百的劳动人民。"

学生说："老师你太有人情味儿了，你很理解阿Q，阿Q要是知道了一定感激你。"

王根嘴张得很大。

学生说："我们都想做阿Q，没人理解我们。"

王根赶忙下课，这帮学生，心灵很深，进去就别想出来，就会跟你没完没了。鲁迅说阿Q有许多后人，子孙不绝于后。阿Q没老婆，吴妈不跟他睡觉，阿Q的精虫像地上的蚂蚁尽管很多，但没有存放的地方。这样的精虫生命力往往很强。没老婆的人子孙繁衍极盛，确实是个哲学问题，哲学是研究生命的。

王根想到父亲。父亲是单位最能干的人，王根从记事那天起就发现父亲是个勤快人。父亲虽然不撑船不舂米，但父亲上班很早，每年当先进，奖章铺天盖地，王根懂事的那天，从母亲的眼神里看到父亲的悲哀。母亲做饭时喜欢自言自语，母亲每天都有一大段世界上最长最精彩的内心独白。王根后来翻阅六大卷《追忆逝水年华》，觉得很乏味。母亲的内心独白像滔滔江水，把父亲的全部重重叠叠地折放在他眼前，母亲说："那是一双无用的手，手上没绝活儿就不是男人。"

王根说："大家都说爸爸勤快。"

母亲说："你要学你爸那种勤快，我打断你的腿。你爷爷你外公才是真正能干的人，男子汉要亲眼看着自己使出的力气开花结果，你爸吃个鸡蛋放个屁，一辈子是空的。"

"我爸是空的？我爸是空对空导弹！"

母亲说："使多少力气挣多少钱这是做人的规矩，有些钱是凭空弄来的，这样子弄钱很容易，很容易弄成的事情往往有鬼，跟鬼沾了边你就不是人了。你长大要是这样子弄钱娃娃你记住，记住妈的话，你长大要是日鬼掏蛋你就当妈把你塞在尿罐里头淹死了。"

母亲说恶毒话的时候面孔像石头。

父亲是个不会干活的劳动人民。王根讲阿Q时很为难，讲着讲着就跟鲁迅另一篇文章混在一起。王根嗓门特大，这家人都是大嗓门，个个像帕瓦罗蒂，儿子的宏论隔壁教室大概都听见了："九斤老太说过么，一代不如一代。阿Q以前很能干的，撑船便撑船舂米便舂米。后来他不撑船了，撑船不来钱，当小偷来钱。当小偷那阵是阿Q一生最辉煌最受人尊敬的时候，秀才娘子都想讨好他，他撑船舂米的时候可没有这种殊荣。别人取笑他欺侮他，他在屈辱中自我安慰。他不撑船不舂米，太阳反而悬在他眼前大放异彩，生活他妈的就是千奇百怪。"

学生欢呼。

开例会时教务长说王根老师把鲁迅的作品讲活了，学生听得津津有味，个别不文明语言也不大要紧，课文本身就有"妈妈的"，鲁迅老头子一辈子就会骂人，夹两句脏话有利于学生消化。教务长是教语文出身，很理解年轻教师。

最令人头疼的《阿Q正传》给王根带来意想不到的荣誉。王根回家时落在地上的倒影很长，忽前忽后王根弄不清他到底有多么高。他的老师说："语文教师得有自己的作品，你抓紧时间练笔，若有成熟的作品我帮你找编辑。最好是写一部能引起轰动效应的作品。”王根的心呼啦热起来了，老师循循善诱：“赵树理有个《小二黑结婚》，三十年后就有人写《老二黑离婚》，一下子抓住了读者的情绪。把名著搬个个儿照样是名著，你就能冲出去。”

王根说：“有了！”便大踏步走向宿舍。

老师说：“小伙子怀孕了。”

同事说：“什么？”

老师说：“作家来灵感就像女人怀娃娃，非生下来不可。”

八

星期天的早晨，父亲起床很早。父亲喝一碗奶茶，心里惶惶不安，父亲有了经验并不马上出门。父亲坐在饭桌前沉思默想，父亲弄明白今天是星期天，星期天不能去车间，那些机床在没人的时候喜欢拿他开玩笑，让他造出废品，让他想大儿子的狼狈样儿。父亲平静下来后才走出家门。

父亲走到厂门口，散步的同事说：“你家王根回来了。”

王根拎个大包，高高的个儿，懒洋洋地走过来。父亲心跳加快，父亲有一颗好心脏，不在乎心脏在胸口乱踢腾。但父亲还是有点惊慌。

“你在家待多久？”

“我不走了，我就待在奎屯。”

“你还是走了你哥的路，你兄弟俩咋这么没出息。”

“爸爸你别生气，我是带了任务回来的。”

“不合格，返工，让你娘把你再养一遍，就是这么回事。”

“非得像你一样才成？”

“老子大半辈子磨过来了，你小子屁眼里的屎痂还没掉干净呢，还得你爸一块块往下掰。”

王根嘀咕：“快把你写进书里了，你诈唬啥？”

“你嘀咕啥？像个娘儿们。”

“你是大人物，我要给你树碑立传。”

“你是我儿子，你不给我立传给谁立传？你爸身上的宝贝你娃娃八辈子都学不到，你娃娃能把你爸写出来，算你的造化。”

爷儿俩进门时碰上胃厂长。胃厂长神情古怪。父亲递烟胃厂长不抽，父亲套近乎胃厂长干咳嗽。老二王根夺过父亲手里的烟，点着狠抽一口，老二王根站在胃厂长一米之外喷烟圈。烟圈一个连一个落在胃厂长的脸蛋，胃厂长的脸就成了青茄子。胃厂长大声咳嗽。浓烟滚滚，熏烤胃厂长的喉咙，胃厂长这回是真咳嗽，胃厂长捂着嘴巴走向厂里，像挨了一个耳光。父亲紧跟上去，父亲的话像连珠炮，噼啪响着显露苍老的赤胆忠心。

老二王根斜靠着门框，看着他悲哀的父亲。阿Q是被别人揪住小辫子往墙上磕，父亲是自己磕，边磕边问人家：“响声大不大？”老大看着弟弟的傻模样感到可笑：“你又要愤世嫉俗了，父亲的现在就是我们的未来。”

“你觉得我幼稚可笑？”

“你比我成熟，腰杆硬的时候不要弯着，腰杆没劲儿了，也不要硬撑着。你千万不要看不起父亲。”

“他创造了我们，我干吗妄自菲薄？我现在没事了。”

“胃厂长是个新潮人物，很有雄心壮志。”

“他找你什么事？”

“谈单位的事。”

“嗬嗬，大哥你成人物了，你的博士头衔挺吓人的。”

“他是八一农学院毕业的，读过我的论文，他搞农机，单位死气沉沉他很着急。”

“他想给单位做外科手术。”

“他在职业中心当教员的时候就有这种想法，他去年才提拔上来，摸底搞调查。”

“他想拿爸爸开刀。”

“爸爸代表一种势力，这是一大批人，在生产第一线却很少干生产上的工作,干的都是装潢门面没有实际效果的工作。空对空。稍有头脑的人都看得见，胃厂长胆子大一点罢了。干工作就像做买卖,付出与收获大多数情况下成反比。理论上是多劳多得，实际上往往是不劳多得。”

“大哥你聪明多了,你钻在实验室里,不知秦汉,你以为世界上只有陈景润,我们同学都不知道陈景润是谁，林彪是谁也没人知道。大哥你吃惊了吧。爸爸总想教训我，我懂的比他多，他一张嘴我心里就笑。”

“心里想的不要说出来。爸爸要是知道你那样看他，就会垮掉。”

“你没见妈妈咋看他吗？男人在老婆眼里站不起来是什么滋味，爸爸会不知道？”

老二王根说：“大哥你快而立之年了，你该找媳妇了。你不找媳妇你就不知道人是怎么回事。”

老大压低嗓门说：“我看见你兜里的东西了，你玩了多少姑娘？”

“你不用为她们操心，她们跟我一样。你们总以为她们是受害者，她们看你们是残疾人。非得结婚才能探索生命吗？所以，我说你关键的问题是找个姑娘。”

老大抽了老二王根一巴掌，老二王根冲上去抱住老大，把老大平放在桌面上，老大躺着喘粗气，老二王根嘿嘿笑：“我练过拳击，我们兄弟之间自相残杀可不好。”老大揉搓手腕子。老二帮着大哥揉，老二王根说：“爸爸说要把你重新养一遍，你当真回到胎儿时代在娘肚子里蛰伏十个月？”

老大说：“你为什么这样恨爸爸？”

老二王根说：“我已经预感到我的结局了。你已经说了，爸爸的现在就是我们的未来。”

“我们是读书人，跟爸爸层次不同，你不要见风就是雨。”

“只有行与不行，生命没有档次。有那么一天，我成了教书匠，没有激情没有创造，什么也不会干什么也干不了，却要每天去哄学生，加工出大批的废品，比爸爸出更多的废品。爸爸这辈子没出过一件成品，没有激情没有创造的生命还不如一条蛔虫。”

“老二，你哪来的奇谈怪论？都是那些叔本华尼采把你脑子弄乱了，还有什么福柯。”

“我对我没有办法，我以后比爸爸更糟，九斤老太说了，一代不如一代。”

大哥不吭声了，老二自言自语：“父亲一直喜欢你，因为你不像他，父亲对我熟视无睹，就因为他的全部都在我身上。”

“你才二十岁，咋这么多怪念头？我们都是父亲的儿子，我们身上当然有他生命的痕迹。”

“总该有点变化吧，他在我身上没一点变化，简直如出一辙。”

“你刚工作还没站稳脚跟，就这么消沉，你的同学都去中学，你留在大学你比他们强多了。”

“我不跟别人比，我比我自己，我给自己画一个圆，结果跟父亲的一样大。”

“你说清楚点，画什么圆？”

“学校给了创作假，我要写一部小说。”

“这是好事啊。”

“我只能干成这么一件事，小说肯定能写成功，成功之后我就凝固了，我不会再有创造性，我有这种预感。”

“你写完之后还会来第二次灵感。”

“你还会说有第三次第四次，你压根不知道我写什么书。我写父亲也是写自己，写完之后我就成熟了。”

“作家都是精神病，你没动笔就犯病了。”

九

老二王根动笔前去厨房看妈妈。妈妈的头发和脸都是灰的，妈妈又灰又瘦。王根想起冬天黑尘弥漫天空时的小麻雀，这么瘦弱灰白的母亲何以能养出两个大小伙子？生命简直不可思议。妈妈由美丽轻盈的少女变成丰腴秀丽的少妇再变成一只冬天里的小麻雀，这本身就是对丈夫的一种抗议。人们谈起年轻时的妈妈，总是情不自禁地哼起草原上的歌谣：

小蜻蜓苇湖里的小蜻蜓
那时你就是一只红蜻蜓
那是一只红蜻蜓
她刚生下来是青青的
像苇叶一样青青的
她飞上蓝天太阳把她晒红了
就像晒红秋天的果子
太阳把她晒红了

……太阳把她晒红之后，丈夫把她领回家，丈夫稍有一点悟性，就会用手触摸到太阳在妻子的冰肌玉骨上所描绘的旖旎风光。太阳所喻示的生命的底蕴，完全可以把一个毛头小伙子变成真正的男人。这样，母亲就会把她在二十个春天所孕育的灵性全部灌注给父亲。那时，父亲正处于人生的紧要关头，父亲一方面迷醉于美丽的妻子，一方面迷醉于刚刚学到的谋生的技艺，这二者正是太阳的神谕。那时父亲血气方刚，很容易做到完美无缺。

那是个令人遗憾的春天，父亲发现技艺是无用的，父亲的观念就变了。父亲一点也觉察不到这种变化对他生命世界的影响，他的生命世界顿时黯然无光。美丽的妻子再也看不到苇湖上飞翔颤动的红蜻蜓了，灰灰的麻雀弥漫天空，只有快进棺材的人才会看到这种鸟儿。母亲的悲哀悄无声息，岁月之河终于干涸了，露出凶顽的河床。

妈妈，那时你一点感觉都没有吗？

我感觉到了，我跑到车间看见你爸在做一个工件。我亲眼看到他做出第一件废品。那种活需要把以前学会的技艺糅在一起，你爸糅不到一块儿。你爸从机床上抬起头的时候，惊慌不安，他的圆脸第一次露出蠢相。一个男人在他要干的活路面前露出蠢相，比鬼怪更吓人。我不相信自己的眼睛，你爸是很聪明的，你爸种庄稼是一把好手，学钳工学车工一点就通。那时我对自己说：他情绪不好，要让他高兴起来。我明知道那不是情绪好不好的问题。可我容不下丈夫无能的现实，我要把他那副蠢相刷洗掉。在那些日子里，我使出做妻子的全部柔情，你们哥儿俩就是那时怀上的。我格外关注你爸的神态，丈夫可以在外边掩饰自己的蠢相，做许多聪明事儿，在家里无法掩饰。我苦苦地等待着，老大快走路了，老二快出生了，我的眼珠子快要蹦出眼窝了，那副蠢相刻在他脸上了。我这才发现他命里的那一点灵气早已从手上消散。尽管他很勤快，擦窗抹凳，学校的大小事情他比谁都热心，唯独不热心那双手，那双可以使他堂堂正正活人的手。他拿回好多奖章，每次涨工资都有他的份儿，哪个领导都喜欢他这样的热心人。有他这样的人，单位里总是热热闹闹的。

爸爸是坏人吗？

你这样想你爸就错了。他在机器和老婆跟前是个笨家伙，在其他方面是很出色的。给灾区捐款给同事帮忙，慷慨大方利利落落，单位的大小活儿他都干，唯独不干机器上的活儿。一上机器就笨手笨脚，有别人在场他还能掩饰，车间没人，他看着机器发抖淌冷汗，大男人就变成小鬼了。

爸爸是什么人呢？

妈妈的嘴巴张好半天，风把嘴巴吹得呜儿呜儿响，像鸽哨。王根又看见一群灰蒙蒙的麻雀。麻雀只有叽叽喳喳的烦恼，麻雀没有烦恼。你叫她说什么？

妈妈说："干那些无用的活儿，他的手蛮有灵气。单位不景气，坏就坏在这上头。看起来热热闹闹，谁也不干正事儿，干的越偏越容易出成绩，单位年年是先进。这个单位就像你爸。"

这个单位的办公室王根经常去，校长的秃脑袋被红光满面的锦旗围起来。校长很威严地趴在办公桌上唰唰写字，颇像古代军队元帅的中军帐。锦旗上清清楚楚地写着这个单位是自治区卫生模范单位，市军民共建先进单位，市计划生育先进单位，教育系统歌咏比赛第二名，植树造林模范单位，学雷锋先进单位，税法考核第一名，党的知识抢答赛第三名，唯独没有教学和生产上的锦旗。这是一所职业培训学校，这个学校就像父亲。

你外公常说："薄技在身，胜过黄金万两。手上没绝活，男人就硬不起来，一辈子就得趴着。跟趴在地上的男人过日子过不到头就老了。你弄不清是在房子里还是在棺材里。"

王根看见冬天里的麻雀像尘土一样飞扬，王根不知道母亲什么时候坐在棺材里的，母亲看破了儿子的心思。

你看我像一只灰麻雀是不是？我变成麻雀的时候就躺在棺材里了，娃娃们小，娃娃们还得活人，我又从棺材里爬出来，女人不兴这么干的。你漂漂亮亮地进去就别出来，你进去的时候是一只红蜻蜓，你就不可能再飞出一只红蜻蜓来。老天爷只给你一次机会，女人命长，你硬要出来，从棺材里出来的鸟就不是红蜻蜓了。那些没有歌声，乱喊乱叫的麻雀都是像我一样的女人。没用的男人什么也干不了，就会把红蜻蜓变成灰麻雀。

他姐姐曾是棉纺厂的团支部书记，军民共建时被部队一位上尉军官看上了。结婚前一周，姐姐突然跟一个浙江木工远走他乡。那时，母亲把暴跳如雷的父亲拨拉到屋子里，挺身而出，应付厂方与军方，很快平息了轰动小城的爆炸性新闻。母亲对姐姐单位的领导和那位上尉说：我尊重我女儿的选择，事关她的一生，她不会看错人的。

姐姐现在在珠海她自己家的小楼里，如痴如醉地搞服装设计。姐姐从小喜欢画画，姐姐向往着当一名服装设计师。姐姐是在帮小姐妹布置新房时发现那个浙江木工的。那个沉默寡言的木工刚刚打好家具，正当少女们惊叹于他精巧的木工手艺时，他用油漆马上又涂抹出一片色彩辉煌的生命世界，那彩光彻底干净地把英姿勃勃的上尉军官从姐姐眼中抹去了。少女的花蕾是在一个瞬间开放的，而不是在漫长的冬天。

王根端一杯水给母亲。母亲吃惊地看着儿子："你怎么有这种坏毛病，老盯着人看？"

"你好多年一直在自言自语，我不知道你说什么，不知道你跟谁说话。"

"你知道啦？"

"我知道了……"

王根开始写小说……

十

小说第一章。

地保找阿Q，阿Q睡大觉，地保生气了：“妈妈的阿贵，钱老爷雇你，稻子送到城里，大洋十块。”

“谁想撑叫谁撑去，三伏天撑船累死了。”

地保要发火，阿Q丢给他一张大红请帖：“赵太爷请我。”

“赵太爷请你？”

“对呀，请我。赵太爷的儿子进了秀才，我是他的本家，能不请我么？”

“阿贵你等着。”

“我等着，我等酒喝呢。”

地保呸呸吐两口唾沫，离开土谷祠。地保走得飞快，以前阿Q曾口出狂言，说赵太爷是他的本家。赵太爷大怒跳过去给了他一个嘴巴，地保借着赵太爷的威风把阿Q拎到角落里训儿子一般训一顿，直到他抖出二百文酒钱才算罢了。

“你也配喝赵太爷的酒，就凭你的癞癞头，该喝酒的怕是你爷爷我。”

地保敲开赵府。一刻钟后满脸臊红走出来。地保走得歪歪扭扭，径直走进土谷祠。阿Q倒鞋窝里的沙土，拍打衣服，对着水缸挤眉弄眼，阿Q说：“酒筵开了没有？”

“快了，赵太爷请你快去。”地保缩在角落里，筛出一点点声音，“见了赵太爷别提刚才的事。”

阿Q听不见，阿Q昂首挺胸走到门口，忽然回头：“哎，你给我看着门。”

地保躺阿Q的地铺，地保躺着睡不着觉。土谷祠金光闪闪，世界变得不可思议了，阿Q也抖起来了。地保瞅手腕上的电子表。这玩意儿时间很准，整整三个小时，土谷祠外才响起阿Q的脚步声，继而是温暖的饱嗝声。

阿Q站在门口，望着地铺上大张嘴巴的地保："秀才娘子没治了，那么细的腰，腰那么细。"阿Q冲前几步，俯下身："秀才娘子跟我跳舞了，探戈伦巴华尔兹迪斯科，她教我我一学就会，她说阿贵你真聪明，阿贵你真棒！"

"赵太爷不是打过你么？"

"赵太爷参加维新了。赵太爷到口里去了几趟，深圳珠海，地方多了，学到许多新观念。他对我说了，他以前打我不对，我们都姓赵岂不更好。"

"那你姓赵了？"

"早姓了，赵阿贵，赵太爷摆出家谱白纸黑字写得清清楚楚，赵阿贵。我长秀才三辈呢，要不秀才娘子能跟我跳舞？"

"阿贵我真羡慕你，你把我甩后边了，我正儿八经23级干部比不上你了。"

"别说丧气话，我有什么好羡慕的，我住这破地方，媳妇都没有。"

"你姓赵了，你什么都会有的。摩托车沙发床漂亮丫头很快就会有的。"

阿贵抽着从赵太爷家带来的剑牌香烟，很神气。

地保说："老弟，你能不能指点指点，我这死脑筋不开窍了，落后了。"

阿Q挺起身，摁灭烟头："把你的一切全交给太爷，叫太爷领导你，就这么简单。"

地保眼睛里冒起雾团，阿贵噗噗吹两口，说："什么独立人格啊自尊心啊个人奋斗啊自身价值啊，全是狗屁。把这些破玩意儿丢垃圾堆里你就什么都有了，就这么简单。"

地保摸着圆圆的膝盖，虔诚无比。

阿Q望着土谷祠的屋顶说："五九年我转业的时候，发誓要学一身好本领，我拼着命学车工学钳工，一心想把机床当冲锋枪使。折腾了好几年才明白，反动派早消灭了，解放了，机器以外还有更近的路，舒舒服服，一劳永逸……"

地保的舌头伸老长，像夏天的狗。地保咕噜咽一口唾沫催他。

阿Q说："成功之路在工作之外，功夫在外么。"

地保还要吐舌头，阿Q生气了："你又不是我儿子，我给你抖得够多了。"阿Q下逐客令了，地保忙退出土谷祠。阿Q烦得要死，两个儿子对他的人生经验不得要领，地保的狗熊样儿使他想起未来的儿子。九斤老太说了："一代不如一代。"虽然他的媳妇还在丈母娘的冰柜里存放着，那仅仅是时间问题，姑娘总是要发芽的，断子绝孙万万不能，子孙不孝似乎更烦人。

小说第二章。

革命后阿Q剪掉辫子，取大名阿贵小名阿桂。

阿桂一头浓发，同事称为黑森林，有人怀疑他偷吃"101"，他不置可否。癞疮疤流星一般消失在人们的记忆里。如今的阿桂走在大街上颇有男士风度，可阿桂也有恼人的事情。他在老婆和机器跟前一点也不潇洒，而且露出一副蠢相，这是他万万难以承受的。他心里清楚，这是头上的癞疮疤在作怪。癞疮疤可以从人们的记忆中消失可以从脑壳上消失，但绝不会从他身上消失，癞疮以更为隐蔽的方式潜伏在他的心灵深处，像一座冰山或海龟，趁他注意力不集中的时候显露一下，闪电一般划出他的面孔。那短暂的一瞬便是他最真实的写照，在那一瞬里，他看到了超越癞疮千倍万倍的蠢态。那种蠢态闪电般飘忽不定，仅仅显露八分之一，把更深厚的内涵隐藏在海水以下。人们想象着，他的脑海里全是癞蛤蟆。人们肯定这么想，连他自己都这么想，别人肯定这么想。他万万没有想到癞疮疤变成活的，变成具有生命的小动物。

癞疮疤消失的那天晚上，他就感到不对劲。脑壳痒酥酥的，红月亮赤裸裸地爬上土谷祠的窗台，远处的尼姑庵像一座坟墓，小尼姑不该躺在墓堆里。那么嫩的妞，没头发就没头发；身子可是水嫩的身子，散发着白杨嫩叶的清爽和野玫瑰的芳香。阿桂也曾没有头发，没有头发就没有负担，两颗年轻的光头磕在一块最容易产生共鸣。阿桂的心花就这样怒放了，这一怒放不要紧，红月亮一跃跃入土谷祠,跃到阿桂身边。月亮赤条条的。阿桂看见嫦娥从里边出来了,阿桂跳起来:妈妈的,我革命了,我造反了。阿桂的心花开得一塌糊涂,万恶淫为首,红红的月亮快被他揉烂了。他忘记了嫦娥是玉皇大帝宫里的仙女,猪八戒当年淫心稍动,就被打下天庭,由威风凛凛的天蓬元帅变为丑陋不堪受万人耻笑的八眉猪。玉皇大帝不但给了他丑陋,同时也给了他丰沛的性欲。在去西天取经的路上,老猪屡犯男女错误。老天拿你开玩笑,总要弄得你啼笑皆非。阿桂得意忘形,忘了天蓬元帅的前车之鉴,搂着月亮纵情欢乐,把压抑很久的情绪全都喷射出来了。阿桂射精那会儿,眼前出现了他小时候的恶作剧……他和小伙伴们在麦田里抓蛤蟆。把麦秆插进蛤蟆的屁股,憋圆了腮狠命吹气。一鼓作气把蛤蟆吹得四脚朝天,蛤蟆又圆又大像孕妇的肚子,阿桂这会儿正在月亮白软的肚子上激动呢。阿桂那时候最捣蛋,蹲下去用手摁那圆溜溜的癞蛤蟆,噗噗蛤蟆背上喷出乳白色的汁液,黏糊糊落在他头上,他的头发就没了。阿桂这会儿正向月亮喷射那苍白而稠黏的玩意儿。愤怒的蛤蟆噗噗发火,喷射汁液。阿桂那时没想到自己以后会像那只蛤蟆,蜷着身体在月光溶溶的土谷祠里干那伤天害理的罪恶勾当。红月亮忽悠一下没了,阿桂怀里抱着冰冷的土地,地面上涂抹着激情之后的脏物。月亮在天空看他的狼狈样儿。阿桂大梦初醒,他的生命之水流向了虚无。他向天空发射精虫,那些虫子像小蝌蚪干在河床上。阿桂看到一片白光,土谷祠外,月光如水,人们把这种水叫蟾光。蟾就是蛤蟆。阿桂知道他是蛤蟆命,他的灵魂在今晚显形,他又丑又蠢,以前在头上,现在在心底。在心底发芽了哺育后代了,他的丑陋和蠢态将无穷尽地繁衍下去,恩泽后世。愚蠢和丑陋最好显示在脸上。千万不能沉落心灵,沉入心灵妈妈的可难受。吴妈当年不跟他睡觉是对的,那娘儿们有眼力。不过,娘儿们的眼力从未超过一米。自他巴上赵太爷以后,特别是黑森森的浓发代替满头癞疮以后,伊看他的眼光就不一样子,蒙蒙眬眬,没睡醒的样子。

阿桂现在阔多了，他不用翻老祖宗，他现在就很牛皮。他牛皮的第一步是收拾王胡和小D。这两个穷鬼王八蛋，当年揪他的辫子往墙上磕脑袋，磕得他眼前金光灿烂，如同朝见如来佛。

小说第三章。

小D很傲慢，不怎么尿他。阿桂近来很受人尊敬，常去赵府走动，手指夹着洋烟，身穿鳄鱼牌西装，缓缓地走在大街上像个绅士。唯独这个小D，胯下驾着雅马哈，后腰上箍着一个漂亮妞儿，突突地冲过来活脱脱一匹野马。阿桂万万不能像那些慌乱的小贩，向路边逃窜，阿桂要从容不迫，这才是现在的阿桂。妈妈的小D，想把他拖回以前的狼狈境地。摩托车径直朝他奔来，阿桂不能不慌神了，慌了神的阿桂蹦起来。意大利皮鞋不适合蹦迪，只好用脚后跟蹦，活像只鸭子，呱呱呱蹦到台阶上，摩托车呼啸而过，那妞儿竟然扭过头来："嘻嘻，你这唐老鸭。"街上的人哄然大笑。唐老鸭跟癞蛤蟆差不了多少。

那一刻，阿桂怔在大街上。他们这家人，发起怔来都是一个样。阿桂真的置身于满头癞疮的年代，冷汗簌簌地奔流着。阿桂知道，这是那沉落心底的丑陋和蠢态在显露本相。阿桂没有眼泪，阿桂的悲哀迅速地分泌成仇恨。

这年春天，给职工定级，阿桂和小D挤在一块儿了。他俩同时进厂，小D技术好，略胜阿桂一筹。小D不在乎那级工资，小D每天晚上有活儿，每个月都能挣来千儿八百，小D的技术在这座小城里还是有名的，所以小D不在乎，手艺在那儿摆着，市长的车子还是他修好的，定级么，定的就是技术。其实小D心里很在乎，你有技术得让国家承认，得给你发个本子。小D觉得他理所当然，大家也觉得评上他理所当然。那些日子，阿桂很少露面，阿桂偶尔到赵府去一下。赵太爷不兴阿桂叫他太爷，要阿桂叫他老赵。阿桂太爷太爷地叫惯了，叫老赵舌头老摆不顺，阿桂说：还是叫太爷吧，叫老赵绕口，说外语都没这么难。老赵哈哈笑，说他跟不上时代的潮流。话题谈到技术定级，阿桂说，小 D 技术好，应该评小 D，我嘛等以后再说，干革命工作不在乎级别高低。

老赵说："都有你这种思想境界就好了。不就是一二级工资吗，争得一塌糊涂。"

阿桂连连称是。

老赵说："不过不能只看技术，技术再好思想不好也不行。"

有老赵这句话，阿桂就放心了。阿桂何等的聪明啊，不会玩机器不等于不会玩脑子。在那关键性的日子里，阿桂忘记了周围的一切，阿桂每天都要去阅览室翻报纸。从一版到四版到中缝。老婆娃娃也从身边消失了，他吃饭时守着录音机，儿子要听立体声广播被吼一边去。他从中央台听到地方台，听了中波听短波。那些日子里，他的耳朵忽闪忽闪像爬在夜幕上的蝙蝠。他的眼睛红红的，像电源不足的手电筒，贴近报纸低空飞行。在评委会举行最后一次拍板会议的前夕，学校收到云南某地的表扬信。信中对赵阿贵同志的无私奉献精神给予高度评价。云南某山区发生 5.6 级地震，地震范围极小，损失也不大，云南台只做了简短报道，没想到引起西北边陲普通工人的深切关注。工人赵阿贵拿出存款五百元寄往灾区……后面多啦。收到表扬信的第二天，自治区电台播放了这则消息。市长听了很激动，亲自打电话给老赵，询问赵阿贵的情况，市长说："不要以为只有大兴安岭那样的火灾才值得我们去奉献，小灾小难更能看出一个人的品质。"

老赵很激动，老赵说："这个同志是我们单位有口皆碑的热心人。林带跑水了有他，半夜起大风关办公室窗户的是他，同事病逝了帮忙最多的还是他。多了不说了，这次技术定级，虽然他技术上差点，但我们还是考虑给他定六级工。"

市长说："你们做得对，应该给他定级，定得高高的。这是我们时代的新型工人，很有典型意义啊。"

不久，阿桂拿到了六级工证书。那天，小 D 没有骑摩托车，小 D 在路边看他，看了很久。那目光充满轻蔑和嘲笑，他赵阿贵权当没看见。真正的阿贵瞅着六级工证书呢，承受小D蔑视和嘲笑的是另一个阿贵。阿贵心里说：看谁？看你爷爷哩，龟儿子秃熊王八蛋。阿桂心里骂着脸上笑着，迎着小D的目光走。阿桂很冷静，他已不是当年的阿桂了，他已不满足于可怜的精神胜利了，他要物质胜利，这才是真正的胜利。宽宽的大街真舒坦，阿桂慢慢走着承受着女士们的青睐。阿桂风度翩翩是个真正的绅士。

小说第四章。

王胡就不同了。王胡是车间主任，满脑子新玩意儿。一会儿搞暖气安装队，一会儿搞食品加工，一会儿又搞锅炉维修，给学校弄了不少钱，职工的福利全市有名。老赵认为王胡这人很危险。阿桂也觉得王胡这人特讨厌，阿桂没让他少折腾。装暖气修锅炉做点心，阿桂只能顶个装卸工用，谁都能使唤他，他赵阿贵也是老职工了。三十年前他虽然成了工人阶级，可他见了机器就打摆子你有啥办法？你不能叫我不吃饭？王胡你这浑小子不是哪壶不开提哪壶么？妈妈的。老赵不张嘴他阿桂也知道老赵的心思：不拔掉这个满脸黑毛的家伙，再过半年人心就让他买光了。

实习车间不放暑假，王胡新揽一批活儿，给保险公司做防盗门，每个铁门净赚八十元。大家起早贪黑地干。王胡说了："计件算奖金。阿桂没手艺，只能跑跑腿，搬搬料。"王胡说了："阿桂按班算。"这样一来，阿桂虽然拿不到大家一样的奖金，但数目也很可观。阿桂知道，这是王胡在甜他，怕他对外人乱说。其他科室的人都很眼红。暑假里王胡一下弄了好几万。老赵突然派工作组进车间，查账收钱。王胡的底老赵一清二楚。大家怀疑阿桂，阿桂满腔委屈，并且抽自己耳光来证明他的清白。王胡就这样被老赵捏蔫了，王胡不知道阿桂捅他刀子。

小说第五章。

阿桂技术六级，月工资加补贴三百二十八元九毛五分，生计无虑，有滋有味。

小说第六章。

吴妈通过地保传来爱的信息。阿桂委婉地说："伊是寡妇，脚太大，再说么，好马不吃回头草。"阿桂一直忘不了秀才娘子的袅娉婀娜。阿桂回来找了一位个体户的女儿。确切地说是个体户看中了他，把女儿的心从徒弟身上收回来给了阿桂。老个体户万万不能把女儿嫁给小个体户。卖石灰的见不得卖面粉的。阿桂虽然得了一笔嫁妆，但老婆很瞧不起他。老婆嫌他手上没功夫，啥也干不了。后来，阿桂的女儿抛弃年轻英武的上尉军官，跟一个小木工私奔到江南去了，其魄力得之于母亲。

小说第七章。

阿桂联合赵太爷搞掉王胡以后，很寂寞，没有对手的日子不怎么好过。听说上级要从工学院调一名讲师当校长，老赵心里颇不宁静。老赵骂了半天王八蛋就是弄不明白：有才能的人妈妈的跟韭菜一样割一茬又长一茬。阿桂比老赵潇洒多了，阿桂说："谁来也弄不成，胃教授炒不出几盘菜。鲁迅老头子怎么样？他最了解咱中国人，他万般无奈只好从亿万人当中拉我出来，'蜀中无大将，廖化为先锋'，咱中国人的一切都在我身上。"

老赵确实要重新打量阿桂了，鲁迅老头子能给他立传，足见其底蕴之深厚。老赵不再犹豫了，决定让阿桂去参加自治区劳模表彰会。

这座小城从来没有出过英雄，虽然鲁迅老头子用如椽之笔涂抹出一个深刻的阿桂，阿桂毕竟不是英雄。老赵要给这座小城办一件恩泽子孙的大事，老赵要让这里出一个英雄，一个平凡而伟大的英雄。老赵是个能适应历史潮流的人，他让大家不要叫他赵太爷叫他老赵以示人人平等就是一例。老赵知道：没有伟大人物出现的民族，是世界上最可怜的生物之群；有了伟大的人物，而不知拥护、爱戴、崇仰的国家，是没有希望的奴隶之邦。英雄是众人从绝望中推上去的，作为一方显要，他老赵有义不容辞的责任，况且也是他赵氏家族的骄傲。

阿桂去城里领奖那天，从新建的火车站到市政广场，两公里长的大街上人头攒动。阿桂再也看不到身背洋炮的大兵了，阿桂被迎上敞篷吉普车，缓慢地驶向火车站。人们欢呼他的名字，幼儿园的小朋友前来献花，车子停一会儿又开了。人群中忽然有人喊“唱两句，唱呀，唱两句”。

阿桂忽然很羞愧自己没志气，竟没有唱几句戏。人生是应该唱几折子戏的，在人生最辉煌的瞬间一定要发出肺腑之强音。阿桂心里没几句词，这些年到处都是港台歌曲要么就是歇斯底里的摇滚乐，阿桂以前是哼过两句的，他试了两下，从心底涌出《沙家浜》郭建光的唱段。

要学那

泰山顶上——一青——松——

哗，在人们的喝彩声中，阿桂喷出一脸热泪。阿桂在人们心中唤起了一个时代。阿桂清楚地记得，他向红月亮喷射激情的时候就这么激动。

王根在小说开头写上《阿 Q 新传》，小说就写完了。

十一

后来，老二王根回忆说，写这种小说毁了他。与其说是宣泄一种情绪，不如说是在体验人生，因为老二王根再也没有写出第二篇这样的作品。有价值的东西都是一次性的。

这篇小说的完成改变了他的观念。那时他二十多岁，生命的激情刚刚显露就惨遭毁灭，那些飘忽不定的念头通过文字固定下来，这是极其危险的。小说的主人公开始主宰他的命运，他以后的生活简直不可思议，他始终在水面漂浮着，一种不可抑制的力量在驭驶他，如同一叶扁舟，主人划到哪儿去怎么个划法，船本身无法预测。

大哥不承认王根写的《阿 Q 新传》，说这是胡闹，大哥的悲剧就开始了。

大哥读完王根的定稿后，农科院的小车开到他们家，来人是大哥的朋友。

朋友说："有个重要课题搞不下去了，上边来检查，头儿们想起用你老兄来救驾。"

大哥啊啊两声，眼睛放光，朋友急了："你千万不能答应。所长和书记争副院长的位子，你去肯定能干成，可你干成了，所长和书记就不能把老院长拉下马，他们就会恨死你。他们迟早要上台，你犯不着为一个老头子毁了自己。明天老头子的秘书来接你，你千万不要答应。"

父亲和老二王根都赞同朋友的分析。大哥也连说：好好好。车子一走，大哥就去睡觉。

父亲神情忧郁，父亲说："你哥这次要吃亏。"

老二王根将信将疑。

父亲说："他是牲口的命，就像马戏团里的马，锣鼓一响就要尥蹄子。"

果然，院长的车子一到，大哥失魂落魄般扑上车子，大声嚷嚷："麦子！我的麦子！"

老二王根说："读书人咋都这副样子啊。李白整天嚷嚷他是酒中仙，天子呼来不上船，唐明皇的诏书一到他就跳上船直扑长安，可见他喝酒是假的。"

老二王根摇头感叹："爸，我也要走了。"

父亲说："别学你哥那样子，好好干，你比他有出息。一年二十四个春天，就看你有没有长心眼。"

老二王根知道他很难有出息。这种忧郁极其短暂。他知道在专业上他很难有所作为，就像父亲在机床上寸步难行一样。功夫在诗外，老二王根找到了终南捷径：既然手不能写，何不用嘴呢，父亲不就是这样走出来了吗？

十二

老二王根以后的日子很顺。老二王根开始搞专题讲演。开始在本校打响，接着兄弟院校邀请他，接着走向社会，走进部队厂矿……讲累了再回原位弄些新材料新课题。中国古典文学的任何一个章节都能讲它好几个学期，我们的老祖宗很阔气很有些家产。比如他以汉乐府《孔雀东南飞》来讲青年男女的婚姻恋爱，很受大男大女的欢迎。

他也开始动笔。他几次想写《阿Q新传》那样的作品，试几下，不行，笔老断，弄得他挺尴尬。父亲见了机器就打摆子，他见了笔手就发颤。父亲可以不玩机器，日子照样过得有滋有味，他却不能不玩笔，老二的脑子还是好使的。老二开始撰写小文章，两三百字，上报纸很容易。最多的那一年竟发表了三百多篇，吓他一跳，妈妈的，巴尔扎克一辈子才弄了一百来篇。老二王根半天弄不明白这是咋回事。噢——世界本来很简单么，妈妈的。

十三

那年父亲很高兴，记得不错的话那是龙年。那是个灾年，火车出轨飞机失事森林着火，父亲把银行的存款都寄光了。胃厂长在大会上表扬了父亲，父亲觉得老胃这人还可以。年终评先进，老胃提名让父亲当先进。第二年春天，给百分之二十的职工涨工资，老胃按他的新方案来，老胃给每个职工建立了业务档案，父亲被排在最后，父亲没涨上工资，定级也没他的份。人们知道，老胃的改革方案开始见血了。涨了工资定了级的人只高兴了半年就不高兴了，新政策听起来甜，吃起来一点也不甜，把大家忙得团团转，在企业里也看你怎么个混法，只要你肯动脑子，不用累死累活地干也能过好日子。老胃把大家的双手看成用废了的锄头，总想淬火加钢，大家都觉得烫人。

老胃的政策只对少数人有利,比如王胡和小D。这俩人是父亲当年的师傅，老技工了，车间里没有比得上的，现在他俩拿钱最多。还有那个工学院才来两年的大学生，整天忙设计这设计那，在屁股上都想绘最新最美的图画。老胃竟答应说：设计搞成了，可以提前晋升你为工程师。王胡和小D没学历，父亲当时看得清楚，王胡的黑胡子抖了几下。父亲虽然得罪过王胡和小D，但对待大学生他们是一致的，他们讨厌这些假洋鬼子。

王胡说："老胃没什么了不起，他是副的，正校长还空着哩，他得留一手。"

事情就这样复杂化了。老胃想依靠有专长的人,可这些人尿不到一个壶里，尿水溅得到处都是。

在这些日子里，父亲兢兢业业，"撑船便撑船，舂米便舂米"。林带里的草高了，他用铁锹去铲，花圃里的地有点干，他拎水壶去洒水，总有人下班不关窗户，父亲半夜三更爬上办公楼噼里啪啦关窗户，关得山响，便有脑袋伸出家属楼的阳台看一会儿，进去继续睡觉。

老胃问父亲："老王，你就不能开机器吗？"

父亲说："世界上的事情就是这样，会开机器的人都很牛皮，不吹牛皮的人不怎么会弄那玩意儿。"

老胃的嘴张得很大，比他的胃还要大。父亲并不笨，简直是个哲学家，老胃的心里说：鲁迅老头子造出来的人物就是不一样，他干吗跟中国人开这种玩笑？老胃忽然感觉父亲很顺眼，父亲顺眼以后，世界看起来也就顺眼了。

莫合烟

车站总是烟雾腾腾，就像一支燃着的烟卷。一个中年男子，走下软卧车厢，并不急着出站，他显然被烟雾缭绕的景象给迷住了。他在兜里摸索，谁都能猜得到他在找烟抽，谁也不会照顾这个倒霉鬼。从软卧车厢下来的人没烟抽？太马虎啦，太对不起自已啦。人流开始变得稀少，他望着车站广场，看样子他很想在站台上抽几支烟，因为站台可以居高临下，俯视整个车站，在这种氛围里抽烟，绝对有意想不到的效果。看来他享受不到这些了。出了车站什么牌子的香烟都能买到。他舔了一下嘴唇，他是最后几个出站的旅客。有一个女旅客观察他好久了，她走过来，递给他烟，他先点上烟，正要道谢时愣住了，他没想到会是他的前妻。他们分手后没再见过面，不可能见面么，否则就不会离婚。

“怎么也不会相信你会抽烟？”

“全让你看见了，真不好意思。”

“这有什么不好意思的。”

车站外边有饭馆，他们坐在包间里，草草吃些饭，就开始抽烟，男人很慷慨买的都是好烟。

“你小时候没学过坏？据我所知，许多男人小时候都抽过烟。”

“我确实没有。”

“怎么可能呢，你父亲简直把烟当神话。你还记得老头自己造的大炮吗？”

“我都忘记了。你比我更了解父亲，你还记得这么清楚。”

老头在卷一门大炮。两张纸条,在兜里捏半天捏出一撮烟末子撒在纸条上，跟田埂一样，小拇指从两边压过去，田埂就整齐啦，中指从两边旋转，越转越快，手掌心里滚出一门大炮筒子。炮筒子竖起来，很雄壮地蹲在掌心里，老头眯着眼睛欣赏他的杰作。

他印象中最早的那门大炮，蹲在一个老汉手里。那个老汉就是他父亲，那时父亲四十多了，在乌尔禾地面是个人物呢。他是个小不点，悬着鼻涕穿着开裆裤，父亲的手随时都能伸进裤子抓他的小鸡鸡。那只大手跟木头一样，粗拉拉的在孩子娇嫩的裤子里一扒拉，小鸡鸡就跟上走啦。还有两个小卵蛋，也跟上走，简直是一只大蜗牛，拖着壳，孩子脸憋得通红，吭吭吭，哭不像哭，笑不像笑。女人奔过来打开那只讨厌的手。

“抓你自己的去。”

“俄那老锤子不好抓啦。”

“抓石头去。”

“石头好么，咱就抓石头。”

女人在揉一疙瘩面，面团越揉越结实，女人不时地用拳头捅一下，捅个窝窝。孩子坐在门槛上，脸上除了鼻涕还有些泪，孩子好奇地看这个叫爸爸的大男人。大男人在欣赏他的手艺呢，就像手上多长出来的一根指头，比大拇指粗大得多。男人很自豪他这根新长出来的指头。

“日他奶奶的，男人就是比女人多长个东西。”

“死皮不要脸。”

“俄天天长呀，一天长十二个。”

“你本事大，小心熏死你。”

“也熏你哩。”

“我有烟囱哩，你能比得上烟囱？”

“烟囱算个啥，俄这是一门大炮。”

那门大炮直撅撅立在掌心里，立得端端的，跟个哨兵一样。孩子伸出他的手，左手右手都伸出来啦，孩子的手上啥都没有，孩子简直把大人当成一个神！孩子眼看着那门大炮插在大人嘴上，大人低下头使劲儿一吸，头抬起时，那门大炮就开火，炮口红光一闪一闪，大人鼻孔喷出一股子烟，跟电影里一模一样。

孩子一礼拜前刚看过一场电影，大人孩子都去了。是个打仗片子。大家兴奋啊，打仗片子凶极了，全是炸弹、大炮，特别是大炮。炮筒子伸出来，孩子们先叫，大炮——大炮，大炮轰隆一响，孩子才捂上耳朵，眼睛闪着神光。电影队一年来一回乌尔禾。那么多大炮，也只能一年来一回。

孩子第一次看大炮，孩子也是第一次看大人抽烟。

大人一直抽着哩，他没出生时大人就抽着哩。孩子没注意大人嘴上的大炮。孩子看电影里的大炮跟大人嘴上的一样，火光一闪，喷出一股子黑烟。大人哐哐哐咳嗽，咳着咳着站起来，弯着腰到墙根儿角咳嗽，啊啊吐，吐唾沫，像吃了毒药。

“少吃点屎，人吃了屎就这德行。”

女人把面揉好了，女人双臂一伸，面就飞起来，像大鸟展开翅膀一样。展开一次不行，在案板上啪！扇一下就扇大好几倍。女人绷着脚尖胳膊张到最大，面条高高扬起来，高过头顶。她还在用劲甩啊甩啊，面条就飞起来啦，跟一只白鹅一样从她手里飞起来，落到热浪滚滚的大铁锅里，不能叫它再飞啦。女人盖上盖子，加一把火。男人咳得更厉害。屋顶的烟囱飞溅着白亮的火星，烟越来越小，灶眼轰隆轰隆，跟男人一样很厉害地咳嗽。锅里的面条再次张开翅膀，一飞冲天，一下子顶起了锅盖，一瓢冷水浇下去，又冲上来，女人玩什么把戏，一边加火，一边浇冷水。面条飞起落下好几回，面条终于耗尽了力气，再也飞不起来啦。院子里的男人也把炮弹打完啦，一点事都没有，端起碗吸吼吸吼吞面条。

他吃不下去的绝对是炮弹！我敢肯定。

“你父亲抽的什么烟？”

“莫合烟。”

“这么好玩的烟，反应那么厉害，是大麻吧！我听说新疆麻烟可多。你怎么不吭声，你生气啦？”

后来他知道大人抽的不是莫合烟，是仿造的莫合烟。父亲从来没有抽过真正的莫合烟。

真正的莫合烟应该产在伊犁河谷的霍城县，靠近霍尔果斯河的一片沃野。知道霍尔果斯河吧，因为那个条约，伊犁河最富饶最辽阔的地区被割出去了，一条很小很小的河，霍尔果斯河成了界河。河两岸的老百姓在炮火之后，开始他们正常的生活。俄罗斯人带来的莫合烟让中国人大开眼界，特别嗜烟的汉人，很快在自己的土地上种出金黄的烟叶子。除了根须，叶子和秆茎全都能吃。

“简直是一头肥羊，全都能装到肚子里。”

莫合烟越过果子沟传到梦幻般的赛里木湖，传到青色的博尔塔拉草原。

“你父亲那么能干，可以自己种嘛！新疆有的是地，那么多的地。”

“莫合烟只有两个产地，伊犁和博尔塔拉。我们乌尔禾地方只能种葵花和小麦。”

父亲是第一个莫合烟的仿造者。乌尔禾地方，白杨河流过的地方，一边是成吉思汗山，一边是阿尔泰山。大片大片的葵花在太阳底下闪耀，一下子就变成太阳的海洋。一万颗太阳在乌尔禾闪耀，群山之间的沙漠被那辽阔的金光熔化了，花瓣比沙石更凶猛。

“瞧，他们气势汹汹的样子，要吃人呀！”

父亲拧下一棵怒放的葵花，咔嚓咔嚓把它吃下去。

“你简直是一匹马，给你戴上笼嘴。”

女人离男人很近，女人往后躲。

“俄又不吃你，你别怕。”

“本事大你吃石头去，你把石头吃了去。”

父亲在石头滩上开了一条渠，铺上土，撒上种子。

“你是白费劲，锤子再硬，得插对地方。”

大家看父亲的笑话。

父亲在土里埋上种子，在上边又压一层石头。

“又成戈壁滩啦。”

“出去，你出去！你不是石头，你把地压坏啦。”

那人被推着往后退。父亲是谁？乌尔禾最牛 × 的庄稼汉。父亲当过兵，放下枪父亲就不再给人提他当兵的事情。碰上放牧的哈萨克人和蒙古人，父亲就说他是个庄稼汉。父亲说他是个庄稼汉的时候，就好像自己是坐在白毡上的汗王，真正的阿尔泰王。哈萨克人和蒙古人确实把种地的汉人当英雄，当传说里的巴图鲁。

“噢哟，兵团的庄稼汉种出一大片一大片的草，比草原上的草还要高。那些草啊，人可以吃。”

“人能吃。”

父亲揪一把真正的牧草，灰扑扑的苦艾，塞嘴里慢慢嚼着，咽下去啦。牧人就瞪大眼睛，眼瞳里闪耀着一颗又一颗星星。

“你曾经做过马是吧？”

“我就是一匹马。”

父亲开始大把大把地嚼咽苦艾。

聪明的牧民已经看出些名堂：“汉人兄弟啊，出大力流大汗的人，嘴馋啊。”

“俄嘴馋得想吃石头，可惜石头不是肉。”

让父亲吃惊的事情发生了。那个哈萨克汉子跟豹子一样扑向自己马群里最俊美的马，把那马杀了，从马胸脯上取下一大块血糊糊的肉，举给父亲看。

“朋友，这个嘛吃下去，保证解你的馋。”

肉很快就煮熟了，马胸脯肉全是白花花的肥肉，跟团棉花一样，闪着滋润的油光。女主人用铁钩子从锅里扒到木盘子里，请尊敬的客人品尝。刚开始父亲跟主人一样用刀子削着吃，后来就不顾一切，抓起来呜儿呜儿吞下去，舔手指头咂嘴唇。那些油花奇香无比。父亲好像在天堂里吃了圣宴，不停问主人：“俄吃了什么好东西？”主人哈哈大笑：“我的骏马投对了地方。”

父亲肯定喝了酒。在牧人的帐篷里做客不醉是不行的。父亲醉醺醺地走过草原，走过戈壁滩，他跟个傻瓜一样，一直望着蓝天。

自从吃了马胸脯肉，父亲的眼睛就到了天上。大家就提醒母亲小心一点。“你家老头子吃天鹅肉啦，你要拴住他的心。”母亲高傲的心开始下沉。母亲是内地从军的女中学生，是有些文化的人，父亲是个老兵，是被母亲当作牛粪的那种男人。大漠之中，这种牛粪似的粗壮无比的男人越来越显出优势，而且有上天入地的神通。其实，大家不说母亲也能觉察到这种奇异的变化。父亲简直就是一台拖拉机，一个活活的铁罗汉，开荒往石头滩上开，说开就开成了。连长、营长，就是团长见了父亲都要迎上去，握手不停地握手。从草原上传来的消息更助长了父亲的嚣张气焰。在草原人的传说里，只有巴图鲁才有本领一口气吞掉整个马胸脯。谁都看见父亲吃马胸脯的馋样儿，简直就是一只狼。

整个夏天，父亲都是在野地里望高远的天空，那颗燃烧的太阳从阿尔泰流浪到成吉思汗山，父亲的嘴唇起了泡。那正是母亲最美丽的季节，女人百般温柔也无济于事。女人真的伤心啦。儿子不知道这些大人的秘密。儿子看见母亲流泪，儿子就好奇地走过去看。女人赶紧擦掉眼泪，装出刚强的样子。

“你怕我爸爸吗？”

“他又不是狼，我怕他干什么？”

“东东说他长大就把他爸杀了。”

“不要胡说。”

“东东他爸老打女人，把他妈往死里打。男人为什么这样？”

“他们太累。”

母亲说这话的时候，已经做好一切准备，显得悲壮无比。

儿子脸色发白，跟只羊羔一样。

“孩子你不要害怕，你爸不会动你一根手指头。”

父亲一双狼眼睛越过炎热的夏天，终于找到了他要找的东西，父亲的嘴皮都渗出血来啦。母亲惊恐万状，看见父亲站起来，一晃一晃，那粗壮的身坯跟山上滚下来的大石头一样，母亲快晕过去了。念过书的女人总是比一般人敏感。幸亏儿子提醒了她。

“我爸砍葵花去啦。”

男人往地里走去，女人看花了眼。女人开始咒骂，骂出大堆恶毒的话，儿子听不下去，儿子也跑出去了。儿子看见父亲站在一棵高大的葵花跟前，那是长在水渠边的葵花，迎着朝阳，一身金黄，结满黑籽的大量脑袋让人想起古代武士的头盔，撕下一张金黄的叶子，像一把扇子一样，父亲站到太阳底下，金黄的葵花叶子全都干透啦。孩子往回跑，跑回家从旧作业本上撕一张纸，还有火柴，这是父亲所需要的。父亲像对待老朋友一样打儿子一拳，就把葵花叶子揉碎揉成细末子，撒在十六开大的写满字的纸片上，卷成一门大炮，蹲在田埂上就有滋有味地吸抽起来。

“我这样描述你父亲，你肯定不愿意。”

“那是你的想象。”

“我知道你要说什么。真实的场景是你父亲喝令你回去拿纸和火柴。老头点燃大炮的时候，你很厌恶地躲开了。”

“我躲避到戈壁滩上，差点让太阳晒晕。就是从那天起，我发誓要离开乌尔禾，离开这个鬼地方。我不愿意过父亲这种可怕的生活。我这些想法错了吗？”

“你没错！”

“我不该离开乌尔禾吗？”

“你应该走出去。”

“可你把葵花烟想象成一种美味佳肴，就有点可笑了。”

“你不觉得老头子站在田野上卷那么一门大炮，对着太阳开火有一种罕见的诗意吗？你不记得你刚入校为外地同学的一句玩笑话，大发雷霆？因为他把乌尔禾故意说成非洲一个原始部落。当时我们吓坏了，你那么愤怒让我们觉得你是个异类。”

“我是捍卫我的尊严。”

“我明白了，是你的尊严，不是乌尔禾的。”

“你可以这么认为。”

“你终于走出来了，瞧你多么轻松！可我要告诉你，你发那么大脾气，跟荒原上的一匹狼一样，打动了多少女生的心。”她的声音小下去，却很清晰。

乌尔禾刚开始没有葵花，只种小麦，人们渴望粮食，很纯粹的粮食。从春小麦到冬小麦，真正的小麦应该经过冰雪和严寒。葵花要晚得多。

“我六岁那年才种植葵花。”

“可你父亲他们已经在乌尔禾垦荒十年了。我听老头讲过，他把葵花不叫葵花，黄澄澄的满地油啊。老头说他闻到了大地的香味。”

“我们很少吃到油，刚开始连菜都没有，用面粉做酱，还是面粉啊，一丁点油要吃好长时间，炒菜就加酱油，我一见酱油头就晕。”

“你坦率多了。以前你总是掩饰这些经历。”

“那种自卑心理折磨了我多少年啊，现在我可以坦率地回忆乌尔禾了。”

“也是十年，跟你父亲吸到烟卷的时候一模一样。”

“那是什么烟卷？你总是把葵花叶子当什么烟卷。”

“你又生气了。”

“你知道他当时抽葵花叶子的情景吗？一边咳嗽一边抽，满眼的泪水，鼻涕都出来了，还没命地抽啊！我说爸爸别抽了，那不是烟，他顺手就给我一巴掌。”

“把你打到了戈壁滩。”

“是戈壁滩，大人都不敢跑那么远，打猎的人带上狗成群结队才敢进去。我就跑到那地方，望着遥远的地平线，我发誓我一定能走出去。一只野兔跳跃着，它好像听见了我的声音。它一蹦老高，跟一团火一样，在大地上蹦跳啊，一直蹦到了地平线以外。我把它看成一种预兆。”

老头沉浸在巨大的喜悦中，给儿子那一巴掌早都忘了。他用儿子的旧作业本卷了两门大炮。第一门大炮太野，不听调遣，抽得老头山呼海啸，只好蹲在地上，他没想到烟劲儿这么大，幸亏有那么一块马胸脯肉垫底。他很快稳住阵脚，找到问题的关键，抽得太猛，饥不择食啊，朝思暮想的烟卷一直在天堂里挺着，总算抓到手上了。第二根大炮就稳当多了，咬在嘴唇上，豪迈大方，不用蹲地上啦。老头站起来，长长抽一口，吞下去，让烟团在脏腑间暖烘烘地回旋。一个大男人应该有一个干爽的内脏。老头挺着他的大炮，头扬得高高的，走进大漠的村庄。

乌尔禾！日你妈的乌尔禾，睁开眼睛看沙。

乌尔禾的人啧啧啧地叫起来。女人和孩子围上来看稀罕，男人站在自家大门口，抱着双臂，他们的眼睛瞪圆了，又眯起来，他们在努力回忆这些玩意儿是什么东西。

“老王你嘴上噙个啥？”

“老王你噙了个锤子！”

父亲把嘴上的锤子拔到手上，父亲的鼻孔里喷出两股子青烟，青青的两股子烟，跟阿尔泰山里奔出来的大河一样，那雄奇的群山里就流出这么两条青湛湛的大河，一条流出国界，一条流进福海。那个大海子离乌尔禾不太远，乌尔禾大地可以感受到大海子潮湿的气息。

那一天，乌尔禾人把他们身边的白杨河都忽略了。他们跟父亲一样，头扬得太高，眼睛里只有青色的阿尔泰山和那两条美丽的大河。男人们一下子被父亲鼻孔间喷射的青色烟柱给征服了。父亲把大炮端在手里，憨憨地笑着，任凭鼻孔里的烟柱子飘散，散成烟团去覆盖他的战友。男人们从那些猛烈的芳香里猜到了什么，他们掉头就往葵花地里跑，边跑边叫。

“挨 × 的老王！”

“嫖客日下的老王！”

“狗日的老王！”

“毛驴子老王！”

父亲抓住两个孩子，叫他们回去撕作业本，孩子们往回跑。乌尔禾很快笼罩在烟雾中。男人们大声咳嗽，女人娃娃也咳嗽。女人撕着娃娃的耳朵，往回走，走到没烟的地方还咳嗽啊。

细心的女人们从家里拿来口袋，到地里去收割葵花叶子。红柳叶子沙枣叶子也被加进去了，草原上的白蒿也被晾干，切细，跟葵花叶子糅在一起。

男人们脾气好多了，大半火气被烟卷化掉了。

孩子们偷着抽，很快遭到无情的镇压。他是乌尔禾少数几个乖孩子之一，他鄙视葵花烟，绝不是觉悟高或者胆怯。他的学习成绩开始上升，跟夏天的水银柱一样，母亲为他骄傲。到底是中学生的儿子。母亲给他描述口里的城市和大学。母亲来自陕西一个小县城，那个小县城在母亲的叙述里已经非常繁华了。在大漠深处的乌尔禾，任何一座小城都是天堂。他很快得到一张地图。这是他从同学手里得到的。他是乌尔禾垦区唯一一个去兵站读书的孩子。从垦区往外走三十公里，有一个部队的兵站，贴着交通线还有公路道班。那里有一所学校，大都是养路段和兵站的孩子，从兵站孩子那里很容易搞到一张中国地图。他把地图贴在墙上，不但母亲赞不绝口，父亲也对他刮目相看。傲慢的父亲嘴里嘟囔着：“他娘个腿，团部才贴地图，这小子也弄个地图。”父亲跟摸西瓜一样摸儿子的大脑瓜，儿子拨开父亲的手：“你动我头干什么？”

父亲正要发火，母亲跟豹子一样扑上来：“土匪，土匪，你就知道驴屁眼冒黑烟，你连屁都不懂，孩子念书啦，念书的人谁也不能对他动粗。”

“呵呵，这娘儿们跟政委一样。”

父亲的气焰顷刻间倒塌了一大半，母亲跟一个真正的政委一样把大男人训得一愣一愣的。

父亲的权威受到严重的挑战。乌尔禾的人把他当英雄，莫合烟确实是一个了不起的创造。谁也没有意识到发生在家里的静悄悄的革命。父亲自己也没有意识到。儿子跟升空的火箭一样，从乌尔禾走出去了，成为垦区唯一一个到师部所在地——奎屯重点中学念书的高中学生。父亲亲自驾着车把儿子送到奎屯，那所北疆地区有名的中学，有一栋漂亮的教学楼，跟师部大楼遥遥相对。父亲一点也感觉不到儿子的变化，父亲竟然赶着他的板车在大街上飞驰。人们侧目而视，纷纷躲开。"你往哪赶呀?""我要去学校。"父亲扬着鞭子，不理儿子那一套。板车穿越林带时，父亲才拉住缰绳，让马儿慢些走。父亲敲一下高大的青杨树。

"这是你老子栽的，给师部栽完树，我们就开到乌尔禾去啦。"

树上有父亲的名字，随着年轮的增长，父亲老王跟一幅木刻画一样悬挂在农五师师部大楼的林带里。

"一百棵青杨树，全都在啊。"

父亲跳下车，把每一棵树摸一遍。儿子从板车上取下行李，冷冷地说："爸，我走啦。"

"你不要急呀，我送你。"

"我自己去，已经到了。"

父亲很想到校园里去看看，儿子不敢想象父亲在校园会闹出什么笑话。儿子几乎小跑着奔向校园。

校园里有不少像父亲这样的老军垦，他们送孩子来上学，既兴奋又胆怯，总也不像父亲那样，走到天南海北都那么趾高气扬。

在父亲离开以后，儿子一个人静悄悄地来到师部大楼前边的林带里，儿子看到高大杨树上的父亲的名字。儿子要仰起头来，要仰得高高的，用手遮住光线，一个遥远而雄壮的父亲就出现了。儿子的身边有一百棵父亲亲手栽的大树，任何一根树杈都比儿子的腰粗啊。儿子是爱父亲的。儿子从生活费里挤出一点钱，过着清贫的学生生活。那时的中学生还有助学金，儿子给母亲买一顶城市老太太戴的圆顶帽子，然后就是烟的问题。奎屯有新疆最好的莫合烟，那个狂妄的老头，只顾看自己栽的树，压根就没想到去逛奎屯的商店。

儿子在土产门市部找真正的莫合烟，金黄的烟丝抓到手里很舒服，可土产门市部几个字败儿子的胃口。儿子正在犹豫的时候，一个农工上来就买两公斤，一大包。售货员刚做一笔生意，马上转向这个中学生：给你老爹买上一公斤，便宜实惠。

中学生红着脸出去了，中学生到奎屯最大的红旗商场去，那里有很体面的烟酒柜台。谁都知道新疆最好的烟是红雪莲，拿得出手的也是天池烟了。儿子要了一整条天池烟。儿子买天池烟的时候就暗暗下决心要给父亲买红雪莲。新疆最大卷烟厂就在奎屯。奎屯最早的开拓者，他的父亲，竟然不知道这里有一座卷烟厂，父亲压根就没想过要抽正规烟厂生产的香烟。

儿子带着天池牌香烟，没有按父亲的打算回家。他们原来约定好，放假前儿子给家里发一封信，父亲亲自来奎屯接儿子回家。带了天池牌香烟的儿子第一次违背了父亲的意愿，自拿主意，乘坐去阿尔泰的长途车，在克拉玛依住一宿，直接到达乌尔禾。可以在这里等到去他们连的车。马车马爬犁很多，儿子坐这里的马车回家，把家里人吓一跳。

父亲正在瞪眼愣神的工夫，儿子取出一条天池香烟，儿子完全跟个大人一样，把烟放在桌子上，告诉父亲这是给你买的香烟。儿子把香烟两个字念得很重。父亲把天池烟拿到手里，闻一闻。

“嗯，真香啊，是香烟，是香烟，你这狗儿子，从哪弄的，师部首长才抽这牌子的香烟。”

“师部的人能抽你就不能抽啦？”

“我有这个，他们抽过吗？”

父亲不甘心自己的失败，摸出自己的大炮。

“那不是烟，是你在胡闹。”

“狗儿子你懂个屁，新疆就是你老子这么闹腾出来的。”

母亲戴上儿子买的小圆帽，马上跟儿子合伙向老头开炮。

“你抽不抽，你不抽，我收起来啦。”

母亲抓过香烟，往柜子里锁，谁都知道，凡是入了柜子的东西，老天爷都要不出来。父亲急了。

“你干什么，老娘儿们拿烟干什么？”

“招待客人呀，你以为你是谁，你是将军你是元帅，你去抽大中华呀。”

“娘个腿，塞你屁眼里去，老子抽大炮，老子有的是土炮。”

父亲往凳子上一蹲，从口袋里抓一把葵花烟末子，动作麻利干脆，眨眼间一门大炮插在嘴上，一努一撮，鼻孔喷出两股子青烟，跟一盘粗绳一样把整个房间捆扎得结结实实，女人和儿子捂住嘴大声咳嗽，儿子乖乖把烟送到父亲手里。

“你抽这个，你咋跟小孩一样跟人赌气哩。”

傲慢的父亲接住烟，嘴上的大炮不能半途而废。母亲打开窗户，拉开门，让寒风扫荡滚滚的烟雾。

父亲撕开一包香烟，父亲的手微微颤抖，不是激动而是父亲的手太粗糙，那么细嫩的烟卷在他的手掌心里，茧子和裂痕跟荆棘一样，父亲笨手笨脚，从凳子上下来，双手搁在桌子上，脑袋凑过去，总算把烟卷叼住了。火也是擦了好几下，火焰描一下又描一下，总怕把香烟伤着了。父亲吸得很谨慎。吞到肚里的烟团半天不上来，父亲再抽一口，鼻孔里很勉强地吐出淡淡的烟雾，淡得几乎看不见。父亲处于一种神秘状态，父亲不敢轻易给天池牌香烟下结论，父亲又不能瞪着眼睛说瞎话，父亲嘟嘟囔囔："人家就是这味道。"父亲竭力说服自己："一个牌子一个味道。"父亲把自己说服了，父亲的声音高了八度："好味道，啊，好味道。"父亲的肠胃顺畅了，烟道也畅通了，鼻孔跟个大烟囱一样终于飘起青色的烟团，细若游丝，父亲咧开大嘴笑："日他娘的，机器弄出来的东西就是苗条啊。"

父亲抽第二根的时候，就把两根烟接到一起。儿子提醒他："没这么抽烟的，你可以连抽两根。"父亲翻一下眼睛："你又不会抽烟，你叨叨个啥。""奎屯街上有抽烟的，我们老师有抽烟的，人家是一口一口抽，不是狼叼小羊这么恶狠狠地抽。""烟到老子嘴里，老子爱咋抽就咋抽。"父亲把一包烟撕开了，五只香烟扭麻花一样拧在一起，卷在牛皮纸里，成了一根威猛的大雪茄。墙角有半袋水泥，牛皮纸是从水泥袋子上撕下来的，一面光滑一面沾着灰白的水泥末子。加了水泥的特制大雪茄噗噗燃烧起来啦，果然非同凡响，抽得父亲很受活，父亲快乐得手舞足蹈，父亲也没忘记尊重一下儿子，他没拍儿子的大脑袋，他在儿子肩膀上拍了一下："好东西，啊，好东西就是不一样。"父亲噙着这门特制的大炮到街上示威去啦。

儿子的泪哗一下出来了，母亲躲在一边，母亲太了解这个臭男人了，他在兴头上，天王老子也不敢扫他的兴，母亲就给儿子出一条毒计：

"下回不给他买烟啦，花钱买气受。"

"我要改造他。"

儿子的拳头啪啪响。

母亲脑袋朝后一扬，看儿子半天。

"真是妈妈的乖儿子，你一定是个有出息的孩子，你一定要把他的不良习惯给改掉，你就把他当一个病人，你就当在救你爸。"

中学毕业的母亲总是给儿子以智慧。

你知道我感激母亲的是什么吗？就是那句病人。她把父亲当作一个身患重病的人，一下子把我从混沌状态中引导出来啦。我对父亲是既恨又爱，交织在一起，脑子里乱哄哄的。乌尔禾是一片荒凉的土地，父亲他们开垦了奎屯，又奔赴北疆最荒凉最偏僻的乌尔禾，把家也安在乌尔禾。据说当时有这么一条规定，思想不红的，组织上不怎么放心的，全都留在条件好的地方，留在中心城镇，去艰苦地方的是一种政治待遇，精兵强将最后的归宿是艰苦地区。大荒漠、冰雪暴、沙暴，最原始的超出正常人体力的劳动，把父亲那代人全毁了。恶劣的自然环境把他们一个一个变得脾气暴躁，粗野无礼，毛病太多了，不说了。

儿子跟升空的火箭一样奔向光明的未来，奔向文明。儿子皱着眉头向父亲汇报他的学习情况。其实不用说那么多话，那一大沓子奖章就足以证明儿子有多么优秀，其中有自治区竞赛第一名的奖章。儿子逐条汇报。父亲当然高兴喽。父亲理直气壮地点燃红雪莲，儿子孝敬老子天经地义，父亲的豪迈之情一点也不下于他当年伸手拧下一朵大葵花，呜儿呜儿吞下去。父亲很舒服很细心地听他的乖儿子汇报学校里的情况，不时地嗯嗯两声，不时地击掌叫好。儿子用普通话给父亲讲述自己，父亲就嘀咕："日他妈这是我老王的儿子吗，日他妈这是中央电台播音员在跟老王说话呀。"其实儿子的普通话带有浓烈的羊肉串味，父亲就受不了啦，父亲眨巴着眼睛，揉一揉再揉一揉，父亲认出来了：眼前这个文明之子确实是自己的孩子。父亲呵呵呵笑起来："我老王本事大，一年能日两个娃。"

儿子愣住了，儿子眼前发黑的一刹那，母亲在他身后发出嘹亮的笑声，儿子也跟着笑起来。

这是乌尔禾地区的一个大笑话，儿子听这笑话的时候才五六岁，正是"文革”时期，全国人民八个样板戏，乌尔禾垦区文工团只能排演两个样板戏，《沙家浜》和《红灯记》。乌尔禾垦区最漂亮的两个军垦女战士理所当然成了主角。李铁梅的扮演者是个少妇，舞台上一站，红袄袄一衬，两个圆圆滚滚的屁股跟骏马的屁股一样，父亲老王肆无忌惮旁若无人地先噢哟了一声，唱词里的担水劈柴拾煤渣在父亲老王嘴里成了“李铁梅，狗子[①]大，担水劈柴生娃娃”！那出戏一下子演红了，李铁梅的扮演者从台子上下来一口一个老师把父亲老王弄得手足无措。演《沙家浜》的时候，剧团特意让父亲老王坐在头排，跟首长坐在一起。阿庆嫂的扮演者是个大姑娘，团长和政委关照过了：“老王，人家不是小媳妇，你他娘的嘴巴不要太损。”父亲老王抽着他的葵花大炮：“我知道，我知道。”阿庆嫂就出来了，阿庆嫂小心翼翼，父亲老王大声说：“丫头你放开胆子演，我不打扰你。我看戏哩我不演戏。”阿庆嫂一下子正常了，父亲鼓掌，大家都鼓掌，阿庆嫂越演越好，闭幕后，演员还下了台。关于阿庆嫂的歌谣是第二天传开的，是父亲老王半道说出来的，一群小青年把父亲老王拉到板车上，给父亲老王酒喝，父亲老王就管不住他那张臭嘴，而且极力应和年轻人的不健康心理。歌词是这样的：

咱俩好，
你没媳妇我给你找，
一找一个阿庆嫂，
阿庆嫂，本事大。
一年能生两个娃。

---

① 狗子：西北方言，屁股。

歌谣传遍乌尔禾，传遍天山南北，去口里出差探亲的人，跟B-52轰炸机一样往口里传。乌尔禾的文工团在自治区文艺会演总拿大奖，文工团团长就给人家吹牛皮：我们乌尔禾，有一个汉族阿凡提。演员一想到这两首歌谣，就一下子精神抖擞，情绪高涨。

这是一个什么人？儿子在笑声中流下苦涩的泪水。这并没有动摇儿子拯救父亲的决心。儿子第二次来到乌鲁木齐，代表学校角逐奥林匹克数学竞赛。走出考场，儿子破例逛一次大街，从光明路到大十字路，到北京路，到南门广场。世界在发生巨变，儿子听父亲描述过乌鲁木齐。父亲记忆里的乌鲁木齐是八一剧场，老满城，烂泥巷子，雪爬犁毛驴车，和平渠。

和平渠是父亲他们用双手修的，那条从冰山上呼啸而下的乌鲁木齐河，总是在春天把这座城市变成黑泥翻滚的沼泽地。最早进疆的部队苦战一年，用石头砌成一条大渠，给狂暴的冰河戴上笼头，河水清起来啦。雪花可以自由自在地落在干净的街道上，乌鲁木齐人可以在春天穿上皮鞋去轧马路。以后的乌鲁木齐，父亲就不知道了。父亲简直是台大拖拉机，一个真正的铁罗汉，双手抡着坎土镘，从奎屯抡到乌尔禾，把家也安在乌尔禾。儿子眼前的和平渠被高楼大厦包围起来，父亲的汗水早被冲走啦。父亲亲手砌上去的石头绝不少于一百块，跟板车那么大的石料，从博格达山搬运到乌鲁木齐，再用肩膀用全身的力气搬上渠道的斜坡，屁股撅得老高，尽量让石缝合起来。

“为什么用那么大的石头？简直是金字塔。”

“没有水泥呀娃娃，石块太小就会被大水冲走，你不知道雪山上下来的水有多么厉害！跟野马一样，一蹄子就把石头踩碎啦，简直是坦克，斗大的石块跟草屑一样，我们就弄大石头，板车那么大，纹路对齐了，跟诸葛亮的八卦阵一样，日他妈再厉害的雪水、冰川水，冲千年万年都不会有事。”

儿子在渠边虚拟一场父子对答，他太了解父亲了。他为父亲鸣不平。父亲到乌尔禾以后，再也没有出来过，走最远的地方就是奎屯了。父亲就像一台用坏的机器。搁置在乌尔禾的角落，厚厚的灰尘一点点覆盖下来，岁月在无情地抹掉父亲。父亲浑然不觉，乐呵呵地生活着，不时地说些逗人发笑的俏皮话。就在他和乡亲们咧开大嘴狂笑的时候，灰尘肆无忌惮往他们脏腑里飞蹿。春天的乌尔禾，积雪消融，麦子泛青，地面开始升腾起黄尘的帷幕。有时，大中午连人都看不清楚，太阳跟远古时代的小油灯一样发出幽微昏黄的光亮。

从乌鲁木齐竞赛回来的儿子，一点一点走近故乡，走向米勒的田园画，遗憾的是，弥漫画面的不是辉煌的油彩，是密集的黄尘。干净整洁的中学生，开始变成一头金发，眉毛眼睛也成了金黄色，身上长出一层茸毛。他很快放弃了扑打，嘴巴和鼻孔里是泥，肠胃里有一条混浊的小河在缓缓蠕动。乌尔禾呛人的乌尔禾哟！除了葵花叶子卷成的一门门大炮，还有什么上好的烟卷能烘烤父亲的肠胃。儿子唰唰流下泪水，很快就被糊住了，变成一团滚烫的岩浆，在眼窝里咕嘟咕嘟冒气泡。视线彻底模糊了。

竞赛的结果，儿子拿了第一名，垦区的孩子打败了乌鲁木齐所有的重点中学。接受记者采访时，儿子说：“我最大的愿望是让父亲到乌鲁木齐逛一逛。”不但父亲、兵团各农场的老军垦都得到这样的机会，从天山南北集中起来，参观乌鲁木齐。第一个镜头肯定是父亲，父亲参观乌鲁木齐最繁华的钻石城，站在三十八层大厦顶上，对开发商说：“老子当年制服了这条河，你娃娃才有胆量在这儿搭盖楼房。”这完全是帝王对奴仆的口气，开发商哪见过这阵势，他的资金投到哪儿，他就是哪儿的大爷，官员记者顷刻间变成太监。开发商没料到会被人按穴道，半天愣不过神。镜头之二，来自昆仑山下的一位老军垦很沉痛地告诉采访他的记者：“我有愧呀，我没有完成任务。当年我们是立过军令状的，对王震司令拍过胸脯的，要把荒漠变成良田，在大漠戈壁建设美丽的花园，良田是开出来啦，花园还早呢，怎么眨眼就老了呢？”老军垦抖着结满茧痂的手，想变成小伙子再来一次冲锋。记者的诱导不顶用，九牛也拉不回头，老军垦与时代，与聪明的记者之间严重脱节，越说麻烦越大，完全在两个道上奔跑。各大媒体淡化这个活动彻底地淡化了。

这一切逃不过儿子的眼睛，儿子在奎屯盯着乌鲁木齐呢。

我心里猛地一震，突然感到十分悲伤，委屈。我为这些我从小就了解、热爱的人叫屈，为他们的命运叫屈。

你父亲说错了吗？还有昆仑山下的老军垦？他们按照记者的想法回答提问，或者痛哭流涕，让新时代的人真正体会一下：“瞧，我们多么幸运，我们没有干这种傻事，我们多聪明多幸福！”

儿子含泪的眼睛望着前妻，这个女人总是跟人抬杠，让你不能畅快地流泪或者畅快地大笑。

她的睿智远远超过女性，甚至超过他这个电脑专家。

你是一种杂音。

儿子在心里狠狠地说，儿子的脸撇向窗外。

乌尔禾的人把儿子当英雄，大家看到的是儿子巨大的成功，成功者的一句话就轻易地让兵团司令部做出决定，父亲老王就很风光地走了一趟自治区首府。父亲老王面对大家的赞美十分开心：“我老王是谁？我是他老子，我是他爸。娃让我老汉逛乌鲁木齐，我老汉当仁不让，世界上谁能这么当老子，老子知足啦。”父亲老王得意忘形，慷慨得不得了，从乌鲁木齐带回来的几包红雪莲全散给大家啦，他自己用葵花叶子卷成一门大炮，吧嗒抽起来，父亲最得意的时候也只有葵花叶子能满足他。父亲抽葵花大炮的时候，儿子不在跟前。

儿子在奎屯做最后的冲刺。儿子放弃了保送上大学的机会，儿子自信得不得了，儿子考取南京大学天文系。父亲老王听到这个消息竟然说："狗儿子把国民党的京城给占啦。"父亲不知道儿子对遥远世界的热切向往，儿子跟升空的火箭一样，只有紫金山天文台的大望远镜才能满足他的愿望。当他意识到一个天文工作者注定要受穷，要清贫一辈子的时候，另一个辽阔的世界，比天空比宇宙更遥远的电脑世界出现在他眼前。调换专业的打算受挫，他以惊人的毅力，去旁听计算机专业的课程，去打工挣钱买资料，自费上机，在全校计算机操作和设计大赛中击败专业对手，一举夺魁。学校只好特批他改专业。他太优秀了，优秀得让男生们嫉妒，他的英语很棒，但发音太杂，完全是地道的西北方言英语。有个不怀好意的家伙当着全班同学的面，怪声怪气地模拟他的西北方言英语，又自解自嘲："俄来自乌拉圭，法属乌拉圭，俄是非洲的酋长。"那个家伙突然触电似的跳起来，脸色发白，被他嘲笑的那个西北狼跟远古荒原上奔来的神话英雄一样，一只手就把课桌抡起来，一步一步逼过来啦。这个倒霉蛋浑身发抖："我是开玩笑，纯粹是开玩笑。"那么大桌子不跟他开玩笑，跟轰炸机一样俯冲下来，冲向脑袋，脑袋嗡一下就乱了："你是大爷，我是孙子，行了吧！"桌子已经变成真正的轰炸机了，盘旋着一次又一次贴着耳朵呼啸而去。这个鸟人哇一声哭了，坐在地上号啕大哭，哭声直上云霄，轰炸机摇身一变，变成桌子，轻轻地落到地上。儿子走过去，从地上拉起这个满脸鼻涕眼泪的同学，拍打他屁股上的尘土，跟放那张桌子一样把他小心翼翼地放在凳子上。谁都看见儿子的鼻子在猛烈地发酸，酸得那么惨痛，跟寒风中的刀刃一样，泪水在涌动在闪烁……

乌尔禾，乌尔禾，我的故乡乌尔禾呀！白花花的盐碱滩，厚厚的冰雪，沙暴和烈日，阿尔泰高原的狂风，轻轻一抓就把整排整排的白杨树连根撅起，流放高空，永远也回不来了。那些粗犷的汉子，总是打自己的女人，跟拳击手击打沙袋一样。儿子泪流满面走出教室。

那正是电影《佐罗》上映的时候，来自大漠的儿子很容易被人想象为西部骑士，加上这次雷霆之怒，少女们跟葵花一样，不由自主地转向太阳。

我就是那时候注意你的，许多女生都在注意你，我放弃少女的自尊，主动接近你，你好像感到很惊讶。

我为自己的粗鲁举动感到懊悔。我一直在刻意地校正父亲对我的影响。那天晚上，我才发现我失败了，我跟父亲一样狂暴，全班同学都是目击者，看到两个大傻瓜在南京大学的校园里丢人现眼。

你没有错，你在捍卫自己，你没发现许多女生跟你一样流泪了。在我们南方，少女们是很难见到血气蒸腾跟狮子一样发怒的男人，我几乎是身不由己走进你的生活。你那么窘迫，那么惊讶。

你很美，可你打乱了我的阵脚。我不打算跟自己班里的女生有进一步的交往。最好是外系的女生，不是那件事的目击者。

你一直在掩饰一种东西。

是这样。

这是一种无法实现的爱。从一开始就注定了失败。

他们沉默，只有勺子搅动咖啡的声音。一种痛楚和苦涩流遍全身。

随着他们交往的加深，她知道了乌尔禾。乌尔禾，多美丽的一个地方，她总是把乌尔禾当作乌苏里，因为有一首风行全国的赫哲族民歌《乌苏里船歌》。她天真烂漫，嗓音甜美，总是情不自禁地唱起《乌苏里船歌》。当他觉察到少女的情意时，他的感动极其短暂，他有必要提醒这个江南少女，大漠的苍凉没有浪漫，没有童话，大漠，乌尔禾只有一种悲怆和酸楚。在他的叙述里，烈日、狂风、盐碱滩，远离现代文明。一种刻骨铭心的荒蛮，这一切全融化在少女的猫猫眼里，变成炽热的火焰，从清澈湖水里蓦然升腾的火焰。语言跟魔法一样，事与愿违。他只好用直观的中国地形图来弥补语言的缺陷。那是一张桌面那么大的彩色地貌图，绿色的东部和黄褐色的西部一目了然，黄褐色中夹着无数黑粒的大沙漠，占据着准噶尔盆地北部的大部分地区，乌尔禾是大漠沙粒中的一粒。从南京往北，到郑州掉头向西，漫长的西东交通线，可以用尺子打几折，才能量到乌鲁木齐，火车到此为止，换乘汽车继续向西狂奔一千里地，到奎屯。

农七师啊，到你们农七师啦。

是我们农七师，师部就在奎屯，奎屯不是我们家，我的家在乌尔禾。

好吧，继续往前，不能西行了，而是往北，直直往北，朝着北冰洋的方向，用尺子在地图上卡，也就是上海到北京的距离，大片大片的黄褐色大漠之间，真正的沧海一粟，米粒般的乌尔禾，去乌尔禾，总是乘坐去阿勒泰的长途班车，不能有任何疏忽，你必须不停地提醒司机到乌尔禾停一下，司机一路狂奔，是汽车挟带着司机向前向前向前，不是司机向前向前向前，司机有时候连路都认不出来，常常把车开进戈壁滩，石头越来越多，直到碰到跟汽车一样大的巨石，轰隆一下，司机和车上的人全被惊醒，大家才慌张起来，需要折腾半天才能回到航线上去，就像飞机在太空里，船在大洋里一样。小小的一粒乌尔禾呀，一不小心就从车轮子底下滑过去了。在你的反复提醒下，车子停住，从车门里吐出一个疲惫不堪、风尘仆仆的旅人，总是站在路边跟傻瓜一样愣好半天。我来告诉你，在嘉峪关以内，也就是新疆人常说的口里，根本就不存在什么风尘仆仆，这是口里人古代的旅途感觉。在我们乌尔禾，从车上下来的人差不多都麻木了，不是身体麻木，是神经系统，整个神经网络一片空白，整个人处于休克状态，第一根复活的神经首先把人带到那条岔道口，腿向那里迈动，尘雾渐渐升起，柏油公路跟大鲨鱼一样游向远方，大漠起伏，乌尔禾的土地渐渐辽阔起来。

就是这里。

你别急，把地图给我。少女跟虫子一样叮在地图上，她用她的小手一下一下在量那辽阔的空间，仿佛一个飞行器在宇宙里旋转。很久很久，少女才从辽阔的空间里回落地面，他看到的是一张极其生动的青春的面孔和无限精神的眼睛。瞳光中有蓝光闪烁。

在他的叙述里没有莫合烟，从来都没有。

我不想这么早带你回乌尔禾，在我的梦想里，我必须在口里扎下根，带着你乘飞机直达乌鲁木齐，再从乌鲁木齐坐飞机到克拉玛依或阿勒泰，换乘汽车，也只能是我们自己包的出租车，直接开进乌尔禾，开到我们连，我们家，那排土坯房子的大院里，你一下车就是干净宽敞生长着啤酒花和蔬菜的农家小院，中间有一条砖铺小道，我母亲是一个多么了不起的母亲，从院子里你就感受到一种温馨与甜蜜。你太急切了，你总是打乱我的计划，刚刚工作，刚刚有自己的收入，你就要去乌尔禾，你比我这新疆人还要向往新疆。

从大二开始我就开始梦想那个神秘的地方，四五年的时间，就是一壶酒也都酿出奇异的芳香了。

没有他所设想的飞机。他们刚刚工作，他们跟民工一样回故乡，回乌尔禾。民工这个词，在他脑子里反复出现，那唯一一张卧铺票还是他大发雷霆以后才勉强买下的，她打算坐硬座去新疆。白天他就去卧铺车厢睡一整天。这是去新疆最经济的办法。她按捺不住女人那种好奇心，趁他睡觉的工夫，摸到硬座车厢，那是多么骇人的景象，许多人没有座位。

铺一张报纸睡在地板上，睡在座位下面，你必须小心翼翼地从横七竖八的躯体间跃过去，就像在一张地球上最辽阔的床铺上行走。更吓人的是从郑州、西安开始，上来许多大学生，包括女大学生，她们都是新疆到内地上学的，她们比民工讲究一些，带一张小凉席，见缝插针，挤在民工中间，几乎是身体挨着身体，倒地就睡。列车左右摇晃着，许多身体碰撞在一起，又分开。她这才明白这些年，在南京大学四年的求学期间，他很少回家，有好几个春节都是在学校里过的。她陪着他。她不敢把真相告诉家里，家里人只知道她的男朋友是新疆人，一定在乌鲁木齐，他们一口咬定，女儿找个新疆人做丈夫已经很荒唐了，再荒唐也只能止于乌鲁木齐。她也懒得去解释。连她自己也很奇怪，她在她自己的心目中是一个很弱很弱的小可怜，她怎么会有这么大勇气奔向这个大漠的儿子，奔向大漠的土地。绝对是一种疯狂。她的朋友们都把她当作一个中魔的人。宿舍里的女生们还是很羡慕她的，她找的是丈夫不是荒凉的土地。现在她就奔向那块土地。她好歹有一个座位。要不是他及时出现，她会把这个硬座座位让给在西安念书的女大学生，这个座位可以解救好几个女学生。她听见有人喊她，她万分惊讶，而奔过来的他比她惊讶十倍，大声问她：你怎么乱跑你怎么乱跑你疯了吗，这是你来的地方吗？

她们不也是在这里吗？

她指那些躺在地上的女学生给他看。

她们是新疆人，习惯了，你是第一次。

她几乎是被他拉到卧铺车厢的。她气坏了，她要发火，发很大很大很猛烈猛烈的火！他冷冷的一句“你再调皮我就不过来了，咱们乌鲁木齐见”。就这么一句把她给治住了。第二天，她乖乖地等着他到卧铺来休息，他告诉她，白天那个座位属于女学生，晚上再还给他。

火车汽车马车，马车到连队时，父亲母亲惊呆了，看着儿子领着一个仙女朝他们走来，连里的老少爷们都拥上街头，看传说中的父亲老王的儿媳妇。父亲老王在乌尔禾从来就是个传奇人物。

一天开荒四亩半，

扭下葵花变莫合烟，

养下儿子上紫金山，

娶下媳妇赛天仙。

老头老太太一年前就得到儿媳的照片，传遍了整个乌尔禾，父亲老王自编自唱，给自己编出这么动人的曲子。乌尔禾人人会唱。

这就是父亲老王！儿子咳嗽，不停地咳嗽。孩子们蹦跳着唱。父亲老王呵呵笑起来，父亲老王这么笑就管不住他自己啦，老太太训练了好几个月的心血啊，危在旦夕，儿子太了解父亲呵呵这种笑，父亲简直就是威虎山上的座山雕，有好几种笑。座山雕发脾气是高兴，哈哈大笑要杀人，父亲老王哈哈大笑是对世界的蔑视，嘿嘿笑是威慑力极大的表现，他的铁拳腿脚紧随其后。儿子只听说过这种怪笑，儿子从没有见识过，母亲也没有见识过，全连只有几个老兵知道这个。据说部队从陕北高原一路杀向大西北，父亲老王不哼不哈，打胡宗南太容易啦，父亲也不把中央军当回事，打到兴头上会丢下枪，连大砍刀都不要，空手赤拳扑上去，抓住一个大活人就抡起来，跟《隋唐演义》里的李元霸一样，双手一劈，手里的中央军一声惨叫就没气啦，呼啦啦，几百号装备精良的汉子全都跪地而降，不打了，这仗能打吗？这简直是从远古奔杀而来的壮士，光那嚣张的气焰就把人吓软了。大军抵兰州，与马家军打，马家军拼刀子打枪都是好手。传说中的父亲，在天水时就听当地百姓把马家军说得神乎其神，合水战役跟马步芳的儿子马继援交过手后的老兵也承认马家军厉害。父亲老王就嘿嘿了两下。当时谁也没注意这两下怪笑。父亲老王到铁匠铺是特意叫铁匠打一把矛子，磨得发亮。到了阵上，父亲的二百五劲就上来了，趴在战壕里不放枪，动都不动，阵地上没人了，大家都撤了，他没撤。当马家军的骑兵狂风般刮上来时，战壕里跃出了一个赤着上身的陕西冷娃，挺着一杆矛子，扑哧扑哧跟戳西瓜一样眨眼间放倒一大片，二百多精壮的骑兵被砍开胸膛躺在大地上，咕嘟咕嘟冒血泡泡，那杆矛子紧追不舍，把更多的骑兵逼到黄河滩上，骑兵们连人带马往河里跳。慢一点的活活受死，那杆矛子从容不迫在胸口扎一个洞，血喷一丈高。马家军开始吼叫，带着哭腔大吼叫，中间夹着嘿嘿嘿的怪笑，那简直是夜半枭声，令人头皮发麻。那天，马继援在他的司令部里哭了，鼻涕眼泪流了满满一脸："他是谁？这个陕西冷娃是谁？"卫兵战战兢兢："是薛仁贵。""叫他别笑啦。"炮声枪声也压不住这种怪怪的嘿嘿笑。马继援大叫着亲爸爸救救我，拧狗子往青海跑。一路狂奔，亲阿大从小培养的西北小狂人，就这样给日踏了。据说，马继援是被人用担架抬上飞机的。据说为培养儿子的狂妄，亲阿大马步芳让卫兵跟儿子下棋，只准输不准赢，儿子稍有长进，成吨的黄金就撒向南京上海的各大媒体，中国第一代娱记们就跟着编神话故事。父亲老王没有黄金，只有一杆铁矛子和那两声嘿嘿怪笑。到乌尔禾以后，那杆矛子被铁匠打造成坎土镘，父亲老王在千年荒原上，所有的人都以为他要怪笑两声，他们还记着老王在兰州战役的壮举，在乌鲁木齐修和平渠的时候，在奎屯师部大楼建造防风林带的时候，多能干啊！大家还是喜欢把他当作一个战斗英雄，他们忘记了父亲是农民出身，1948 年以前，父亲老王是陕北高原的庄稼汉。在乌尔禾的土地上，父亲老王抡起坎土镘，一天开出四亩半，超出南泥湾那个大名鼎鼎的气死牛郝世才。从这头挖下去，一口气挖到太阳下山，太阳很雄壮地从成吉思汗山走到阿尔泰，走向山那边极其辉煌的黄金草原，落日熔金，父亲的身影黑黝黝的跟一幅木刻画一样投射到新垦地上，大地散发出强烈的处子的气息。父亲老王该喘口气啦，父亲老王手中的坎土镘停在地上，这就是一个人的壮举，从太阳升起到太阳回落的劳动的极限，母亲和几个女兵在他身后很远的地方丈量这个壮汉所创造的奇迹，父亲老王慢慢转过身来，辉煌的落日一下子把他也熔化了，他成了一个金人，他被自己开出的土地感动了，多么辽阔的土地！父亲老王呵呵笑起来，跟骏马的欢叫一样，把母亲以及那些丈量土地的人全都感染了。母亲后来回忆说，她从来没有听过这么开心的笑。也可能就是这感染力极强的笑声打动了母亲的心，母亲那时是刚刚从西安支援边疆的学生兵，是一个充满浪漫情怀的少女,在乌尔禾大荒原一下子见识到了一个真正男人的魅力，那简直是一种开天辟地的笑！那一刻，母亲成了土地，成了乌尔禾的一部分。"跟这个死鬼拴在一起啦。""你猜你爸说什么，他拍拍他的坎土镘，大声咳嗽，戳在地上就是跟戳在人身上不一样。这死鬼一辈子是个农民，是个种地受累的命。还呵呵笑。"让母亲伤心的是洞房之夜,父亲老王嘿嘿笑两下,往被窝里钻，母亲听人说过父亲在兰州战役时这么笑过，母亲叫起来："你咋这么笑，你杀我呀。""我就杀你。"父亲显然忘了他在兰州的狂笑，他是个粗人，他可不理解中学生出身的母亲有多么细腻的情感世界。所谓洞房就是地窝子，母亲够伤心了，母亲把新婚的喜悦押在新郎官的举止言谈上，哪怕优雅一点点我都满足了。母亲一直期待着父亲老王在大地上开出四亩半土地时那开心的呵呵呵呵，这死鬼新婚一个月都没这么笑过，怎么暗示他都不开窍，我又不好意思挑明。这是母亲永久的梦想。在几十年之后，在儿子新娘凯旋这一天，父亲老王那张阔嘴跟定时炸弹一样爆发出暴风般的呵呵呵——整个大地在晃动，跟着父亲老王很猛烈地开心地笑啊。母亲进入迷幻状态，母亲热泪满面。人们以为母亲是为儿子喜悦，为这么美丽的儿媳妇喜悦，儿子和媳妇也这么想。他们搀扶着哭软了的老太太往家里走。父亲老王昂着头，兴高采烈。

那个巨大的危险就这样被老太太忽略了，儿子给母亲打过招呼，让她把老头看紧点，让她不要太抠门，给老头子买正宗香烟，千万不要让他旧病重犯。老太太很自信，那张锲而不舍的叨叨嘴早就把老头制服了。老头也不是小伙子了，身体一年不如一年，抽一口葵花烟会把他的老痰咳出来，除非他不想活了。有老太太这话儿子放心了。乌尔禾人早就不抽葵花叶子啦，那是一段历史，当笑话讲还行。年轻人都不相信。

儿子和媳妇特意在南京买了中华烟和云烟。老头高兴啊，老头取出一根中华香烟，闻一闻："毛主席就抽这牌子，我老王也抽上啦。"父亲老王没说他妈的他奶奶的，老太太盯着呢。老头表现不错，划一根火柴，轻轻咂一口，烟头红一下，手里的火柴棒还飘着火苗，老头轻轻摇一下，放在烟灰缸里，拿烟的那只手臂屈起来，屈成一个大三角，把桌面和嘴巴接直了，形成一个很稳定的角度，很开心地抽那支香烟，一边询问儿媳那个遥远的江南老家，一边抽着香烟。那根烟真香啊，散发出矢车菊似的带中草药味的芳香。儿媳刚到乌尔禾就很敏感地闻到了大漠那边辽阔的阿尔泰草原上吹来的牧草和野花的气味。儿媳就问到草原，问到青草地。

"从前是青草地，现在是秋天啦，草黄起来啦，新疆的草只青那么一会儿。"

"为什么？"

"春天短啊，雪一化，草刚发芽，夏天跟老虎豹子一样呜哇就扑过来了，草芽子得赶快长呀，跟骑着马似的，一夜间就起了身，起了身的草透着金黄，要黄大半年呢。"

"您说的真有意思。"

"呵呵呵，胡说哩。"

"爸，你再抽一支，你抽烟的姿势太好看了。"

"呵呵抽烟也好看呀，抽烟又不是演戏演电影。"

老头高兴，老头第一次听人赞美男人抽烟，老头就取出第二支香烟，儿媳也没想到抽烟这么有味道，她很好奇，她划燃火柴给老头点上烟，看老头抽。

"烟有这么香吗？"

"看你说的，要么能叫香烟吗？女子，俄告诉你呀，男人抽烟就跟女人抹雪花膏一样，女人把雪花膏不叫雪花膏叫香脂，女人除了打扮就是做饭，把芝麻油不叫芝麻油叫香油，世界上的香东西可不多呀，肉香，人都爱吃肉，可人就是不把肉叫香肉，男人把他最心疼的烟叫香烟，女人把她最心疼的东西叫香脂香油，香东西就这么三样。”

老头开始管不住自己的嘴了，老头听到老太太的咳嗽声，呵呵笑两下，赶快拉紧缰绳，少说为妙，老头长长吸一口烟。

开始吃饭，老头吃什么东西都是那么香。那个大馒头，掰下一块，冒着热气很新鲜的一小块馒头，放到嘴里，呜儿一下就下去了，好像那是一只水鸟扎进深水里去捕捉小鱼。老头咽下去的声音悠长而有节奏，咀嚼起来不紧不慢，后来她见到牛和马吃草，她就想起老头吃馒头的样子。世界上竟然有这么一个老人，把粮食吃得这么有味道。喝完稀饭老头不理睬老太太的咳嗽声，老头执着于神圣的粮食，老头手里的碗转着圈，放到饭桌上时，碗里光光的，跟清水洗过的一样。

中午饭是很热闹的宴席，来了许多客人，都是这里的熟人，还有附近连队的好友，都来了。院子里搭了凉棚，老军垦们高兴啊，他们喝酒喝得意味深长，不是人们想象的大碗大杯喝。儿子的那些中学同学才那样子喝，用茶杯以显示其豪气，儿媳很快就发现了老头们喝酒，一小盅酒，贴上去，吱喽喽吸出很长很悠扬的声音，酒香全散发出来了。空气全是浓烈的酒香，夹着田野里飘来的玉米的香味和远方草原的牧草气息。

老头喝了酒，老头就再也不禁锢自己啦。儿媳惊讶万分，父亲和儿子，一个真正的自然之子，一个十分刻意的文明之子，父子两个除形象一样外，内容反差极大，就像相同的硬件里装进了不同的软件，儿媳一下子联想到计算机，儿媳噗一声笑了。儿子问她笑什么，儿子很在意妻子的一举一动。妻子一脸天真，绝无嘲笑或讽刺的意味，儿子就不再追问了。妻子恶作剧：“我想到了电脑。”儿子坠入云雾。儿子的想象力一下子被限定在另一个世界里。

事情就这么发生了，发生得合情合理，极其自然。那正好是秋天，大漠群山，草原和庄稼地一起闪射金光，葵花地里飘来油乎乎的芳香，就像一个大油坊。有一群妇女帮老太太收拾残局，儿媳插不上手。

儿子和媳妇很优雅地去散步。很自然地走到葵花地里，那么大一片葵花地，都是几百亩几百亩大的井田。江南女子万分惊讶在内地葵花都是三五成群，一小块一小块的。儿子心里一惊，他看见了父亲。

“咱们回去。”

“爸爸在那边你怎么这样呀？”

妻子朝老头走去。

“爸，你散步啊。”

“散什么步呀，俄老汉今天高兴，俄老汉一高兴就往葵花地里跑。”

“真有意思，你高兴起来就要看葵花，可葵花现在变成籽儿啦，没有花瓣。”

“女子呀，俄老汉心疼葵花叶子，你瞧瞧这叶子，跟扇子一样，跟鸟儿翅膀一样，俄七八年没尝过了。”

“这能吃吗？”

“咋不能吃，这是俄老汉的莫合烟，天池红雪莲大中华都比不上俄老汉发明的莫合烟。”

儿子奔过来：“爸你喝多了，咱回家休息吧。”

老头喝了酒，老头又这么高兴，老头完全放松啦，老头睁大眼睛瞪儿子：“狗儿子，小心俄老汉捶你，你跟你妈一样学个叨叨嘴，爱管闲事。”

媳妇捂住嘴笑，媳妇告诉老头：“他经常欺负我。”

“这么乖的女子，你不爱惜俄捶你。”

儿子急得直跺脚，儿子担心的事情终于发生了，老头拧下一片葵花叶子，眨眼间造出一门大炮，大炮很快发出吼声，浓烟滚滚，老头越抽越精神。

“爸，你太了不起了，你有这么好的烟卷！”

“没有烟自己造，自己不造活受罪么。”

儿子垂头丧气，妻子说：“你怎么啦，病了吗？”

“他好着呢，你不用管他，他嫌我抽莫合烟，嫌好几年啦，他娘儿两个就这毛病，基本上是个好同志，就这么一点屁毛病。”

老汉装了满满一兜兜葵花大炮。

“你这儿子，不及你媳妇么，你要孝敬你爸就让你爸开开心心美美地抽上几天葵花烟，你爸爱抽这个么，老天爷都没办法。”

葵花大炮就这样彻底摧毁了母亲和儿子筑的防线，媳妇身上的那种知识女性的矜持也被打破了，媳妇完全成了一个大孩子，到草原去疯跑，到戈壁滩上去疯跑。儿子站在故乡的土地上望着兴奋的妻子，妻子说：“你发什么呆呀，你不快乐吗，你的故乡这么美，跟我以前想象的一点也不一样。”

“是吗？”

“大学四年，你的沉默里总让人感到你是冰山上的来客。”

儿子终于意识到妻子身上某种陌生的东西，那正是他从童年就发誓要改掉的东西。

一个礼拜以后，人们就有了说法，说老头的儿子带回来的不是什么南京的大学生，是一个地道的兵团丫头，是南疆农二师的。人们对老王的儿子有非常高的期望，老王的儿子是整个乌尔禾的骄傲呀，老王的儿媳妇不但美丽漂亮，而且要跟这块土地有点距离。大家开始失望，这种失望并不表现在脸上，大家都喜欢这个自然大方美丽的女子。只有乌尔禾人才能体验出人们的某种情绪。那神情在暗示你，怎么连乌鲁木齐丫头都不如呢。几个月前，乌尔禾另一个在乌鲁木齐工作的小伙子，带回一个乌鲁木齐丫头，用乌尔禾人的话讲那是一个很聚的人，聚得圆圆的，拿鼻子跟人说话，又聚又务，务得起起的，用下巴看人。大家嘴上骂，心里服然，这符合大家的想象。儿子不至于俗到这种程度。可儿子的心还是被刺了一下。

半个月后他们返回，父亲老王对儿子还是满意的："我儿越来越洋气啦，我儿给咱娶了个新疆媳妇。"父亲老王总是那么一针见血。

他们好长时间没说话，乌尔禾越来越远。妻子突然问他："我是不是变成老土啦？"

"我不知道。"

他们都意识到一种危险的东西。在乌鲁木齐等车的时候，妻子背着他，买了一公斤真正的莫合烟寄给父亲，那个乌尔禾大地上的父亲。

我现在可以告诉你了，这是我唯一一次背着丈夫做的一件事。老人一辈子抽不到真正的莫合烟太残酷了。你根本不了解你父亲。

一家人有时候是很陌生的。

我还要告诉你，我们在一起生活的时候，你深更半夜总是在梦中呼喊爸爸，爸爸，那是一个非常惊恐的孩子在呼喊父亲。

说假话了吧，我母亲告诉我，我从小到大，从来不说梦话，莫非我长大成人反而有了毛病。

突然他不说了，他想起了这些年到处奔波，没睡过一个安稳觉，计算机的发展很快，稍一松懈就会被淘汰。他活得并不轻松。

他跟前妻分手后，如愿以偿，找到一个完全符合他口味的医科大学毕业生做妻子，妻子从来没去过乌尔禾，他也很少跟妻子谈这些，父亲去世也是他只身回去料理丧事。妻子取出存折就行了，就算是尽到责任了。他没有丝毫怨言。

父亲是这样离开人世的。

那是一个阳光灿烂的早晨，太阳从阿尔泰山奔过来，乌尔禾大地升起细蒙蒙的尘雾。父亲吃饱喝足，饭量比以往都大，几乎恢复了三十年前小伙子时代的饭量，差不多吃下一斤的馒头，还喝了两大碗奶茶。父亲好些年没抽葵花大炮了，抽这种土腥味十足的刚猛无比的烟需要一个好身体，父亲今天血气很旺，简直是一团熊熊大火。

父亲在村子里慢腾腾地走着，悠闲而威严，就像一只大黑熊。春天的太阳把他一点一点烤熟了，跟馕坑里的馕一样，父亲身上散发出麦子的香味，父亲浑身舒坦，坐在大石头上，接受太阳的膜拜。太阳跟一条大黄狗一样匍匐在他跟前舔他的脚舔他的手。

“狗日的舔吧，舔吧，这么乖，这么乖啊。”

父亲高兴就抽葵花大炮，父亲就卷一门大炮。奇怪的是，他没划火柴烟卷就着了，是太阳这条大黄狗干的好事。父亲长长地吸一口，那是父亲抽的最长的一口，一下子把一根烟全咂下去了，多么辉煌辽阔的葵花啊！青烟从鼻孔里升起的时候，父亲见到他的上帝，父亲沉醉在灿烂的微笑里，嘴里嘟嘟囔囔：“上帝就这屎样子，还不如一条狗么。”父亲呜儿一声跟飞驰的火车一样，一下子睡熟了……只有在乌尔禾的大地上才能睡得这么沉这么踏实。

儿子料理完父亲的丧事，累坏了，儿子睡在父亲那张大床上，儿子很久没有这么安稳地睡过了。

母亲跟儿子到内地去生活，乌尔禾的家彻底荒了。

“我跟母亲更亲近一些。”

“这个时代，我们缺少的不是母爱，而是一种血气蒸腾博达辽阔的父爱。”

“你比我更了解我父亲。”

“我从小没有父亲。”

她用摩尔烟卷了一门大炮，他发现她很精于此道，只有抽过莫合烟的人才会用两张纸片卷这门大炮。

“你就像我父亲的女儿，他九泉之下很满足了。”

大团大团的烟雾在淡化女人生动的面孔，直到消失。

他曾在飞机上俯视过故乡乌尔禾，一次是夏天，一次是秋天。那滚滚麦浪和葵花的海洋，还有一排一排高大的白杨树，土坯房子，很快消失在机翼后边。他不由自主地在身上摸啊摸啊，身边的乘客很大度地给他递过烟。“后边是吸烟舱，我们去那里抽。”

他跟着陌生人到机舱后边，吸烟的人都聚在这，他一边吸一边咳嗽，那人笑了。

“你第一次抽烟吧？”

“是第一次。”

“你小时候肯定是个好孩子，我小时候就抽烟，常挨打，你知道我抽什么烟吗，树叶子，洋槐树的叶子。”

大家都笑了。大家都干过这事，都有过这么一段刻骨铭心的金色的童年。只有他在发呆，烟头烧过手指，人家喊他他都听不见。